U0644595

本成果为台州市市级研究基地——唐诗之路研究院的课题成果

和合文化研究丛书

主编 何善蒙 杨供法

何善蒙 张淇 著

台州唐诗考辨

九州出版社
JIUZHOUPRESS｜全国百佳图书出版单位

图书在版编目（CIP）数据

台州唐诗考辨 / 何善蒙，张淇著. -- 北京 : 九州
出版社，2022.6
（和合文化研究丛书）
ISBN 978-7-5225-0952-5

Ⅰ．①台… Ⅱ．①何… ②张… Ⅲ．①唐诗－诗歌研
究 Ⅳ．①I207.227.42

中国版本图书馆CIP数据核字（2022）第091768号

台州唐诗考辨

作　　者	何善蒙　张淇　著
责任编辑	黄瑞丽
出版发行	九州出版社
地　　址	北京市西城区阜外大街甲 35 号（100037）
发行电话	（010）68992190/3/5/6
网　　址	www.jiuzhoupress.com
印　　刷	三河市国新印装有限公司
开　　本	710 毫米 ×1000 毫米　16 开
印　　张	23.5
字　　数	380 千字
版　　次	2022 年 8 月第 1 版
印　　次	2022 年 8 月第 1 次印刷
书　　号	ISBN 978-7-5225-0952-5
定　　价	86.00 元

★版权所有　侵权必究★

唐诗之路与浙东唐诗之路

　　浙东唐诗之路，毫无疑问是浙江最近几年最为流行的词汇之一，虽然它的提出至今已经有 30 年的历史了，但是作为一个受到普遍关注的社会现象，是近几年才逐渐"热"起来的，这既跟浙江的经济文化建设密切相关，也是浙江省在对历史文化资源进行科学梳理的过程中，逐渐明朗起来的一个具有巨大现实意义的概念。2018 年 1 月 25 日，时任浙江省省长袁家军在《浙江省政府工作报告》中明确提出：

　　　　抓好大花园建设，积极打造浙东唐诗之路和钱塘江唐诗之路，加快建设浙江名山"十大公园"。①

　　这表明，浙江省委省政府已经从浙江文旅建设的高度，充分认识到历史上的唐诗之路对于今日浙江所具有的重要意义。质言之，唐诗之路不仅是一种具有标识性的文化资源，更为重要的是，还是一种重要的文旅遗产，与当下的社会经济生活有着密切的关系。从 2018 年开始，浙江唐诗之路（尤其是浙东唐诗之路）作为区域的重要文化和社会现象，受到政府和专家学者的高度重视，其社会影响力也越来越广泛。

　　2020 年 10 月 12 日下午，浙江省诗路文化带建设暨浙东唐诗之路启动大会在天台召开。时任省委书记袁家军作出重要批示，时任省长郑栅洁出席大会并按下

---

　　① 《浙江省政府工作报告》，《浙江日报》2018 年 1 月 26 日。

浙东唐诗之路启动键。对于浙东唐诗之路的发展来说,这是一个极为重要的时刻。

袁家军在批示中指出,高水平建设诗路文化带是全面展示浙江诗画山水、推进美丽浙江和文化浙江建设的内在要求,是忠实践行"八八战略"、奋力打造"重要窗口"的重要举措。浙东唐诗之路基础好、底蕴深,特色明显,希望各地各部门深入贯彻习近平总书记考察浙江重要讲话精神,深入践行"绿水青山就是金山银山"理念,深入实施浙江省诗路文化带发展规划和浙东唐诗之路三年行动计划,围绕"诗画山水佛道名人"四大主题,凝练彰显"诗心自在"的文化内涵,推动浙东唐诗之路建设早出经验、多出成果。要坚持成熟一个、推出一个,有序启动其他三条诗路建设,串珠成链,文化赋能,美美与共,为在山水与诗情中绘就现代版"富春山居图"做出积极贡献。

郑栅洁指出,诗路文化带"一文含四带,十地耀百珠",串连了我省文化精华之"链"、山水之"链"、全域发展之"链",具有从古至今走向未来的重大意义,是诗画浙江大花园的标志性工程和文化浙江建设的"金名片"。各地各部门要认真践行"绿水青山就是金山银山"理念,根据浙江省诗路文化带发展规划,建立工作专班,完善工作协同、要素保障和评价考核机制。各地要发挥特色优势,条件成熟的抓紧动起来,系统性推进浙东唐诗之路、大运河诗路、钱塘江诗路和瓯江山水诗路建设,进一步擦亮"珍珠",串珠成链,努力把诗路文化带建设成为魅力人文带、黄金旅游带、美丽生态带、富民经济带、合作开放带,打造成为"重要窗口"标志性成果,把浙江大花园建设成为国内外游客向往之地。①

毫不夸张地说,"浙东唐诗之路"是浙江地区在过去五年中,最为流行的文化词汇和经济词汇之一。"浙东唐诗之路"作为省委省政府的一项重点工作,引起社会各界的广泛关注是题中应有之义,但我们应如何理解作为一个严谨的学术词汇的"浙东唐诗之路"呢?其实早在1993年,中国唐代文学学会就正式发文批准了"浙东唐诗之路"这一专用名称。时任中国唐代文学学会会长傅璇琮先生

---

① 《率先启动浙东唐诗之路建设 高标准打造诗路文化带》,《浙江日报》2020年10月12日。

对此作出说明：

有唐一代，有两个极具人文景观特色、深含历史开创意义的区域旅程文化，一是河西丝绸之路，另一个便是浙东唐诗之路。……"浙东唐诗之路"的正式提出是在 1991 年。时南京师范大学举行"中国首届唐诗宋词国际学术研讨会"，新昌的竺岳兵先生正式提出这一概念，引起学术界的重视。时我任中国唐代文学学会会长，即于 1993 年，学会正式发函，同意成立"浙东唐诗之路"的专称。此后，专门的浙东唐诗之路的研究著作也陆续出版问世。①

在这里，傅璇琮先生明确指出了浙东唐诗之路的历史地位，及作为学术概念的"浙东唐诗之路"的由来。此外，肖瑞峰教授曾对大众语境中的"浙东唐诗之路"与专家语境中的"浙东唐诗之路"进行辨析与区分。他说：

由于舆论的大范围宣传，尤其是今年以来的媒体热炒，"浙东唐诗之路"这一名称已为浙江百姓所耳熟能详，越来越多地成为文化素养日益提高的浙江百姓茶余饭后议论几句的话题。但大众语境中的"浙东唐诗之路"与专家语境中的"浙东唐诗之路"应该是有区别的，前者无妨模糊，甚至无妨变形，后者则绝对不能失真，不能走样，不能作迎合大众的媚俗之论。②

大众语境中的"浙东唐诗之路"与专家语境中的"浙东唐诗之路"的上述区别，是我们在谈论"浙东唐诗之路"的时候尤需注意的。从社会事实的角度来说，"浙东唐诗之路"已经被赋予了更多的世俗意义、大众语境。毋庸置疑，正是浙江省近五年来经济社会发展的现实推动，才促成了"浙东唐诗之路"这一 30 年前便形成的学术概念重新进入大众领域，并且受到越来越高的关注。从这一意义

---

① 傅璇琮：《〈从义桥渔浦出发：浙东唐诗之路重要源头学术研讨会论文集〉序》，载沈迪云主编：《萧山记忆（第七辑）》，浙江人民出版社，2014，第 1 页。
② 肖瑞峰：《"浙东唐诗之路"研究的学术逻辑与学术空间》，《绍兴文理学院学报》2018 年第 6 期，第 2 页。

上来说，我们自然不能否定大众对于"浙东唐诗之路"这一概念的普及化、社会化所具有的重要意义。虽然"浙东唐诗之路"在今日浙江已然成为一个非常重要的文旅发展议题以及地方经济话题，但是对于作为学术概念的"浙东唐诗之路"，我们仍应站在学术的立场上来对待、研究，力求让其回归到学术的本位。唯有如此，我们才能全面认识其所具有的历史内涵和文化内涵，才能充分挖掘这一历史文化现象中真正有益于当下的价值。

有鉴于此，本书将主要以历史文献为基础，从严格的学术立场出发，通过对"浙东唐诗之路"的审美特征和文化意蕴进行系统梳理和辨析，以期从理论上澄清与"浙东唐诗之路"相关的一些议题。

一、唐诗与唐诗之路

正式探讨"浙东唐诗之路"之前，我们有必要先对"唐诗之路"这一概念作一番探讨。"浙东唐诗之路""浙西唐诗之路"等专名的基本内涵，就是"唐诗之路"。从字面意义上来说，"唐诗之路"就是围绕唐诗而形成的路。1991年，最早提出"唐诗之路"的竺岳兵先生曾对其作出界定："所谓'唐诗之路'，是对唐诗特色的形成起了载体作用的、具有代表性的一条道路。"与此同时，竺岳兵先生还进一步定义了"唐诗之路"的三大要素："一是范围的确定性：在一个相对独立的地区内，有大量的风望甚高而格调多样的唐代诗人游弋歌咏于此。二是形态的多样性：诗人在这一区域旅游的表现形式丰富多样。三是文化的继承性：这一地区的人文景观、自然景观，与唐诗有着整体性的渊源关系。三要素中的任何一项，都不能单独形成或构成'唐诗之路'。"[①] 竺先生在这个领域的开拓性贡献是有目共睹的，直到今天，我们对"唐诗之路"的很多理解仍是建立在竺先生的开创性工作之上的。竺先生的作品《唐诗之路唐代诗人行迹考》（中国文史出版社，2004）、《唐诗之路唐诗总集》（中国文史出版社，2004）《唐诗之路综论》（与李招红合著，中国文史出版社，2004）、《唐诗之路唐代诗人行迹资料

---

① 竺岳兵：《剡溪——唐诗之路》，载中国唐代文学学会等主编：《唐代文学研究（第六辑）》，广西师范大学出版社，1996，第865页。

索引》（与李招红合著，中国文史出版社，2004）、《唐诗之路唐诗选注》（与俞晓军合著，中国国学出版社，2008）、《唐诗之路爱情诗选》（中国国学出版社，2009）、《唐诗之路名胜词典》（中国国学出版社，2009）、《唐诗之路成语典故》（中国国学出版社，2009），等等，均为后来的相关研究奠定了理论依据和文献基础。

单纯就竺先生对"唐诗之路"的界说而言，确实有值得推敲的地方。竺先生所谓的"唐诗之路"主要涉及两个基本概念——唐诗和路。从历史事实的角度来说，先有诗人的行游，然后才有诗歌的创作。"唐诗之路"这一概念是后人对于历史上唐诗所存在的一种现象（用竺先生的话来说，就是在某个固定的区域，出现了一大批跟该区域特征相关的高质量诗歌）的概括。从历史的角度来考察，并不存在所谓的"唐诗之路"。即诗人并非按照某个事先设定的线路来行游，然后有意进行诗歌创作，并由此形成了唐诗之路。我们在对某个区域进行历史文化考察的时候，发现其具备"唐诗之路"的某些特征（如竺先生提出的"唐诗之路"三大要素），于是将其概括为"唐诗之路"。"唐诗之路"作为"路"的存在，显然是有目标指向的，傅璇琮先生就非常强调"浙东唐诗之路"是"区域旅程文化"。[①]换言之，"唐诗之路"是一种典型的区域文化现象。先有区域，才有路，才有目标指向。

竺先生生对"唐诗之路"的界说的最大问题在于，他认为"唐诗之路"是"对唐诗特色的形成，起了载体作用的、具有代表性的一条道路"。这就意味着具体区域的人文景观、自然景观等特点决定了唐诗的特色。不可否认，具体区域的特点（尤其是文化因素）确实是在历史的累积中逐渐形成的，但为什么只有在唐代才出现了诗歌之路呢？这恐怕不能仅仅归因于人文景观、自然景观的"载体"作用吧？关于唐诗，叶嘉莹先生有一段精彩论述：

　　至于唐朝，则是我国诗歌的集大成时代，它一方面继承了汉魏以来的古诗乐

---

① 傅璇琮：《〈从义桥渔浦出发：浙东唐诗之路重要源头学术研讨会论文集〉序》，载沈迪云主编：《萧山记忆（第七辑）》，浙江人民出版社，2014，第1页。

府，使之更得到扩展而有以革新，一方面则完成了南北朝以来一些新兴的格式使之更臻于精美而得以确立。古诗的扩展和革新，虽可自修辞、谋篇、用韵各方面窥见其变化，然而在诗的体式上来说，则仍是承汉魏之旧，故不具论。至其所完成之新格式，则有五、七言律诗，五、七言排律及五、七言绝句数种，此数种新格式与此前的古体诗相对，统名为近体诗。……诗歌之体式演进至此，真可谓变极途穷。"豪杰之士亦难于其中自出新意，故遁而作他体"（《人间词话》），于是宋词元曲乃继之而起。①

在这里，叶先生明确指出了唐诗在中国文学史上所具有的重要地位，以及其在形式上达到了极致，而这种形式上的极致显然是唐诗所具有的重要特色之一。而这种形式上的极致，与竺先生所谓的"载体"并无太多的联系。除了形式上的极致外，唐诗和唐代的社会气象（我们通常所谓的"大唐气象"）也是密切相关的。如果说每一个时代的人都要受限于其所处的时代的话，那么，唐诗作为一种独特的、典型的文学形态，也是跟生活在那个时代的人的特质息息相关的。因此，钱锺书先生在论述"诗分唐宋"时指出：

唐诗宋诗，亦非仅朝代之别，乃体格性分之殊。天下有两种人，斯分两种诗。唐诗多以丰神情韵擅长，宋诗多以筋骨思理见胜。②

由此可见，钱先生是用人的性情来区分唐诗和宋诗的，而"丰神情韵"与"筋骨思理"就是他对唐诗与宋诗特点的高度概括。其中，"丰神情韵"显然是与特定的区域无关的。

唐诗作为中国古代诗歌发展的一种"集大成"（叶嘉莹先生语），或者说辉煌形式，自然是具有自身独特的品质的（如钱先生所谓的"丰神情韵"），而某些特质跟具体的区域并没有太大的关联。因此，我们不能将唐诗的特质限定在区域的

---

① ［加拿大］叶嘉莹：《中国诗体之演进》，载氏著：《迦陵文集》，河北教育出版社，1997，第5—7页。

② 钱锺书：《谈艺录》，生活·读书·新知三联书店，2012，第3页。

形式上。而应该说，因为唐诗的兴盛，我们在很多区域都看到了非常集中的唐代诗人的群体行游以及唐诗作品。也就是说，基于某些特殊区域的特殊地理因素（边塞、长安）或者特殊文化因素（浙东、巴蜀），众多的唐代诗人都与这些区域产生了关联，并留下了许多流传至今的作品。以今天的眼光来看，这一历史现象是非常特殊的，也是非常值得关注的。如果非要给"唐诗之路"下一个定义的话，我认为比较贴切的表述是：

所谓唐诗之路，是唐代诗人的行游之路，它是指在一定区域内，因其独特的地理和文化的因素，导致众多的诗人行游至此并留下大量流传至今的唐诗。

如前所述，竺先生对"唐诗之路"三要素的界定是："一是范围的确定性：在一个相对独立的地区内，有大量的风望甚高而格调多样的唐代诗人游弋歌咏于此。二是形态的多样性：诗人在这一区域旅游的表现形式丰富多样。三是文化的继承性：这一地区的人文景观、自然景观，与唐诗有着整体性的渊源关系。"① 关于"范围的确定性"，学界是没有什么争议的，毕竟我们所探讨的"唐诗之路"的所有形式，都是基于某一特殊区域的。长安、边塞、运河、浙东等，无一不是出于区域的限定。毋庸置疑，这种区域意识是具有很强烈的现实意义的。如"浙东唐诗之路"的提出，就具有很明显的旅游定位。②

竺先生将"形态的多样性"界定为"诗人在这一区域旅游的表现形式丰富多样"，大概是侧重于旅游形式来说的。竺先生的这一界定，在浙东地区自然是不成问题的，但在同样可以被称为"唐诗之路"的其他区域，就未必合适了。此外，以"旅游形式"来概括唐代诗人的行游方式，也是不妥当的。究其原因在于，人们出于现实的需要，常常把今天的概念（如旅游等）生搬硬套到古人身上。肖瑞

---

① 竺岳兵：《剡溪——唐诗之路》，载中国唐代文学学会等主编：《唐代文学研究（第六辑）》，广西师范大学出版社，1996，第 865 页。

② 这跟竺岳兵先生曾长期从事旅游行业有关。最初，竺先生将"浙东唐诗之路"称作"古代著名旅游线"，以及后来对该议题的推进，无不是基于促进旅游的考量。今天，浙江省对于浙东唐诗之路建设的推进，也是基于促进文旅融合发展的考虑。

峰先生对此批评道：

今年，《钱江晚报》等报刊发表了一系列推介"浙东唐诗之路"的通讯报道，其中不少报道都把"浙东唐诗之路"称作历史上的旅游热线，有的还描绘出其既定的路线图。其实，"旅游热线"是我们今天的概念，唐代诗人漫游浙东，想来不会有经典化的固定路线，也绝不会有某家旅行社为他们量身打造旅游方案。后代诗人或许会以前代诗人（比如李白）的纪行诗作为参照系，但前人诗中的零星描述往往不成系统，很难让他们串珠成线，形成一张出游菜单。所以，他们更多的是凭借自己的文化记忆和阅读经验，在兴之所至的状态下，无具体路线图和时间表地漫游浙东。①

事实上，我们也很难以今天的旅游形式来想象古人的行游。如李白是按照某个固定线路（攻略）来游浙东的说法，不仅和唐代的基本现实不符，也和唐代诗人的个性不合。

竺先生将"文化的继承性"界定为"这一地区的人文景观、自然景观，与唐诗有着整体性的渊源关系"，多少有些让人费解。竺先生是说该区域的人文景观、自然景观决定了唐诗的整体呢，还是说该区域的人文景观、自然景观是唐诗表达的基本内容呢？如果按照后一种理解，某一特定区域内留存有大量的唐诗作品，无疑表明诗人在进行诗歌创作的时候，是针对这个特定区域的特定自然景观和人文景观的。如果按照前一种理解，描写某一特定区域自然景观和人文景观的唐诗，决定了唐诗的整体风貌。这是说不通的。因此，笔者猜测，竺先生真正想表达的是，特定区域的唐诗与特定区域的人文景观、自然景观之间存在着密切的关系，反映了该区域的文化传统。

我们从竺先生的作品中可以明显看出，他将"浙东唐诗之路"等同于"唐诗之路"了。实际上，"浙东唐诗之路"只是"唐诗之路"的一部分，而非全部。

---

① 肖瑞峰：《"浙东唐诗之路"研究的学术逻辑与学术空间》，《绍兴文理学院学报》2018年第6期，第3页。

因此，有人直接质疑竺先生对"唐诗之路"的定位：

> 唐代连通长安、洛阳两京的驿道是全国最重要的一条通路，沿线的交通量大，景观密集，经行的文人众多，产生的唐诗也多，其与唐诗发展的关系是很密切的。无论是从文学创作功能上看，还是从实际效果上看，较之于人们所熟知的浙东那条"唐诗之路"，它都堪称一条更典型的唐诗之路。①

实际上，"唐诗之路"是一个极为宽泛的概念，竺先生将其仅仅局限在浙东一地，无疑是对这一概念的狭隘化理解。肖瑞峰先生对此批评道：

> 事实上，把"浙东唐诗之路"略称为"唐诗之路"肯定是不合适的。除了"浙东唐诗之路"外，至少还有两京唐诗之路（穿梭往来于长安和洛阳之间的唐代诗人一定数倍于浙东）、关陇唐诗之路（边塞诗多与此相关联）、西蜀唐诗之路（李白《蜀道难》的影响力并不亚于《梦游天姥吟留别》）、浙西唐诗之路（包括今天的苏州、扬州、镇江、南京等城市，李白的"烟花三月下扬州"也非常的脍炙人口）。不言而喻，浙东只是整个"唐诗之路"上的一小段，说句煞风景的话，能不能说它是最具有吸引力的一段，似乎也还值得讨论。②

竺先生从旅游事业的角度，对"浙东唐诗之路"所倾注的心血和情感，理应得到我们的理解与尊重。但上述质疑也充分表明，"唐诗之路"并非一个唯一的、特指的概念。尤其是从今天的角度去概括的话，我们可以找到更多类似的区域。

"唐诗之路"的基本内涵可简要表述为："所谓唐诗之路，是唐代诗人的行游之路，它是指在一定区域内，因其独特的地理和文化的因素，导致众多的诗人行游至此并留下大量流传至今的唐诗。""唐诗之路"的限定性要素有两个：一是具

---

① 李德辉：《唐代两京驿道——真正的"唐诗之路"》，《山西大学学报（哲学社会科学版）》2007 年第 1 期，第 23 页。

② 肖瑞峰：《"浙东唐诗之路"研究的学术逻辑与学术空间》，《绍兴文理学院学报》2018 年第 6 期，第 2 页。

有独特的地理因素和文化因素的特定区域；二是至今仍留存有大量的反映该区域之文化传统的唐诗。

如前所述，"唐诗之路"实际上是现代人出于现实考量，对历史上的文化现象所作的一种概括、整理。这一概括与整理对于创建和提升区域文化品牌来说，无疑具有重要的意义，但对于作为学术概念的"唐诗之路"，我们尤应避免以社会需求来掩盖学术本身的立场。唯有从学术立场上对这一概念进行概括、整理，才能更有针对性地发挥其对现实问题的作用力和影响力。

二、浙江唐诗之路与浙东唐诗之路

根据我们对"唐诗之路"所作的定义，"浙江唐诗之路"就是指在唐代，很多诗人因为各种各样的原因行游至今天的浙江地区，并留下了大量的反映这一区域的诗歌作品。如前所述，竺先生最初用"唐诗之路"来指称"浙东唐诗之路"。其实仅就浙江区域而言，唐诗之路并非只有浙东一条。因此，竺先生提出"唐诗之路"（"浙东唐诗之路"）这一说法后不久，朱睦卿先生便提出要开发"浙西唐诗之路"。朱先生指出：

> 无论是从地域环境、时代背景来看，还是从诗歌创作之盛来看，浙西一带确实形成了一条通连上下的唐诗之路。……这条唐诗之路有一个明确稳定的地域范围，这个范围就是东起杭州西至黄山的钱塘江干流的水路线，自杭州经富阳、桐庐、建德、淳安至皖南徽州、黄山。与现今的国家级重点风景名胜区"新安江—富春江"风景区重合，但不包括东头的杭州和西头的黄山。水路是人类的生命之路，水是经济之路、文化之路。浙西唐诗之路是沿着这条生命之路、文化之路延伸的，它像一条闪光的金线，把东头的杭州和西头的黄山串了起来。①

朱先生在今天的钱塘江流域（富阳、桐庐、建德），也发现了大量的唐诗遗存。他按照竺先生对"唐诗之路"（"浙东唐诗之路"）的界定，将其命名为"浙

---

① 朱睦卿：《开发"浙西唐诗之路"》，《浙江学刊》1995 年第 6 期，第 126 页。

西唐诗之路"。[①]

其实浙江的很多区域，都留存有大量的唐诗名篇，这些诗篇对于浙江区域文化产生了深远影响，甚至可以说，它们塑造了浙江区域文化的某些独特形态。从社会现实层面来看，浙江唐诗之路明显经历了从两条诗路到四条诗路的发展过程。2018 年 1 月，时任浙江省省长袁家军在政府工作报告中指出，要"积极打造浙东唐诗之路和钱塘江唐诗之路"。[②] 同年 5 月公布的《浙江省大花园建设行动计划》（浙委发〔2018〕23 号）中明确提出了四条诗路——浙东唐诗之路、钱塘江唐诗之路、瓯江山水诗之路和大运河诗路。这四条诗路的存在，充分表明了浙江诗路文化底蕴的深厚以及浙江历史文化的浓郁。

下面，我们对这四条诗路的基本内涵作一番简要梳理。

1. 浙东唐诗之路

在浙江唐诗之路研究中，最早被提及的、目前关注最多的（包括学术界、文旅界）一条诗路，就是浙东唐诗之路。竺岳兵先生从"唐诗之路"三要素的角度提出，"浙东唐诗之路"就是唐诗之路。

按照这三个要素，我们可以明确地划出唐诗中的浙东范围。唐诗中的浙东范围，指钱塘江以南、括苍山脉温岭以北、浦阳江流域以东至东海这一地区。温岭以南，唐诗往往称其为"北闽"。因此，唐诗所称的浙东区界，是比较清晰的，它的总面积约 2 万平方公里。在此值得一提的是："浙东唐诗之路"是一条迂回的路线，指的是从萧山经绍兴、上虞、嵊州、新昌、天台、临海至温岭，折回经奉化、宁波、余姚、上虞、绍兴至萧山。[③]

① "浙西"的表述并不妥当。在历史上，这一区域也曾属于浙东区域。与朱睦卿先生一样，陈美荣先生也以目前行政区划意义上的浙江西部来指称"浙西"："概括而言，'浙西唐诗之路'应指钱塘江中上游段（新安江、建德江、桐庐江和富春江）所流经的淳安、建德、桐庐、富阳沿江一带地区，这一线路，与今天国家级风景旅游线千岛湖—富春江旅游区基本吻合。"参见陈美荣：《试论浙西唐诗之路》，《广西社会科学》2002 年第 2 期，第 193 页。

② 《浙江省政府工作报告》，《浙江日报》2018 年 1 月 26 日，第 3 版。

③ 竺岳兵：《渔浦——浙东唐诗之路的起讫点》，载沈迪云主编：《萧山记忆（第七辑）》，浙江人民出版社，2014，第 46—47 页。

　　竺先生对"浙东唐诗之路"的清晰界定,为我们研究"浙东唐诗之路"提供了理论基础。需要指出的是,"浙东"并非一个唐诗概念,而是一个历史地理概念,跟历史上的行政区划有关。在《全唐诗》中,"浙东"凡八见。白居易使用最多,共五次,分别是"平阳音乐随都尉,留滞三年在浙东"(《寄明州于驸马使君三绝句》),"可怜风景浙东西,先数余杭次会稽"(《答微之见寄》),"书为故事留湖上,吟作新诗寄浙东"(《题新馆》),"我为宪部入南宫,君作尚书镇浙东"(《微之就拜尚书居易续除刑部因书贺意兼咏离怀》),"去年十月半,君来过浙东"(《除官赴阙,留赠微之》)。崔立言使用一次,即"常见浙东夸镜水,镜湖元在浙江西"(《醉中谑浙江廉使》)。殷尧藩使用一次,即"山上乱云随手变,浙东飞雨过江来"(《喜雨》)。鲍溶使用一次,即"师问寄禅何处所,浙东青翠沃洲山"(《送僧择栖游天台二首》)。① 这八例中的"浙东",都是指称某一行政区域的地理概念。竺先生对唐诗中的"浙东"的界定是:"唐诗中的浙东范围,指钱塘江以南、括苍山脉温岭以北、浦阳江流域以东至东海这一地区。"这个界定看似清晰,实则模糊。作为地理概念的"浙东",在唐代是清晰的。唐肃宗乾元元年(758),析江南道为浙江西道、浙江东道和福建道。自此以后,浙东、浙西逐渐成为一个重要的地理概念、行政概念和文化概念。浙江民间广为流传着"上八府,下三府"的说法,其中,"上八府"为浙东,"下三府"为浙西。② 据唐李吉甫《元和郡县志》记载,江南道浙东观察使辖下共有越州(今绍兴)、明州(今宁波、舟山)、台州、温州、处州(今丽水)、衢州、婺州(今金华)七州,辖三十七县,以越州为观察使治所。自东汉与扬州分治以来,浙江(钱塘江)的行政区划虽然几经变化,但基本上是以越州作为钱塘江(浙江)以东以南(后来的浙东)的政治中心。浙东、浙西的天然分界线,就是钱塘江(又称"浙江""之江")。③

---

　　① 以上是检索《全唐诗》的结果。

　　② 乾元元年(758),析江南道为浙江东道、浙江西道和福建道。浙江东道领新安江以南、福建道以北的原江南东道地,包括睦、越、衢、婺、台、明、处、温八州。自此以后,这一范围基本没有太大改变。据乾隆《浙江通志》载:"元至正二十六年,置浙江等处行中书省,而两浙始以省称。……国朝因之,省会曰杭州,次嘉兴,次湖州,凡三府,在大江(就是钱塘江)之右,是为浙西。次宁波,次绍兴、台州、金华、衢州、严州、温州、处州、凡八府,皆大江之左,是为浙东。"大体来说,浙西属于吴地,浙东属于越地。

　　③ 朱睦卿先生所谓的"浙西",完全是今天意义上的浙东与浙西,并非传统上的浙东与浙西。

从历史地理的角度来看，今天的浙江地区，除杭嘉湖地区外，其余都属于浙东区域。因此，从广义上来说，凡是诗人行游浙东地区并且留下大量诗篇的，都可被视为"浙东唐诗之路"。从狭义上来说，"浙东唐诗之路"是指唐代诗人因游玩、寻友、做官、修道等原因，跨越浙东四州——越州（绍兴）、明州（宁波）、台州、温州而形成的山水人文之路。有学者提出："浙东唐诗之路是以唐代诗人在浙东运河西段、曹娥江、剡溪沿线的水陆交通行迹为依托，在浙东一湖（镜湖）、两盆（剡中盆地和沃洲盆地）、三山（会稽山、四明山、天台山）区域内形成的一个以诗歌为纽带，将丰富多样的单个自然和文化资源串接在一起的独特整体。"① 由此可见，"浙东唐诗之路"实际上有两个中心环节——会稽和天台山。对于唐代诗人来说，会稽是一个具有吸引力的文化符号，② 天台山是浙东唐诗之路的目的地。③ 何方形教授曾概括指出："而人们所熟知的'浙东唐诗之路'，严格地说也有两条：其一，逆钱塘江而上，进入睦州（今建德市梅城镇）、婺州（今金华），然后西进衢州或南下处州（今丽水）、温州，也可以称'钱塘江唐诗之路'。如孟浩然《游江西留别富阳裴刘二少府》：'西上游江西，临流恨解携。千山叠成嶂，万水泻为溪。石浅流难溯，藤长险易跻。谁怜问津者，岁晏此中迷。'其二，渡过钱塘江，从萧山西兴一带进入浙东运河，转进曹娥江，沿剡溪溯流而上，以天台山为基本目的地，然后或东出明州（今宁波），或到台州州治临海直至继续南下至温州等地，穷山海之胜。这是最为狭义的'浙东唐诗之路'。"④

但问题在于，诗人若从萧山到天台之后，还会原路返回吗？如果不是的话，他很可能选择去温州或者处州、婺州、衢州。理由有两个：一是诗人的性格决定了其不可能按照"固定线路"去行游；二是有例子表明，当时的确有诗人这么做了。李白曾多次到浙东行游，特别是去剡中与天台山。其崇拜者魏万则踏着李白的游踪，足足追了三千里，最终在广陵见到了李白。李白被魏万的真情所打动，

<hr/>

① 奚雪松、张光明：《浙东唐诗之路：一条诗歌型的文化线路》，《光明日报》2021年4月25日，第12版。
② 据《晋书·诸葛恢传》记载，东晋衣冠南渡，士族随之播迁，王谢大族、名士高僧踵趾聚于会稽地区，史称"今之会稽，昔之关中"。会稽作为东晋中期的玄谈中心，对唐代诗人有着极大的号召力。
③ 自汉晋以来，天台山就被誉为"仙山佛国"。唐代，司马承祯长期隐居于此，许多文人追慕而至。
④ 何方形：《浙江唐诗之路的创新与影响略说》，《台州学院学报》2020年第3期，第27页。

在二人离别之际，写了一首共计一百一十句的五言长诗《送王屋山人魏万还王屋·并序》。诗曰：

　　王屋山人魏万，云自嵩宋沿吴相访，数千里不遇。乘兴游台越，经永嘉，观谢公石门。后于广陵相见，美其爱文好古，浪迹方外，因述其行而赠是诗。仙人东方生，浩荡弄云海。

　　仙人东方生，浩荡弄云海。沛然乘天游，独往失所在。
　　魏侯继大名，本家聊摄城。卷舒入元化，迹与古贤并。
　　十三弄文史，挥笔如振绮。辩折田巴生，心齐鲁连子。
　　西涉清洛源，颇惊人世喧。采秀卧王屋，因窥洞天门。
　　渴来游嵩峰，羽客何双双。朝携月光子，暮宿玉女窗。
　　鬼谷上窈窕，龙潭下奔潈。东浮汴河水，访我三千里。
　　逸兴满吴云，飘飘浙江汜。挥手杭越间，樟亭望潮还。
　　涛卷海门石，云横天际山。白马走素车，雷奔骇心颜。
　　遥闻会稽美，且度耶溪水。万壑与千岩，峥嵘镜湖里。
　　秀色不可名，清辉满江城。人游月边去，舟在空中行。
　　此中久延伫，入剡寻王许。笑读曹娥碑，沉吟黄绢语。
　　天台连四明，日入向国清。五峰转月色，百里行松声。
　　灵溪咨沿越，华顶殊超忽。石梁横青天，侧足履半月。
　　忽然思永嘉，不惮海路赊。挂席历海峤，回瞻赤城霞。
　　赤城渐微没，孤屿前峣兀。水续万古流，亭空千霜月。
　　缙云川谷难，石门最可观。瀑布挂北斗，莫穷此水端。
　　喷壁洒素雪，空濛生昼寒。却思恶溪去，宁惧恶溪恶。
　　咆哮七十滩，水石相喷薄。路创李北海，岩开谢康乐。
　　松风和猿声，搜索连洞壑。径出梅花桥，双溪纳归潮。
　　落帆金华岸，赤松若可招。沈约八咏楼，城西孤岧峣。

岧峣四荒外，旷望群川会。云卷天地开，波连浙西大。
乱流新安口，北指严光濑。钓台碧云中，邈与苍岭对。
稍稍来吴都，裴回上姑苏。烟绵横九疑，漭荡见五湖。
目极心更远，悲歌但长吁。回桡楚江滨，挥策扬子津。
身著日本裘，昂藏出风尘。五月造我语，知非儓儗人。
相逢乐无限，水石日在眼。徒干五诸侯，不致百金产。
吾友扬子云，弦歌播清芬。虽为江宁宰，好与山公群。
乘兴但一行，且知我爱君。君来几何时，仙台应有期。
东窗绿玉树，定长三五枝。至今天坛人，当笑尔归迟。
我苦惜远别，茫然使心悲。黄河若不断，白首长相思。

李白这首诗清晰地勾画出一条唐人在浙东，沿水路上溯，水尽登山而歌的游历之路：“从杭州渡钱塘江，至西陵，入浙东运河到越州；游览若耶溪、镜湖，经曹娥江，到剡中，登天台山；游历赤城、华顶、石梁、国清寺，入始丰溪，至临海；转入灵江，往黄岩，历温峤，到永嘉，访孤屿；上溯瓯江，至青田石门；再上溯好溪，游缙云鼎湖；由梅花桥翻山，入双溪，下武义江，到金华；上八咏楼，入兰溪江，至新安江口；转入富春江，诣严光濑；顺流而下，入钱塘江，从杭州前往吴都。”这一行游线路充分表明，唐代诗人在浙江的行游，远比狭义的“浙东唐诗之路”要复杂得多，也丰富得多。

2018 年 10 月底至 11 月初，台州学院唐诗之路研究院举办了“浙东唐诗之路新线拓展研讨会”。[①] 这次会议旨在结合唐代诗人的诗歌，对从临海出发到温州、处州、金华的线路作一番拓展考察。拓展方案大致为：从台州城的东湖骆临海祠出发，经临海黄岩交界处灵江三江口到温州，考察温州城内外的名胜遗迹（如谢公池上楼、诗岛江心屿等）。再沿瓯江西上，抵青田石门观瀑，到恶溪观景。进向金华、义乌，参观骆宾王故居和骆宾王公园。通过这次拓展考察，我们认为从

① 此次研讨会的成果，参见胡正武：《浙东唐诗之路新线拓展研究》，《浙江水利水电学院学报》2021 年第 3 期。

钱塘江南岸渔浦潭、西兴渡口开始，进向萧山、绍兴、上虞（余姚、四明）、嵊州、新昌、天台、临海（仙居）黄岩、温岭、乐清、温州（永嘉）、青田、丽水、缙云、永康、武义、金华（义乌、东阳）、兰溪、桐庐、富阳、杭州，构成了整个浙东唐诗之路的环线，而李白的《送王屋山人魏万还王屋·并序》也基本上与这一环线重合。

2.钱塘江唐诗之路

钱塘江诗路以"钱塘江—富春江—新安江—兰江—婺江—衢江"水系为中心，包括今天的杭州、金华、衢州三个地级市以及嘉兴的海宁。历史上的浙东、浙西，是以钱塘江为界的。钱塘江诗路进至新安江—兰江—婺江—衢江一带后，就到了传统浙东的睦州、婺州和衢州的地界。因此，从地域的角度来说，钱塘江唐诗之路与浙东唐诗之路具有很大的重合性，甚至可以说，这条诗路在很大程度上可以纳入浙东唐诗之路的范畴内。

显而易见，钱塘江诗路是不能用"浙西唐诗之路"来指称的。朱睦卿先生和陈美荣先生所倡言的"浙西唐诗之路"，都是以目前行政区划意义上的浙江西部来指称"浙西"的。既然我们讨论的是唐诗之路，就应以唐代浙西为考察对象。据《元和郡县志》记载，唐代，浙西属于江南西道，归浙西观察使管辖。其辖区包括今天的杭州、嘉兴、湖州以及苏州、扬州、镇江、南京等。也就是说，在今天的浙江境内，仅杭州、嘉兴、湖州属于浙西。即此而论，唯有钱塘江诗路之中部分，是属于浙西唐诗之路的，"浙西唐诗之路"这一概念是无法涵盖"钱塘江唐诗之路"的。

3.瓯江山水诗之路

从地理位置上来说，"瓯江山水诗之路"是指以瓯江水系为中心的区域（今浙江南部地区），它以温州和丽水（传统的温州和处州的地界）为中心。这个区域（尤其是温州）成为山水诗的发源地，主要归因于谢灵运。谢灵运既是中国山水诗的鼻祖，也是永嘉山水的发现者。南朝宋武帝永初三年（422），谢灵运任永嘉太守。这一年，他创作了21首山水诗，开创了山水诗流派。因此，该区域被命名为"瓯江山水诗之路"，是实至名归的。

从前文对浙东唐诗之路的描述来说，这个区域是浙东唐诗之路的重点区域。从我们对于浙东唐诗之路新线的拓展考察来说，这个区域是浙东唐诗之路的关键节点。从唐代诗人行游的事实来说，这个区域也是一个重要的节点。毫不夸张地说，正是因为这个节点的存在，越州、明州、台州与婺州、衢州、睦州才形成了一个整体。

4. 大运河（浙江段）诗路

一般而言，"路"是跟驿道密切相关的，但在浙江境内，水路才是至关重要的。因此，无论是浙东唐诗之路、钱塘江唐诗之路，还是瓯江山水诗之路，都是沿着重要水系展开的。传统时代，运河无疑是最为重要的水路，由此形成了大运河唐诗之路。因为京杭运河是以杭州为南端终点的，所以很多诗人是沿着运河水路进入浙江的。李白的《送王屋山人魏万还王屋·并序》，即是明证。

浙江境内有两条运河——京杭运河南端浙江段（因该段流经浙西地区，故又称"浙西运河"）和浙东运河。其中，浙东运河又名"杭甬运河"，西起杭州西兴，跨曹娥江，经过绍兴市，东至宁波市甬江入海，全长239公里。西晋时期，会稽内史贺循主持开挖西兴运河，此后与曹娥江以东运河连接，形成西起钱塘江、东到东海的完整运河。对于浙东唐诗之路来说，浙东运河有着极为重要的意义。究其原因在于，无论是越州、明州还是台州，都是由其连接的。从某种意义上说，如果没有它，就没有浙东唐诗之路的存在。因此，胡正武教授把浙东运河诗路称为浙东唐诗之路的心脏和灵魂："该主体部分不仅与浙东唐诗之路的核心区域相重叠，还是核心区域诗路的心脏与灵魂，是越州境内勾连诗人灵魂意趣的主要凭借，更是浙东唐诗之路中最让人难忘的意境寄托。"[①]

三、比较视域中的浙东唐诗之路

如前所述，"唐诗之路"是我们站在今天的角度，对历史上的唐诗现象进行的一个概括，这一概括并非仅限于浙东地区。从某种意义上说，浙东唐诗之路并非所有唐诗之路中最为重要的。下面，我们分别以两京唐诗之路、关陇唐诗之路、

---

① 胡正武：《浙东唐诗之路新线拓展研究》，《浙江水利水电学院学报》2021年第3期，第2页。

西蜀唐诗之路以及大运河唐诗之路为参照，来凸显浙东唐诗之路的特殊性。

1. 两京唐诗之路

唐代，"两京"分别指京师长安和东都洛阳。"唐代，两京驿道的形成和发展、走向与布局，取决于李唐王朝以关中为战略重心的政治格局，以长安、洛阳两京为中心的城市布局，和由关中向天下四方伸展的交通格局：以连接长安、洛阳两京的驿道为枢纽，以汴州、凤翔为该道东西之两端，自此轴心向四方辐射，构成一个巨大的交通网络。如果把这个巨大网络比喻为密布人体的血管，那么唐代长安、洛阳间的这条驿道就好比连通心脏的那条最粗壮的管道，在整个交通体系中居于关键位置，历来备受重视。"①严耕望先生在《唐代交通图考》中指出：

隋唐两代都长安，而建洛阳为东都，两都之间交通至繁。天宝以前车驾常往返长安、洛阳间，益增交通之频率。安史乱后，君主虽不东幸，然两都交通未见衰。《唐会要》六一《馆驿目》，德宗贞元二年敕云："从上都至汴州为大路驿。"知大路驿官称职者有优赏。观下文次路驿云云，则所谓大路驿即第一大驿道。从上都至汴州，中经洛阳，即两都交通为第一大驿道。②

李德辉先生认为，两京是唐代政治、经济和文化的中心地带，两京诗路才是真正的唐诗之路。他说："唐代两京驿道路线走向明确，景点密集，经过的文人众多，文学作品量大质优。无论从道路上的文化遗存看，还是从文学作品的内容、形式、创作方式看，较之于其他地区的其他道路，两京驿道在唐代都是无与伦比的。我们有充足的理由称之为真正的'唐诗之路'。"③

2. 关陇唐诗之路

"关"就是今陕西关中地区；"陇"就是今甘肃乌鞘岭以东、宝鸡以西地区以

---

① 李德辉：《唐代两京驿道——真正的"唐诗之路"》，《山西大学学报（哲学社会科学版）》2007年第1期，第23页。
② 严耕望：《唐代交通图考》，《"中央研究院"历史语言研究所专刊》之八十三，1985，第17页。
③ 李德辉：《唐代两京驿道——真正的"唐诗之路"》，《山西大学学报（哲学社会科学版）》2007年第1期，第27页。

及宁夏全境。关中和甘肃、宁夏合称为关陇地区。而广义上的关陇地区还包括陕北、山西西部、内蒙古南部地区。六朝至隋唐时期，这一区域聚集了多个重要的利益群体。陈寅恪先生在研究隋唐制度的渊源时，提出了"关陇集团"这一概念。陈先生指出，宇文泰创建关陇集团，主要是出于政治方面的考量：

> 以少数鲜卑化之六镇民族窜割关陇一隅之地，而欲与雄踞山东之高欢及旧承江左之萧氏争霸，非别树一帜，以关中地域为本位，融冶胡汉为一体，以自别于洛阳、建邺或江陵文化势力之外，则无以坚其群众自信之心理。①

"关陇集团"又称"关陇六镇集团""六镇胡汉关陇集团""武川镇军阀"等，是北魏时期主要籍贯位于陕西关中和甘肃陇山（广义上的六盘山，包括今宁夏回族自治区西南部和甘肃省东部）一带的门阀军事势力的总称。"关陇集团"的主要核心力量，是宇文泰的八柱国、十二将军。"柱国"最初是由战国时期楚国设立，是指军队的最高统帅。西魏的八大柱国分别为：宇文泰、元欣、李虎（李渊祖父）、李弼（李密曾祖父）、赵贵、于谨、独孤信（杨坚岳父，李渊外祖父、杨广外祖父）、侯莫陈崇。其中，宇文泰是西魏的实际掌权者，元欣仅是挂名的大将军，其余六位柱国"各督二大将军，分掌禁旅"。八柱国和十二大将军体系的建立，使宇文泰把关陇三派人马（关陇豪强、武川军镇、魏国宗室）联合在一起，建立了一个稳固的政治军事同盟体系，这一体系对西魏至隋唐的政治格局产生了直接而深远的影响。

关陇地区不仅对西魏至隋唐的政治格局影响深远，也是唐诗，尤其是边塞诗的重要区域。据杨晓霭女士统计：

> 见于《全唐诗》《全唐诗补编》的陇籍诗人有九十五位，诗作达三千首。其人，有帝王宗室、朝臣布衣、僧人羽客，有李白这样的世界著名诗人，也有连姓名都不知道的"西鄙人"；其诗，朝政礼乐、僧道隐逸、边塞山水无所不包，更

---

① 陈寅恪：《隋唐制度渊源略论稿》，中华书局，1963，第 17 页。

有像《敦煌廿咏》一类地域风物的歌吟。①

　　这一区域不仅在唐代的政治格局和文化脉络中占有重要的地位，又因处于唐朝与周边少数民族政权的交界区域，所以民族关系比较复杂。而复杂的民族关系，使这一区域长期以来战争不断。如前所述，有唐一代，陇籍诗人有九十五位，诗作达三千首。他们创作的诗歌多以边塞为背景，关陇地区由此成为唐代边塞诗的重要区域。

　　唐代边战频繁的地区，主要在三边——西北、朔方和东北，其中尤以西北为甚。一部《全唐诗》中，边塞诗约2000首，而其中1500首与大西北有关。更引人注目的是，这些诗中反复歌唱的又多是这样一些地方：阳关、玉门、敦煌、酒泉、凉州、临洮、金城、秦州、祁连、河湟、皋兰、陇坂……它们犹如一串耀眼的明珠，连接起了自陇山到玉门、阳关东西长达1700公里的陇右山川。②

　　根据我们对"唐诗之路"的界定，关陇地区也可被称为"关陇唐诗之路"。它是"唐诗之路"中，极为重要的一条诗路。

3. 西蜀唐诗之路

　　西蜀，古为蜀地，因在西方，故称"西蜀"。蜀道因其独特的地理位置，早在先秦时期就已成为连接蜀地与中原的唯一通道。据严耕望先生《唐代交通图考》记载，由长安一路向南的驿道就是蜀道，蜀道在唐人的交通路线中占有很重要的地位，唐代诗人行走蜀道的频率也很高。蜀道大体上可分为南北两大段，北线的四条支线与南线的三条支线被秦岭所分割，北段由东向西分别是：子午道、傥骆道、褒斜道、故道（又称陈仓道）；南段由东向西分别是：荔枝道、米仓道和金牛道。蜀道是唐代诗人行游西蜀的必经道路，蜀道沿线由此留下了许多脍炙人口的诗篇。其中，李白的《蜀道难》最具代表性。有学者统计：

---

　　① 杨晓霭：《唐代陇籍诗人诗作与关陇文化渊源》，《中国典籍与文化》1997年第3期，第46页。
　　② 杨晓霭、胡大浚：《陇右地域文化与唐代边塞诗》，《文史知识》1996年第7期，第13页。

唐代诗人们在蜀道上往来的次数频繁，留下的蜀道题材诗歌也很可观。《全唐诗》中，诗句里出现"蜀道"的诗有50首，诗题中含"蜀道"的有7首，题目包含"蜀"的有343首。其中，送某人入蜀（赴蜀、还蜀、游蜀、之蜀等）的诗歌有140首。①

需要指出的是，这一统计数据只是一个非常表面的统计，并没有囊括唐诗中跟蜀地相关的所有诗歌。据陈函月统计，唐代入蜀的诗人有180位，虽然他们入蜀的原因各异，但都在蜀地留下了自己的诗作。

蜀道唐诗在数量上是非常庞大的，据笔者对《全唐诗》的不完全统计，至少有十万字左右的与蜀道有关的唐诗。这些诗在题材的选择上也是多种多样，如交游诗、隐逸诗、纪行诗、边塞诗等，全方位地展示了唐代蜀道沿线的自然风景和社会面貌。以诗人们的个体体验刻画唐代的时代特征，更加真实而多角度地展示了唐朝的由盛世到衰落的整个变化过程。

蜀道唐诗体量的庞杂，还体现在组诗的数量方面。比较著名的有杜甫的陇南纪行诗、夔州组诗，雍陶的送别组诗，等等。相较于单个的诗歌，组诗在记载上具有连续性和关联性，再加上详细的序言，使我们更能把握诗歌中的时空特征和作者在那段时间内的情绪、思想的变化以及引起这些变化的原因。

以杜甫为例，他由秦州流寓同谷途中，就有纪行诗24首。后在夔州寓居期间，作诗400余首，进入诗歌创作的高峰时期，将夔州的风土人情和晚年的所思所想完全地记录下来。武元衡节度西川期间，在蜀作诗30余首。羊士谔贬任资州刺史，在蜀地7年，作诗文40余首。元稹两次入蜀，第一次作诗30首；第二次贬任通州刺史，作诗百余首。由此可见，唐代经行蜀道的诗人们创作之丰盛，数量之庞大。②

---

① 石润红：《从唐诗看唐代蜀道地区的植物景观与生态状况》，《成都理工大学学报（社会科学版）》2016年第3期，第62页。

② 陈函月：《唐代蜀道诗历史地理研究》，硕士学位论文，西南大学，2019，第26页。

为什么西蜀在唐代的地位如此特殊呢？为什么有那么多的唐代诗人来蜀地行游呢？陆威仪（Mark Edward Lewis）在分析四川在唐代的特殊地位时指出：

四川，西南部一个封闭、群山环绕的地区，对唐朝而言在经济上不像长江下游东南地区那样重要，但随着7世纪后半叶吐蕃和南诏的兴起而成为一个重要的军事中心。四川始终作为南方的一翼，配合来自鄂尔多斯高原的军队对在西域，即今天新疆的吐蕃军队进行钳形攻击。在"安史之乱"中，四川为逃亡的唐玄宗提供了一个避难的天堂，而在唐朝后期又迎来了德宗和僖宗。

但是出入四川是困难的。如同以前的王朝，唐朝维持了一个以长安和洛阳为中心向外辐射的道路网络，以便于帝国内部官员的往来和公文的传送……然而，唐朝把这个道路网广泛地扩展到了南方，四川成为一个关键地区。穿过四川的道路把今天西南部的云南和贵州与帝国其他部分连接起来，并一直延伸到东南沿海。依靠沿着这些道路和长江的贸易，四川凭自身的优势成为一个富裕的贸易中心。①

由引文的描述可知，四川独特的地理位置，尤其是其战略意义，决定了其在唐帝国版图中的重要地位。根据我们对"唐诗之路"的界定，可以称其为"西蜀唐诗之路"。

4. 大运河唐诗之路

大运河，即京杭大运河。春秋时期，吴国为伐齐国而开凿邗沟，隋朝大幅度扩修并贯通至都城洛阳且连涿郡，元朝翻修时弃洛阳而取直至北京。它既是世界上里程最长、工程最大的古代运河，也是最古老的运河之一，与长城、坎儿井并称为"中国古代的三项伟大工程"。大运河南起余杭（今杭州），北到涿郡（今北京），途经今浙江、江苏、山东、河北四省及天津、北京两市，贯通海河、黄河、淮河、长江、钱塘江五大水系，对中国古代南北地区之间的经济、文化发展与交流，特别是对沿线地区工农业经济的发展起了巨大作用。在大运河申报世界文化

---

① ［美］陆威仪：《世界性的帝国：唐朝》，载［加］卜正民主编，《哈佛中国史》第三卷，张晓东、冯世明译，中信出版社，2016，第13页。

遗产前夕，中国著名历史地理学家陈桥驿先生就大运河的价值与地位评价道："我们的大运河，除了通航作用，还有历史价值和文物价值，它是世界其他运河所不可比拟的！"①

关于交通对人类社会的重要性，严耕望先生明确指出："交通为空间发展之首要条件，盖无论政令推行，政情沟通，军事进退，经济开发，物资流通，与夫文化宗教之传播，民族感情之融合，国际关系之亲睦，皆受交通畅阻之影响，故交通发展为一切政治经济文化发展之基础，交通建设亦居诸般建设之首位。"②大运河不仅在古代中国起着贯通南北交通的重要作用，其文化成就亦是灿烂无比的：

大运河，从公元前486年吴王夫差开凿邗沟起到今天已经2500多年了，大运河的开凿，实关国家经济发展和封建社会的长期稳定，对后世的影响极其深远。伴随大运河千古流淌，不少文学精品产生，尤以唐代诗人存留的运河篇章最多。从时间分布来看，初、盛唐诗歌中出现直接命题的较少，中、晚唐及五代时期较多。从内容上看，随着唐代历史的进程，借大运河以古鉴今的抒怀作品增多。唐代诗人们将他们的审美情趣和时代心理不断地积淀到大运河及其沿岸的美丽风光上，使其意蕴不断丰富。③

大运河在唐代本是漕运要道，同时也是行旅的要路，大运河沿线社会经济的发展、民情风俗、运河旅况、两岸的自然人文景观及其历史遗迹等，都走进了诗人的生活，从而成为其诗歌创作的重要内容。运河沿线的文学创作不仅数量非常多，形式也是多种多样的，诗、文、词、曲、传奇、小说等体裁无所不包。大运河沟通南北，跨度大，流域广，并且受时节、地域、时代的影响，诸多因素成就了运河文化的开放性和包容性，运河文学更具有其独特性。所以笔者认为，大运河称得上是一条名副其实的"水上唐诗之路"。④

---

① 金晓：《历史地理学家陈桥驿：中国大运河是不可比拟的》，《宁波晚报》2014年6月19日，A21版。

② 严耕望：《唐代交通图考》，《"中央研究院"历史语言研究所专刊》之八十三，1985，第1页。

③ 戴永新：《唐诗中的大运河》，《文艺评论》2011年第10期，第150页。

④ 马婷婷：《水上"唐诗之路"研究——以隋唐大运河沿线诗歌创作为中心》，硕士学位论文，延边大学，2011，第1页。

　　大运河作为沟通南北交通的要道，成为唐诗中的重要意象是自然而然的。根据我们对"唐诗之路"的界定，可以称其为"大运河唐诗之路"。

　　近年来，学界关于浙东唐诗之路的研究成果虽然颇丰，但究竟有多少位唐代诗人曾行游至浙东，有多少首唐诗在浙东唐诗之路上留存，至今仍没有完全厘清。竺岳兵先生在《剡溪——唐诗之路》一文中指出：

　　剡溪，千古绝唱的唐诗之路。在数量方面，以收入《全唐诗》的 2200 余位诗人为准，根据对浙东历代方志的统计，共载入的诗人为 228 人，有据可查而方志漏载的 50 人，共计为 278 人，约占《全唐诗》收载的诗人总数的 13%。唐代，全国国土面积约 1500 万平方公里，浙东的面积仅占全国的 0.13%。换句话说，只有全国 1/750 的浙东，却有唐代全部诗人的 1/8 来游弋讴歌。[①]

　　傅璇琮先生的说法是：

　　浙东唐诗之路涉及的，经考证有 400 多位唐代诗人出入浙东，涉及诗篇 1500 多首，涉域面积 2 万余平方公里。[②]

　　目前，学界基本上认可傅先生的这一数据。如胡可先教授提出："浙东迄今留下了超过 1500 首唐诗，是我们得以继承和弘扬的宝贵的遗产。"[③]

　　具体的诗人数量和诗篇数目虽有待学界进一步考证，但整体而言，也就是这样一个体量。与两京唐诗之路、关陇唐诗之路、西蜀唐诗之路、大运河唐诗之路相比，单纯从数量上来看，浙东唐诗之路并不具有绝对的优势；从当时的政治、经济、文化的综合地位和重要性来看，浙东唐诗之路也不具有绝对的优势。那么，

---

　　① 竺岳兵：《剡溪——唐诗之路》，载中国唐代文学学会等主编：《唐代文学研究（第六辑）》，广西师范大学出版社，1996，第 866 页。

　　② 傅璇琮：《〈从义桥渔浦出发：浙东唐诗之路重要源头学术研讨会论文集〉序》，载沈迪云主编：《萧山记忆（第七辑）》，浙江人民出版社，2014，第 1 页。

　　③ 胡可先：《天台山：浙东唐诗之路与海上丝绸之路的交汇》，《浙江社会科学》2019 年第 12 期，第 134 页。

浙东唐诗之路到底具有哪些独特性呢? 胡可先教授曾对浙东唐诗之路的特色作出
详细阐述:

我们知道,唐代东部地区的交通都是以水路为主的,从杭州渡过钱塘江之后
就到了浙东,根据水道和驿站的分布,自越州西陵驿到乐清上浦馆,无疑是浙东
唐诗之路的重要通道。但从越州向东,沿钱塘江东行一直到明州,也是唐代诗人
经行的通道。从杭州以西富阳对岸的渔浦潭开始,入浦阳江又有一条通道通往诸
暨、义乌向婺州方向,再到永嘉。即渔浦潭—诸暨驿—待贤驿(诸暨)—双柏驿
(义乌)—婺州水馆。因此,从主要道路的分布来看,浙东唐诗之路从杭州过了
钱塘江进入浙东,就形成了一条干线和两条支线的格局。这是浙东唐诗之路地理
上的特色。①

无论是越州本土诗人以其作品表达对于家乡的热爱,还是流寓诗人对于浙东
的欣赏,无一例外地都受到越州山水美景的陶冶,从而将真情流露于诗作当中。
诗歌之外,散文如晋孙绰《游天台山赋》、王羲之《兰亭集序》之后,代有名作。
小说,刘义庆《幽明录》所载刘晨、阮肇遇仙的故事也凄美动人,吴均《续齐谐
记》亦收录这一故事,对于后世产生了重大影响。这是浙东唐诗之路文学上的特
色。②

浙东有着深厚的文化渊源,魏晋以后,北方战乱,衣冠贵族大量南迁,黄河
流域的中原文化随着人口的南迁而与浙东文化融合,更使得越中成为人文荟萃之
地。加以东晋门阀制度的盛行,士族势力、门阀势力、北方贵族、南方土著等各
大利益集团汇聚在一地,组成了浙东文人集团。他们借江山之助,体物写志,留
下了很多名垂千古的篇章。……这是浙东唐诗之路文化上的特色。③

唐代浙东地区,是佛教和道教的圣地。天台山的国清寺、新昌的大佛寺、鄞

---

① 胡可先:《天台山:浙东唐诗之路与海上丝绸之路的交汇》,《浙江社会科学》2019 年第 12 期,第
134 页。

② 胡可先:《天台山:浙东唐诗之路与海上丝绸之路的交汇》,《浙江社会科学》2019 年第 12 期,第
134 页。

③ 胡可先:《天台山:浙东唐诗之路与海上丝绸之路的交汇》,《浙江社会科学》2019 年第 12 期,第
134—135 页。

县的天童寺，都是唐代甚为鼎盛的寺庙。沃洲山更是唐人景仰的佛教圣地，东晋高僧支道林曾于此"买山而隐"，养马坡谷，放鹤山峰，而沃洲禅院由白道猷开山，白寂然兴寺，白居易撰写《沃洲山禅院记》，后世号称"三白堂"。道教圣地则有天台山的桐柏观，虽后来成为道教南宗祖庭，实则在唐代已经非常繁盛，迄今存世的唐代诗人崔尚撰写的《桐柏观碑》就是明证。这里是佛教天台宗的发源地，这里的佛教与道教融合无间，和合相处。这是浙东唐诗之路宗教上的特色。①

唐代诗人自爱名山，喜欢漫游。……这样的漫游影响了千年的浙东文脉。我们现在弘扬优秀传统文化，开发浙东唐诗之路，将文学与景观、山水融为一体，也是这一文脉的延伸。这是浙东唐诗之路旅游上的特色。②

胡可先教授从地理、文学、文化、宗教、旅游五个方面，全面概括了浙东唐诗之路的特色。这些特色也是浙东唐诗之路相对于其他唐诗之路来说，所具有的重要特点，或者说比较优势。我们之所以讨论浙东唐诗之路，并不是说它是唯一的一条诗路，更不是说它是最重要的一条诗路，乃是基于浙东唐诗之路的独特性（或者比较优势）。我们希望通过这样的方式，呈现浙东唐诗之路的发展脉络以及它对浙东地区所具有的重要价值。

---

① 胡可先：《天台山：浙东唐诗之路与海上丝绸之路的交汇》，《浙江社会科学》2019 年第 12 期，第 135 页。

② 胡可先：《天台山：浙东唐诗之路与海上丝绸之路的交汇》，《浙江社会科学》2019 年第 12 期，第 135 页。

目　录

第一章　以"天台"为中心

　　天台山在天台县北三里，临海市北一百一十里。《嘉定赤城志》卷21曰："按陶弘景《真诰》，高一万八千丈，周回八百里，山有八重，四面如一。《十道志》谓之顶对三辰，或曰当牛女之分，上应台宿，故云天台。一曰大小台，以石桥大小得名。亦号桐柏楼山。《登真隐诀》云：'大小台处五县中央，五县谓余姚、句章、临海、天台、剡县。'顾野王《舆地志》云：'天台山一名桐柏，众岳最秀者也。'徐灵府《记》云：'天台山与桐柏接而少异。'神邕《山图》又采浮图氏说，以为阎浮震旦国极东处，或又号灵越，孙绰赋所谓'托灵越以正基'是也。按诸书名称不同，惟天台乃其正号，余亦各有据。"

　　天台山风光奇秀，多悬岩、峭壁、瀑布，还是历史文化名山，素以"佛宗道源、山水神秀"享誉海内外。早在东汉，佛教已传入天台山，至陈隋之际，智顗大师在此开创了第一个中国化佛教宗派——天台宗。除此之外，天台山又有深厚的道教文化。道教是唐朝的国教，天台山作为道教圣地之一，受到唐朝历代帝王的特别重视。天台山佛道寺观星罗棋布，俨然已成浙东宗教中心。有唐一代，来天台游赏的诗人络绎不绝，并留下许多优秀的诗作。

　　对于浙东唐诗之路来说，天台是一个具有独特意义的符号。无论是孙绰的《游天台山赋》，还是唐代高道司马承祯的隐居天台，都使天台成为唐代诗人的游行"圣地"。李白"此中多逸兴，早晚向天台"（《送友人寻越中山水》）这种口号式的宣言，直接地表达出对于天台的重视，也反映了唐代诗人普遍的内心世界。从这个角度来说，天台山就是浙东唐诗之路当之无愧的目的地。因此，我们对于台州唐诗的考辨，就从与天台相关的唐诗开始。

一、诗人到访之作

（一）考证的基本结论

通过系统梳理《全唐诗》中与天台有关（诗题、诗句中含"天台"二字）的诗作，[①] 我们发现共有 23 位诗人到访过天台，代表作 48 首诗。其中，32 首诗可作为诗人到访天台的证明，16 首诗不可为证。

诗人及其可证之作分别是：

孟浩然：《将适天台留别临安李主簿》《宿天台桐柏观》《寄天台道士》《寻天台山》

李白：《天台晓望》

章八元：《天台道中示同行》

张佐：《忆游天台寄道流》。

张祜：《游天台山》《忆游天台寄道流》

徐凝：《天台独夜》

姚合：《游天台上方》

李敬方：《天台晴望》

许浑：《早发天台中岩寺度关岭次天姥岑》《思天台》

李郢：《宿怜上人房》《重游天台》

许棠：《赠天台僧》

曹唐：《刘阮再到天台不复见仙子》《刘晨阮肇游天台》

杜荀鹤：《登天台寺》

曹松：《天台瀑布》

卢士衡：《寄天台道友》

陈陶：《夏日怀天台》

刘昭禹：《忆天台山》

---

① 　为行文简便以及突出考证的效果，我们以诗可证者列前，不可证者列后。

灵澈：《天姥岑望天台山》

皎然：《忆天台》

贯休：《寄天台道友》《寒月送玄士入天台》《天台老僧》《送僧游天台》

齐己：《怀天台华顶僧》

牟融：《天台》

诗人及其不可证之作分别是：

孟浩然：《越中逢天台太乙子》

李白：《送杨山人归天台》

姚合：《送陟遐上人游天台》

许浑：《送郭秀才游天台》

杜荀鹤：《送项山人归天台》

皎然：《送重钧上人游天台》《送旻上人游天台》

贯休：《送道士归天台》《秋夜作因怀天台道者》《送僧归天台寺》《寄天台叶道士》《送道友归天台》

宋之问：《送司马道士游天台》《寄天台司马道士》

施肩吾：《送端上人游天台》

项斯：《病中怀王展先辈在天台》

（二）具体诗篇考辨

将适天台留别临安李主簿

孟浩然

枳棘君尚栖，鲍瓜吾岂系。念离当夏首，漂泊指炎裔。

江海非堕游，田园失归计。定山既早发，渔浦亦宵济。

泛泛随波澜，行行任舻枻。故林日已远，群木坐成翳。

羽人在丹丘，吾亦从此逝。[①]

本诗作于唐玄宗开元十八年（730），孟浩然离杭赴天台之际。

———

① ［清］彭定求：《全唐诗》卷 159—015，中华书局，1960，第 1620 页。

　　孟浩然于唐玄宗开元十七年（729）秋，自洛阳经汴水往游吴越，于开元十八年（730）登天台山，宿桐柏观，泛镜湖，探禹穴，游若耶溪，上云门寺，礼拜剡县石城寺。①本诗与《与杭州薛司户登樟亭楼作》《与颜钱塘登樟亭望潮作》等诗，均为孟浩然在杭州时期的作品。

宿天台桐柏观

孟浩然

海行信风帆，夕宿逗云岛。缅寻沧洲趣，近爱赤城好。

扪萝亦践苔，辍棹恣探讨。息阴憩桐柏，采秀弄芝草。

鹤唳清露垂，鸡鸣信潮早。愿言解缨绂，从此去烦恼。

高步陵四明，玄踪得二老。纷吾远游意，乐彼长生道。

日夕望三山，云涛空浩浩。②

　　本诗作于唐玄宗开元十八年（730），孟浩然游历天台之际。《寻天台山》《宿天台桐柏观》《寄天台道士》三诗，皆为同时期之作品。

寄天台道士

孟浩然

海上求仙客，三山望几时。焚香宿华顶，裛露采灵芝。

屡蹑莓苔滑，将寻汗漫期。倘因松子去，长与世人辞。③

　　本诗作于唐玄宗开元十八年（730），孟浩然游历天台之际。孟浩然之生平，参见本章孟浩然《将适天台留别临安李主簿》。

---

①　[唐] 孟浩然著，佟培基笺注：《孟浩然诗集笺注》，上海古籍出版社，2019，前言。
②　[清] 彭定求：《全唐诗》卷 159—028，中华书局，1960，第 1623 页。
③　[清] 彭定求：《全唐诗》卷 160—022，中华书局，1960，第 1636 页。

寻天台山

孟浩然

吾友太乙子，餐霞卧赤城。欲寻华顶去，不惮恶溪名。

歇马凭云宿，扬帆截海行。高高翠微里，遥见石梁横。①

本诗作于唐玄宗开元十八年（730），孟浩然游历天台之际。孟浩然之生平，参见本章孟浩然《将适天台留别临安李主簿》。

越中逢天台太乙子

孟浩然

仙穴逢羽人，停舻向前拜。问余涉风水，何处远行迈。

登陆寻天台，顺流下吴会。兹山夙所尚，安得问灵怪。

上逼青天高，俯临沧海大。鸡鸣见日出，常觌仙人旆。

往来赤城中，逍遥白云外。莓苔异人间，瀑布当空界。

福庭长自然，华顶旧称最。永此从之游，何当济所届。②

本诗作于开元十九年（731）春季到秋季之间。作诗时，孟浩然已经离开天台。

孟浩然自天台游览之后，经剡县沿上虞江（今曹娥江）赴越州，行抵草娥埭，转入镜湖。③本诗与《耶溪泛舟》《云门寺西六七里闻符公兰若最幽与薛八同往》《游云门寺寄越府包户曹徐起居》《与崔二十一游镜湖，寄包、贺二公》《大禹寺义公禅》《同曹三御史行泛湖归越》等诗，均为孟浩然在越州时期的作品。

---

① ［清］彭定求：《全唐诗》卷160—068，中华书局，1960，第1644页。
② ［清］彭定求：《全唐诗》卷159—043，中华书局，1960，第1626页。
③ 李景白：《孟浩然诗集校注》，中华书局，2018，第4页。

天台晓望

李白

天台邻四明，华顶高百越。门标赤城霞，楼栖沧岛月。

凭高登远览，直下见溟渤。云垂大鹏翻，波动巨鳌没。

风潮争汹涌，神怪何翕忽。观奇迹无倪，好道心不歇。

攀条摘朱实，服药炼金骨。安得生羽毛，千春卧蓬阙？ ①

本诗作于开元十五年（727）。

本诗是登临实地之作还是虚构想象之作，学界至今存在争议。目前，学界主要有三种观点：一是登临实地之作，如范文澜的《中国通史简编》、詹锳的《李白诗文系年》、乔象钟的《李白论》、黄锡珪的《李太白年谱》、安旗、薛天纬的《李白年谱》、郁贤皓的《李白丛书》等；二是阙而存疑，如郭沫若的《李白与杜甫·李白杜甫年表》等；三是李白从未到过天台山，《天台晓望》纯属想象之作，如林晖的《也谈李白与天台山》。②

除本诗外，李白的《同友人舟行游台越作（一作同友人舟行）》《赠王判官》《普照寺》等诗，以及李白友人任华的《杂言寄李白》等诗，均可证明李白确实到过天台山。

送杨山人归天台

李白

客有思天台，东行路超忽。涛落浙江秋，沙明浦阳月。

今游方厌楚，昨梦先归越。且尽秉烛欢，无辞凌晨发。

我家小阮贤，剖竹赤城边。诗人多见重，官烛未曾然。

兴引登山屐，情催泛海船。石桥如可度，携手弄云烟。③

---

① ［清］彭定求：《全唐诗》卷180—005，中华书局，1960，第1834页。
② 林晖：《也谈李白与天台山》，《括苍》1981年第2期。
③ ［清］彭定求：《全唐诗》卷175—009，中华书局，1960，第1790页。

本诗作于上元二年（761）。作诗时，李白不在天台。

杨山人，名不详，乃隐于天台山及嵩山的高士。李白《驾去温泉宫后赠杨山人》诗，当为天宝元年（742）供奉翰林时作。又《送杨山人归嵩山》诗当为李白于天宝三载（744）作，时高适亦有《送杨山人归嵩阳》诗。

本诗云："我家小阮贤，剖竹赤城边。"《唐诗纪事》谓，"小阮"乃指李嘉祐。李嘉祐上元中（760 年或 761 年）为台州刺史。按：高适的《别杨山人》《宋中遇林虑杨十七山人因而有别》《武威同诸公遇杨山人》以及刘长卿的《夜宴洛阳程九主簿宅送杨山人往天台寻智者禅师隐居》等诗诗题中的"杨山人"，与本诗诗题中的"杨山人"，或为一人。

天台道中示同行

章八元

八重岩崿叠晴空，九色烟霞绕洞宫。

仙道多因迷路得，莫将心事问樵翁。[①]

本诗具体时间不详。从诗题来看，本诗作于章八元游览天台之际。

章八元，生卒年不详，字虞贤，桐庐县常乐乡章邑里（今横村镇）人。少时喜作诗，偶然在邮亭题诗数行，严维见后甚感惊奇，收为弟子。数年间，诗赋精绝，人称"章才子"。唐大历六年（771）进士。贞元中调句容（今江苏句容县）主簿，后升迁协律郎（掌校正乐律）。

忆游天台寄道流

张佐（张祜）

忆昨天台到赤城，几朝仙籍耳中生。云龙出水风声急，海鹤鸣皋日色清。

石笋半山移步险，桂花当涧拂衣轻。今来尽是人间梦，刘阮茫茫何处行。[②]

---

① [清] 彭定求：《全唐诗》卷 281—009，中华书局，1960，第 3193 页。
② [清] 彭定求：《全唐诗》卷 281—018，中华书局，1960，第 3196 页。

本诗具体时间不详。作者有争议。

由诗句"忆昨天台到赤城"推测，张佐应当到访过天台，本诗乃回忆之作。但本诗与张祜《忆游天台寄道流》的内容完全相同，《全唐诗》分别录于二人名下，因此存疑。又，张佐今存诗两首，另一首《省试州府试诗》，与天台无关。

游天台山

张祜

崔巍海西镇，灵迹传万古。群峰日来朝，累累孙侍祖。

三茅即拳石，二室犹块土。傍洞窟神仙，中岩宅龙虎。

名从乾取象，位与坤作辅。鸾鹤自相群，前人空若瞽。

巉巉割秋碧，娲女徒巧补。视听出尘埃，处高心渐苦。

才登招手石，肘底笑天姥。仰看华盖尖，赤日云上午。

奔雷撼深谷，下见山脚雨。回首望四明，矗若城一堵。

昏晨邈千态，恐动非自主。控鹄大梦中，坐觉身栩栩。

东溟子时月，却孕元化母。彭蠡不盈杯，浙江微辨缕。

石梁屹横架，万仞青壁竖。却瞰赤城颠，势来如刀弩。

盘松国清道，九里天莫睹。穹崇上攒三，突兀傍耸五。

空崖绝凡路，瘤立麋与麈。邈峻极天门，觑深窥地户。

金庭路非远，徒步将欲举。身乐道家流，悖儒若一矩。

行寻白云叟，礼象登峻宇。佛窟绕杉岚，仙坛半榛莽。

悬崖与飞瀑，险喷难足俯。海眼三井通，洞门双阙拄。

琼台下昏侧，手足前采乳。但造不死乡，前劳何足数。[①]

本诗作于长安三年（823）至文宗大和二年（828）之间。其间张祜在江东多有题咏，天台即其中之一。

张祜南之湖州（《晚次荆溪馆呈崔明府》"舣舟阳羡馆，飞步缭疏楹"，阳羡

---

① [清] 彭定求：《全唐诗》卷 510—001，中华书局，1960，第 5794 页。

即湖州之古称）、海盐（《题海盐南馆》）、余杭（《题余杭县龙泉观》）、杭州（《杭州晚眺》），渡钱塘江至越州（《越州怀古》"昔游不可见"，盖两次游越），南登天台（《游天台山》），溯浙江而上富阳（《富阳道中送王正夫》）、桐庐（《夕次桐庐》）、信州上饶（《旅次上饶溪》"更想曾题壁，凋零可叹嗟"）、弋阳（《题弋阳馆》"猿声断客肠"）、贵溪（《早秋贵溪南亭晚眺》"回首故乡人未去，乱蝉声噪不堪闻"）、余干（《题于越亭》"扁舟亭下驻烟波，十五年游重此过"）。[①]

忆游天台寄道流

张祜（张佐）

忆昨天台到赤城，几朝仙籍耳中生。云龙出水风声急，海鹤鸣皋日色清。
石笋半山移步险，桂花当涧拂衣轻。今来尽是人间梦，刘阮茫茫何处行。[②]

参见本章张祜（张佐）《忆游天台寄道流》相关考证。

天台独夜

徐凝

银地秋月色，石梁夜溪声。
谁知屐齿尽，为破烟苔行。[③]

本诗具体时间不详，当作于徐凝游历天台之际。唐宪宗大和四年（830）至六年（832），徐凝游历洛阳，与白居易交往，后归江南，以布衣终身。徐凝曾长居江浙一带。

---

① 谭优学：《唐诗人行年考·张祜考》，四川人民出版社，1981。
② [清] 彭定求：《全唐诗》卷511—010，中华书局，1960，第5828页。
③ [清] 彭定求：《全唐诗》卷474—010，中华书局，1960，第5375页。

游天台上方

姚合

晓上上方高处立，路人羡我此时身。

白云向我头上过，我更羡他云路人。①

本诗作于大和十年（836）左右。时姚合游历天台。

姚合，陕州（今河南省三门峡市市区及陕州区）人，宪宗元和十一年（816）进士，初授武功县主簿，调富平、万年尉。宝历中，先后任监察御史、户部员外郎，出为荆州、杭州刺史，后为给事中、陕虢观察使，官终秘书监。姚合刺杭的具体时间，历来众说纷纭。据曹方林《姚合年谱》考证，大和九年乙卯（835）春，姚合由刑部郎中出任杭州刺史，时姚合56岁。游历天台之时，当为大和十年（836）。姚合与僧韬光游，韬光赠以百龄藤杖，姚合于是作《谢韬光上人赠百龄藤杖》诗。大和十年（836）冬，姚合罢官游越，郑巢作《送姚郎中罢郡游越》。

送陟遐上人游天台

姚合

万叠赤城路，终年游客稀。朝来送师去，自觉有家非。

石净山光远，云深海色微。此诗成亦鄙，为我写岩扉。②

本诗具体时间不详。由诗题可知，本诗系姚合赠别陟遐上人之作。作诗时，姚合不在天台。其余参见本章姚合《游天台上方》相关考证。

天台晴望（时左迁台州刺史。题一作喜晴）

李敬方

天台十二旬，一片雨中春。林果黄梅尽，山苗半夏新。

---

① [清]彭定求:《全唐诗》卷500—016，中华书局，1960，第5685页。

② [清]彭定求:《全唐诗》卷496—064，中华书局，1960，第5627页。

阳乌晴展翅，阴魄夜飞轮。坐冀无云物，分明见北辰。[①]

本诗作于武宗会昌六年（846）。时李敬方坐事贬台州司马，在台州任职期间游历天台，并作此诗。

早发天台中岩寺度关岭次天姥岑

许浑

来往天台天姥间，欲求真诀驻衰颜。星河半落岩前寺，云雾初开岭上关。丹壑树多风浩浩，碧溪苔浅水潺潺。可知刘阮逢人处，行尽深山又是山。[②]

本诗具体时间不详，当作于许浑居天台中岩寺之时。

许浑，生卒年不详，字用晦（一作仲晦），祖籍安州安陆（今湖北安陆），文宗大和六年（832）进士及第。大中年间入为监察御史，因病乞归，后复出仕，任润州司马。历虞部员外郎，转睦、郢二州刺史。晚年归润州丁卯桥村舍闲居，自编诗集《丁卯集》。许浑曾至天台，另有诗作《思天台》等。

思天台

许浑

赤城云雪深，山客负归心。

昨夜西斋宿，月明琪树阴。[③]

本诗具体时间不详，当作于许浑居天台之时。其余参见本章许浑《早发天台中岩寺度关岭次天姥岑》相关考证。

---

① ［清］彭定求：《全唐诗》卷508—030，中华书局，1960，第5774页。
② ［清］彭定求：《全唐诗》卷533—036，中华书局，1960，第6090页。
③ ［清］彭定求：《全唐诗》卷538—003，中华书局，1960，第6135页。

送郭秀才游天台

许浑

云埋阴壑雪凝峰，半壁天台已万重。人度碧溪疑辍棹，僧归苍岭似闻钟。

暖眠鹨鹕晴滩草，高挂猕猴暮涧松。曾约共游今独去，赤城西面水溶溶。①

　　本诗具体时间不详。由诗题可知，本诗系许浑赠别郭秀才之作，诗下有自注：
"余尝与郭秀才同玩朱审画《天台山图》，秀才因游是山，题诗赠别。"许浑曾至
天台，但本诗不可为证。许浑之生平，参见本章许浑《早发天台中岩寺度关岭次
天姥岑》。

宿怜上人房

李郢

重公旧相识，一夕话劳生。药裹关身病，经函寄道情。

岳寒当寺色，滩夜入楼声。不待移文诮，三年别赤城。②

　　本诗具体时间不详。据"不待移文诮，三年别赤城"句推测，本诗当作于李
郢离开天台三年之时。

　　李郢，生卒年不详，字楚望，长安（今陕西西安）人。宣宗大中十年（856）
登进士第，入幕湖州、淮南、睦州、信州为从事，入为侍御史。后为越州从事，
卒于任。李郢游天台大概在寓居杭州之时。元辛文房《唐才子传》卷8载："初居
余杭，出有山水之兴，入有琴书之娱，疏于驰竞。"

---

①　[清]彭定求：《全唐诗》卷533—041，中华书局，1960，第6091页。
②　[清]彭定求：《全唐诗》卷590—009，中华书局，1960，第6848页。

重游天台

李郢

南国天台山水奇，石桥危险古来知。

龙潭直下一百丈，谁见生公独坐时。[1]

本诗具体时间不详，当作于李郢游历天台之时。李郢之生平，参见本章李郢《宿怜上人房》。

赠天台僧

许棠

赤城霞外寺，不忘旧登年。石上吟分海，楼中语近天。

重游空有梦，再隐定无缘。独夜休行道，星辰静照禅。[2]

本诗具体时间不详。由"赤城霞外寺，不忘旧登年"句可知，许棠曾至赤城，但作诗时不在天台。

许棠，字文化，宣州泾县（今安徽泾县）人。尝与张乔共隐匡庐，又曾赴太原幕谒马戴，一见如故，留连累月。懿宗咸通十二年（871）登进士第，时已50岁。为刘邺辟为淮南馆驿官，授泾县尉。后任虔州从事。僖宗乾符六年（879）前后任江宁丞。不久，归居泾县陵阳别业。

刘阮再到天台不复见仙子

曹唐

再到天台访玉真，青苔白石已成尘。笙歌冥寞闲深洞，云鹤萧条绝旧邻。

草树总非前度色，烟霞不似昔年春。桃花流水依然在，不见当时劝酒人。[3]

---

① ［清］彭定求：《全唐诗》卷 590—043，中华书局，1960，第 6854 页。
② ［清］彭定求：《全唐诗》卷 604—016，中华书局，1960，第 6980 页。
③ ［清］彭定求：《全唐诗》卷 640—010，中华书局，1960，第 7338 页。

本诗具体时间不详。

曹唐，字尧宾，桂州（今广西桂林）人。初为道士，工文赋。与罗隐同时，以游仙诗名世。曹唐因向往浙江天台桃源仙女，曾长期客居天台山，写下了关于天台桃源仙女的组诗。清齐召南《天台山方外志》云："寓天台，以能诗名。后为荆湘从事，赋桃源诗，脍炙人口。"

曹唐的游仙诗可分为大游仙诗与小游仙诗。从结构上看，大游仙诗按题材来源分成若干首首尾连贯的有序的小组诗，而小游仙诗就没有这种篇什之间的联章情况。从题材上看，大游仙诗全系根据仙话传说故事改编而成，而小游仙诗虽然也采用仙话的物象名目，但内容与仙话没有直接的关系，显示出强烈的创造性。

曹唐的游仙诗中，以七言绝句写成的小游仙诗有九十八首，以律诗写成的大游仙诗（仅有一首五言律诗，其余全是七言律诗）有二十六首（含近年来新发现的九首）。

《刘阮再到天台不复见仙子》乃曹唐的大游仙系列诗的第五首，该系列五首诗依次写刘阮游天台山、刘阮遇仙、仙子送刘阮出洞、仙女于洞中思念刘阮、刘阮再到天台却不复见仙子的情事。

刘晨阮肇游天台

曹唐

树入天台石路新，云和草静迥无尘。烟霞不省生前事，水木空疑梦后身。往往鸡鸣岩下月，时时犬吠洞中春。不知此地归何处，须就桃源问主人。[①]

参见本章曹唐《刘阮再到天台不复见仙子》相关考证。

登天台寺

杜荀鹤

一到天台寺，高低景旋生。共僧岩上坐，见客海边行。

---

① [清] 彭定求：《全唐诗》卷640—006，中华书局，1960，第7337页。

野色人耕破，山根浪打鸣。忙时向闲处，不觉有闲情。①

本诗当作于咸通十一年（870）。由诗题可知，作诗时，杜荀鹤身在天台。据汤华泉《杜荀鹤生平事迹考证》记载："咸通十一年后，荀鹤游越中，远至台州。"②

送项山人归天台

杜荀鹤

因话天台归思生，布囊藤杖笑离城。不教日月拘身事，自与烟萝结野情。
龙镇古潭云色黑，露淋秋桧鹤声清。此中是处堪终隐，何要世人知姓名。③

本诗具体时间不详。由诗题可知，本诗系杜荀鹤赠别项山人之作。其余参见本章杜荀鹤《登天台寺》相关考证。

天台瀑布

曹松

万仞得名云瀑布，远看如织挂天台。休疑宝尺难量度，直恐金刀易剪裁。
喷向林梢成夏雪，倾来石上作春雷。欲知便是银河水，堕落人间合却回。④

本诗具体时间不详。作诗时，曹松在天台。

曹松，生卒年不详，字梦徵，舒州（今安徽桐城，一今安徽潜山）人。早年曾避乱栖居洪都西山，后依建州刺史李频。李频死后，流落江湖，无所遇合。光化四年（901）中进士，年已七十余，特授校书郎（秘书省正字）而卒。曹松至天台的时间不详。

---

① [清]彭定求：《全唐诗》卷691—010，中华书局，1960，第7927页。
② 汤华泉：《杜荀鹤生平事迹考证》，《阜阳师范学院学报（社会科学版）》1986年第1期，第40—48页。
③ [清]彭定求：《全唐诗》卷692—093，中华书局，1960，第7967页。
④ [清]彭定求：《全唐诗》卷717—037，中华书局，1960，第8241页。

寄天台道友

卢士衡

相思遥指玉霄峰，怅望江山阻万重。会隔晓窗闻法鼓，几同寒榻听疏钟。

别来知子长餐柏，吟处将谁对倚松。且住人间行圣教，莫思天路便登龙。①

本诗具体时间不详。由诗题可知，本诗系卢士衡寄赠友人之作。由"相思遥指玉霄峰，怅望江山阻万重"一句可知，作本诗前卢士衡曾至天台。

卢士衡，生卒年、籍贯皆不详，后唐天成二年（927）进士。曾游浙江天台、钟陵。南宋陈振孙《直斋书录解题》著录卢士衡集一卷，今已佚。除本诗外，卢士衡另有《灵溪老松歌》《游灵溪观》等诗。灵溪即浙江天台灵溪，在天台县北十五里福圣观前。

夏日怀天台

陈陶

竹斋睡余柘浆清，麟凤诱我劳此生。

勿忆天台掩书坐，涧云起尽红峥嵘。②

本诗具体时间不详。由"勿忆天台掩书坐，涧云起尽红峥嵘"一句可知，作本诗前陈陶曾至天台。

陈陶，字嵩伯，鄱阳剑浦人（《全唐诗》作岭南人，此从《唐才子传》）。屡举进士不第，遂隐居不仕，自称三教布衣。大中时，游学长安。南唐升元中，隐洪州西山。后不知所终。据《全唐诗》载："举进士不第，遂恣游名山。"

---

① [清] 彭定求：《全唐诗》卷737—013，中华书局，1960，第8408页。
② [清] 彭定求：《全唐诗》卷746—037，中华书局，1960，第8488页。

忆天台山

刘昭禹

常记游灵境，道人情不低。岩房容偃息，天路许相携。

霞散曙峰外，虹生凉瀑西。何当尘役了，重去听猿啼。[①]

本诗具体时间不详。由诗题可知，作本诗前刘昭禹曾至天台。

刘昭禹，字休明，桂阳（今湖南桂阳）人，生卒年均不详，约梁太祖开平中前后在世。除本诗之外，刘昭禹还有《冬日暮国清寺留题》《灵溪观》等诗作，均能证明其到访过天台。

天姥岑望天台山

灵澈

天台众峰外，华顶当寒空。

有时半不见，崔嵬在云中。[②]

本诗具体时间不详。由诗题可知，作诗时灵澈在天台。

灵澈，一作灵彻。诗僧。俗姓汤，字源澄（一作澄源），会稽（今浙江绍兴）人。出家后，住越州云门寺。长于律学，著有《律宗引源》（今不存），为僧徒所称，尤善诗文。初从严维学诗。自代宗大历初年起，即名播一时。约于大历末移居吴兴何山，与诗僧皎然游，常相唱和。德宗兴元元年（784），皎然致书于文坛盟主包佶、李纾，盛称其诗。灵澈旋入长安，名振辇下。约于贞元三四年间，经庐山、洪州，复归越州。约于贞元六年（790），再入京师。约于贞元末因僧徒所疾，被诬获罪，徙居汀州。宪宗元和初遇赦北归。元和四年（809）住庐山东林寺，与江西节度使韦丹相往还。旋东归湖州。后因宣歙观察使范传正之邀，往住宣州开元寺。元和十一年（816）卒。生平事迹散见刘禹锡《澈上人文集纪》、赞

---

① [清]彭定求：《全唐诗》卷746—037，中华书局，1960，第8646页。

② [清]彭定求：《全唐诗》卷810—007，中华书局，1960，第9132页。

宁《宋高僧传》卷 15、辛文房《唐才子传》卷 3。

送重钧上人游天台

皎然

渐看华顶出，幽赏意随生。十里行松色，千重过水声。

海容云正尽，山色雨初晴。事事将心证，知君道可成。①

本诗具体时间不详。由诗题可知，本诗系皎然送别重钧上人之作。重钧上人，其人不明。作诗时，皎然不在天台。

僧皎然（730—799），俗姓谢，字清昼，湖州（浙江吴兴）人，是中国山水诗创始人谢灵运的十世孙，皎然早年应举不第，在杭州灵隐寺受戒出家，后定居湖州，为吴兴杼山妙喜寺主持。皎然与颜真卿、梁肃、韦应物、刘禹锡、刘长卿、孟郊、李端、灵澈、陆羽等江南名士往来密切。其生平见赞宁《宋高僧传》卷 29《唐湖州杼山皎然传》。

本诗虽不能证明皎然曾至天台，但皎然另有《宿道士观》《忆天台》等诗作，可证其曾游览过天台。

忆天台

皎然

箬溪朝雨散，云色似天台。应是东风便，吹从海上来。

灵山游汗漫，仙石过莓苔。误到人间世，经年不早回。②

参见本章皎然《送重钧上人游天台》相关考证。

---

① [清]彭定求：《全唐诗》卷 818—048，中华书局，1960，第 9221 页。
② [清]彭定求：《全唐诗》卷 820—044，中华书局，1960，第 9249 页。

送旻上人游天台

皎然

真心不废别，试看越溪清。知汝机忘尽，春山自有情。

月思华顶宿，云爱石门行。海近应须泛，无令鸥鹭惊。[①]

参见本章皎然《送重钧上人游天台》相关考证。

寄天台道友

贯休

大是清虚地，高吟到日晡。水声金磬乱，云片玉盘粗。

仙有遗踪在，人还得意无。石碑文不直，壁画色多枯。

冷立千年鹤，闲烧六一炉。松枝垂似物，山势秀难图。

紫府程非远，清溪径不迂。馨香柏上露，皎洁水中珠。

贤圣无他术，圆融只在吾。寄言桐柏子，珍重保之乎。[②]

本诗作于咸通七年（866）秋冬。作诗时，贯休在天台。[③]

释贯休，字德隐，俗姓姜氏，婺州兰溪县登高里人。七岁，投婺州兰溪县（今浙江兰溪）和安寺圆贞禅师，出家为僮侍。宣宗大中六年（852），休二十岁，受具足戒。四十六岁时，因避黄巢之乱，移居昆陵（今江苏常州）。昭宗乾宁元年（894）前后，居杭州灵隐寺，投诗钱镠。晚年曾入蜀。《避寇入银山》作于从江东流亡到荆湘的途中。《元和郡县图志》卷28载："江南道饶州，乐平县东百四十里有银山。"《康熙天台县志》卷一载："银山，在县南十里，二十都。"由此可见，贯休在流亡途中经过台州地区。

贯休游历天台期间，曾作《题灵溪畅公墅》《送僧游天台》《题友人山居》《春

---

① [清]彭定求：《全唐诗》卷821—044，中华书局，1960，第9268页。

② [清]彭定求：《全唐诗》卷829—017，中华书局，1960，第9341页。

③ [唐]贯休：《贯休诗歌系年笺注》，中华书局，2011，第380页。

山行》《过商山》等诗。《送僧游天台》"已有天台约，深秋必共登"句，《题友人山居》"从此天台约，来兹未得还"句，《春山行》"因思石桥月，曾与故人期"句，均表明贯休曾有与友人共游天台的计划。而由《过商山》"吟缘横翠忆天台，啸狄啼猿见尽猜"句可知，作此诗前，贯休已经完成了游览计划。此外，《题灵溪畅公墅》诗题中的灵溪，与天台桐柏瀑布相连，亦可为佐证。

寒月送玄士入天台

贯休

之子逍遥尘世薄，格淡于云语如鹤。相见唯谈海上山，碧侧青斜冷相沓。

芒鞋竹杖寒冻时，玉霄忽去非有期。僮担赤笈密雪里，世人无人留得之。

想入红霞路深邃，孤峰纵啸仙飙起。星精聚观泣海鬼，月涌薄烟花点水。

送君丁宁有深旨，好寻佛窟游银地。雪眉衲僧皆正气，伊昔贞白先生同此意。

若得神圣之药，即莫忘远相寄。①

本诗疑作于咸通七年（866），贯休游览天台之际。② 其余参见本章贯休《寄天台道友》相关考证。

天台老僧

贯休

独住无人处，松龛岳色侵。僧中九十腊，云外一生心。

白发垂不剃，青眸笑转深。犹能指孤月，为我暂开襟。③

本诗作于咸通七年（866）冬，贯休游览天台之际。其余参见本章贯休《寄天台道友》相关考证。

---

① [清]彭定求：《全唐诗》卷 828—006，中华书局，1960，第 9327 页。
② [唐]贯休：《贯休诗歌系年笺注》，中华书局，2011，第 260 页。
③ [清]彭定求：《全唐诗》卷 829—010，中华书局，1960，第 9340 页。

送僧游天台

贯休

囊空心亦空,城郭去腾腾。眼作么是眼,僧谁识此僧。

歇隈红树久,笑看白云崩。已有天台约,深秋必共登。[①]

本诗作于咸通七年(866)秋冬。作诗时,贯休在天台。其余参见本章贯休《寄天台道友》相关考证。

送道士归天台

贯休

道高留不住,道去更何云。举世皆趋世,如君始爱君。

径侵银地滑,瀑到石城闻。它日如相忆,金桃一为分。[②]

咸通七年(866),诗人游越。是年冬,登天台。此诗当作于由越至天台之前。其余参见本章贯休《寄天台道友》相关考证。

秋夜作因怀天台道者

贯休

万事何须问,良时即此时。高秋半夜雨,落叶满前池。

静怕龙神识,贫从草木欺。平生无限事,只有道人知。[③]

本诗作于咸通八年(867)秋,盖贯休离天台后怀之。其余参见本章贯休《寄天台道友》相关考证。

---

① [清]彭定求:《全唐诗》卷828—006,中华书局,1960,第9347页。
② [清]彭定求:《全唐诗》卷829—045,中华书局,1960,第9352页。
③ [清]彭定求:《全唐诗》卷832—047,中华书局,1960,第9390页。

送僧归天台寺

贯休

天台四绝寺，归去见师真。莫折枸杞叶，令他十得嗔。

天空闻圣磬，瀑细落花巾。必若云中老，他时得有邻。①

本诗作于咸通七年（866），贯休入天台前夕。其余参见本章贯休《寄天台道友》相关考证。

寄天台叶道士

贯休

负局高风不可陪，玉霄峰北置楼台。注参同契未将出，寻柳栗僧多宿来。

飐槭松风山枣落，闲关溪鸟术花开。终须肘后相传好，莫便乘鸾去不回。②

本诗作于咸通七年（866）。其余参见本章贯休《寄天台道友》相关考证。

送道友归天台

贯休

藓浓苔湿冷层层，珍重先生独去登。气养三田传未得，药非八石许还曾。

云根应狎玉斧子，月径多寻银地僧。太守苦留终不住，可怜江上去腾腾。③

本诗约作于咸通七年（866），贯休入天台前夕。其余参见本章贯休《寄天台道友》相关考证。

---

①　[清]彭定求：《全唐诗》卷832—055，中华书局，1960，第9391页。
② [清]彭定求：《全唐诗》卷837—050，中华书局，1960，第9438页。
③ [清]彭定求：《全唐诗》卷837—051，中华书局，1960，第9438页。

怀天台华顶僧

齐己

华顶危临海，丹霞里石桥。曾从国清寺，上看月明潮。

好鸟亲香火，狂泉喷沉寥。欲归师智者，头白路迢迢。[①]

本诗具体时间不详。由"曾从国清寺，上看月明潮"一句可知，作诗前，齐己曾到访过天台。

齐己，名得生，姓胡氏，潭之益阳人。出家大沩山峒庆寺，复栖衡岳东林。后欲入蜀，经江陵，高从诲留为僧正，居之龙兴寺，自号衡岳沙门。其游览台州的时间大致在唐昭宗龙纪元年（889）前后，留下诗作十余首。除本诗外，齐己另有《寄酬秦府高推官辇》等诗，可证其曾经游览过天台。

天 台

牟融

碧溪流水泛桃花，树绕天台迥不赊。洞里无尘通客境，人间有路入仙家。

鸡鸣犬吠三山近，草静云和一径斜。此地不知何处去，暂留琼珮卧烟霞。[②]

本诗具体时间不详。作者存疑。

由本诗内容来看，牟融曾游历天台。经陶敏考证，唐代并没有叫牟融的诗人，明人把伪造的诗集归到牟融的名下。[③]

送司马道士游天台

宋之问

羽客笙歌此地违，离筵数处白云飞。

---

① ［清］彭定求：《全唐诗》卷842—025，中华书局，1960，第9510页。

② ［清］彭定求：《全唐诗》卷467—036，中华书局，1960，第5315页。

③ 陶敏：《〈全唐诗·牟融集〉证伪》，《唐代文学研究（第七辑）》，1996。

蓬莱阙下长相忆，桐柏山头去不归。①

本诗当作于圣历元年（698）十月前。② 作诗时，宋之问在洛阳。由诗题可知，本诗系宋之问赠司马承祯之作。据《旧唐书·司马承祯传》载："承祯尝遍游名山，乃止于天台山，则天闻其名。召至都，降手敕以赞美之。及将还，敕麟台监李峤饯之于洛桥之东。"据《资治通鉴》卷 206 载，神功元年（697），李峤知天官选事。据《旧唐书·则天皇后纪》载，神功元年（697），李峤代理天官侍郎，后又进拜麟台少监（秘书少监）。圣历元年（698 年），李峤升任宰相。

中宗景龙三年（709），宋之问出任越州长史。他沿汴水南下，过扬州、杭州至越州赴任。经过杭州灵隐寺时，作《灵隐寺》。诗曰："夙龄尚遐异，搜对涤烦嚣。待入天台路，看余度石桥。"宋之问拜谒禹庙时，作《谒禹庙》。诗曰："揆材非美箭，精享愧生刍。郡职昧为理，邦空宁自诬。下车霰已积，摄事露行濡。"由此可见，宋之问于严冬岁暮抵越州。③

综上所述，宋之问若曾到访天台，必在景龙三年（709），但本诗不可为证。

寄天台司马道士

宋之问

卧来生白发，览镜忽成丝。远愧餐霞子，童颜且自持。
旧游惜疏旷，微尚日磷缁。不寄西山药，何由东海期。④

本诗当作于圣历元年（698）后的十数年间。作诗时，宋之问不在天台。宋之问之生平，参见本章宋之问《送司马道士游天台》。

---

① ［清］彭定求：《全唐诗》卷 053—044，中华书局，1960，第 656 页。
② ［唐］沈佺期、［唐］宋之问撰，陶敏、易淑琼校注：《沈佺期宋之问集校注》下册，中华书局，2001，第 400 页。
③ 谭优学：《唐诗人行年考续编·宋之问行年考》，四川人民出版社，1987，第 25 页。
④ ［清］彭定求：《全唐诗》卷 052—028，中华书局，1960，第 636 页。

送端上人游天台

施肩吾

师今欲向天台去，来说天台意最真。溪过石桥为险处，路逢毛褐是真人。

云边望宇钟声远，雪里寻僧脚迹新。只可且论经夏别，莫教琪树两回春。①

本诗具体时间不详。由诗题可知，本诗系施肩吾赠别端上人之作。作诗时，施肩吾不在天台。

施肩吾科举及第之后选择归隐，往来于山阴（今绍兴）、天台、四明（今宁波）等地的名山大川之间。本诗虽不能证明施肩吾曾至天台，但《瀑布》等诗可证。

病中怀王展先辈在天台

项斯

枕上用心静，唯应改旧诗。强行休去早，暂卧起还迟。

因说来归处，却愁初病时。赤城山下寺，无计得相随。②

本诗具体时间不详。由诗题可知，本诗系项斯记怀王展之作。项斯曾至天台，但本诗不可为证。

项斯，字子迁，生卒年不详，台州府乐安县（今浙江仙居）人。关于他的籍贯，历来说法不一：《一统志》《临海县志》说他是台州临海人，《台州府志》《仙居县志》说他是仙居人。据《浙江通志》载："离县城十五里，距三学寺五里，有项斯坑。"《台州府志》亦有项斯故居在仙居"三十八都项斯坑"的记载。宪宗元和十年（815），项斯应进士不第后，开始云游四方，杭州、绍兴、衢县（今衢州）、永嘉、天台等地，皆有其足迹。

① [清] 彭定求：《全唐诗》卷494—011，中华书局，1960，第5587页。
② [清] 彭定求：《全唐诗》卷554—019，中华书局，1960，第6410页。

二、未到访天台之诗人作品

因话天台胜异仍送罗道士

方干

积翠千层一径开，遥盘山腹到琼台。藕花飘落前岩去，桂子流从别洞来。

石上丛林碍星斗，窗边瀑布走风雷。纵云孤鹤无留滞，定恐烟萝不放回。[1]

本诗具体时间不详。由诗题可知，本诗系方干赠别罗道士之作。罗道士，其人不明。作诗时，方干未至天台。

据《板桥方氏宗谱》记载，仙居方氏是晚唐诗人方干的后裔。方干祖籍河南新定，先是侨寓严州桐庐，后因其友孙郃[2]之邀，寄居于仙居之板桥一段时间。五代或宋初时，其后世子孙为追慕先祖遗迹，正式迁居板桥。宋淳熙年间，方干第十世长房孙方牧生有四子，其二子方赐于宋末元初迁居方宅，成为方宅村的始迁祖。故，方宅方氏与板桥方氏是宗亲关系。"文革"时期，板桥方氏大宗祠堂内（桐江书院）的朱熹手书"鼎山堂"匾额，即因藏匿于方宅村才得以留存。

赠天台叶尊师

方干

莫见平明离少室，须知薄暮入天台。常时爱缩山川去，有夜自携星月来。

灵药不知何代得，古松应是长年栽。先生暗笑看棋者，半局棋边白发催。[3]

本诗具体时间不详。由诗题可知，本诗系方干赠别叶尊师之作。叶尊师，其人不明。作诗时，方干未至天台。其余参见本章方干《因话天台胜异仍送罗道士》相

---

① [清]彭定求:《全唐诗》卷650—048，中华书局，1960，第7470页。

② 孙郃，字希韩，生卒年不详，浙江台州仙居人。乾宁四年（897）登进士第，为唐代仙居第二位进士（第一位为项斯）。

③ [清]彭定求:《全唐诗》卷652—001，中华书局，1960，第7484页。

关考证。

送孙百篇游天台

方干

东南云路落斜行，入树穿村见赤城。

远近常时皆药气，高低无处不泉声。

映岩日向床头没，湿烛云从柱底生。

更有仙花与灵鸟，恐君多半未知名。[①]

本诗具体时间不详。由诗题可知，本诗系方干赠别孙百篇之作。其余参见本章方干《因话天台胜异仍送罗道士》相关考证。

送钱特卿赴职天台

方干

路入仙溪气象清，垂鞭树石罅中行。雾昏不见西陵岸，风急先闻瀑布声。

山下县寮张乐送，海边津吏棹舟迎。诗家弟子无多少，唯只于余别有情。[②]

本诗具体时间不详。由诗题可知，本诗系方干赠别钱特卿之作。其余参见本章方干《因话天台胜异仍送罗道士》相关考证。

送水墨项处士归天台

方干

仙峤倍分元化功，揉蓝翠色一重重。

还家莫更寻山水，自有云山在笔峰。[③]

---

① [清]彭定求:《全唐诗》卷652—018，中华书局，1960，第7486页。

② [清]彭定求:《全唐诗》卷652—050，中华书局，1960，第7493页。

③ [清]彭定求:《全唐诗》卷653—031，中华书局，1960，第7502页。

本诗具体时间不详，由诗题可知，本诗系方干赠别项处士之作。其余参见本章方干《因话天台胜异仍送罗道士》相关考证。

王屋山送道士司马承祯还天台

李隆基

紫府求贤士，清溪祖逸人。江湖与城阙，异迹且殊伦。

间有幽栖者，居然厌俗尘。林泉先得性，芝桂欲调神。

地道逾稽岭，天台接海滨。音徽从此间，万古一芳春。①

本诗作于开元十五年（727）。由诗题可知，本诗系唐玄宗赠别司马承祯之作。

司马承祯乃唐朝著名道士之一，隐居天台山玉霄峰。开元十年（722），唐玄宗幸东都洛阳，命司马承祯随驾东行。司马承祯以年高辞行，返回天台山。开元十五年（727），唐玄宗再次召司马承祯从天台入京问道，因深感天台山路途遥远不便，便命人在济源王屋山建阳台观让其住持修炼。司马承祯在王屋山居住一段时间后，向玄宗请求返回浙江天台山，玄宗于是作诗相赠。

送杨道士往天台

张九龄

鬼谷还成道，天台去学仙。行应松子化，留与世人传。

此地烟波远，何时羽驾旋。当须一把袂，城郭共依然。②

本诗作于唐玄宗开元二十八年（740）春。开元二十五年（737），张九龄由尚书丞相贬为荆州长史。开元二十八年（740），告假南归。南归前，作本诗赠杨道士。张九龄守荆后，常游道教圣地紫盖山，与杨道士相识亦在此之际。③ 杨道

---

① ［清］彭定求：《全唐诗》卷003—038，中华书局，1960，第35页。
② ［清］彭定求：《全唐诗》卷048—038，中华书局，1960，第586页。
③ 顾建国：《张九龄年谱》，中国社会科学出版社，2005，第283页。

士，其名不详，只知其慕天台而往。

寄天台司马先生

崔湜

闻有三元客，祈仙九转成。人间白云返，天上赤龙迎。

尚惜金芝晚，仍攀琪树荣。何年缜岭上，一谢洛阳城。[①]

本诗具体时间不详。由诗题可知，本诗系崔湜寄送高道司马承祯之作。崔湜生平未至天台，亦无其他诗作涉及天台。

送道士入天台

薛曜

洛阳陌上多离别，蓬莱山下足波潮。

碧海桑田何处在，笙歌一听一遥遥。[②]

本诗乃作于圣历二年（699）。据《旧唐书·司马承祯传》载："承祯尝遍游名山，乃止于天台山。则天闻其名，召至都，降手敕赞美之。及将还，敕麟台监李峤饯之于洛桥之东。"本诗系薛曜与李峤等奉敕送司马承祯还天台山之作，时薛曜在洛阳。

寄天台司马道士

张说

世上求真客，天台去不还。传闻有仙要，梦寐在兹山。

朱阙青霞断，瑶堂紫月闲。何时枉飞鹤，笙吹接人间。[③]

---

① [清] 彭定求：《全唐诗》卷054—017，中华书局，1960，第664页。
② [清] 彭定求：《全唐诗》卷080—021，中华书局，1960，第870页。
③ [清] 彭定求：《全唐诗》卷087—065，中华书局，1960，第955页。

本诗具体时间不详。由诗题可知，本诗系张说寄送高道司马承祯之作。张说生平未至天台，亦无其他诗作涉及天台。

寄天台司马道士

沈如筠

河洲花艳熳，庭树光彩蒨。

白云天台山，可思不可见。①

本诗具体时间不详。由诗题可知，本诗系沈如筠寄送高道司马承祯之作。作诗时，沈如筠不在天台。

送苏倩游天台

张子容

灵异寻沧海，笙歌访翠微。江鸥迎共狎，云鹤待将飞。

琪树尝仙果，琼楼试羽衣。遥知神女问，独怪阮郎归。②

本诗具体时间不详。由诗题可知，本诗系张子容送别苏倩之作。张子容，生平不详。苏倩，其人不详。作诗时，张子容不在天台。

白龙窟泛舟寄天台学道者

常建

夕映翠山深，余晖在龙窟。扁舟沧浪意，澹澹花影没。

西浮入天色，南望对云阙。因忆莓苔峰，初阳濯玄发。

泉萝两幽映，松鹤间清越。碧海莹子神，玉膏泽人骨。

忽然为枯木，微兴遂如兀。应寂中有天，明心外无物。

---

① [清]彭定求：《全唐诗》卷114—048，中华书局，1960，第1163页。
② [清]彭定求：《全唐诗》卷116—004，中华书局，1960，第1175页。

环回从所泛，夜静犹不歇。澹然意无限，身与波上月。①

本诗具体时间不详。作诗时，常建不在天台。

常建，生平不详。据辛文房《唐才子传》载："建，长安人。开元十五年与王昌龄同榜登科。大历中，授盱眙尉。仕颇不如意，遂放浪琴酒，往来太白、紫阁诸峰，有肥遁之志。"据常建现存诗作可知，其到访过吴越、湖南、湖北以及边塞秦中等地。白龙窟，具体位置不详，疑是杭州白龙洞。

送少微上人游天台

刘长卿

石桥人不到，独往更迢迢。乞食山家少，寻钟野路遥。

松门风自扫，瀑布雪难消。秋夜闻清梵，馀音逐海潮。②

一作皇甫曾诗，题作《送少微上人东南游》（《全唐诗》卷210）。《文苑英华》作刘长卿诗。少微上人乃云游僧，据独孤及《送少微上人之天台国清寺序》记载，少微游天台在大历十年（775）。作此诗时，刘长卿在常州、义兴一带游历。③

入白沙渚，霁缘二十五里至石窟山下，怀天台陆山人

刘长卿

远屿霭将夕，玩幽行自迟。归人不计日，流水闲相随。

辍棹古崖口，扪萝春景迟。偶因回舟次，宁与前山期。

对此瑶草色，怀君琼树枝。浮云去寂寞，白鸟相因依。

何事爱高隐，但令劳远思。穷年卧海峤，永望愁天涯。

---

① [清]彭定求：《全唐诗》卷144—025，中华书局，1960，第1459页。
② [清]彭定求：《全唐诗》卷147—025，中华书局，1960，第1482页。
③ 储仲君：《刘长卿诗编年笺注》，中华书局，1996，第538页。

吾亦从此去，扁舟何所之。迢迢江上帆，千里东风吹。①

本诗具体时间不详。据《淳熙严州图经》载："白沙渡在县西六十里。"本诗乃刘长卿在睦州之作。天台陆山人，疑是陆羽。②据诗题可知，作诗时，刘长卿不在天台。

夜宴洛阳程九主簿宅送杨三山人往天台寻智者禅师隐居

刘长卿

东林问逋客，何处栖幽偏。满腹万余卷，息机三十年。

志图良已久，鬓发空苍然。调啸寄疏旷，形骸如弃捐。

本家关西族，别业嵩阳田。云卧能独往，山栖幸周旋。

垂竿不在鱼，卖药不为钱。藜杖闲倚壁，松花常醉眠。

顷辞青溪隐，来访赤县仙。南亩自甘贱，中朝唯爱贤。

仍空世谛法，远结天台缘。魏阙从此去，沧洲知所便。

主人琼枝秀，宠别瑶华篇。落日扫尘榻，春风吹客船。

此行颇自适，物外谁能牵。弄棹白萍里，挂帆飞鸟边。

落潮见孤屿，彻底观澄涟。雁过湖上月，猿声峰际天。

群峰趋海峤，千里黛相连。遥倚赤城上，瞳瞳初日圆。

昔闻智公隐，此地常安禅。千载已如梦，一灯今尚传。

云龛闭遗影，石窟无人烟。古寺暗乔木，春崖鸣细泉。

流尘既寂寞，缅想增婵娟。山鸟怨庭树，门人思步莲。

夷犹怀永路，怅望临清川。渔人来梦里，沙鸥飞眼前。

独游岂易惬，群动多相缠。羡尔五湖夜，往来闲扣舷。③

本诗乃刘长卿于天宝四年（745）游洛阳时所作。杨三山人与白居易告别后，

---

① ［清］彭定求：《全唐诗》卷149—055，中华书局，1960，第1541页。

② 储仲君：《刘长卿诗编年笺注》，中华书局，1996，第455页。

③ ［清］彭定求：《全唐诗》卷150—015，中华书局，1960，第1553页。

即赴天台。[1] 作诗时，刘长卿不在天台。

杨三山人，生平事迹不详。李白有《送杨山人归嵩山》诗（《全唐诗》卷176），高适亦有《送杨山人归嵩阳》诗（《全唐诗》卷213），当为天宝三年（744）前后，二人同游梁宋时作。刘长卿诗云："本家关西族，别业嵩阳田。"杨三山人应为高、李赠诗者。又按李白有《送杨山人归天台》诗（《全唐诗》卷175），诗云："客有思天台，东行路超忽。涛落浙江秋，沙明浦阳月。今游方厌楚，昨梦先归越。且尽秉烛欢，无辞凌晨发。"该诗当作于天宝六载至八载（747—749），李白寓居金陵时。由此推断，杨山人之赴天台当在天宝七载（748）前后。[2]

送惠法师游天台，因怀智大师故居

刘长卿

翠屏瀑水知何在，鸟道猿啼过几重。落日独摇金策去，深山谁向石桥逢。
定攀岩下丛生桂，欲买云中若个峰。忆想东林禅诵处，寂寥惟听旧时钟。[3]

本诗具体时间不详。惠法师，其人不详。由诗题可知，本诗系刘长卿赠别惠法师之作。作诗时，刘长卿不在天台。

寄天台秀师

司空曙

天台瀑布寺，传有白头师。幻迹示赢病，空门无住持。
雪晴看鹤去，海夜与龙期。永愿亲瓶屦，呈功得问疑。[4]

本诗具体时间不详。由诗题可知，本诗系司空曙寄送秀师之作。

秀师，生平不详，乃天台僧。司空曙乃大历十才子之一，登进士第，曾官主

---

① 杨世明：《刘长卿集编年校注》，人民文学出版社，2017，第 23 页。
② 储仲君：《刘长卿诗编年笺注》，中华书局，1996，第 16 页。
③ [清] 彭定求：《全唐诗》卷 151—036，中华书局，1960，第 1568 页。
④ [清] 彭定求：《全唐诗》卷 292—042，中华书局，1960，第 3317 页。

簿。永泰二年至大历二年，为左拾遗，在长安与卢纶、独孤及和钱起吟咏相和。后贬为长林丞。贞元初，以水部郎中衔在剑南四川节度使韦皋幕中任职，官至虞部郎中。从现存史料来看，司空曙未曾到访过天台。

送霄韵上人游天台（一作宝韵上人）

刘禹锡

曲江僧向松江见，又到天台看石桥。

鹤恋故巢云恋岫，比君犹自不逍遥。①

本诗作于大和六年（832）春至大和八年（834）秋之间，时刘禹锡在苏州。由诗题可知，本诗系刘禹锡寄送霄韵上人之作。霄韵上人，生平不详，乃天台道士。

刘禹锡未曾到访天台。其现存诗作中没有直接描写天台的风物，只是偶尔引用与天台有关的典故。其《八月十五夜桃源玩月》《八月十五日夜玩月》等诗，从武陵桃源写到天台桃源。

送超上人归天台（一作送天台道士）

孟郊

天台山最高，动蹑赤城霞。何以静双目，扫山除妄花。

何以洁其性，滤泉去泥沙。灵境物皆直，万松无一斜。

月中见心近，云外将俗赊。山兽护方丈，山猿捧袈裟。

遗身独得身，笑我牵名华。②

本诗具体时间不详。由诗题可知，本诗系孟郊赠别超上人之作。孟郊生平未至天台，亦无其他诗作涉及天台。

---

① ［清］彭定求：《全唐诗》卷365—020，中华书局，1960，第4115页。
② ［清］彭定求：《全唐诗》卷379—016，中华书局，1960，第4250页。

司天台·引古以儆今也

白居易

司天台,仰观俯察天人际。羲和死来职事废,官不求贤空取艺。

昔闻西汉元成间,上陵下替谪见天。北辰微闇少光色,四星煌煌如火赤。

耀芒动角射三台,上台半灭中台坼。是时非无太史官,眼见心知不敢言。

明朝趋入明光殿,唯奏庆云寿星见。天文时变两如斯,九重天子不得知。

不得知,安用台高百尺为。[①]

本诗具体时间不详,应作于白居易居长安之时。《史记·历书》载:"颛顼受之,乃命南正重司天以属神,命火正黎司地以属民。"《旧唐书·天文志下》载:"旧仪:太史局隶秘书省,掌视天文历象。……乾元元年三月,改太史监为司天台。"本诗乃引古证今之作,"司天台"乃官署名,掌管观察天象、考定历数等职,与天台无关。

和微之诗二十三首·和送刘道士游天台

白居易

闻君梦游仙,轻举超世雰。握持尊皇节,统卫吏兵军。

灵旗星月象,天衣龙凤纹。佩服交带篆,讽吟蕊珠文。

阆宫缥缈间,钧乐依稀闻。斋心谒西母,暝拜朝东君。

烟霏子晋裾,霞烂麻姑裙。倏忽别真侣,怅望随归云。

人生同大梦,梦与觉谁分。况此梦中梦,悠哉何足云。

假如金阙顶,设使银河濱。既未出三界,犹应在五蕴。

饮咽日月精,茹嚼沆瀣芬。尚是色香味,六尘之所熏。

仙中有大仙,首出梦幻群。慈光一照烛,奥法相绷缊。

不知万龄暮,不见三光曛。一性自了了,万缘徒纷纷。

① [清]彭定求:《全唐诗》卷426—011,中华书局,1960,第4694页。

苦海不能漂，劫火不能焚。此是竺乾教，先生垂典坟。[1]

本诗作于大和二年（828）。时白居易在长安，任刑部侍郎。由诗题可知，本诗乃和诗，意在送别刘道士。

白居易少年时期就到过江浙一带，后又任杭州刺史。据朱金城《白居易年谱》考证，少年白居易由徐州到江南避乱的七处主要居所及其在唐代志图上的位置分别是：（1）溧水（今江苏省南京市溧水区）；（2）於潜县（今浙江省杭州市临安区於潜镇）；（3）遂安县（今浙江省杭州市淳安县）；（4）苏州（今江苏省苏州市）；（5）杭州（今浙江省杭州市）；（6）越州（今浙江省绍兴市）；（7）衢州（今浙江省衢州市）。

据杨恂骅《白居易苏杭诗文研究》考证，白居易由徐州到杭州一共走了约两个半月，其间作诗39首，共涉诗迹54处。其中，反映作诗地点的31处，能确切系地的27处。在杭州刺史任上（822—824）作诗164首，作散文7篇。能确切系地的地点中，白文具体作文地点7处，所涉地名21处。白诗具体作诗地点92处，所涉地名136处，但均与台州无关。由此可知，白居易无论是在少年时期还是在杭州刺史任内，均未曾到访天台。

春暮思平泉杂咏二十首·金松（出天台山，叶带金色）

李德裕

台岭生奇树，佳名世未知。纤纤疑大菊，落落是松枝。

照日含金晰，笼烟淡翠滋。勿言人去晚，犹有岁寒期。[2]

此乃组诗，共二十首，诗题点明"春暮思平泉"，题下自注："自此并淮南作。"开成二年（837）五月，由浙西观察使改任淮南节度使。开成五年（840），自淮南节度使入为宰相。故此组诗当作于开成三年（838）春暮，或开成四年（839）

① [清]彭定求：《全唐诗》卷445—002，中华书局，1960，第4982页。
② [清]彭定求：《全唐诗》卷475—082，中华书局，1960，第5405页。

春暮，或开成五年（840）春暮。

组诗所咏之物，诗题多有备注。例如《红桂树（此树白花红心，因以为号）》《月桂（出蒋山，浅黄色）》，本诗亦如是。由诗题可知，金松出自天台，而李德裕生平未至天台。

寄天台准公

鲍溶

赤城桥东见月夜，佛垄寺边行月僧。

闲蹋莓苔绕琪树，海光清净对心灯。[①]

本诗具体时间不详，由诗题可知，本诗系鲍溶寄送准公之作。准公，生平不详。鲍溶，字德源，生卒年、籍贯皆不详，元和四年（809）进士。元和末，卧病淮南。鲍溶生平未至天台。

送僧择栖游天台二首

鲍溶

身非居士常多病，心爱空王稍觉闲。师问寄禅何处所，浙东青翠沃洲山。

金岭雪晴僧独归，水文霞彩衲禅衣。可怜石室烧香夜，江月对心无是非。[②]

详见本章鲍溶《寄天台准公》相关考证。

送文颖上人游天台

沈亚之

露花浮翠瓦，鲜思起芳丛。此际断客梦，况复别志公。

既历天台去，言过赤城东。莫说人间事，崎岖尘土中。[③]

---

① ［清］彭定求：《全唐诗》卷485—048，中华书局，1960，第5514页。
② ［清］彭定求：《全唐诗》卷487—014，中华书局，1960，第5534页。
③ ［清］彭定求：《全唐诗》卷493—008，中华书局，1960，第5579页。

本诗具体时间不详。由诗题可知，本诗系沈亚之赠别文颖上人之作。

文颖上人，生平不详。沈亚之，字下贤，吴兴人。元和十年（815）登进士第。泾原节度使李汇辟掌书记，再转秘书省正字。长庆中，补栎阳令。历殿中丞御史、内供奉。太和初，为德州行营使柏耆判官。耆贬，亚之亦谪南康尉，终郢州司户参军。元和十一年（816），沈亚之游历会稽、杭州、嘉兴，后回湖州吴兴，未曾到访过天台。

送虚上人游天台

朱庆馀

青冥通去路，谁见独随缘。此地春前别，何山夜后禅。

石桥隐深树，朱阙见晴天。好是修行处，师当住几年。[①]

本诗具体时间不详。由诗题可知，本诗系朱庆馀赠别虚上人之作，作诗时，朱庆馀未至天台。朱庆馀曾至杭州、温州、处州、吴兴等地游览，还曾一路南下漫游，经湖南，到今天的广州一带。史籍中没有朱庆馀到天台的直接记载，朱庆馀亦无其他诗作涉及天台。

送元处士游天台

朱庆馀

青冥路口绝人行，独与僧期上赤城。树列烟岚春更好，溪藏冰雪夜偏明。

空山雉雊禾苗短，野馆风来竹气清。若过石桥看瀑布，不妨高处便题名。[②]

本诗具体时间不详。由诗题可知，本诗系朱庆馀赠别元处士之作。作诗时，朱庆馀不在天台。元处士，其人不详。其余参见本章朱庆馀《送虚上人游天台》相关考辨。

---

① ［清］彭定求：《全唐诗》卷 515—020，中华书局，1960，第 5882 页。
② ［清］彭定求：《全唐诗》卷 515—025，中华书局，1960，第 5883 页。

送道友入天台山作

马戴

却忆天台去，移居海岛空。观寒琪树碧，雪浅石桥通。

漱齿飞泉外，餐霞早境中。终期赤城里，披氅与君同。[①]

本诗具体时间不详。由诗题可知，本诗系马戴赠别道友之作。道友，其人不明。

马戴早年困顿，屡试落第，困于场屋垂三十年，客游所至，南极潇湘，北抵幽燕，西至沂陇，久滞长安及关中一带，并隐居于华山，遨游边关。武宗会昌四年（844），与项斯、赵嘏同榜登第。宣宗大中元年（847）为太原幕府掌书记，以直言获罪，贬为龙阳（今湖南省汉寿）尉，后得赦还京。咸通七年（867）擢国子太常博士。马戴工诗属文，尤以五律见长，善于抒写羁旅之思和失意之慨，蕴藉深婉，秀朗自然。马戴曾至浙江，但未到访天台。

送天台僧

贾岛

远梦归华顶，扁舟背岳阳。寒蔬修净食，夜浪动禅床。

雁过孤峰晓，猿啼一树霜。身心无别念，余习在诗章。[②]

本诗具体时间不详。由诗题可知，本诗系贾岛赠别僧友之作。

僧友，其人不明。贾岛，字阆仙（一作浪仙），河北道幽州范阳（今河北涿州）人，自号"碣石山人"。开成三年（834），坐飞谤贬授遂州长江县主簿。秩满，迁普州司仓参军。会昌三年（843），在任上去世。史籍中无直接证据可以证明其曾游览台州。

---

① ［清］彭定求：《全唐诗》卷556—088，中华书局，1960，第6457页。

② ［清］彭定求：《全唐诗》卷572—041，中华书局，1960，第6637页。

送僧归天台

贾岛

辞秦经越过，归寺海西峰。石涧双流水，山门九里松。

曾闻清禁漏，却听赤城钟。妙宇研磨讲，应齐智者踪。①

本诗具体时间不详。由诗题可知，本诗系贾岛赠别僧友之作。僧友，其人不明。其余参见本章贾岛《送天台僧》相关考辨。

筑台词（汉武筑通天台，役者苦之）

刘驾

前杵与后杵，筑城声不住。

我愿筑更高，得见秦皇墓。②

本诗具体时间不详。刘驾未曾到访天台。

本诗诗题中的"天台"，乃是台名，一名云阳宫，在今陕西省淳化县西北甘泉山故甘泉宫中。《汉书·武帝纪》载："（元封）二年冬十月……作甘泉通天台。"颜师古注："通天台者，言此台高，上通于天地。《汉旧仪》云高三十丈，望见长安城。"《三辅黄图·台榭》引《汉武故事》："筑通天台于甘泉，去地百余丈，望云雨悉在其下，见长安城……元凤间，自毁。"

刘驾，字司南，江东人，生卒年均不详。大中六年（852）中第，乃归越中。时国家承平，献乐府十章，帝甚悦。累历达官，终国子博士。其生平未至天台，亦无其他诗作涉及天台。

---

① [清]彭定求：《全唐诗》卷573—011，中华书局，1960，第6653页。
② [清]彭定求：《全唐诗》卷585—025，中华书局，1960，第6778页。

赠天台隐者

刘沧

静者多依猿鸟丛，衡门野色四郊通。天开宿雾海生日，水泛落花山有风。

回望一巢悬木末，独寻危石坐岩中。看书饮酒馀无事，自乐樵渔狎钓翁。①

本诗具体时间不详。由诗题可知，本诗系刘沧赠友之作。隐者，其人不明。

刘沧，生卒年不详。字蕴灵，汶阳（今山东宁阳北）人。屡举进士不第，宣宗大中八年（854）方登进士第，时已白发。调华原县尉，迁龙门县令。善七律，诗作拗峭，诚为晚唐律体之变。其生平未至天台，亦无其他诗作涉及天台。

送僧入天台

李频

一锡随缘赴，天台又去登。长亭旧别路，落日独行僧。

夜烧山何处，秋帆浪几层。他时授巾拂，莫为老无能。②

本诗具体时间不详。由诗题可知，本诗系李频赠僧友之作。僧者，其人不明。作诗时，李频不在天台。

李频，字德新，睦州寿昌（今浙江建德西南）人。大和八年（834）至会昌三年（843）在长安求仕，大中六年（852）入蜀。入仕后，入幕黔中。于大中八年（854）暮或明年初春，离开黔州幕东归，经硖州，中间又滞留汉上鄂渚。大中八年（854）登进士第，授校书郎，为南陵主簿。试判入等，迁武功令。宣宗大中十三年（859），在浙东一带活动。懿宗时，以有治声擢为侍御史，累迁都官员外郎。乾符二年（875）正月迁为建州刺史，后卒于任上。

---

① ［清］彭定求：《全唐诗》卷586—041，中华书局，1960，第6794页。
② ［清］彭定求：《全唐诗》卷588—051，中华书局，1960，第6829页。

孙发百篇将游天台请诗赠行因以送之

皮日休

孙子荆家思有余，元戎曾荐入公车。百篇宫体喧金屋，一日官衔下玉除。

紫府近通斋后梦，赤城新有寄来书。因逢二老如相问，正滞江南为鲙鱼。^①

　　本诗作于唐懿宗咸通十一年（870）。^②由诗题可知，本诗系皮日休赠别孙发之作。作诗时，皮日休不在天台。

　　孙发，号百篇，吴中人，曾官至台州从事，与方干为诗友。方干有《寄台州孙从事百篇（登第初授华亭尉）》《送孙百篇游天台》《赠孙百篇》等诗。孙发尝举百篇科，故皮日休赠以诗云"百篇宫体喧金屋，一日官衔下玉除"。陆龟蒙亦云："直应天授与诗情，百咏唯消一日成。"其见推于当时如此。

　　皮日休于咸通九年（868年）东游，至苏州。咸通十年（869）为苏州刺史从事，与陆龟蒙相识，并与之唱和。皮日休虽于苏时多与陆龟蒙唱和描写吴中山水之作，但无直接史料可证明其游览过天台。

腊后送内大德从勖游天台

皮日休

讲散重云下九天，大君恩赐许随缘。霜中一钵无辞乞，湖上孤舟不废禅。

梦入琼楼寒有月，行过石树冻无烟。他时瓜镜知何用，吴越风光满御筵。^③

　　本诗作于咸通十一年（870）冬^④。由诗题可知，本诗系皮日休赠别从勖之作。作诗时，皮日休不在天台。从勖，失姓，为宫内僧官。

---

① ［清］彭定求：《全唐诗》卷613—055，中华书局，1960，第7075页。
② 李福标：《皮陆年谱》，中山大学出版社，2011，第233页。
③ ［清］彭定求：《全唐诗》卷614—036，中华书局，1960，第7087页。
④ ［唐］皮日休：《松陵集校注》，中华书局，2018，第1842页。

寄题天台国清寺齐梁体

皮日休

十里松门国清路，饭猿台上菩提树。

怪来烟雨落晴天，元是海风吹瀑布。①

本诗具体时间不详。由诗题可知，作诗时皮日休不在天台。

和袭美送孙发百篇游天台

陆龟蒙

直应天授与诗情，百咏唯消一日成。去把彩毫挥下国，归参黄绶别春卿。

闲窥碧落怀烟雾，暂向金庭隐姓名。珍重兴公徒有赋，石梁深处是君行。②

参见本章皮日休《孙发百篇将游天台请诗赠行因以送之》相关考证。

和袭美腊后送内大德从勖游天台

陆龟蒙

应缘南国尽南宗，欲访灵溪路暗通。归思不离双阙下，去程犹在四明东。

铜瓶净贮桃花雨，金策闲摇麦穗风。若恋吾君先拜疏，为论台岳未封公。③

参见本章皮日休《腊后送内大德从勖游天台》相关考证。

寄题天台国清寺齐梁体

陆龟蒙

峰带楼台天外立，明河色近罘罳湿。

---

① [清]彭定求：《全唐诗》卷615—046，中华书局，1960，第7099页。
② [清]彭定求：《全唐诗》卷625—007，中华书局，1960，第7181页。
③ [清]彭定求：《全唐诗》卷626—018，中华书局，1960，第7214页。

松间石上定僧寒，半夜栖溪水声急。①

参见本章皮日休《寄题天台国清寺齐梁体》相关考证。

司天台

李山甫

拂云朱槛捧昭回，静对铜浑水镜开。太史只知频奏瑞，苍生无计可防灾。
景公进德星曾退，汉帝推诚日为回。何事旷官全不语，好天良月锁高台。②

本诗具体时间不详。"司天台"乃官署名，掌管观察天象、考定历数等职。
李山甫，咸通中累举不第，依魏博幕府为从事。尝逮事乐彦祯、罗弘信父子。
文笔雄健，名著一方。李山甫生平未至天台。

赠天台王处士

林嵩

深隐天台不记秋，琴台长别一何愁。茶烟岩外云初起，新月潭心钓未收。
映宇异花丛发好，穿松孤鹤一声幽。赤城不掩高宗梦，宁久悬冠枕瀑流。③

本诗具体时间不详。由诗题可知，本诗系林嵩赠别王处士之作。

林嵩，字降神（一作降臣），古长溪赤岸（今霞浦县松港街道赤岸村）人，
约生于唐宣宗大中二年（848）。僖宗乾符二年（875），赴都城长安应试。翌年便
循例荣归故里。中和四年（884），曾任黄连镇（今属福建省建宁县）镇将的陈岩，
升任福建道观察使，后官至金州刺史。林嵩生平未至天台。

---

① [清]彭定求：《全唐诗》卷 628—039，中华书局，1960，第 7365 页。
② [清]彭定求：《全唐诗》卷 643—020，中华书局，1960，第 7923 页。
③ [清]彭定求：《全唐诗》卷 690—027，中华书局，1960，第 8066 页。

寄天台叶尊师

王贞白

师住天台久，长闻过石桥。晴峰见沧海，深洞彻丹霄。

采药霞衣湿，煎芝古鼎焦。念予无俗骨，频与鹤书招。[①]

本诗具体时间不详。由诗题可知，本诗系王贞白寄送叶尊师之作。作诗时，王贞白不在天台。

王贞白，字有道，号灵溪，信州永丰人。唐乾宁二年（895）登进士，七年后授职校书郎，尝与罗隐、方干、贯休同唱和。辛文房《唐才子传》称王贞白"学历精赡，笃志于诗，清润典雅，呼吸间两获科甲，自致于青云之上，文介可知矣"。王贞白隐退的时间，史籍中没有明确的记载。王贞白生平未至天台。

寄天台陈希畋

徐夤

阴山冰冻尝迎夏，蛰户云雷只待春。吕望岂嫌垂钓老，西施不恨浣纱贫。

坐为羽猎车中相，飞作君王掌上身。拍手相思惟大笑，我曹宁比等闲人。[②]

本诗具体时间不详。由诗题可知，本诗系徐夤寄送陈希畋之作。作诗时，徐夤不在天台。

徐夤（一作寅），字昭梦，号钓矶，泉州莆田（今福建莆田）人。生于唐宣宗大中三年（849），卒于梁末帝龙德元年（921）。登乾宁元年（894）进士第，授秘书省正字。光化三年（900），游于大梁，谒梁祖朱温，献《游大梁赋》。天复元年至二年（901—902），客游汴梁。天复三年（903）至天祐元年（904），归闽依王审知，礼待简略，遂拂衣去，归隐延寿溪。著有《探龙》《钓矶》二集，诗二百六十五首。徐夤生平未至天台。

---

① [清] 彭定求：《全唐诗》卷701—053，中华书局，1960，第8066页。

② [清] 彭定求：《全唐诗》卷709—060，中华书局，1960，第8167页。

天台陈逸人

崔道融

绝粒空山秋复春，欲看沧海化成尘。

近抛三井更深去，不怕虎狼唯怕人。[①]

本诗具体时间不详。由诗题可知，本诗系崔道融赠陈逸人之作。作诗时，崔道融不在天台。

崔道融，自号东瓯散人。荆州江陵（今湖北江陵县）人。乾宁二年（895）前后，任永嘉（今浙江省温州市）县令，早年曾游历陕西、湖北、河南、江西、浙江、福建等地。后入朝为右补阙，不久因避战乱入闽。僖宗乾符二年（875），于永嘉山斋集诗 500 首，辑为《申唐诗》3 卷。另有《东浮集》9 卷，当为入闽后所作。与司空图、方干为诗友。

送人之天台

李洞

行李一枝藤，云边晓扣冰。丹经如不谬，白发亦何能。

浅井仙人境，明珠海客灯。乃知真隐者，笑就汉廷征。[②]

本诗具体时间不详。由诗题可知，本诗系李洞赠别友人之作。作诗时，李洞不在天台。

李洞，字才江，京兆（今陕西西安）人。家贫，喜苦吟，至废寝食。僖宗乾符中，举进士不第。光启初，往游梓州。昭宗龙纪元年（889）冬，自蜀赴京应试，因误试期，复不第。大顺二年（891），裴贽知贡举，洞献诗云："公道此时如不得，昭陵恸哭一生休。"然又落第，遂失意游蜀而卒。李洞生平未至天台。

---

① ［清］彭定求：《全唐诗》卷 714—041，中华书局，1960，第 8207 页。

② ［清］彭定求：《全唐诗》卷 721—018，中华书局，1960，第 8274 页。

赠天台逸人

廖融

移桧托禅子，携家上赤城。拂琴天籁寂，欹枕海涛生。

云白寒峰晚，鸟歌春谷晴。又闻求桂楫，载月十洲行。[①]

本诗具体时间不详。由诗题可知，本诗系廖融寄送天台逸人之作。作诗时，廖融不在天台。

廖融，字元素，江西宁都黄陂镇黄陂村人，廖凝弟。五代楚王马殷、马希范时，避乱不仕，隐居衡山，号"衡山居士"。宋太宗太平兴国末卒。性高洁，擅诗文，曾任都昌令。廖融未曾到访天台。

送日东僧游天台

杨夔

一瓶离日外，行指赤城中。去自重云下，来从积水东。

攀萝跻石径，挂锡憩松风。回首鸡林道，唯应梦想通。[②]

本诗具体时间不详。由诗题可知，本诗系杨夔送别日东僧之作。日东僧，其人不明。作诗时，杨夔不在天台。

杨夔，自号"弘农子"，弘农（今河南灵宝）人，与杜荀鹤、康饼、张乔、郑谷等为诗友。杨夔能诗，工赋善文，著述颇富，有文集五卷，冗书十卷，冗余集一卷。《全唐诗》存其诗十二首，《全唐文》存其文二卷。其现存的十三首诗作中，并没有涉及天台的内容。

---

① [清]彭定求：《全唐诗》卷762—033，中华书局，1960，第8654页。

② [清]彭定求：《全唐诗》卷763—005，中华书局，1960，第8661页。

天台禅院联句

安守范

偶到天台院，因逢物外僧。——安守范

忘机同一祖，出语离三乘。——杨鼎夫

树老中庭寂，窗虚外境澄。——周　述

片时松影下，联续百千灯。——李仁肇①

本诗具体时间不详。安守范，其人不详。

天台观石简记

佚名

海水竭，台山缺，皇家宝祚无休歇。②

本诗具体时间不详。作者不详。

---

① [清]彭定求：《全唐诗》卷793—009，中华书局，1960，第8930页。
② [清]彭定求：《全唐诗》卷875—049，中华书局，1960，第9912页。

第二章　以“赤城”为中心

　　赤城，即天台赤城山，位于天台县西北方向，号称天台山的南门，山色赤赭如火，又称“烧山”，是水成岩剥蚀残余的一座孤山。因其山赤，石屏列如城而得名，是天台山中唯一的丹霞地貌景观。山上有石洞十二，以紫云洞和玉京洞最为著名。孔灵符《会稽记》称：“赤城山，土色皆赤，状似云霞，望之如雉堞。……旧志，一名烧山，西有玉京洞。道书以为第六洞天，名上玉清平之天，即天台之南门。”因台州乃是以天台山得名，而赤城山又是天台山的标志，故而赤城又常作为台州之别称。宋陈耆卿编纂过一部台州总志，书名即称《赤城志》。明谢铎为之续编，亦名《赤城新志》。此外，《赤城集》《赤城后集》《赤城诗集》《赤城论谏录》等，所收都是与整个台州有关的作品。

　　关于“赤城”成为台州别称之一的原因，《四库全书提要·嘉定赤城志》说得很清楚：“此为所撰台州总志，以所属临海、黄岩、天台、仙居、宁海五县条分件系，分十五门。其曰赤城者，《文选》孙绰《天台山赋》称：‘赤城霞起以建标。’李善注引支遁《天台山铭序》曰：‘往天台尝由赤城山为道径。’又引孔灵符《会稽记》曰：‘赤城山名色皆赤，状似云霞。’又引《天台山图》曰：‘赤城山，天台之南门也。梁始置赤城郡，盖因山为名。’”由此可知，“赤城”之称源于孙绰的《天台山赋》。因此，对于唐代的诗人们来说，赤城山是一个具有标志性意义的游览之地。

一、诗人到访之作

（一）考证的基本结论

通过系统梳理《全唐诗》中与赤城相关（诗题、诗句中含"赤城"二字）的诗作，[1] 我们发现共有 16 位诗人到访赤城，代表作 36 首诗。其中，18 首诗可作为诗人到访赤城的证明，18 首诗不可为证。

诗人及其可证之作分别是：

孟浩然：《宿天台桐柏观》《寻天台山》《舟中晓望》

李白：《天台晓望》《早望海霞边》

顾况：《临海所居三首》《从剡溪至赤城》

张佐：《忆游天台寄道流》

李涉：《寄河阳从事杨潜》

郑巢：《泊灵溪馆》

张祜：《游天台山》《忆游天台寄道流》

许浑：《思天台》

项斯：《病中怀王展先辈在天台》

李郢：《宿怜上人房》

许棠：《赠天台僧》

卢士衡：《僧房听雨》

寒山 [2]：《诗三百三首》

诗人及其不可证之作分别是：

陈陶：《杂歌谣辞·步虚引》《泉州刺桐花咏兼呈赵使君》

刘长卿：《和袁郎中破贼后军行过剡中山水谨上太尉（即李光弼）》《夜宴洛阳程九主簿宅送杨三山人往天台寻智者禅师隐居》

孟浩然：《题终南翠微寺空上人房（一作题终南翠微寺）》《越中逢天台太乙子》

---

[1] 为行文简便以及突出考证的效果，我们以诗可证者列前，不可证者列后。

[2] 寒山及其诗歌，详见本书第十五章。

李白：《同族弟金城尉叔卿烛照山水壁画歌》《当涂赵炎少府粉图山水歌》《梦
游天姥吟留别（一作梦游天姥山别东鲁诸公)》《留别西河刘少府》《送王屋山人
魏万还王屋·并序》《送杨山人归天台》《金陵送张十一再游东吴》《秋夕书怀（一
作秋日南游书怀)》《莹禅师房观山海图》

姚合：《送陟遐上人游天台》

许浑：《送郭秀才游天台》《乘月棹舟送大历寺灵聪上人不及》

（二）具体诗篇考辨

宿天台桐柏观

孟浩然

海行信风帆，夕宿逗云岛。缅寻沧洲趣，近爱赤城好。

扣萝亦践苔，辍棹恣探讨。息阴憩桐柏，采秀弄芝草。

鹤唳清露垂，鸡鸣信潮早。愿言解缨绂，从此去烦恼。

高步陵四明，玄踪得二老。纷吾远游意，乐彼长生道。

日夕望三山，云涛空浩浩。[①]

本诗作于唐玄宗开元十八年（730），孟浩然游历天台之际。其余参见第一章
孟浩然《宿天台桐柏观》相关考证。

寻天台山

孟浩然

吾友太乙子，餐霞卧赤城。欲寻华顶去，不惮恶溪名。

歇马凭云宿，扬帆截海行。高高翠微里，遥见石梁横。[②]

本诗作于唐玄宗开元十八年（730），孟浩然游历天台之际。孟浩然之生平，

---

① [清]彭定求：《全唐诗》卷159—028，中华书局，1960，第1623页。

② [清]彭定求：《全唐诗》卷160—068，中华书局，1960，第1644页。

参见第一章孟浩然《将适天台留别临安李主簿》。

舟中晓望

孟浩然

挂席东南望，青山水国遥。舳舻争利涉，来往接风潮。

问我今何去，天台访石桥。坐看霞色晓，疑是赤城标。[①]

本诗作于唐玄宗开元十八年（730），孟浩然前往天台之际。孟浩然之生平，参见第一章孟浩然《将适天台留别临安李主簿》。

题终南翠微寺空上人房（一作题终南翠微寺）

孟浩然

翠微终南里，雨后宜返照。闭关久沈冥，杖策一登眺。

遂造幽人室，始知静者妙。儒道虽异门，云林颇同调。

两心喜相得，毕景共谈笑。暝还高窗眠，时见远山烧。

缅怀赤城标，更忆临海峤。风泉有清音，何必苏门啸。[②]

本诗作于孟浩然游天台之后，时孟浩然在长安。诗中"翠微终南里，雨后宜返照……暝还高窗眠，时见远山烧。缅怀赤城标，更忆临海峤。风泉有清音，何必苏门啸"云云，显然是已经游过越中的口吻了。

越中逢天台太乙子

孟浩然

仙穴逢羽人，停舻向前拜。问余涉风水，何处远行迈。

登陆寻天台，顺流下吴会。兹山凤所尚，安得问灵怪。

---

① [清] 彭定求：《全唐诗》卷160—109，中华书局，1960，第1652页。

② [清] 彭定求：《全唐诗》卷159—030，中华书局，1960，第1624页。

上逼青天高，俯临沧海大。鸡鸣见日出，常觌仙人旆。

往来赤城中，逍遥白云外。莓苔异人间，瀑布当空界。

福庭长自然，华顶旧称最。永此从之游，何当济所届。①

详见第一章孟浩然《越中逢天台太乙子》相关考证。

天台晓望

李白

天台邻四明，华顶高百越。门标赤城霞，楼栖沧岛月。

凭高登远览，直下见溟渤。云垂大鹏翻，波动巨鳌没。

风潮争汹涌，神怪何翕忽。观奇迹无倪，好道心不歇。

攀条摘朱实，服药炼金骨。安得生羽毛，千春卧蓬阙？②

详见第一章李白《天台晓望》相关考辨。

早望海霞边

李白

四明三千里，朝起赤城霞。日出红光散，分辉照雪崖。

一餐咽琼液，五内发金沙。举手何所待，青龙白虎车。③

本诗作于天宝五年（746）。时李白在赤城。

李白曾于开元十五年（727）、天宝六年（747）两游天台山。开元十三年（725），二十五岁的李白出蜀，开始"仗剑去国，辞亲远游"。李白乘坐轻舟，顺着长江而下，发青溪，向三峡，下渝州，渡荆门。李白在江陵结识司马承祯，司

---

① ［清］彭定求：《全唐诗》卷159—043，中华书局，1960，第1626页。
② ［清］彭定求：《全唐诗》卷180—005，中华书局，1960，第1834页。
③ ［清］彭定求：《全唐诗》卷180—006，中华书局，1960，第1834页。

马承祯赞李白"有仙风道骨，可与神游八极之表"（《大鹏赋》序）。李白以大鹏自喻，作《大鹏遇希有鸟赋》（后改《大鹏赋》）。开元十五年（727）夏，李白从广陵舟行至剡中："借问剡中道，东南指越乡。舟从广陵去，水入会稽长。竹色溪下绿，荷花镜里香。辞君向天姥，拂石卧秋霜。"（《别储邕之剡中》）第一次游览天台山时，李白作《天台晓望》《早望海霞边》等诗。

天宝六年（747），李白重游吴越。这次出游，是与好友元丹约好在会稽相会，然后一起行往天台山，寻找古籍中那座"高不可识"的仙山。（见任华《杂言寄李白》诗："中间闻道在长安，及余戾止，君已江东访元丹。"）旧地重游，让李白感慨万千，遂作《同友人舟行游台越作》诗。

同族弟金城尉叔卿烛照山水壁画歌

李白

高堂粉壁图蓬瀛，烛前一见沧洲清。洪波汹涌山峥嵘，皎若丹丘隔海望赤城。
光中乍喜岚气灭，谓逢山阴晴后雪。回溪碧流寂无喧，又如秦人月下窥花源。
了然不觉清心魂，只将叠嶂鸣秋猿。与君对此欢未歇，放歌行吟达明发。
却顾海客扬云帆，便欲因之向溟渤。[①]

本诗作于天宝二年（743），乃李白赏壁画之作。诗中"赤城"，乃代指仙境。

当涂赵炎少府粉图山水歌

李白

峨眉高出西极天，罗浮直与南溟连。名公绎思挥彩笔，驱山走海置眼前。
满堂空翠如可扫，赤城霞气苍梧烟。洞庭潇湘意渺绵，三江七泽情洄沿。
惊涛汹涌向何处，孤舟一去迷归年。征帆不动亦不旋，飘如随风落天边。
心摇目断兴难尽，几时可到三山巅。西峰峥嵘喷流泉，横石蹙水波潺湲。
东崖合沓蔽轻雾，深林杂树空芊绵。此中冥昧失昼夜，隐几寂听无鸣蝉。

---

① [清]彭定求：《全唐诗》卷166—010，中华书局，1960，第1717页。

长松之下列羽客，对坐不语南昌仙。南昌仙人赵夫子，妙年历落青云士。
讼庭无事罗众宾，杳然如在丹青里。五色粉图安足珍，真仙可以全吾身。
若待功成拂衣去，武陵桃花笑杀人。①

本诗作于天宝十四载（755），时李白在宣州当涂。赵炎，天宝中为当涂县尉，
与李白过从甚密。李白另有《送当涂赵少府赴长芦》《寄当涂赵少府炎》等诗，
均是赠赵炎之作。

梦游天姥吟留别（一作梦游天姥山别东鲁诸公）

李白

海客谈瀛洲，烟涛微茫信难求；越人语天姥，云霞明灭或可睹。
天姥连天向天横，势拔五岳掩赤城。天台四万八千丈，对此欲倒东南倾。
我欲因之梦吴越，一夜飞度镜湖月。湖月照我影，送我至剡溪。
谢公宿处今尚在，渌水荡漾清猿啼。脚著谢公屐，身登青云梯。
半壁见海日，空中闻天鸡。千岩万转路不定，迷花倚石忽已暝。
熊咆龙吟殷岩泉，栗深林兮惊层巅。云青青兮欲雨，水澹澹兮生烟。
列缺霹雳，丘峦崩摧。洞天石扉，訇然中开。
青冥浩荡不见底，日月照耀金银台。霓为衣兮风为马，云之君兮纷纷而来下。
虎鼓瑟兮鸾回车，仙之人兮列如麻。忽魂悸以魄动，恍惊起而长嗟。
惟觉时之枕席，失向来之烟霞。世间行乐亦如此，古来万事东流水。
别君去兮何时还？且放白鹿青崖间，须行即骑访名山。
安能摧眉折腰事权贵，使我不得开心颜？②

本诗作于天宝五年（746），为李白自东鲁启程赴越前作。诗以天姥仙境比喻
朝廷宫阙，以梦游比喻其入仕翰林，宣泄失志去朝之情。

---

① [清]彭定求：《全唐诗》卷167—002，中华书局，1960，第1724页。
② [清]彭定求：《全唐诗》卷174—004，中华书局，1960，第1779页。

留别西河刘少府

李白

秋发已种种，所为竟无成。闲倾鲁壶酒，笑对刘公荣。

谓我是方朔，人间落岁星。白衣千万乘，何事去天庭。

君亦不得意，高歌美鸿冥。世人若醯鸡，安可识梅生。

虽为刀笔吏，缅怀在赤城。余亦如流萍，随波乐休明。

自有两少妾，双骑骏马行。东山春酒绿，归隐谢浮名。①

本诗作于天宝四载（745）春，时李白在东鲁。西河，古地名，唐天宝、至德间，改汾州为西河郡。

送王屋山人魏万还王屋·并序

李白

仙人东方生，浩荡弄云海。沛然乘天游，独往失所在。

魏侯继大名，本家聊摄城。卷舒入元化，迹与古贤并。

十三弄文史，挥笔如振绮。辩折田巴生，心齐鲁连子。

西涉清洛源，颇惊人世喧。采秀卧王屋，因窥洞天门。

朅来游嵩峰，羽客何双双。朝携月光子，暮宿玉女窗。

鬼谷上窈窕，龙潭下奔溂。东浮汴河水，访我三千里。

逸兴满吴云，飘摇浙江汜。挥手杭越间，樟亭望潮还。

涛卷海门石，云横天际山。白马走素车，雷奔骇心颜。

遥闻会稽美，且度耶溪水。万壑与千岩，峥嵘镜湖里。

秀色不可名，清辉满江城。人游月边去，舟在空中行。

此中久延伫，入剡寻王许。笑读曹娥碑，沉吟黄绢语。

天台连四明，日入向国清。五峰转月色，百里行松声。

灵溪咨沿越，华顶殊超忽。石梁横青天，侧足履半月。

---

① ［清］彭定求：《全唐诗》卷174—010，中华书局，1960，第1781页。

忽然思永嘉，不惮海路赊。挂席历海峤，回瞻赤城霞。

赤城渐微没，孤屿前峣兀。水续万古流，亭空千霜月。

缙云川谷难，石门最可观。瀑布挂北斗，莫穷此水端。

喷壁洒素雪，空濛生昼寒。却思恶溪去，宁惧恶溪恶。

咆哮七十滩，水石相喷薄。路创李北海，岩开谢康乐。

松风和猿声，搜索连洞壑。径出梅花桥，双溪纳归潮。

落帆金华岸，赤松若可招。沈约八咏楼，城西孤岧峣。

岧峣四荒外，旷望群川会。云卷天地开，波连浙西大。

乱流新安口，北指严光濑。钓台碧云中，邈与苍岭对。

稍稍来吴都，裴回上姑苏。烟绵横九疑，漭荡见五湖。

目极心更远，悲歌但长吁。回桡楚江滨，挥策扬子津。

身著日本裘，昂藏出风尘。五月造我语，知非儓拟人。

相逢乐无限，水石日在眼。徒干五诸侯，不致百金产。

吾友扬子云，弦歌播清芬。虽为江宁宰，好与山公群。

乘兴但一行，且知我爱君。君来几何时，仙台应有期。

东窗绿玉树，定长三五枝。至今天坛人，当笑尔归迟。

我苦惜远别，茫然使心悲。黄河若不断，白首长相思。[①]

本诗作于天宝十三载（754）。李白于同年五月在扬州与魏万相识，二人一见泯合，遂同舟入秦淮，复游金陵，别时赠以是诗。

送杨山人归天台

李白

客有思天台，东行路超忽。涛落浙江秋，沙明浦阳月。

今游方厌楚，昨梦先归越。且尽秉烛欢，无辞凌晨发。

我家小阮贤，剖竹赤城边。诗人多见重，官烛未曾然。

---

① ［清］彭定求：《全唐诗》卷 175—003，中华书局，1960，第 1788 页。

兴引登山屐，情催泛海船。石桥如可度，携手弄云烟。①

详见第一章李白《送杨山人归天台》相关考证。

金陵送张十一再游东吴

李白

张翰黄花句，风流五百年。谁人今继作，夫子世称贤。
再动游吴棹，还浮入海船。春光白门柳，霞色赤城天。
去国难为别，思归各未旋。空馀贾生泪，相顾共凄然。②

本诗作于天宝八载（749）春，时李白在金陵。张十一，其人不明。

秋夕书怀（一作秋日南游书怀）

李白

北风吹海雁，南渡落寒声。感此潇湘客，凄其流浪情。
海怀结沧洲，霞想游赤城。始探蓬壶事，旋觉天地轻。
澹然吟高秋，闲卧瞻太清。萝月掩空幕，松霜结前楹。
灭见息群动，猎微穷至精。桃花有源水，可以保吾生。③

本诗作于乾元二年（759）秋末，时李白在零陵。元萧士赟《李太白集分类补注》云："太白当谪逐之时，乃能以仙游自解，可谓善处患难者矣。"赤城，代指仙城，与"沧洲"相对。

---

① [清]彭定求：《全唐诗》卷175—009，中华书局，1960，第1790页。
② [清]彭定求：《全唐诗》卷176—028，中华书局，1960，第1800页。
③ [清]彭定求：《全唐诗》卷183—011，中华书局，1960，第1866页。

莹禅师房观山海图

李白

真僧闭精宇，灭迹含达观。列嶂图云山，攒峰入霄汉。

丹崖森在目，清昼疑卷幔。蓬壶来轩窗，瀛海入几案。

烟涛争喷薄，岛屿相凌乱。征帆飘空中，瀑水洒天半。

峥嵘若可陟，想象徒盈叹。杳与真心冥，遂谐静者玩。

如登赤城里，揭步沧洲畔。即事能娱人，从兹得消散。[①]

本诗作于开元二十四年（736），乃李白观图之作。赤城，代指仙城，与"沧洲"相对。

临海所居三首

顾况

此是昔年征战处，曾经永日绝人行。千家寂寂对流水，唯有汀洲春草生。

此去临溪不是遥，楼中望见赤城标。不知叠嶂重霞里，更有何人度石桥。

家在双峰兰若边，一声秋磬发孤烟。山连极浦鸟飞尽，月上青林人未眠。[②]

本诗具体时间不详。时顾况在赤城。

顾况曾寓居临海并有后裔，临海《顾氏宗谱》有载。傅璇琮先生在《唐代诗人丛考·顾况考》一文中指出，顾况于贞元十五年（799）左右旅居天台山，并创作了一系列诗文，这些诗文详细描写了临海的历史和风物。《临海所居三首》主要描写了顾况游览临海、登临巾山的所见所感。

---

① [清]彭定求：《全唐诗》卷183—033，中华书局，1960，第1870页。
② [清]彭定求：《全唐诗》卷267—052，中华书局，1960，第2965页。

从刿溪至赤城

顾况

灵溪宿处接灵山，窈映高楼向月闲。

夜半鹤声残梦里，犹疑琴曲洞房间。①

详见本章顾况《临海所居三首》相关考证。

忆游天台寄道流

张佐（张祜）

忆昨天台到赤城，几朝仙籁耳中生。云龙出水风声急，海鹤鸣皋日色清。

石笋半山移步险，桂花当涧拂衣轻。今来尽是人间梦，刘阮茫茫何处行。②

详见第一章张佐（张祜）《忆游天台寄道流》相关考辨。

寄河阳从事杨潜

李涉

忆昨天台寻石梁，赤城枕下看扶桑。金乌欲上海如血，翠色一点蓬莱光。

安期先生不可见，蓬莱目极沧海长。回舟偶得风水便，烟帆数夕归潇湘。

潇湘水清岩嶂曲，夜宿朝游常不足。一自无名身事闲，五湖云月偏相属。

进者恐不荣，退者恐不深。鱼游鸟逝两虽异，彼此各有遂生心。

身解耕耘妾能织，岁晏饥寒免相逼。稚子才年七岁余，渔樵一半分渠力。

吾友从军在河上，腰佩吴钩佐飞将。偶与嵩山道士期，西寻汴水来相访。

见君颜色犹憔悴，知君未展心中事。落日驱车出孟津，高歌共叹伤心地。

洛邑秦城少年别，两都陈事空闻说。汉家天子不东游，古木行宫闭烟月。

洛滨老翁年八十，西望残阳临水泣。自言生长开元中，武皇恩化亲沾及。

---

① ［清］彭定求：《全唐诗》卷 267—084，中华书局，1960，第 2970 页。

② ［清］彭定求：《全唐诗》卷 281—018，中华书局，1960，第 3196 页。

当时天下无甲兵，虽闻赋敛毫毛轻。红车翠盖满衢路，洛中欢笑争逢迎。
一从戎马来幽蓟，山谷虎狼无捍制。九重宫殿闭豺狼，万国生人自相噬。
蹭蹬疮痍今不平，干戈南北常纵横。中原膏血焦欲尽，四郊贪将犹凭陵。
秦中豪宠争出群，巧将言智宽明君。南山四皓不敢语，渭上钓人何足云。
君不见昔时槐柳八百里，路傍五月清阴起。只今零落几株残，枯根半死黄河水。①

本诗具体时间不详。由"忆昨天台寻石梁，赤城枕下看扶桑。金乌欲上海如血，翠色一点蓬莱光"可知，作此诗前，李涉曾至天台。

李涉，生卒年不详，自号清溪子，洛阳（今属河南）人。早岁客梁园，逢兵乱，与弟李渤同隐庐山香炉峰下，后出山做幕僚。宪宗时，曾任太子通事舍人。不久，贬为峡州（今湖北宜昌）司仓参军，十年后方遇赦放还，复归洛阳，隐于少室。文宗大和（827—835）中，任国子博士，世称"李博士"。辛文房称其"长篇叙事各行云流水，无可牵制"。

泊灵溪馆

郑巢

孤吟疏雨绝，荒馆乱峰前。晓鹭栖危石，秋萍满败船。
溜从华顶落，树与赤城连。已有求闲意，相期在暮年。②

本诗具体时间不详。作诗时，郑巢在灵溪馆。灵溪，在天台县北十五里福圣观前，灵溪馆应在福圣观附近。

郑巢，生卒年不详，钱塘（今浙江杭州）人。文宗大和八年至九年间（834—835），向杭州刺史姚合献诗，受赏识。其性疏野，一生未入仕。长于五律，辛文房以为"体效格法，能服膺无斁，句意且清新"。除本诗外，郑巢另有《瀑布寺贞上人院》等诗作，均可证明其曾至天台。

---

① [清] 彭定求：《全唐诗》卷 477—014，中华书局，1960，第 5427 页。
② [清] 彭定求：《全唐诗》卷 504—001，中华书局，1960，第 5734 页。

游天台山

张祜

崔嵬海西镇，灵迹传万古。群峰日来朝，累累孙侍祖。

三茅即拳石，二室犹块土。傍洞窟神仙，中岩宅龙虎。

名从乾取象，位与坤作辅。鸾鹤自相群，前人空若瞽。

巉巉割秋碧，娲女徒巧补。视听出尘埃，处高心渐苦。

才登招手石，肘底笑天姥。仰看华盖尖，赤日云上午。

奔雷撼深谷，下见山脚雨。回首望四明，蠢若城一堵。

昏晨邈千态，恐动非自主。控鹄大梦中，坐觉身栩栩。

东溟子时月，却孕元化母。彭蠡不盈杯，浙江微辨缕。

石梁屹横架，万仞青壁竖。却瞰赤城颠，势来如刀弩。

盘松国清道，九里天莫睹。穹崇上攒三，突兀傍耸五。

空崖绝凡路，痴立麋与麈。邈峻极天门，觑深窥地户。

金庭路非远，徒步将欲举。身乐道家流，悼儒若一矩。

行寻白云叟，礼象登峻宇。佛窟绕杉岚，仙坛半榛莽。

悬崖与飞瀑，险喷难足俯。海眼三井通，洞门双阙拄。

琼台下昏侧，手足前采乳。但造不死乡，前劳何足数。[1]

详见第一章张祜《游天台山》相关考证。

忆游天台寄道流

张祜（张佐）

忆昨天台到赤城，几朝仙籍耳中生。云龙出水风声急，海鹤鸣皋日色清。

石笋半山移步险，桂花当涧拂衣轻。今来尽是人间梦，刘阮茫茫何处行。[2]

---

① ［清］彭定求：《全唐诗》卷 510—001，中华书局，1960，第 5794 页。

② ［清］彭定求：《全唐诗》卷 511—010，中华书局，1960，第 5828 页。

详见第一章张祜（张佐）《忆游天台寄道流》相关考证。

思天台

许浑

赤城云雪深，山客负归心。

昨夜西斋宿，月明琪树阴。①

详见第一章许浑《思天台》相关考证。

送郭秀才游天台

许浑

云埋阴壑雪凝峰，半壁天台已万重。人度碧溪疑辍棹，僧归苍岭似闻钟。

暖眠鸂鶒晴滩草，高挂猕猴暮涧松。曾约共游今独去，赤城西面水溶溶。②

详见第一章许浑《送郭秀才游天台》相关考证。

乘月棹舟送大历寺灵聪上人不及

许浑

万峰秋尽百泉清，旧锁禅扉在赤城。枫浦客来烟未散，竹窗僧去月犹明。

杯浮野渡鱼龙远，锡响空山虎豹惊。一字不留何足讶，白云无路水无情。③

详见第一章许浑《早发天台中岩寺度关岭次天姥岑》相关考证。

① ［清］彭定求：《全唐诗》卷538—003，中华书局，1960，第6091页。
② ［清］彭定求：《全唐诗》卷833—041，中华书局，1960，第6091页。
③ ［清］彭定求：《全唐诗》卷834—007，中华书局，1960，第6094页。

病中怀王展先辈在天台

项斯

枕上用心静，唯应改旧诗。强行休去早，暂卧起还迟。

因说来归处，却愁初病时。赤城山下寺，无计得相随。①

详见第一章项斯《病中怀王展先辈在天台》相关考证。

宿怜上人房

李郢

重公旧相识，一夕话劳生。药裹关身病，经函寄道情。

岳寒当寺色，滩夜入楼声。不待移文诮，三年别赤城。②

详见第一章李郢《宿怜上人房》相关考证。

赠天台僧

许棠

赤城霞外寺，不忘旧登年。石上吟分海，楼中语近天。

重游空有梦，再隐定无缘。独夜休行道，星辰静照禅。③

详见第一章许棠《赠天台僧》相关考证。

僧房听雨

卢士衡

古寺松轩雨声别，寒窗听久诗魔发。

① ［清］彭定求:《全唐诗》卷554—019，中华书局，1960，第6410页。
② ［清］彭定求:《全唐诗》卷590—009，中华书局，1960，第6848页。
③ ［清］彭定求:《全唐诗》卷604—016，中华书局，1960，第6980页。

记得年前在赤城，石楼梦觉三更雪。[①]

本诗具体时间不详。由"记得年前在赤城，石楼梦觉三更雪"一句可知，作诗前，卢士衡曾至赤城。

卢士衡，生卒年、籍贯皆不详，后唐天成二年（927）进士。曾游浙江天台、钟陵。著录《卢士衡集》一卷，今已佚。《全唐诗》存诗九首，《全唐诗外编》补诗一首。除本诗外，卢士衡另有《灵溪老松歌》《游灵溪观》等诗，均可证其曾至天台。

杂歌谣辞·步虚引

陈陶

小隐山人十洲客，莓苔为衣双耳白。青编为我忽降书，暮雨虹霓一千尺。
赤城门闭六丁直，晓日已烧东海色。朝天半夜闻玉鸡，星斗离离碍龙翼。[②]

本诗具体时间不详。因诗中多想象夸张之词，不可证陈陶曾至赤城。

陈陶之生平，参见第一章陈陶《夏日怀天台》。史籍中虽然没有陈陶到访天台的直接记载，但其《夏日怀天台》《春日行》等诗，均与天台有关。

泉州刺桐花咏兼呈赵使君

陈陶

仿佛三株植世间，风光满地赤城闲。无因秉烛看奇树，长伴刘公醉玉山。
海曲春深满郡霞，越人多种刺桐花。可怜虎竹西楼色，锦帐三千阿母家。
石氏金园无此艳，南都旧赋乏灵材。只因赤帝宫中树，丹凤新衔出世来。
猗猗小艳夹通衢，晴日熏风笑越姝。只是红芳移不得，刺桐屏障满中都。
不胜攀折怅年华，红树南看见海涯。故国春风归去尽，何人堪寄一枝花。

---

① [清] 彭定求：《全唐诗》卷737—016，中华书局，1960，第8409页。
② [清] 彭定求：《全唐诗》卷029—041，中华书局，1960，第8473页。

赤帝常闻海上游，三千幢盖拥炎州。今来树似离宫色，红翠斜敧十二楼。[①]

详见第一章陈陶《夏日怀天台》相关考证。

和袁郎中破贼后军行过剡中山水谨上太尉（即李光弼）

刘长卿

剡路除荆棘，王师罢鼓鼙。农归沧海畔，围解赤城西。

赦罪春阳发，收兵太白低。远峰来马首，横笛入猿啼。

兰渚催新幄，桃源识故蹊。已闻开阁待，谁许卧东溪。[②]

本诗作于宝应二年（763），时刘长卿在吴越。由诗题可知，此诗乃和诗。作诗时，刘长卿在吴越一带，但具体地点不明。

据《资治通鉴·唐纪三十八》载，宝应元年（762）八月，临海人袁晁因不满唐王朝强征暴敛，在天台境内发动起义，民疲于赋敛者多归之。不仅便占领浙东、浙西大片地区。次年四月，李光弼擒获袁晁，浙东平定。时，袁傪为河南副元帅李光弼行军司马，亦参与了这次军事行动。据李肇《唐国史补》卷上载："袁傪之破袁晁，擒其伪公卿数十人。"

当时在吴越一带的皇甫冉、李嘉祐、刘长卿等均有诗作涉及袁傪率军平浙东袁晁之事。如皇甫冉有《和袁郎中破贼后经剡中山水》《送袁郎中破贼北归》等诗，李嘉祐有《和袁郎中破贼后经剡县山水上太尉》诗，刘长卿也有同题之作。[③]

刘长卿于上元二年（761）秋天，奉命回到苏州接受"重推"，旅居江浙，或有游览赤城之事。其《和袁郎中破贼后军行过剡中山水谨上太尉（即李光弼）》《送台州李使君，兼寄题国清寺》《送惠法师游天台，因怀智大师故居》《寻张逸人山居》等诗作，均与天台有关。

① ［清］彭定求：《全唐诗》卷746—052，中华书局，1960，第8491页。
② ［清］彭定求：《全唐诗》卷148—121，中华书局，1960，第1527页。
③ 傅璇琮：《唐代诗人丛考》，中华书局，1980，第250页。

夜宴洛阳程九主簿宅送杨三山人往天台寻智者禅师隐居

刘长卿

东林问遗客，何处栖幽偏。满腹万余卷，息机三十年。

志图良已久，鬓发空苍然。调啸寄疏旷，形骸如弃捐。

本家关西族，别业嵩阳田。云卧能独往，山栖幸周旋。

垂竿不在鱼，卖药不为钱。藜杖闲倚壁，松花常醉眠。

顷辞青溪隐，来访赤县仙。南亩自甘贱，中朝唯爱贤。

仍空世谛法，远结天台缘。魏阙从此去，沧洲知所便。

主人琼枝秀，宠别瑶华篇。落日扫尘榻，春风吹客船。

此行颇自适，物外谁能牵。弄棹白蘋里，挂帆飞鸟边。

落潮见孤屿，彻底观澄涟。雁过湖上月，猿声峰际天。

群峰趋海峤，千里黛相连。遥倚赤城上，瞳瞳初日圆。

昔闻智公隐，此地常安禅。千载已如梦，一灯今尚传。

云龛闭遗影，石窟无人烟。古寺暗乔木，春崖鸣细泉。

流尘既寂寞，缅想增婵娟。山鸟怨庭树，门人思步莲。

夷犹怀永路，怅望临清川。渔人来梦里，沙鸥飞眼前。

独游岂易惬，群动多相缠。羡尔五湖夜，往来闲扣舷。①

详见第一章刘长卿《夜宴洛阳程九主簿宅送杨三山人往天台寻智者禅师隐居》相关考证。

送陟遐上人游天台

姚合

万叠赤城路，终年游客稀。朝来送师去，自觉有家非。

石净山光远，云深海色微。此诗成亦鄙，为我写岩扉。②

---

① [清] 彭定求：《全唐诗》卷150—015，中华书局，1960，第1553页。
② [清] 彭定求：《全唐诗》卷496—064，中华书局，1960，第5627页。

详见第一章姚合《送陟遐上人游天台》相关考证。

二、未到访天台之诗人作品

乐府杂曲·鼓吹曲辞·临高台

王勃

临高台，高台迢递绝浮埃。瑶轩绮构何崔嵬，鸾歌凤吹清且哀。

俯瞰长安道，萋萋御沟草。斜对甘泉路，苍苍茂陵树。

高台四望同，帝乡佳气郁葱葱。紫阁丹楼纷照耀，璧房锦殿相玲珑。

东弥长乐观，西指未央宫。赤城映朝日，绿树摇春风。

旗亭百隧开新市，甲第千甍分戚里。朱轮翠盖不胜春，叠榭层楹相对起。

复有青楼大道中，绣户文窗雕绮栊。锦衾夜不襞，罗帷昼未空。

歌屏朝掩翠，妆镜晚窥红。为君安宝髻，蛾眉罢花丛。

尘间狭路黯将暮，云间月色明如素。鸳鸯池上两两飞，凤凰楼下双双度。

物色正如此，佳期那不顾。银鞍绣毂盛繁华，可怜今夜宿娼家。

娼家少妇不须颦，东园桃李片时春。君看旧日高台处，柏梁铜雀生黄尘。[①]

本诗具体时间不详。作诗时，王勃在长安。

王勃（约650—约676），字子安，古绛州龙门县（今山西省河津市）人。与卢照邻、杨炯、骆宾王并称为"初唐四杰"。曾游览巴蜀山川景物，创作大量诗文。上元三年（676）八月，王勃自交趾探望父亲返回时，渡海溺水，惊悸而死。王勃生平未曾到访赤城，亦无其他诗作涉及赤城。

宝剑篇

李峤

吴山开，越溪涸，三金合冶成宝锷。

---

① ［清］彭定求：《全唐诗》卷017—039，中华书局，1960，第672页。

淬绿水，鉴红云，五彩焰起光氛氲。

背上铭为万年字，胸前点作七星文。

龟甲参差白虹色，辘轳宛转黄金饰。

骇犀中断宁方利，骏马群骓未拟直。

风霜凛凛匣上清，精气遥遥斗间明。

避灾朝穿晋帝屋，逃乱夜入楚王城。

一朝运偶逢大仙，虎吼龙鸣腾上天。

东皇提升紫微座，西皇佩上赤城田。

承平久息干戈事，侥幸得充文武备。

除灾避患宜君王，益寿延龄后天地。[①]

本诗作于武则天万岁通天二年（神功元年，697），时李峤在长安。

李峤（645—714），字巨山，赵州赞皇（今属河北）人。弱冠登进士第，历任安定小尉、长安尉、监察御史、给事中、润州司马、凤阁舍人、麟台少监等职。中宗时，官至中书令、特进，封为赵国公。睿宗时，贬为怀州刺史，以年老致仕。玄宗时，再贬滁州别驾，迁庐州别驾。开元二年（714）病逝于庐州，终年七十岁。李峤生平未曾到访赤城，亦无其他诗作涉及赤城。

嵩山石淙侍宴应制

崔融

洞口仙岩类削成，泉香石冷昼含清。

龙旗画月中天下，凤管披云此地迎。

树作帷屏阳景翳，芝如宫阙夏凉生。

今朝出豫临悬圃，明日陪游向赤城。[②]

---

① [清]彭定求:《全唐诗》卷057—012，中华书局，1960，第689页。

② [清]彭定求:《全唐诗》卷068—016，中华书局，1960，第768页。

本诗作于圣历三年（久视元年，700）庚子，时崔融在嵩山。同年五月，崔融陪武后从游嵩山石淙。

崔融，字安成，齐州全节（今山东章丘西）人。高宗上元三年（676），中辞殚文律科，累补宫门丞，兼直崇文馆学士。中宗为太子时，融为侍读，东朝表疏，多出其手。武周长安中，累迁春官郎中，知制诰，再迁凤阁舍人，监修国史。神龙二年（706），因撰《武后哀册》用思精苦，绝笔而卒，追赠卫州刺史，谥曰文。其生平未曾到访赤城。

与东方左史虬修竹篇

陈子昂

东方公足下：文章道弊五百年矣。汉魏风骨，晋宋莫传，然而文献有可征者。仆尝暇时观齐、梁间诗，彩丽竞繁，而兴寄都绝，每以永叹。思古人，常恐逶迤颓靡，风雅不作，以耿耿也。一昨于解三处，见明公《咏孤桐篇》，骨气端翔，音情顿挫，光英朗练，有金石声。遂用洗心饰视，发挥幽郁。不图正始之音复睹于兹，可使建安作者相视而笑。解君云："张茂先、何敬祖，东方生与其比肩。"仆亦以为知言也。故感叹雅制，作《修竹诗》一首，当有知音以传示之。

> 龙种生南岳，孤翠郁亭亭。峰岭上崇崒，烟雨下微冥。
>
> 夜闻鼯鼠叫，昼聒泉壑声。春风正淡荡，白露已清泠。
>
> 哀响激金奏，密色滋玉英。岁寒霜雪苦，含彩独青青。
>
> 岂不厌凝冽，羞比春木荣。春木有荣歇，此节无凋零。
>
> 始愿与金石，终古保坚贞。不意伶伦子，吹之学凤鸣。
>
> 遂偶云和瑟，张乐奏天庭。妙曲方千变，箫韶亦九成。
>
> 信蒙雕斫美，常愿事仙灵。驱驰翠虬驾，伊郁紫鸾笙。
>
> 结交嬴台女，吟弄升天行。携手登白日，远游戏赤城。
>
> 低昂玄鹤舞，断续彩云生。永随众仙逝，三山游玉京。[①]

---

① ［清］彭定求：《全唐诗》卷083—005，中华书局，1960，第895页。

　　本诗当作于陈子昂中进士之后，具体时间不详，乃陈子昂见东方虬的《咏孤桐篇》（原诗已佚）有感而发。文中"赤城"非特指，乃泛指仙境。

　　陈子昂，字伯玉，梓州射洪（今属四川）人。少任侠，后苦节读书。举光宅进士。以上书论政，为武则天所赞赏，拜麟台正字，转右拾遗。后世因称"陈拾遗"。曾随武攸宜征契丹。后解职回乡，为县令段简所诬，入狱，忧愤而死。其诗标举汉魏风骨，强调兴寄，反对柔靡之风，是唐代诗歌革新的先驱。有《陈子昂集》。其生平未曾到访赤城。

幸白鹿观应制

李乂

制跸乘骊阜，回舆指凤京。南山四皓谒，西岳两童迎。

云幄临悬圃，霞杯荐赤城。神明近兹地，何必往蓬瀛。[①]

　　本诗具体时间不详，时李乂在陕西白鹿观。

　　李乂，字尚真，赵州房子（今河北临城）人。高宗永隆二年（681）登进士第，累调万年县尉。武后长安三年（703），迁监察御史，历殿中侍御史、司勋员外郎、左司员外郎、左司郎中。中宗景龙中，迁中书舍人、修文馆学士。睿宗景云元年（710），迁吏部侍郎。二年，进黄门侍郎，封中山郡公。玄宗开元初，为紫微侍郎，拜刑部尚书，卒于官。赠黄门监，谥曰贞。其生平未至赤城。

立秋日题安昌寺北山亭

孙逖

楼观倚长霄，登攀及霁朝。高如石门顶，胜拟赤城标。

天路云虹近，人寰气象遥。山围伯禹庙，江落伍胥潮。

徂暑迎秋薄，凉风是日飘。果林馀苦李，萍水覆甘蕉。

---

　　① ［清］彭定求：《全唐诗》卷 092—013，中华书局，1960，第 995 页。

　　览古嗟夷漫，凌空爱沉寥。更闻金刹下，钟梵晚萧萧。①

　　本诗具体时间不详。由诗题可知，作诗时，孙逖在安昌寺北山亭。

　　孙逖，字子成，博州武水（今山东聊城市东昌府区沙镇）人。开元二年（714）考取进士，授山阴县尉，迁秘书正字。开元十年（722），通过制科考试，授左拾遗，迁起居舍人。开元二十一年（733），入为考功员外郎、集贤院修撰。天宝三载（744），权判刑部侍郎，迁太子詹事。肃宗上元二年（761）卒，追赠尚书右仆射，谥曰文。史籍中没有孙逖游览赤城的直接记载。

观江淮名胜图

王昌龄

　　刻意吟云山，尤知隐沧妙。远公何为者，再诣临海峤。

　　而我高其风，披图得遗照。援毫无逃境，遂展千里眺。

　　淡扫荆门烟，明标赤城烧。青葱林间岭，隐见淮海徼。

　　但指香炉顶，无闻白猿啸。沙门既云灭，独往岂殊调。

　　感对怀拂衣，胡宁事渔钓。安期始遗舄，千古谢荣耀。

　　投迹庶可齐，沧浪有孤棹。②

　　本诗具体时间不详。由诗题可知，本诗乃观画之作，与赤城无关。

　　王昌龄，字少伯，京兆万年（今陕西西安）人。玄宗开元十五年（727）进士及第，授秘书省校书郎。开元二十二年（734），登博学宏词科，迁汜水尉。二十八年（740）任江宁丞，世称"王江宁"。旋贬龙标尉，故又称"王龙标"。安史之乱中，避乱江淮一带，为濠州刺史闾丘晓所杀。王昌龄工诗，时称"诗家天子"；尤长七绝，与李白共称"联璧"。其生平未至赤城。

―――――――――
① ［清］彭定求：《全唐诗》卷118—052，中华书局，1960，第1197页。
② ［清］彭定求：《全唐诗》卷141—012，中华书局，1960，第1432页。

雨中望海上，怀郁林观中道侣

钱起

山观海头雨，悬沫动烟树。只疑苍茫里，郁岛欲飞去。

大块怒天吴，惊潮荡云路。群真俨盈想，一苇不可渡。

惆怅赤城期，愿假轻鸿驭。[①]

本诗具体时间不详。由"惆怅赤城期，愿假轻鸿驭"一句可知，作诗时，钱起不在赤城。

钱起，字仲文，吴兴（今浙江湖州）人。玄宗天宝十载（751）登进士第（一说九年），释褐授秘书省校书郎。乾元元年（758）前后任蓝田县尉，与王维酬唱，得王维称许。宝应二年（763）后入朝任司勋员外郎、司封郎中，终考功郎中，世称"钱考功"。其生平未曾到访赤城，亦无其他诗作涉及赤城。

酬包评事壁画山水见寄

皇甫冉

一官知所傲，本意在云泉。濡翰生新兴，群峰忽眼前。

黛中分远近，笔下起风烟。岩翠深樵路，湖光出钓船。

寒侵赤城顶，日照武陵川。若览名山志，仍闻招隐篇。

遂令江海客，惆怅忆闲田。[②]

本诗具体时间不详。由诗题可知，本诗乃皇甫冉观画之作。

玄宗天宝十五载（756），皇甫冉登进士第。安史之乱中，避难浙东，随严维、包佶等人到越州，作《宿严维宅送包七（佶）》诗（《全唐诗》卷249）。在越州，他结识了江南著名诗僧灵一，与之盘桓有日（独孤及《扬州庆云寺律师一公塔铭》）。同年归故乡润州。至德二年（757）春，江淮选补使崔涣巡抚江南，皇甫

---

① [清]彭定求：《全唐诗》卷236—044，中华书局，1960，第2609页。
② [清]彭定求：《全唐诗》卷249—042，中华书局，1960，第2801页。

冉始得入仕，释褐无锡县尉。上元元年（760），江南发生刘展之乱，皇甫冉弃官归隐阳羡（今江苏宜兴），并在阳羡隐居了三年。广德元年（763）、二年（764），他来往于润州、常州、苏州之间。皇甫冉未曾到访赤城，亦无其他诗作涉及赤城。

登天坛夜见海

李益

朝游碧峰三十六，夜上天坛月边宿。仙人携我搴玉英，坛上夜半东方明。
仙钟撞撞近海日，海中离离三山出。霞梯赤城遥可分，霓旌绛节倚彤云。
八鸾五凤纷在御，王母欲上朝元君。群仙指此为我说，几见尘飞沧海竭。
竦身别我期丹宫，空山处处遗清风。九州下视杳未旦，一半浮生皆梦中。
始知武皇求不死，去逐瀛洲羡门子。①

本诗具体时间不详，时李益在嵩山。本诗诗题中之"天坛"，地处今山西阳城、垣曲两县之间。"碧峰三十六"，乃指河南登封西北的嵩山。

李益，字君虞，凉州姑臧（今甘肃武威）人。大历四年（769）登进士第，授华州郑县尉。德宗建中四年（783）以书判登拔萃科，授侍御史。元和后入朝，历秘书少监、集贤殿学士，官至右散骑常侍。文宗大和元年（827）加礼部尚书衔致仕。李益以边塞诗作名世，擅长绝句，尤其工于七绝。其生平未曾到访赤城。

同萧炼师宿太乙庙

李益

微月空山曙，春祠谒少君。落花坛上拂，流水洞中闻。
酒引芝童奠，香馀桂子焚。鹤飞将羽节，遥向赤城分。②

本诗具体时间不详。李益之生平，参见本章李益《登天坛夜见海》。

---

① ［清］彭定求：《全唐诗》卷282—039，中华书局，1960，第3211页。
② ［清］彭定求：《全唐诗》卷283—013，中华书局，1960，第3216页。

寄临海郡崔稚璋

权德舆

美酒步兵厨，古人尝宦游。赤城临海峤，君子今督邮。

吏隐丰暇日，琴壶共冥搜。新诗寒玉韵，旷思孤云秋。

志士诚勇退，鄙夫自包羞。终当就知己，莫恋溽湲流。①

本诗具体时间不详。本诗乃寄赠诗，作诗时，权德舆不在赤城。

权德舆，字载之，天水略阳（今甘肃秦安东北）人。德宗时任包佶转运从事、太常博士、左补阙、知制诰、中书舍人、礼部侍郎等职，三掌贡士，号为得人。元和五年（810）相于宪宗，直言敢谏，宽和待下。八年（813）罢相，以检校吏部尚书，留守东都。复拜太常卿，徙刑部尚书，出为山南西道节度使。其生平未至赤城。

和令狐相公送赵常盈炼师与中贵人同拜岳……及天台投龙毕却赴京

刘禹锡

银珰谒者引蜿蜒，霞帔仙官到赤城。白鹤迎来天乐动，金龙掷下海神惊。

元君伏奏归中禁，武帝亲斋礼上清。何事夷门请诗送，梁王文字上声名。②

本诗作于宝历元年（825）秋冬之际，时刘禹锡在和州。③

刘禹锡，字梦得，匈奴族后裔，北魏孝文帝时改汉姓，占籍洛阳（今属河南）。安史之乱时，全家避居嘉兴（今属浙江），刘禹锡自称"余少为江南客"（《金陵五题》引）。贞元九年（793），登进士第，又登宏词科。十一年（795），登吏部取士科，开始进入仕途。二十一年（805），顺宗即位，任用王叔文改革弊政，刘禹锡时任屯田员外郎，为革新之核心人物，被称为"二王（叔文、伾）刘

① [清] 彭定求：《全唐诗》卷 322—020，中华书局，1960，第 3626 页。
② [清] 彭定求：《全唐诗》卷 360—045，中华书局，1960，第 4068 页。
③ 陶敏、陶红雨校注：《刘禹锡全集编年校注》，中华书局，2019。

柳（宗元）"。"永贞革新"失败后，刘禹锡贬为朗州司马。元和十年（815）召回，又出为连州刺史，历夔、和二州。文宗初，为主客、礼部郎中，兼集贤殿学士。不久，出为苏、汝、同三州刺史。开成元年（836），以太子宾客分司东都。武宗初，加检校礼部尚书衔，世称"刘宾客""刘尚书"。

刘禹锡未曾到访天台，其现存诗作中没有直接描写天台的风物，只是偶尔引用与天台有关的典故。其《八月十五夜桃源玩月》《八月十五日夜玩月》等诗，从武陵桃源写到天台桃源。

送超上人归天台（一作送天台道士）

孟郊

天台山最高，动蹑赤城霞。何以静双目，扫山除妄花。
何以洁其性，滤泉去泥沙。灵境物皆直，万松无一斜。
月中见心近，云外将俗赊。山兽护方丈，山猿捧袈裟。
遗身独得身，笑我牵名华。[1]

详见第二章孟郊《送超上人归天台（一作送天台道士）》相关考辨。

题赠郑秘书征君石沟溪隐居

白居易

郑君得自然，虚白生心胸。吸彼沆瀣精，凝为冰雪容。
大君贞元初，求贤致时雍。蒲轮入翠微，迎下天台峰。
赤城别松乔，黄阁交夔龙。俯仰受三命，从容辞九重。
出笼鹤翩翩，归林凤雍雍。在火辨良玉，经霜识贞松。
新居寄楚山，山碧溪溶溶。丹灶烧烟煴，黄精花丰茸。
蕙帐夜琴澹，桂尊春酒浓。时人不到处，苔石无尘踪。
我今何为者，趋世身龙钟。不向林壑访，无由朝市逢。

---

[1] ［清］彭定求：《全唐诗》卷379—016，中华书局，1960，第4250页。

终当解尘缨，卜筑来相从。[①]

本诗具体时间不详，诗下有小注："郑生常隐天台，征起而仕。今复谢病，隐于此溪中。"可知作诗缘由。白居易之生平以及诗歌系年，参见朱金城《白居易年谱》与杨恂烨《白居易苏杭诗文研究》。

赠罗浮易炼师

杨衡

海上多仙峤，灵人信长生。荣卫冰雪姿，咽嚼日月精。

默书绛符遍，晦步斗文成。翠发披肩长，金盖凌风轻。

晓籁息尘响，天鸡叱幽声。碧树来户阴，丹霞照窗明。

焚香叩虚寂，稽首回太清。鸾鹭振羽仪，飞翻拂旆旌。

左把玉泉液，右搴云芝英。念得参龙驾，攀天度赤城。[②]

本诗具体时间不详。"念得参龙驾，攀天度赤城"一句乃诗人想象。作诗时，杨衡不在赤城。

杨衡，生卒年均不详，约唐玄宗天宝至唐代宗大历初年前后在世。天宝间，避地至江西，与符载、李群、李渤（《全唐诗》作符载、崔群、宋济。此从《唐才子传》）同隐庐山，结草堂于五老峰下，号"山中四友"。

除本诗外，杨衡另有《登紫霄峰赠黄仙师》一诗。关于紫霄峰，安祖朝在《天台山唐诗总集》中指出："按：宋林表民《天台前集别编》于杨衡《登紫霄峰赠黄仙师》诗下注：'即李绅所题北峰黄道士也。'杨诗收入《全唐诗》卷465。"李绅东游天台，识僧人修真。李绅之《题北峰黄道士草堂》，作于贞元十六年（800）。而杨衡约唐玄宗天宝至唐代宗大历初年前后在世，贞元时早已离世。另，江西庐山亦有"紫霄峰"，与杨衡隐居之地极近。再加上杨衡生平未曾到访赤城，

---

① [清]彭定求：《全唐诗》卷428—035，中华书局，1960，第4720页。
② [清]彭定求：《全唐诗》卷465—024，中华书局，1960，第5284页。

故笔者推测，本诗中之"紫霄峰"当为江西庐山之峰，非指天台。

临海太守惠予赤城石，报以是诗

李德裕

闻君采奇石，剪断赤城霞。潭上倒虹影，波中摇日华。

仙岩接绛气，谿路杂桃花。若值客星去，便应随海槎。①

本诗作于开成五年（840）七月，时李德裕在淮南节度使任上。

郁贤皓《唐刺史考·江南东道·台州》曰："《赤城志》：'开成五年，颜从贤。'注云：'开成尽五年，《壁记》作六年。'按'从贤'乃'从览'之讹。《旧书·颜真卿传》引文宗诏称从览，真卿之孙。"由此可知，本诗诗题中之"临海太守"，当指台州刺史颜从览。

李德裕，字文饶，赵郡赞皇（今河北赞皇）人。以荫补校书郎，拜监察御史。穆宗即位，擢翰林学士，再进中书舍人。未几，授御史中丞。长庆二年（822）九月，李德裕由御史中丞出为润州（今江苏镇江）刺史、浙西观察使。太和三年（829），召拜兵部侍郎，复出为郑滑节度使。四年（830），徙剑南西川节度使。六年（832）入朝，拜兵部尚书。七年（833）加授同平章事，封赞皇县伯。宣宗即位，被贬为潮州司马，次年又贬为崖州（治所在今海南琼山县）司户参军。大中三年（850）卒于崖州贬所。其生平未曾到访赤城。

寄天台准公

鲍溶

赤城桥东见月夜，佛垄寺边行月僧。

闲蹋莓苔绕琪树，海光清净对心灯。②

---

① [清]彭定求：《全唐诗》卷475—128，中华书局，1960，第5415页。
② [清]彭定求：《全唐诗》卷485—048，中华书局，1960，第5514页。

详见第一章鲍溶《寄天台准公》相关考证。

送文颖上人游天台

沈亚之

露花浮翠瓦，鲜思起芳丛。此际断客梦，况复别志公。

既历天台去，言过赤城东。莫说人间事，崎岖尘土中。[①]

详见第一章沈亚之《送文颖上人游天台》相关考证。

送元处士游天台

朱庆馀

青冥路口绝人行，独与僧期上赤城。树列烟岚春更好，溪藏冰雪夜偏明。

空山雉雏禾苗短，野馆风来竹气清。若过石桥看瀑布，不妨高处便题名。[②]

详见第一章朱庆馀《送元处士游天台》相关考证。

送从翁从东川弘农尚书幕

李商隐

大镇初更帅，嘉宾素见邀。使车无远近，归路更烟霄。

稳放骅骝步，高安翡翠巢。御风知有在，去国肯无聊。

早忝诸孙末，俱从小隐招。心悬紫云阁，梦断赤城标。

素女悲清瑟，秦娥弄玉箫。山连玄圃近，水接绛河遥。

岂意闻周铎，翻然慕舜韶。皆辞乔木去，远逐断蓬飘。

薄俗谁其激，斯民已甚恌。鸾皇期一举，燕雀不相饶。

敢共颓波远，因之内火烧。是非过别梦，时节惨惊飙。

---

① [清]彭定求：《全唐诗》卷493—008，中华书局，1960，第5579页。

② [清]彭定求：《全唐诗》卷515—025，中华书局，1960，第5883页。

未至谁能赋，中干欲病瘠。屡曾纡锦绣，勉欲报琼瑶。

我恐霜侵鬓，君先绶挂腰。甘心与陈阮，挥手谢松乔。

锦里差邻接，云台闭寂寥。一川虚月魄，万崦自芝苗。

瘴雨泷间急，离魂峡外销。非关无烛夜，其奈落花朝。

几处逢鸣佩，何筵不翠翘。蛮童骑象舞，江市卖鲛绡。

南诏知非敌，西山亦屡骄。勿贪佳丽地，不为圣明朝。

少减东城饮，时看北斗杓。莫因乖别久，遂逐岁寒凋。

盛幕开高宴，将军问故僚。为言公玉季，早日弃渔樵。[①]

本诗具体时间不详。

李商隐，字义山，号玉溪生，又号樊南生，祖籍怀州河内（今河南沁阳），郡望陇西成纪（今甘肃秦安东北）。开成二年（837）登进士第。三年（838）春应博学宏词试不取，入泾原节度使王茂元幕。四年（839）释褐为秘书省校书郎，旋调补弘农尉。武宗会昌二年（842）以书判拔萃复入秘书省为正字，旋丁母忧居家。五年（845）冬，服阕入京，仍为秘省正字。宣宗大中元年（847），随桂管观察使郑亚赴桂林，为支使掌表记。二年（848）春，亚贬循州，商隐罢幕北归。冬抵长安，补周至尉，旋为京兆尹留假参军事，奏署掾曹，专章奏。三年（849）十月，武宁军节度使卢弘止奏充商隐为判官，得侍御衔，赴徐州。四年（850）夏，随卢弘止至汴州幕，曾奉使入关。五年（851）春夏间罢汴幕归京，任太学博士。会柳仲郢镇东川，辟为节度书记。十月商隐抵梓州，改节度判官。十年（856）春，随内征之仲郢还朝，任盐铁推官，其间或曾游江东。十二年（858）病废还郑州，未几卒。其生平未曾到访赤城，亦无其他诗作涉及天台。

朱槿花二首

李商隐

莲后红何患，梅先白莫夸。才飞建章火，又落赤城霞。

---

① ［清］彭定求：《全唐诗》卷841—079，中华书局，1960，第6252页。

不卷锦步障，未登油壁车。日西相对罢，休浣向天涯。

勇多侵路去，恨有碍灯还。嗅自微微白，看成沓沓殷。

坐疑忘物外，归去有帘间。君问伤春句，千辞不可删。①

本诗具体时间不详。李商隐之生平，参见本章《送从翁从东川弘农尚书幕》。

病中闻河东公乐营置酒口占寄上

李商隐

闻驻行春斾，中途赏物华。缘忧武昌柳，遂忆洛阳花。

稽鹤元无对，荀龙不在夸。只将沧海月，长压赤城霞。

兴欲倾燕馆，欢终到习家。风长应侧帽，路隘岂容车。

楼迥波窥锦，窗虚日弄纱。锁门金了鸟，展障玉鸦叉。

舞妙从兼楚，歌能莫杂巴。必投潘岳果，谁掺祢衡挝。

刻烛当时忝，传杯此夕赊。可怜漳浦卧，愁绪独如麻。②

本诗具体时间不详。李商隐之生平，参见本章《送从翁从东川弘农尚书幕》。

赠禅僧

马戴

弟子人天遍，童年在沃洲。开禅山木长，浣衲海沙秋。

振锡摇汀月，持瓶接瀑流。赤城何日上，鄙愿从师游。③

本诗具体时间不详。由诗题可知，本诗系马戴赠别禅僧之作。禅僧，其人不明。

---

① [清]彭定求：《全唐诗》卷841—097，中华书局，1960，第6255页。
② [清]彭定求：《全唐诗》卷841—101，中华书局，1960，第6250页。
③ [清]彭定求：《全唐诗》卷556—029，中华书局，1960，第6446页。

马戴之生平，参见第一章马戴《送道友入天台山作》。其曾至浙江，但未曾到访天台。

中秋夜坐有怀

马戴

秋光动河汉，耿耿曙难分。堕露垂丛药，残星间薄云。

心悬赤城峤，志向紫阳君。雁过海风起，萧萧时独闻。[①]

本诗具体时间不详。马戴之生平，参见第一章马戴《送道友入天台山作》。

送道友入天台山作

马戴

却忆天台去，移居海岛空。观寒琪树碧，雪浅石桥通。

漱齿飞泉外，餐霞早境中。终期赤城里，披氅与君同。[②]

详见第一章马戴《送道友入天台山作》相关考证。

送僧归天台

贾岛

辞秦经越过，归寺海西峰。石涧双流水，山门九里松。

曾闻清禁漏，却听赤城钟。妙宇研磨讲，应齐智者踪。[③]

详见第一章贾岛《送僧归天台》相关考证。

---

① [清]彭定求：《全唐诗》卷556—084，中华书局，1960，第6456页。
② [清]彭定求：《全唐诗》卷556—088，中华书局，1960，第6457页。
③ [清]彭定求：《全唐诗》卷573—011，中华书局，1960，第6653页。

酬慈恩寺文郁上人

贾岛

袈裟影入禁池清，犹忆乡山近赤城。篱落蟏间寒蟹过，莓苔石上晚蛩行。
期登野阁闲应甚，阻宿山房疾未平。闻说又寻南岳去，无端诗思忽然生。①

本诗具体时间不详。由诗题可知，本诗系贾岛赠文郁上人之作。文郁上人，
其人不明。

孙发百篇将游天台请诗赠行因以送之

皮日休

孙子荆家思有馀，元戎曾荐入公车。百篇宫体喧金屋，一日官衔下玉除。
紫府近通斋后梦，赤城新有寄来书。因逢二老如相问，正滞江南为鲹鱼。②

详见第一章皮日休《孙发百篇将游天台请诗赠行因以送之》相关考证。

寒日书斋即事三首

皮日休

参佐三间似草堂，恬然无事可成忙。移时寂历烧松子，尽日殷勤拂乳床。
将近道斋先衣褐，欲清诗思更焚香。空庭好待中宵月，独礼星辰学步罡。
不知何事有生涯，皮褐亲裁学道家。深夜数瓯唯柏叶，清晨一器是云华。
盆池有鹭窥蘋沫，石版无人扫桂花。江汉欲归应未得，夜来频梦赤城霞。
方朔家贫未有车，肯从荣利舍樵渔。从公未怪多侵酒，见客唯求转借书。
暂听松风生意足，偶看溪月世情疏。如钩得贵非吾事，合向烟波为五鱼。③

---

① [清]彭定求:《全唐诗》卷574—021，中华书局，1960，第6680页。
② [清]彭定求:《全唐诗》卷613—055，中华书局，1960，第7075页。
③ [清]彭定求:《全唐诗》卷614—035，中华书局，1960，第7087页。

本诗作于咸通十一年（870）冬。作诗时，皮日休不在台州。

奉和袭美怀华阳润卿博士三首

陆龟蒙

几降真官授隐书，洛公曾到梦中无。眉间入静三辰影，肘后通灵五岳图。
北洞树形如曲盖，东凹山色入薰炉。金墟福地能容否，愿作冈前蒋负刍。
火景应难到洞宫，萧闲堂冷任天风。谈玄麈尾抛云底，服散龙胎在酒中。
有路还将赤城接，无泉不共紫河通。奇编早晚教传授，免以神仙问葛洪。
终日焚香礼洞云，更思琪树转劳神。曾寻下泊常经月，不到中峰又累春。
仙道最高黄玉箓，暑天偏称白纶巾。清斋若见茅司命，乞取朱儿十二斤。①

本诗作于咸通十一年（870）左右。作诗时，陆龟蒙不在台州。

送董少卿游茅山

陆龟蒙

威辇高悬度世名，至今仙裔作公卿。将随羽节朝珠阙，曾佩鱼符管赤城。
云冻尚含孤石色，雪干犹堕古松声。应知四扇灵方在，待取归时绿发生。②

本诗作于咸通十二年（871）。本诗有注："董尝判台州。"董少卿，未详其名。
作诗时，陆龟蒙不在台州。

送孙百篇游天台

方干

东南云路落斜行，入树穿村见赤城。远近常时皆药气，高低无处不泉声。

---

① [清] 彭定求：《全唐诗》卷 625—019，中华书局，1960，第 7183 页。
② [清] 彭定求：《全唐诗》卷 626—022，中华书局，1960，第 7193 页。

映岩日向床头没，湿烛云从柱底生。更有仙花与灵鸟，恐君多半未知名。[①]

详见第一章方干《送孙百篇游天台》相关考辨。

寄杨秘书

罗隐

湖水平来见鲤鱼，偶因烹处得琼琚。披寻藻思千重后，吟想冰光万里馀。
漳浦病来情转薄，赤城吟苦意何如。锦衣公子怜君在，十载兵戈从板舆。[②]

本诗具体时间不详。

罗隐，本名横，字昭谏，自号江东生，余杭新城（今浙江富阳）人。十举进士不第，乃改名隐。懿宗咸通十一年（870），始为衡阳主簿。僖宗乾符三年（876）因父殁丁忧回乡。除服又往游京师，广明中遇黄巢攻陷长安，归隐于池州梅根浦。后出山依镇海节度使钱镠，光启三年（887），表奏为钱塘令，迁著作郎、掌书记。昭宗天祐三年（906）充节度判官。后梁开平二年（908）授给事中，次年迁盐铁发运副使，不久病卒。其生平未曾到访赤城，亦无诗作直接涉及赤城。

送程尊师东游有寄

罗隐

华盖峰前拟卜耕，主人无奈又闲行。且凭鹤驾寻沧海，又恐犀轩过赤城。
绛简便应朝右弼，紫旌兼合见东卿。劝君莫忘归时节，芝似萤光处处生。[③]

罗隐之生平，参见本章罗隐《寄杨秘书》。

---

① ［清］彭定求：《全唐诗》卷652—018，中华书局，1960，第7486页。
② ［清］彭定求：《全唐诗》卷655—014，中华书局，1960，第7533页。
③ ［清］彭定求：《全唐诗》卷663—022，中华书局，1960，第7599页。

寄剡县主簿

罗隐

金庭养真地，珠篆会稽官。境胜堪长往，时危喜暂安。
洞连沧海阔，山拥赤城寒。他日抛尘土，因君拟炼丹。[①]

罗隐之生平，参见本章罗隐《寄杨秘书》。

绵竹山四十韵

吴融

绵竹东西隔，千峰势相属。峻嶒压东巴，连延罗古蜀。
方者露圭角，尖者钻箭簇。引者蛾眉弯，敛者鸢肩缩。
尾蟉青蛇盘，颈低玄兔伏。横来突若奔，直上森如来。
岁在作噩年，铜梁摇虿毒。相国京兆公，九命来作牧。
戎提虎仆毛，专奉狼头纛。行府寄精庐，开窗对林麓。
是时重阳后，天气旷清肃。兹山昏晓开，一一在人目。
霜空正泬寥，浓翠霏扑扑。披海出珊瑚，贴天堆碧玉。
俄然阴霾作，城郭才霡霂。绝顶已凝雪，晃朗开红旭。
初疑昆仑下，天矫龙衔烛。亦似蓬莱巅，金银台叠矗。
紫霞或旁映，绮段铺繁褥。晚照忽斜笼，赤城差断续。
又如煮吴盐，万万盆初熟。又如濯楚练，千千匹未轴。
又如水晶宫，蛟螭结川渎。又如钟乳洞，电雷开岩谷。
丹青画不成，造化供难足。合有羽衣人，飘飘曳烟躅。
合有五色禽，叫啸含仙曲。根虽限剑门，穴必通林屋。
方诸沧海隔，欲去忧沦覆。群玉缥缈间，未可量往复。
何如当此境，终朝旷遐瞩。往往草檄馀，吟哦思幽独。
早晚扫欃枪，笳鼓迎畅毂。休飞霹雳车，罢系虾蟆木。

---

① ［清］彭定求：《全唐诗》卷665—047，中华书局，1960，第7620页。

勒铭燕然山，万代垂芬郁。然后恣逍遥，独往群麋鹿。

不管安与危，不问荣与辱。但乐濠梁鱼，岂怨钟山鹄。

纫兰以围腰，采芝将实腹。石床须卧平，一任闲云触。①

本诗具体时间不详。由"绵竹东西隅，千峰势相属。峻嶒压东巴，连延罗古蜀"可知，绵竹山地处巴蜀。

吴融，字子华，排行大，越州山阴（今浙江绍兴）人，少力学，富文藻。昭宗龙纪元年（889）登进士第。韦昭度讨蜀，表掌书记，累迁侍御史。乾宁二年（895），因事贬官，流寓荆南，依节度使成汭。次年，召为左补阙，迁中书舍人。天复元年（901），擢为户部侍郎。是年冬，朱全忠兵犯京师，昭宗避难凤翔。融扈从不及，流寓阌乡。三年（903），召为翰林学士，迁翰林承旨学士，卒于官。《四库全书总目提要》卷151吴融《唐英歌诗提要》称"融诗音节谐雅，犹有中唐之遗风"。其生平未曾到访赤城。

赠天台王处士

林嵩

深隐天台不记秋，琴台长别一何愁。茶烟岩外云初起，新月潭心钓未收。

映宇异花丛发好，穿松孤鹤一声幽。赤城不掩高宗梦，宁久悬冠枕瀑流。②

详见第一章林嵩《赠天台王处士》相关考证。

赠董先生

徐夤

寿岁过于百，时闲到上京。餐松双鬓嫩，绝粒四支轻。

---

① ［清］彭定求：《全唐诗》卷685—031，中华书局，1960，第7870页。

② ［清］彭定求：《全唐诗》卷690—027，中华书局，1960，第7923页。

雨雪思中岳，云霞梦赤城。来年期寿箓，何处待先生。[①]

本诗具体时间不详。由诗题可知，本诗系徐夤赠董先生之作。作诗时，徐夤不在天台。

徐夤之生平，参见第一章徐夤《寄天台陈希畋》。

画　松

徐夤

涧底阴森验笔精，笔闲开展觉神清。曾当月照还无影，若许风吹合有声。枝偃只应玄鹤识，根深且与茯苓生。天台道士频来见，说似株株倚赤城。[②]

徐夤之生平，参见第一章徐夤《寄天台陈希畋》。

和尚书咏泉山瀑布十二韵

徐夤

名齐火浣溢山椒，谁把惊虹挂一条。天外倚来秋水刃，海心飞上白龙绡。民田凿断云根引，僧圃穿通竹影浇。喷石似烟轻漠漠，溅崖如雨冷潇潇。水中蚕绪缠苍壁，日里虹精挂绛霄。寒漱绿阴仙桂老，碎流红艳野桃夭。千寻练写长年在，六出花开夏日消。急恐划分青嶂骨，久应绷裂翠微腰。濯缨便可讥渔父，洗耳还宜傲帝尧。林际猿猱偏得饭，岸边乌鹊拟为桥。赤城未到诗先寄，庐阜曾游梦已遥。数夜积霖声更远，郡楼敧枕听良宵。[③]

徐夤之生平，参见第一章徐夤《寄天台陈希畋》。

---

①　[清] 彭定求：《全唐诗》卷 708—008，中华书局，1960，第 8140 页。
②　[清] 彭定求：《全唐诗》卷 708—068，中华书局，1960，第 8152 页。
③　[清] 彭定求：《全唐诗》卷 711—007，中华书局，1960，第 8185 页。

大游仙诗

欧阳炯（一作欧阳炳）

赤城霞起武陵春，桐柏先生解守真。白石桥高曾纵步，朱阳馆静每存神。

囊中隐诀多仙术，肘后方书济俗人。自领蓬莱都水监，只忧沧海变成尘。①

本诗具体时间不详。作诗时，欧阳炯未至赤城。本诗虽涉及赤城之景色、人物，但多为想象，不可作为诗人到访赤城的证明。

欧阳炯（896—971），益州华阳（今四川成都）人。少事前蜀王衍，为中书舍人。前蜀亡，补秦州从事。后蜀建国，拜中书舍人、翰林学士承旨，官至门下侍郎兼户部尚书，同平章事。后蜀亡，入宋为右散骑常侍，俄充翰林学士，转左散骑常侍，后分司西京。宋太祖开宝四年（971）卒。其生平未曾到访赤城。

赠天台逸人

廖融

移桧托禅子，携家上赤城。拂琴天籁寂，欹枕海涛生。

云白寒峰晚，鸟歌春谷晴。又闻求桂楫，载月十洲行。②

详见第一章廖融《赠天台逸人》相关考证。

送日东僧游天台

杨夔

一瓶离日外，行指赤城中。去自重云下，来从积水东。

攀萝跻石径，挂锡憩松风。回首鸡林道，唯应梦想通。③

---

① [清] 彭定求：《全唐诗》卷761—006，中华书局，1960，第8640页。
② [清] 彭定求：《全唐诗》卷762—033，中华书局，1960，第8654页。
③ [清] 彭定求：《全唐诗》卷763—005，中华书局，1960，第8661页。

详见第一章杨虁《送日东僧游天台》相关考证。

登云梯

殷琮

碧落远澄澄，青山路可升。身轻疑易蹑，步独觉难凭。

逦迤排将近，回翔势渐登。上宁愁屈曲，高更喜超腾。

江树遥分蔼，山岚宛若凝。赤城容许到，敢惮百千层。①

本诗具体时间不详。诗中"赤城"，乃代指仙境。

殷琮，生平事迹不详，与汤洙同时。今仅存诗一首。其生平未曾到访赤城。

金灯花

薛涛

阑边不见蘘蘘叶，砌下惟翻艳艳丛。

细视欲将何物比，晓霞初叠赤城宫。②

本诗具体时间不详。诗中引"赤城霞"为喻。

薛涛，字洪度，长安（今陕西西安）人。八九岁能诗，父死家贫，十六岁遂堕入乐籍。与元稹、白居易、张籍、王建、刘禹锡、杜牧、张祜等人都有唱酬交往。晚年好作女道士装束，建吟诗楼于碧鸡坊。与刘采春、鱼玄机、李冶并称唐朝四大女诗人。有《锦江集》五卷，今佚。《全唐诗》存诗一卷。其生平未曾到访赤城。

---

① [清]彭定求：《全唐诗》卷779—025，中华书局，1960，第8817页。
② [清]彭定求：《全唐诗》卷803—048，中华书局，1960，第9041页。

散　句

元淳

弟兄俱已尽，松柏问何人。(《寄洛中姊妹》)

闻道茂陵山水好，碧溪流水有桃源。(《寄杨女冠》)

赤城峭壁无人到，丹灶芝田有鹤来。(《霍师妹游天台》)

三千宫女露蛾眉，笑煮黄金日月迟。(《寓言》)

（以上俱见《吟窗杂录》）①

散句，具体时间不详。

元淳，生卒年不详，晚唐僖宗时洛阳女道士。除本诗外，元淳今仅存诗两首——《寄洛中诸姊》与《秦中春望》，皆不能证明其到访过天台。

----

① [清]彭定求：《全唐诗》卷805—020，中华书局，1960，第9060页。

第三章　以"国清寺"为中心

国清寺位于天台县城关镇，天台山南麓，始建于隋开皇十八年（598），初名天台寺，后取"寺若成，国即清"之意，改名为国清寺。《嘉定赤城志·寺观门二》"景德国清寺"条下称："在（天台）县北一十里。旧名天台，隋开皇十八年为僧智顗建。先是顗修禅于此，梦定光告曰：'寺若成，国即清。'大业中遂改名国清。李邕《记》所谓'应运题寺'是也，唐会昌中废。"国清寺是天台宗的祖庭，始是依据天台宗创始人智顗亲手所画的样式修建的。智顗开创天台宗后，想建一寺庙作为正式祖庭，但限于资金，迟迟不得动工。他在临终遗书晋王杨广说："不见寺成，瞑目为恨"。晋王杨广见书后极为感动，便派司马王弘监造国清寺。会昌中（约845），原寺毁于火。大中五年（851）国清寺重建时，柳公权在寺后石壁上题写的"大中国清之寺"六个大字摩崖石主刻，至今仍清晰可辨。

国清寺作为天台宗的祖庭，在东亚文化圈中有着重要的影响。鉴真东渡日本时，曾朝拜国清寺唐贞元年间。日本留学僧最澄至天台山取经，回国后于日本比睿山创立日本天台宗。11世纪末，高丽僧人义天至国清寺求法，又将天台宗传入朝鲜半岛。寒山、拾得和丰干，被世人称之为"国清三贤"。[①] 因此，对于唐代诗人们来说，国清寺也是他们游览天台的重要目的地之一。

---

① 今国清寺外的丰干桥、寒拾亭和寺内的三贤殿，就是为了纪念三人而修建的。

一、诗人到访之作

（一）考证的基本结论

通过系统梳理《全唐诗》中与国清寺相关（诗题、诗句中含"国清寺"三字）的诗作，[①] 我们发现共有 4 位诗人到访国清寺，代表作 7 首诗。其中，两首诗可作为诗人到访天台的证明，5 首诗不可为证。

诗人及其可证之作分别是：

刘昭禹：《冬日暮国清寺留题》

皎然：《咏小瀑布》

诗人及其不可证之作分别是：

刘长卿：《送台州李使君，兼寄题国清寺》《夜宴洛阳程九主簿宅送杨三山人往天台寻智者禅师隐居》

杜荀鹤：《送僧归国清寺》

皎然：《送德守二叔侄上人还国清寺觐师》

（二）具体诗篇考辨

冬日暮国清寺留题

刘昭禹

天台山下寺，冬暮景如屏。树密风长在，年深像有灵。

高钟疑到月，远烧欲连星。因共真僧话，心中万虑宁。[②]

本诗具体时间不详。作诗时，刘昭禹在台州国清寺。

刘昭禹之生平，参见第一章刘昭禹《忆天台山》。除本诗之外，刘昭禹之《忆天台山》《灵溪观》等诗作，都能证明其到访过天台。

---

① 为行文简便以及突出考证的效果，我们以诗可证者列前，不可证者列后。

② [清]彭定求：《全唐诗》卷 762—003，中华书局，1960，第 8646 页。

送德守二叔侄上人还国清寺觐师

皎然

道贤齐二阮，俱向竹林归。古偈穿花线，春装卷叶衣。

僧墟回水寺，佛陇启山扉。爱别吾何有，人心强有违。①

本诗具体时间不详。由诗题可知，本诗系皎然送别德守二叔侄上人之作。作诗时，皎然不在天台。

皎然之生平，参见第一章皎然《重钧上人游天台》。

咏小瀑布

皎然

瀑布小更奇，潺湲二三尺。细脉穿乱沙，丛声咽危石。

初因智者赏，果会幽人迹。不向定中闻，那知我心寂。②

皎然之生平，参见第一章皎然《重钧上人游天台》。

送台州李使君，兼寄题国清寺

刘长卿

露冕新承明主恩，山城别是武陵源。花间五马时行县，山外千峰常在门。

晴江洲渚带春草，古寺杉松深暮猿。知到应真飞锡处，因君一想已忘言。③

本诗作于上元二年（761）左右。作诗时，刘长卿不在台州。

刘长卿于上元二年（761）秋天，奉命回到苏州接受"重推"，旅居江浙。同年，其好友李嘉祐任台州刺史。

---

① ［清］彭定求：《全唐诗》卷 819—020，中华书局，1960，第 9231 页。
② ［清］彭定求：《全唐诗》卷 820—022，中华书局，1960，第 9244 页。
③ ［清］彭定求：《全唐诗》卷 151—042，中华书局，1960，第 1570 页。

夜宴洛阳程九主簿宅送杨三山人往天台寻智者禅师隐居

刘长卿

东林问逮客，何处栖幽偏。满腹万余卷，息机三十年。

志图良已久，鬒发空苍然。调啸寄疏旷，形骸如弃捐。

本家关西族，别业嵩阳田。云卧能独往，山栖幸周旋。

垂竿不在鱼，卖药不为钱。藜杖闲倚壁，松花常醉眠。

顷辞青溪隐，来访赤县仙。南亩自甘贱，中朝唯爱贤。

仍空世谛法，远结天台缘。魏阙从此去，沧洲知所便。

主人琼枝秀，宠别瑶华篇。落日扫尘榻，春风吹客船。

此行颇自适，物外谁能牵。弄棹白萍里，挂帆飞鸟边。

落潮见孤屿，彻底观澄涟。雁过湖上月，猿声峰际天。

群峰趋海峤，千里黛相连。遥倚赤城上，瞳瞳初日圆。

昔闻智公隐，此地常安禅。千载已如梦，一灯今尚传。

云龛闭遗影，石窟无人烟。古寺暗乔木，春崖鸣细泉。

流尘既寂寞，缅想增婵娟。山鸟怨庭树，门人思步莲。

夷犹怀永路，怅望临清川。渔人来梦里，沙鸥飞眼前。

独游岂易惬，群动多相缠。羡尔五湖夜，往来闲扣舷。[①]

详见第一章刘长卿《夜宴洛阳程九主簿宅送杨三山人往天台寻智者禅师隐居》相关考证。

送僧归国清寺

杜荀鹤

吟送越僧归海涯，僧行浑不觉程赊。路沿山脚潮痕出，睡倚松根日色斜。

撼锡度冈猿抱树，挈瓶盛浪鹭翘沙。到参禅后知无事，看引秋泉灌藕花。[②]

---

① [清]彭定求：《全唐诗》卷150—015，中华书局，1960，第1553页。
② [清]彭定求：《全唐诗》卷692—014，中华书局，1960，第7969页。

本诗具体时间不详。

咸通十一年（870）之后，杜荀鹤游越中，远至台州，作《寄临海姚中丞》《春日行次钱塘却寄台州姚中丞》等诗。本诗属于赠别诗，并不能作为杜荀鹤到过台州的证明。

二、诗人未到访之作

寄题天台国清寺齐梁体

皮日休

十里松门国清路，饭猿台上菩提树。

怪来烟雨落晴天，元是海风吹瀑布。①

详见第一章皮日休《寄题天台国清寺齐梁体》相关考证。

寄题天台国清寺齐梁体

陆龟蒙

峰带楼台天外立，明河色近罘罳湿。

松间石上定僧寒，半夜楢溪水声急。②

详见第一章陆龟蒙《寄题天台国清寺齐梁体》相关考证。

颜上人房（一作题西明自觉上人房）

李洞

御沟临岸行，远岫见云生。松下度三伏，磬中销五更。

---

① ［清］彭定求：《全唐诗》卷615—046，中华书局，1960，第7099页。
② ［清］彭定求：《全唐诗》卷628—039，中华书局，1960，第7214页。

雨淋经阁白，日闪剃刀明。海畔终须去，烧灯老国清。①

　　本诗具体时间不详。作诗时，李洞在长安。李洞另有一首类似的诗——《题西明寺攻文僧林复上人房》。据《唐两京城坊考》引《玉堂闲话》曰："长安西明寺钟，寇乱之后缁徒流离，阒其寺者数年。有贫民利其铜，袖锤錾往窃凿之，日获一二斤，鬻于阛阓。"可知，西明寺在长安。

　　李洞之生平，参见第一章李洞《送人之天台》。

<h3 style="text-align:center">送僧归天台</h3>

贾岛

辞秦经越过，归寺海西峰。石涧双流水，山门九里松。
曾闻清禁漏，却听赤城钟。妙宇研磨讲，应齐智者踪。②

　　详见第一章贾岛《送僧归天台》相关考证。

---

①　[清]彭定求：《全唐诗》卷721—048，中华书局，1960，第8280页。
②　[清]彭定求：《全唐诗》卷573—011，中华书局，1960，第6653页。

第四章 以"桐柏"为中心

桐柏山在天台县西北二十五里，道家七十二福地之一。《古今图书集成·山川典》卷126引陶弘景《真诰》曰："桐柏山高一万五千丈，周围八百里，四面视之如一。其一头在会稽东海际，其一头入海中。"《嘉定赤城志》卷30曰："回环有九峰，玉女、卧龙、紫霄、翠微、玉泉、莲华、华琳、香琳、玉霄。自福圣观北盘折而上，至洞门，长松夹道。孙绰赋所谓'荫落落之长松'是也。"

桐柏山因桐柏观而闻名于世。《天台县志》载："唐景云二年（711），为司马承祯建。"而早于此，此地即为道家炼丹之所。《道书》云："桐柏金庭洞天，即王子晋所治。"《真诰》曰："吴赤乌二年（239），葛玄于此炼丹，故今有朝斗坛。齐永泰元年（498），将军沈约一千余人弃官乞为道士居之。"《嘉定赤城志》卷30记载："唐睿宗景云二年敕为承祯置观，号桐柏，方置堂时，有五色云见。""又传承祯所居，黄云常覆其上，故有黄云堂、玄晨台、炼形堂、凤轸台、朝真龙章阁，又有众妙台，台下有醴泉。"

桐柏山作为"天下七十二福地"之一，受到历代文人雅士的推崇。据《桐柏山志》载："晋王羲之与支道林尝往来此山。至唐，则司马承祯居焉。承祯始隐于此山。睿宗召出，后复隐于此。"崔尚写有《唐天台山新桐柏观之颂序》，孟浩然、周朴、皎然等游赏后均留有诗篇。

特别需要指出的是，司马承祯曾隐居在桐柏山玉霄峰三十余年，司马承祯的特殊地位和影响力，使得桐柏山成为一个具有特殊号召力的地名。

一、诗人到访之作

（一）考证的基本结论

通过系统梳理《全唐诗》中与桐柏相关（诗题、诗句中含"桐柏"二字）的诗作，[①] 我们发现共有 9 位诗人到访天台桐柏山，代表作 10 首诗。其中，5 首诗可作为诗人到访桐柏山的证明，5 首诗不可为证。

诗人及其可证之作分别是：

孟浩然：《宿天台桐柏观》

周朴：《桐柏观》

任翻：《桐柏观》

贯休：《寄天台道友》

杜光庭：《题北平沼》

诗人及其不可证之作分别是：

吕岩：《题桐柏山黄先生庵门》

宋之问：《送司马道士游天台》

骆宾王：《早发淮口望盱眙》

王建：《东征行》

周朴：《送梁道士》

（二）具体诗篇考辨

宿天台桐柏观

孟浩然

海行信风帆，夕宿逗云岛。缅寻沧洲趣，近爱赤城好。

扪萝亦践苔，辍棹恣探讨。息阴憩桐柏，采秀弄芝草。

鹤唳清露垂，鸡鸣信潮早。愿言解缨绂，从此去烦恼。

高步陵四明，玄踪得二老。纷吾远游意，乐彼长生道。

---

① 为行文简便以及突出考证的效果，我们以诗可证者列前，不可证者列后。

日夕望三山，云涛空浩浩。①

详见第一章孟浩然《宿天台桐柏观》相关考证。

桐柏观

周朴

东南一境清心目，有此千峰插翠微。人在下方冲月上，鹤从高处破烟飞。
岩深水落寒侵骨，门静花开色照衣。欲识蓬莱今便是，更于何处学忘机。②

本诗具体时间不详。作诗时，周朴在天台桐柏观。从本诗内容分析，桐柏观地处"东南"方位，又与道教紧密联系，当为浙江天台无误。且百家本诗题下有"见《天台志》"，可为力证。

周朴，字见素（一作太朴），睦州桐庐（今浙江桐庐）人，旧说吴兴（今浙江湖州）人，疑误。为人高傲纵逸，淡于名利，喜交山僧钓叟。福建观察使杨发、李诲先后欲召置幕中，均避而不往。僖宗乾符六年（879），黄巢邀其入伍，朴不从，被杀。周柏之《题赤城中岩寺》，可证明其到访过赤城。

送梁道士

周朴

旧居桐柏观，归去爱安闲。倒树造新屋，化人修古坛。
晚花霜后落，山雨夜深寒。应有同溪客，相寻学炼丹。③

周朴之生平，参见本章周朴《桐柏观》。

---

① [清] 彭定求：《全唐诗》卷 159—028，中华书局，1960，第 1623 页。
② [清] 彭定求：《全唐诗》卷 673—037，中华书局，1960，第 7703 页。
③ [清] 彭定求：《全唐诗》卷 673—017，中华书局，1960，第 7699 页。

桐柏观

任翻

飘飘云外者,暂宿聚仙堂。半夜人无语,中宵月送凉。

鹤归高树静,萤过小池光。不得多时住,门开是事忙。[①]

本诗具体时间不详。作诗时,任翻在天台桐柏观。

除本诗外,任翻另有《葛仙井》《台州早春》等诗,均可证明其曾游历台州。此外,任翻还曾登台州巾山,作《宿巾子山禅寺》《再游巾子山寺》《三游巾子山寺》三首诗。由《再游巾子山寺》首句"灵江江上帻峰寺,三十年来两度登"可知,任翻对巾子山寺有着特殊的感情。

寄天台道友

贯休

大是清虚地,高吟到日晡。水声金磬乱,云片玉盘粗。

仙有遗踪在,人还得意无。石碑文不直,壁画色多枯。

冷立千年鹤,闲烧六一炉。松枝垂似物,山势秀难图。

紫府程非远,清溪径不迂。馨香柏上露,皎洁水中珠。

贤圣无他术,圆融只在吾。寄言桐柏子,珍重保之乎。[②]

详见第一章贯休《寄天台道友》相关考证。

题北平沼

杜光庭

桐柏真人曾此居,焚香厓下诵灵书。朝回时宴三山客,洞尽闲飞五色鱼。

---

① [清]彭定求:《全唐诗》卷727—033,中华书局,1960,第8333页。
② [清]彭定求:《全唐诗》卷829—017,中华书局,1960,第9341页。

天柱一峰凝碧玉，神灯千点散红蕖。宝芝常在知谁得，好驾金蟾入太虚。①

本诗具体时间不详。作诗时，杜光庭在天台境内北平沼。

杜光庭，字圣宾（又作宾圣），号东瀛子，处州缙云（今属浙江）人。咸通中应举不第，遂入天台山学道，自称"华顶羽人"。其在《洞天福地岳渎名山记序》中特别注明："天复辛酉（901）八月四日癸未，华顶羽人杜光庭于成都玉局编录。"此外，杜光庭在天台学道的经历也载于《历世真仙体道通鉴》卷40《杜光庭》。其文曰："尝谓道法科教自汉天师暨陆修静撰集以来，岁月绵邈，几将废坠，遂考真伪，条列始末。"除本诗外，杜光庭另有《题仙居观》诗，可证其曾到访浙江天台。

题桐柏山黄先生庵门

吕岩

吾有玄中极玄语，周游八极无处吐。云軿飘泛到凝阳，一见君兮在玄浦。

知君本是孤云客，拟话希夷生恍惚。无为大道本根源，要君亲见求真物。

其中有一分三五，本自无名号丹母。寒泉沥沥气绵绵，上透昆仑还紫府。

浮沈升降入中宫，四象五行齐见土。驱青龙，擒白虎，起祥风兮下甘露。

铅凝真汞结丹砂，一派火轮真为主。既修真，须坚确，能转乾坤泛海岳。

运行天地莫能知，变化鬼神应不觉。千朝炼就紫金身，乃致全神归返朴。

黄秀才，黄秀才，既修真，须且早，人间万事何时了。

贪名贪利爱金多，为他财色身衰老。我今劝子心悲切，君自思兮生猛烈。

莫教大限到身来，又是随流入生灭。留此片言，用表其意。

他日相逢，必与汝决。莫退初心，善爱善爱。②

本诗具体时间不详。

---

①　[清]彭定求：《全唐诗》卷854—008，中华书局，1960，第9664页。

②　[清]彭定求：《全唐诗》卷857—004，中华书局，1960，第9691页。

吕岩即吕洞宾，被全真道奉为北五祖之一。本诗没有对天台景物进行描绘，更多的是对道家福地的想象，故不能证明吕岩到访过天台。除本诗外，在琼台仙谷八仙湖畔九峰台下，有块光滑似镜的顽石，上面刻有吕洞宾的《题福圣观》，诗云："青蛇绕地月徘徊，夜静云闲鹤未回。欲度有缘人换骨，暂留踪迹在天台。"距离琼台十五里的石桥，也留有吕岩的《七夕》诗，诗云："野人本是天台客，石桥南畔有旧宅。父子生来有两口，多好歌笙不好拍。"由这两首诗可知，吕岩应在琼台仙谷和北山一带修炼过一段时间。虽然"石桥南畔有旧宅"的旧宅早已无从考证，但三井瀑布下的福圣观依然吸引着众多诗人前来游览。

送司马道士游天台

宋之问

羽客笙歌此地违，离筵数处白云飞。

蓬莱阙下长相忆，桐柏山头去不归。[①]

详见第一章宋之问《送司马道士游天台》相关考证。

早发淮口望盱眙

骆宾王

养蒙分四渎，习坎奠三荆。徙帝留余地，封王表旧城。

岸昏涵蜃气，潮满应鸡声。洲迥连沙静，川虚积溜明。

一朝从捧檄，千里倦悬旌。背流桐柏远，逗浦木兰轻。

小山迷隐路，大块切劳生。唯有贞心在，独映寒潭清。[②]

本诗具体时间不详。作诗时，骆宾王不在台州。

永隆二年（681），骆宾王被贬临海丞，七月便道过义乌，葬母，约于八月到

---

① ［清］彭定求：《全唐诗》卷 053—044，中华书局，1960，第 656 页。
② ［清］彭定求：《全唐诗》卷 079—024，中华书局，1960，第 858 页。

临海上任。骆宾王被贬为临海丞后是否赴任，学界素有争议。《旧唐书》本传称："坐赃左迁临海丞，怏怏失志，弃官而去。文明中，与徐敬业于扬州作乱。"《新唐书》大体相同。胡应麟的《补唐书骆侍御传》稍加敷衍："谪临海丞。高宗崩，后罢废中宗，改唐物。宾王耻食周粟，即日弃官归。会英公徐敬业起兵诛武后，宾王仗策从之。敬业雅慕宾王名，得之大悦，引至戎幕中。"吴之器的《骆丞列传》则在"得罪谪临海丞，因弃官"后，加了"游广陵"一句。陈熙晋的《续补唐书骆侍御传》补充了更多细节："调露二年（680），除临海县丞。……至临海，怏怏不得志，弃官去。……嗣圣元年（684），宾王以荐举至长安，敬业令宾王画计，取裴炎同起事。……遂至扬州。"由骆宾王的《久客临海有怀》诗可知，其当赴临海任职。其诗文集《骆临海集》，即以任职之地为集名。

东征行

王建

桐柏水西贼星落，枭雏夜飞林木恶。相国刻日波涛清，当朝自请东南征。
舍人为宾侍郎副，晓觉蓬莱欠珮声。玉阶舞蹈谢旌节，生死向前山可穴。
同时赐马并赐衣，御楼看带弓刀发。马前猛士三百人，金书左右红旗新。
司庖常膳皆得对，好事将军封尔身。男儿生杀在手里，营门老将皆忧死。
瞳瞳白日当南山，不立功名终不还。[1]

本诗具体时间不详。作诗时，王建不知在何处。王建曾至台州，游览时间极有可能在贞元末（805—806），任职于魏博幕府第一次奉命出使淮南（治所在今扬州）期间。除本诗外，王建另有《题台州隐静寺》，详细记载了游览台州的经历。

---

[1]　[清] 彭定求：《全唐诗》卷298—054，中华书局，1960，第3385页。

二、诗人未到访之作

饯唐州高使君赴任

韦元旦

桐柏膺新命,芝兰惜旧游。鸣皋夜鹤在,迁木早莺求。

传拥淮源路,尊空灞水流。落花纷送远,春色引离忧。[①]

  本诗具体时间不详。由诗题可知,本诗系韦元旦赠别高使君之作,作诗时,韦元旦不在天台。由"传拥淮源路"一句可知,"桐柏"当指河南桐柏山。

  韦元旦,生卒年不详,字烜,京兆万年(今陕西西安)人。擢进士第,授东阿县尉,垂拱元年(685)转美原县尉。迁左台监察御史。神龙元年(705),坐与张易之姻属,贬感义县尉。景龙二年(708)为修文馆学士。《全唐诗》《全唐诗补编》共存其诗十二首,《全唐文》存其文一篇。其生平未曾到访天台,亦无其他诗作与天台相关。

淮亭吟

徐彦伯

贞寂虑兮淮山幽,怜芳若兮揽中洲。崩湍委咽日夜流,孤客危坐心自愁。

矫鹤唳兮风晓,复猿鸣兮霜秋。熠耀飞兮蟋蟀吟,倚清瑟兮横凉琴。

撷瑶芳兮吊楚水,弄琪树兮歌越岑。山碕礒兮隈曲,水涓涟兮洞泪。

金光延起兮骤兴没,青苔竟兮绿蘋歇。绿萍歇兮凋朱颜,美人寂历兮何时闲,

君不见可怜桐柏上,丰茸桂树花满山。[②]

  本诗具体时间不详。作诗时,徐彦伯不在天台。淮亭在淮水一带,诗中"撷

---

① [清]彭定求:《全唐诗》卷069—016,中华书局,1960,第772页。

② [清]彭定求:《全唐诗》卷076—009,中华书局,1960,第823页。

瑶芳兮吊楚水"等句，乃缅怀屈原之事。

　　徐彦伯，名洪，以字行，兖州瑕丘（今山东兖州西南）人。少以文章闻名，薛元超表荐之，对策擢第。授永寿县尉，转蒲州司兵参军。时司户韦暠善判，司士李亘工书，而彦伯文辞雅美，时人谓之"河东三绝"。武后选天下文士撰《三教珠英》，彦伯与李峤居首。迁宗正卿，出为齐州刺史。中宗神龙元年（705），迁太常少卿。以预修《则天实录》成，封高平县子。未几，出为卫州刺史，俄转蒲州刺史。景龙三年（709），迁国子司业。四年（710），迁修文馆学士、工部侍郎。历右常侍、太子宾客。玄宗开元二年（714）卒。其生平未曾到访天台，亦无其他诗作与天台相关。

饯唐州高使君赴任

卢藏用

饯酒临丰树，褰帷出鲁阳。蕙兰春已晚，桐柏路犹长。
祖逖方城镇，安期外氏乡。从来二千石，天子命唯良。①

　　本诗具体时间不详。

　　卢藏用，生卒年不详，字子潜，排行二，幽州范阳（今河北涿州）人。初举进士，不调，隐于终南、少室二山，而心冀征召，时人称为"随驾隐士"。武后长安中，召授左拾遗。中宗时，历中书舍人、吏部侍郎、黄门侍郎、修文馆学士，转工部侍郎。玄宗先天元年（712）冬或开元元年（713）春，迁尚书右丞。旋因附太平公主，流配岭南。改昭州司户参军，迁黔州长史，卒于始兴。《全唐诗》录存其诗八首。其生平未曾到访天台，亦无其他诗作与天台相关。

登戏马台作

储光羲

君不见宋公仗钺诛燕后，英雄踊跃争趋走。小会衣冠吕梁壑，大征甲卒碻磝口。

---

① ［清］彭定求：《全唐诗》卷093—004，中华书局，1960，第1003页。

天门神武树元勋，九日茱萸缫六军。泛泛楼船游极浦，摇摇歌吹动浮云。

居人满目市朝变，霸业犹存齐楚甸。泗水南流桐柏川，沂山北走琅琊县。

沧海沉沉晨雾开，彭城烈烈秋风来。少年自古未得意，日暮萧条登古台。①

本诗具体时间不详。由"泗水南流桐柏川，沂山北走琅琊县"句可知，诗中之"桐柏"当指河南桐柏。

储光羲，润州延陵（今江苏丹阳）人，祖籍兖州（今属山东），排行十二。玄宗开元十四年（726）进士及第，授冯翊县尉，转汜水、安宜、下邽等县尉。仕宦不得意，隐居终南别业。后出山任太祝，世称"储太祝"。天宝末，奉使至范阳，时安禄山兼任范阳、平卢、河东三镇节度使，正蓄谋叛乱。储光羲途中作《效古》二首，至范阳后作《观范阳递俘》诗，忧念时局，语意颇深切。安史乱起，叛军陷长安，储被俘，迫受伪职，后脱身归朝，贬死岭南。其生平未曾到访天台，亦无其他诗作与天台相关。

小山歌

万楚

人说淮南有小山，淮王昔日此登仙。城中鸡犬皆飞去，山上坛场今宛然。

世人贵身不贵寿，共笑华阳洞天口。不知金石变长年，谩在人间恋携手。

君能举帆至淮南，家住盱眙余先谱。桐柏乱流平入海，茱萸一曲沸成潭。

忆记来时魂悄悄，想见仙山众峰小。今日长歌思不堪，君行为报三青鸟。②

本诗具体时间不详。由"人说淮南有小山，淮王昔日此登仙"句可知，作诗时，万楚不在浙江天台。诗中之"桐柏"乃对偶之用，非特指浙江桐柏山。

万楚，生卒年、籍贯皆不详。玄宗开元间，进士及第，久不得用。与诗人李颀友善，颀作《东京寄万楚》。该诗云："仍闻薄宦者，还事田家衣。颍水日夜流，

---

① ［清］彭定求：《全唐诗》卷138—036，中华书局，1960，第1407页。

② ［清］彭定求：《全唐诗》卷145—012，中华书局，1960，第1467页。

故人相见稀。"清沈德潜谓其《骢马》诗"几可追步老杜"（《唐诗别裁集》）。其生平未曾到访天台，亦无其他诗作与天台相关。

送永阳崔明府

司空曙

古国群舒地，前当桐柏关。连绵江上雨，稠叠楚南山。

沙馆行帆息，枫洲候吏还。乘篮若有暇，精舍在林间。[①]

本诗具体时间不详。由诗题可知，本诗系司空曙赠别崔明府之作。作诗时，司空曙不在天台。诗中之"桐柏关"，位于黄淮中原。[②]

崔明府，字文初（《唐才子传》作文明，此从《新唐书》），广平（今河北永年）人，"大历十才子"之一。代宗永泰二年至大历二年（766—767），为左拾遗，在长安与卢纶、独孤及和钱起吟咏相和，后贬为长林丞。贞元初，以水部郎中衔在剑南四川节度使韦皋幕中任职，官至虞部郎中。其生平未至天台。

嗟哉董生行

韩愈

淮水出桐柏，山东驰遥遥千里不能休；

泗水出其侧，不能千里百里入淮流。

寿州属县有安丰，唐贞元时县人董生召南隐居行义于其中。

刺史不能荐，天子不闻名声。

爵禄不及门，门外惟有吏，日来征租更索钱。

嗟哉董生朝出耕夜归读古人书，尽日不得息。

或山而樵，或水而渔。

入厨具甘旨，上堂问起居。

---

① [清] 彭定求：《全唐诗》卷 292—002，中华书局，1960，第 3309 页。

② 汪泾洋：《中国古关概览》，中国人民解放军出版社，2017。

父母不戚戚，妻子不咨咨。

嗟哉董生孝且慈，人不识，惟有天翁知，生祥下瑞无时期。

家有狗乳出求食，鸡来哺其儿。

啄啄庭中拾虫蚁，哺之不食鸣声悲。

彷徨踯躅久不去，以翼来覆待狗归。

嗟哉董生，谁将与俦？

时之人，夫妻相虐，兄弟为雠。

食君之禄，而令父母愁。

亦独何心，嗟哉董生无与俦。[1]

本诗具体时间不详。由"淮水出桐柏"可知，"桐柏"指代河南省桐柏山，非浙江天台。

韩愈，字退之，排行二，河南河阳（今河南孟州）人。郡望昌黎，后人因称"韩昌黎"。晚任吏部侍郎，又称"韩吏部"。谥号"文"，又称"韩文公"。德宗贞元八年（792）登进士第，三上吏部试无成，乃任节度推官，其后任监察御史等职。贞元十九年（803），因言关中旱灾，触权臣怒，贬阳山令。贞元二十一年（805）秋，宪宗即位，量移江陵府法曹参军。宪宗元和元年（806），召拜国子博士。元和十二年（817），从裴度讨淮西吴元济有功，升任刑部侍郎。元和十四年（819），上表谏宪宗迎佛骨，贬潮州刺史。次年穆宗即位，召拜国子祭酒。穆宗长庆二年（822），转任吏部侍郎、京兆尹等职。长庆四年（824）十二月卒于长安。其生平未曾到访天台。

除本诗外，韩愈无其他诗作涉及天台。韩愈《送惠师》诗中虽有"遂登天台望"一句，然韩愈自注言："愈在连州与释景常、元惠游。惠师即元惠也。"可见，该诗乃想象之作。

---

① ［清］彭定求：《全唐诗》卷337—024，中华书局，1960，第3783页。

大游仙诗

欧阳炯（一作欧阳炳）

赤城霞起武陵春，桐柏先生解守真。白石桥高曾纵步，朱阳馆静每存神。
囊中隐诀多仙术，肘后方书济俗人。自领蓬莱都水监，只忧沧海变成尘。[①]

详见第二章欧阳炯（一作欧阳炳）《大游仙诗》相关考辨。

月映清淮流

佚名

淮月秋偏静，含虚夜转明。桂花窥镜发，蟾影映波生。
澹滟轮初上，裴回魄正盈。遥塘分草树，近浦写山城。
桐柏流光逐，蠙珠濯景清。孤舟方利涉，更喜照前程。[②]

本诗具体时间不详，作者不明。

过桐柏山

钱起

秋风过楚山，山静秋声晚。赏心无定极，仙步亦清远。
返照云窦空，寒流石苔浅。羽人昔已去，灵迹欣方践。
投策谢归途，世缘从此遣。[③]

本诗具体时间不详。作诗时，钱起在河南。

诗中之"桐柏山"，在今河南桐柏县西南，东南接湖北随县，西接枣阳，淮
河所出。春秋战国时期，桐柏山归属于楚国，故又称"楚山"。钱起之生平，参

---

① ［清］彭定求：《全唐诗》卷 761—006，中华书局，1960，第 8640 页。
② ［清］彭定求：《全唐诗》卷 787—004，中华书局，1960，第 8870 页。
③ ［清］彭定求：《全唐诗》卷 236—036，中华书局，1960，第 2608 页。

见第二章钱起《雨中望海上，怀郁林观中道侣》。其生平未曾到访天台，亦无其他诗作与天台相关。

第五章　以"石桥"为中心

　　石桥，又名石梁，在天台县北五十里石桥山。《天台县志》曰："石桥山在县北五十里十五都，两山相并，连亘一百里，旧传五百应真之境，有石梁架两崖间。"《嘉定赤城志》卷 21 曰："（石梁）龙形龟背，广不盈尺，其上双涧合流，泄为瀑布，西流出刻中。梁既峭危，且多莓苔，甚滑。下临绝涧，过者目眩心悸。昔僧昙猷欲渡梁访方广，忽有石如屏梗之，旧号蒸饼峰，孙绰赋所谓'践莓苔之滑石，搏壁立之翠屏'是也。"

　　石桥之出名，在于瀑布，即石梁飞瀑。据《三才图会》记载："北行抵石桥。先上昙华亭，倚槛观之，见两岸门立，而石桥横亘其上。山北左右肩有双泉飞出，合流而来，至桥乃伏出。其下泻为瀑，可百余丈，挂岩石间。复由亭右麓下至新亭，接其端而坐，则见石桥已在半天。而隤雪之流，自空中下击潭水，作疾雷声，震动林谷。"王立程《天台山记》描摹得更为详细："一水从莲花峰界上方广之前，一水由香炉峰出方广之后。去桥数十步，合流梁下，即化为白虹千寻，飞流出刻。僧指梁下为龙窟。余并坐下方广，仰视石梁倚天，松翠萝阴，渐入几案；飞鸟依人，幽香填壑；僧徒伛偻，扶杖戴笠，载载渡石桥状，虽僧繇不能曲尽其妙。崇冈峻岭，朝岚夕晖，星螺玉霓，翔为奇峰，伏为邃谷。婉委两山中，而一亭翔于峭壁之末，荡云摩汉，铃铎自奏，天花飘落帘笼间，非复人世矣。"

　　自刻中往天台，首先引人入胜、动人心魄的是石桥，历代文人墨客与其结下了不解之缘。有唐一代，不少诗人溯刻溪而上，直接从水路进入天台山石桥。孟浩然《舟中晓望》曰："问我今何适，天台访石桥。"宋之问《题杭州天竺寺壁》

曰:"会入天台里,看予渡石桥。"到了石桥,有的瞩目于气势之高危,孟浩然《寻天台山》曰:"高高翠微里,遥见石梁横。"张祜《游天台山》曰:"石梁屹横架,万仞青壁竖。"有的醉心于瀑流之飞洒,寒山《题石桥》曰:"瀑布千丈流,如铺练一条。"方干《因话天台胜异仍送罗道士》曰:"石上丛林碍星斗,窗边瀑布走风雷。"有的则沉浸于环境之幽雅,徐凝《天台独夜》曰:"银地秋月色,石梁夜溪声。"贯休《春日行天台山》曰:"因思石桥月,曾与道人期。"温庭筠《宿一公精舍》曰:"松下石桥路,雨中山殿灯。"释无可《禅林寺》曰:"冷色石桥月,素光华顶云。"游过石桥后,令人难以忘怀,刘长卿《送惠法师游天台,因怀智大师故居》曰:"落日独摇金策去,深山谁向石桥逢?"顾况《临海所居三首》曰:"不知叠嶂重霞里,更有何人度石桥?"没有到过石桥的,则充满向往之情,武元衡《送吴侍御司马赴台州》曰:"余有灵山梦,前君到石桥。"张蠙《送董卿赴台州》曰:"开图见异迹,思上石桥行。"

一、诗人到访之作

(一)考证的基本结论

通过系统梳理《全唐诗》中与石桥有关(诗题、诗句中含"石桥"二字)的诗作,[①] 我们发现共有 19 位诗人到访天台石桥,代表作 41 首诗。其中,9 首诗可作为诗人到访石桥的证明,32 首诗不可为证。[②]

诗人及其可证之作分别是:

孟浩然:《舟中晓望》

顾况:《临海所居三首》

李郢:《重游天台》

寒山:《诗三百三首》

拾得:《诗》

灵一:《妙乐观(一作题王乔观传傅道士所居)》

---

① 为行文简便以及突出考证的效果,我们以诗可证者列前,不可证者列后。

② 寒山诗(含拾得、丰干)亦提及石桥,详见本书第十五章。

无可：《禅林寺》

贯休：《春山行》

齐己：《怀华顶道人》

诗人及其不可证之作分别是：

刘长卿：《送少微上人游天台》《送惠法师游天台，因怀智大师故居》

李白：《赠僧崖公》《送杨山人归天台》

顾况：《经徐侍郎墓作》《曲龙山歌》

徐凝：《寄海峤丈人》

李绅：《新楼诗二十首·琪树》

施肩吾：《送端上人游天台》《山中玩白鹿》

姚合：《送僧贞实归杭州天竺》

张祜：《题杭州天竺寺》

项斯：《寄石桥僧》

李郢：《送圆鉴上人游天台》《送僧之台州》

许棠：《早发洛中》

陈陶：《春日行》

无可：《行汉水晚次神滩阻风》《送喻凫及第归阳羡》

皎然：《送邢台州济（一作送独孤使君赴岳州）》

贯休：《送杨秀才》《观怀素草书歌》《避地毗陵上王恺使君（时黄贼陷东阳公避地于浙右）》《题兰江言上人院二首》《山居诗二十四首》

齐己：《送刘秀才南游》《送人游衡岳》《欲游龙山鹿苑有作》《怀天台华顶僧》《寄益上人》《寄南岳诸道友》

吕岩：《七夕》

（二）具体诗篇考辨

舟中晓望

孟浩然

挂席东南望，青山水国遥。舳舻争利涉，来往接风潮。

问我今何适？天台访石桥。坐看霞色晓，疑是赤城标。[①]

详见第一章孟浩然《舟中晓望》相关考证。

临海所居三首

顾况

此是昔年征战处，曾经永日绝人行。千家寂寂对流水，唯有汀洲春草生。

此去临溪不是遥，楼中望见赤城标。不知叠嶂重霞里，更有何人度石桥。

家在双峰兰若边，一声秋磬发孤烟。山连极浦鸟飞尽，月上青林人未眠。[②]

详见第二章顾况《临海所居三首》相关考证。

经徐侍郎墓作

顾况

不知山吏部，墓作石桥东。宅兆乡关异，平生翰墨空。

夜泉无晓日，枯树足悲风。更想幽冥事，唯应有梦同。[③]

本诗具体时间不详。诗中"不知山吏部，墓作石桥东"之"石桥"，非特指台州石桥。顾况之生平，参见第二章顾况《临海所居三首》。

---

① ［清］彭定求：《全唐诗》卷160—109，中华书局，1960，第1652页。

② ［清］彭定求：《全唐诗》卷267—052，中华书局，1960，第2965页。

③ ［清］彭定求：《全唐诗》卷266—022，中华书局，1960，第2955页。

曲龙山歌

顾况

曲龙丈人冠藕花，其颜色映光明砂。玉绳金枝有通籍，五岳三山如一家。

遥指丛霄沓灵岛，岛中晔晔无凡草。九仙傲倪折五芝，翠凤白麟回异道。

石台石镜月长明，石洞石桥连上清。人间妻子见不识，拍云挥手升天行。

摩天截汉何潇洒，四石五云更上下。下方小兆更拜焉，愿得骑云作车马。

子欲居九夷，乘桴浮于海。圣人之意有所在，曲龙何在在海中。

石室玉堂窅玲珑，其下琛怪之所产，其上灵栖复无限。

无风浪顶高屋脊，有风天晴翻海眼。愿逐刚风骑吏旋，起居按摩参寥天。

凤凰颊骨流珠佩，孔雀尾毛张翠盖。下看人界等虫沙，夜宿层城阿母家。[①]

　　本诗具体时间不详。顾况虽曾至石桥，但本诗不可为证。其余参见第二章顾况《临海所居三首》相关考证。

重游天台

李郢

南国天台山水奇，石桥危险古来知。

龙潭直下一百丈，谁见生公独坐时。[②]

　　详见第一章李郢《重游天台》相关考证。

送圆鉴上人游天台

李郢

西岭草堂留不住，独携瓶锡向天台。霜清海寺闻潮至，日宴江船乞食回。

华顶夜寒孤月落，石桥秋尽一僧来。灵溪道者相逢处，阴洞泠泠竹室开。[③]

---

①　[清] 彭定求：《全唐诗》卷883—002，中华书局，1960，第9975页。

②　[清] 彭定求：《全唐诗》卷590—043，中华书局，1960，第6854页。

③　[清] 彭定求：《全唐诗》卷590—035，中华书局，1960，第6853页。

李郢之生平，参见第一章李郢《宿怜上人房》。

送僧之台州

李郢

独寻台岭闲游去，岂觉灵溪道里赊。三井应潮通海浪，五峰攒寺落天花。
寒潭盥漱铜瓶洁，野店安禅锡杖斜。到日初寻石桥路，莫教云雨湿袈裟。 [①]

李郢之生平，参见第一章李郢《宿怜上人房》。

妙乐观（一作题王乔观传傅道士所居）

灵一

王乔所居空山观，白云至今凝不散。坛场月路几千年，往往吹笙下天半。
瀑布西行过石桥，黄精采根还采苗。忽见一人藁茶碗，蓼花昨夜风吹满。
自言家处在东坡，白犬相随邀我过。松间石上有棋局，能使樵人烂斧柯。 [②]

本诗具体时间不详。虽然灵一曾至石桥，但本诗存疑。"妙乐观"在浙江天
台桐柏山玉泉峰西南，又名王乔仙坛院、鸣鹤观，建于吴赤乌二年（239）。本诗
之内容与护国之《题醴陵玉仙观歌》完全相同，因此存疑。朱晓玲《江左诗僧灵
一研究》认为，孙绰《游天台山赋》有"王乔控鹤以冲天，应真飞锡以蹑虚"之
句；"瀑布西行过石桥"即石梁飞瀑，为天台山八景之一；黄精亦为天台特产之一，
拾得诗有"一入双溪不计春，炼暴黄精几许斤"之句。"醴陵"诸山似无同时具
备三者。天台山有妙乐院、护国寺，或即因此讹为护国诗。

灵一，俗姓吴，生卒年不详，广陵（今江苏扬州）人，九岁出家。曾先后居
会稽南悬溜寺、扬州庆云寺、余杭宜丰寺等。善诗，禅诵之暇，辄赋诗歌。据独
孤及《唐故扬州庆云寺律师一公塔铭》载："由是与天台道士潘清、广陵曹评、赵

---

① [清]彭定求：《全唐诗》卷596—036，中华书局，1960，第6853页。
② [清]彭定求：《全唐诗》卷807—001，中华书局，1960，第9130页。

郡李华、颍川韩极、中山刘颖、襄阳朱放、赵郡李纾、顿邱李汤、南阳张继、安定皇甫冉、范阳张南史、清河房从心相与为尘外之友，讲德味道，朗咏终日。"

据竺岳兵《唐诗之路唐诗总集》考证，灵一诗歌咏的地点有：西陵、云门山、宛委山、若耶溪、小舜江、沃洲山、桐柏山、玉霄峰等。灵一另有《宿天柱观》《妙乐观（一作题王乔观传傅道士所居）》等诗，可证其曾至天台。

行汉水晚次神滩阻风

无可

惊风山半起，舟子忽停桡。岸获吹先乱，滩声落更跳。
听松今欲暮，过岛或明朝。若尽平生趣，东浮看石桥。[①]

本诗具体时间不详。由诗题可知，当时无可身在"汉水"边。"若尽平生趣，东浮看石桥"句，乃表志向。

无可，俗姓贾，范阳（今河北涿州）人，贾岛从弟。少年时出家为僧，尝与贾岛同居青龙寺，后云游越州、湖湘、庐山等地。大和年间，为白阁寺僧，与姚合过往甚密，酬唱至多。又与张籍、马戴等人友善。无可攻诗，多五言，与贾岛、周贺齐名；亦以能书名，效柳公权体。无可有《禅林寺》等诗，可证其曾至天台。

送喻凫及第归阳羡

无可

姓字载科名，无过子最荣。宗中初及第，江上觐难兄。
月向波涛没，茶连洞壑生。石桥高思在，且为看东坑。[②]

无可之生平，参见本章无可《行汉水晚次神滩阻风》。

---

① ［清］彭定求：《全唐诗》卷 807—001，中华书局，1960，第 9157 页。
② ［清］彭定求：《全唐诗》卷 813—049，中华书局，1960，第 9158 页。

禅林寺

无可

台山朝佛陇，胜地绝埃氛。冷色石桥月，素光华顶云。

远泉和雪溜，幽磬带松闻。终断游方念，炉香继此焚。[1]

本诗可证，无可曾至石桥。无可之生平，参见本章无可《行汉水晚次神滩阻风》。

送杨秀才

贯休

北山峨峨香拂拂，翠涨青奔势巉崒。

赤松君宅在其中，紫金为墙珠作室。

玻璃门外仙猴睡，幢节森森绛烟密。

水精帘卷桃花开，文锦婷婷众非一。

抚长离，坎答鼓。

花姑吹箫，弄玉起舞。

三万八千为半日，海涸鳌枯等闲睹。

爱共安期棋，苦识彭祖祖。

有时朝玉京，红云拥金虎。

石桥亦是神仙住，白凤飞来又飞去。

五云缥缈羽翼高，世人仰望心空劳。[2]

贯休曾至石桥，但本诗不可为证。

贯休之生平，参见第一章贯休《寄天台道友》。

---

① ［清］彭定求：《全唐诗》卷 813—055，中华书局，1960，第 9159 页。

② ［清］彭定求：《全唐诗》卷 828—018，中华书局，1960，第 9331 页。

观怀素草书歌

贯休

张颠颠后颠非颠，直至怀素之颠始是颠。师不谭经不说禅，筋力唯于草书朽。

颠狂却恐是神仙，有神助兮人莫及。铁石画兮墨须入，金尊竹叶数斗余。

半斜半倾山衲湿，醉来把笔狞如虎。粉壁素屏不问主，乱拏乱抹无规矩。

罗刹石上坐伍子胥，蒯通八字立对汉高祖。势崩腾兮不可止，天机暗转锋铓里。

闪电光边霹雳飞，古柏身中浑龙死。骇人心兮目眴瞬，顿人足兮神辟易。

乍如沙场大战后，断枪橛箭皆狼藉。又似深山朽石上，古病松枝挂铁锡。

月兔笔，天灶墨，斜凿黄金侧铧玉，珊瑚枝长大束束。天马骄狞不可勒，

东却西，南又北，倒又起，断复续。忽如鄂公喝住单雄信，秦王肩上塔著枣木槊。

怀素师，怀素师，若不是星辰降瑞，即必是河岳孕灵。

固宜须冷笑逸少，争得不心醉伯英。天台古杉一千尺，崖崩劂折何峥嵘。

或细微，仙衣半拆金线垂。或妍媚，桃花半红公子醉。

我恐山为墨兮磨海水，天与笔兮书大地，乃能略展狂僧意。

常恨与师不相识，一见此书空叹息。伊昔张渭任华叶季良，数子赠歌岂虚饰，

所不足者浑未曾道著其神力。石桥被烧烧，良玉土不蚀，锥画沙兮印印泥。

世人世人争得测，知师雄名在世间，明月清风有何极。[①]

贯休之生平，参见第一章贯休《寄天台道友》。

春山行

贯休

重叠太古色，濛濛花雨时。好峰行恐尽，流水语相随。

黑壤生红黍，黄猿领白儿。因思石桥月，曾与故人期。[②]

---

① ［清］彭定求：《全唐诗》卷 828—036，中华书局，1960，第 9335 页。
② ［清］彭定求：《全唐诗》卷 829—001，中华书局，1960，第 9338 页。

贯休之生平，参见第一章贯休《寄天台道友》。

避地毗陵上王慥使君（时黄贼陷东阳公避地于浙右）

贯休

至理至昭昭，心通即不遥。圣咸无远近，吾道太孤标。

辛苦苏氓俗，端贞答盛朝。气高吞海岳，贫甚似渔樵。

庾亮风流澹，刘宽政事超。清须遭贵遇，隐已被谁招。

栗坞修禅寺，仙香寄石桥。风雷巡稼穑，鱼鸟合歌谣。

视事私终杀，忧民态亦凋。道高无不及，恩甚固难消。

大寇山难隔，孤城数合烧。烽烟终日起，汤沐用心燋。

勇义排千阵，诛锄拟一朝。誓盟违日月，旌旆过寒潮。

古驿江云入，荒宫海雨飘。仙松添瘦碧，天骥减丰膘。

似在陈兼卫，终为宋与姚。已观云似鹿，即报首皆枭。

尽愿回清镜，重希在此条。应怜千万户，祷祝向唐尧。①

贯休之生平，参见第一章贯休《寄天台道友》。

题兰江言上人院二首

贯休

一生只著一麻衣，道业还欺习彦威。手把新诗说山梦，石桥天柱雪霏霏。

只是危吟坐翠层，门前岐路自崩腾。青云名士时相访，茶煮西峰瀑布冰。②

贯休之生平，参见第一章贯休《寄天台道友》。

---

① ［清］彭定求：《全唐诗》卷 832—024，中华书局，1960，第 9385 页。
② ［清］彭定求：《全唐诗》卷 836—019，中华书局，1960，第 9421 页。

山居诗二十四首

贯休

休话喧哗事事难，山翁只合住深山。数声清磬是非外，一个闲人天地间。
绿圃空阶云冉冉，异禽灵草水潺潺。无人与向群儒说，岩桂枝高亦好扳。

难是言休即便休，清吟孤坐碧溪头。三间茆屋无人到，十里松阴独自游。
明月清风宗炳社，夕阳秋色庾公楼。修心未到无心地，万种千般逐水流。

好鸟声长睡眼开，好茶擎乳坐莓苔。不闻荣辱成番尽，只见熊罴作队来。
诗里从前欺白雪，道情终遣似婴孩。由来此事知音少，不是真风去不回。

万境忘机是道华，碧芙蓉里日空斜。幽深有径通仙窟，寂寞无人落异花。
掣电浮云真好喻，如龙似凤不须夸。君看江上英雄冢，只有松根与柏槎。

鞭后从他素发兼，涌清奔碧冷侵帘。高奇章句无人爱，澹泊身心举世嫌。
白石桥高吟不足，红霞影暖卧无厌。居山别有非山意，莫错将予比宋纤。

鸟外尘中四十秋，亦曾高扼汉诸侯。如斯标致虽清拙，大丈夫儿合自由。
紫术黄菁苗蕺蕺，锦囊香麝语啾啾。终须心到曹溪叟，千岁楮根雪满头。

慵甚嵇康竟不回，何妨方寸似寒灰。山精日作儿童出，仙者时将玉器来。
筇帚扫花惊睡鹿，地炉烧树带枯苔。不行朝市多时也，许史金张安在哉。

心心心不住希夷，石屋巉岩鬓发垂。养竹不除当路笋，爱松留得碍人枝。
焚香开卷霞生砌，卷箔冥心月在池。多少故人头尽白，不知今日又何之。

龙藏琅函遍九垓，霜钟金鼓振琼台。堪嗟一句无人得，遂使吾师特地来。

无角铁牛眠少室，生儿石女老黄梅。令人转忆庞居士，天上人间不可陪。

五岳烟霞连不断，三山洞穴去应通。石窗欹枕疏疏雨，水碓无人浩浩风。
童子念经深竹里，猕猴拾虱夕阳中。因思往事抛心力，六七年来楚水东。

尘埃中更有埃尘，时复双眉十为颦。赖有年光飞似箭，是何心地亦称人。
回贤参孝时时说，蜂虿狼贪日日新。天意刚容此徒在，不堪惆怅不堪陈。

翠窦烟岩画不成，桂华瀑沫杂芳馨。拨霞扫雪和云母，掘石移松得茯苓。
好鸟傍花窥玉磬，嫩苔和水没金瓶。从他人说从他笑，地覆天翻也只宁。

腾腾兀兀步迟迟，兆朕消磨只自知。龙猛金膏虽未作，孙登土窟且相宜。
薜萝山帔偏能湄，橡栗年粮亦且支。已得真人好消息，人间天上更无疑。

岚嫩风轻似碧纱，雪楼金像隔烟霞。葛苞玉粉生香垄，菌簇银钉满净楂。
举世只知嗟逝水，无人微解悟空花。可怜扰扰尘埃里，双鬓如银事似麻。

千岩万壑路倾欹，杉桧濛濛独掩扉。劚药童穿溪蟆去，采花蜂冒晓烟归。
闲行放意寻流水，静坐支颐到落晖。长忆南泉好言语，如斯痴钝者还稀。

一庵冥目在穹冥，菌枕松床藓阵青。乳鹿暗行桯径雪，瀑泉微减石楼经。
闲行不觉过天井，长啸深能动岳灵。应恐无人知此意，非凡非圣独醒醒。

慵刻芙蓉传永漏，休夸丽藻鄙汤休。且为小囡盛红粟，别有珍禽胜白鸥。
拾粟远寻深涧底，弄猿多在小峰头。不能更出尘中也，百炼刚为绕指柔。

业薪心火日烧煎，浪死虚生自古然。陆氏称龙终妄矣，汉家得鹿更空焉。

白衣居士深深说，青眼胡僧远远传。刚地无人知此意，不堪惆怅落花前。

露滴红兰玉满畦，闲拖象屐到峰西。但令心似莲花洁，何必身将槁木齐。
古堑细烟红树老，半岩残雪白猿啼。虽然不是桃源洞，春至桃花亦满蹊。

自休自已自安排，常愿居山事偶谐。僧采树衣临绝壑，狖争山果落空阶。
闲担茶器缘青障，静衲禅袍坐绿崖。虚作新诗反招隐，出来多与此心乖。

石炉金鼎红蕖嫩，香阁茶棚绿巘齐。坞烧崩腾奔涧鼠，岩花狼藉斗山鸡。
蒙庄环外知音少，阮籍途穷旨趣低。应有世人来觅我，水重山叠几层迷。

自古浮华能几几，逝波终日去滔滔。汉王废苑生秋草，吴主荒宫入夜涛。
满屋黄金机不息，一头白发气犹高。岂知知足金仙子，霞外天香满氄袍。

如愚何止直如弦，只合深藏碧嶂前。但见山中常有雪，不知世上是何年。
野人爱向庵前笑，赤獾频来袖畔眠。只有逍遥好知己，何须更问洞中天。

支公放鹤情相似，范泰论交趣不同。有念尽为烦恼相，无私方称水晶宫。
香焚薝卜诸峰晓，珠掐金刚万境空。若买山资言不及，恒河沙劫用无穷。[1]

贯休之生平，参见第一章贯休《寄天台道友》。

怀天台华顶僧

齐己

华顶危临海，丹霞里石桥。曾从国清寺，上看月明潮。

---

① ［清］彭定求：《全唐诗》卷837—001，中华书局，1960，第9425页。

好鸟亲香火，狂泉喷沉寥。欲归师智者，头白路迢迢。[①]

本诗具体时间不详。唐昭宗龙纪元年（889）前后，齐己曾在金陵（南京）、镇江、扬州、钱塘等江东一带活动，作诗十余首。

送刘秀才南游

齐己

南去谒诸侯，名山亦得游。便应寻瀑布，乘兴上岣嵝。
高鸟随云起，寒星向地流。相思应北望，天晚石桥头。[②]

本诗不可作为齐己到访石桥的证明。齐己之生平，参见第一章齐己《怀天台华顶僧》。

怀华顶道人

齐己

华顶星边出，真宜上士家。无人触床榻，满屋贮烟霞。
坐卧临天井，晴明见海涯。禅余石桥去，屐齿印松花。[③]

本诗不可为齐己到访天台之证。齐己之生平，参见第一章齐己《怀天台华顶僧》。

送人游衡岳

齐己

荆楚腊将残，江湖苍莽间。孤舟载高兴，千里向名山。

---

① [清]彭定求：《全唐诗》卷842—025，中华书局，1960，第9510页。
② [清]彭定求：《全唐诗》卷839—035，中华书局，1960，第9463页。
③ [清]彭定求：《全唐诗》卷840—045，中华书局，1960，第9483页。

雪浪来无定，风帆去是闲。石桥僧问我，应寄岳茶还。[1]

本诗不可作为齐己到访石桥的证明。齐己之生平，参见第一章齐己《怀天台华顶僧》。

欲游龙山鹿苑有作

齐己

龙山门不远，鹿苑路非遥。合逐闲身去，何须待客招。
年华残两鬓，筋骨倦长宵。闻说峰前寺，新修白石桥。[2]

本诗不可作为齐己到访石桥的证明。齐己之生平，参见第一章齐己《怀天台华顶僧》。

寄益上人

齐己

长想寻君道路遥，乱山霜后火新烧。近闻移住邻衡岳，几度题诗上石桥。
古木传声连峭壁，一灯悬影过中宵。风骚味薄谁相爱，欹枕常多梦鲍昭。[3]

本诗不可作为齐己到访石桥的证明。齐己之生平，参见第一章齐己《怀天台华顶僧》。

寄南岳诸道友

齐己

南望衡阳积瘴开，去年曾踏雪游回。谩为楚客蹉跎过，却是边鸿的当来。

---

① [清] 彭定求：《全唐诗》卷 840—058，中华书局，1960，第 9484 页。
② [清] 彭定求：《全唐诗》卷 842—050，中华书局，1960，第 0516 页。
③ [清] 彭定求：《全唐诗》卷 845—018，中华书局，1960，第 9555 页。

乳窦孤明含海日，石桥危滑长春苔。终寻十八高人去，共坐苍崖养圣胎。[1]

本诗不可作为齐己到访石桥的证明。齐己之生平，参见第一章齐己《怀天台华顶僧》。

送少微上人游天台

刘长卿

石桥人不到，独往更迢迢。乞食山家少，寻钟野路遥。

松门风自扫，瀑布雪难消。秋夜闻清梵，馀音逐海潮。[2]

详见第一章刘长卿《送少微上人游天台》相关考证。

送惠法师游天台，因怀智大师故居

刘长卿

翠屏瀑水知何在，鸟道猿啼过几重。落日独摇金策去，深山谁向石桥逢。

定攀岩下丛生桂，欲买云中若个峰。忆想东林禅诵处，寂寥惟听旧时钟。[3]

详见第一章刘长卿《送惠法师游天台，因怀智大师故居》相关考证。

送杨山人归天台

李白

客有思天台，东行路超忽。涛落浙江秋，沙明浦阳月。

今游方厌楚，昨梦先归越。且尽秉烛欢，无辞凌晨发。

---

① [清]彭定求：《全唐诗》卷846—034，中华书局，1960，第9574页。

② [清]彭定求：《全唐诗》卷147—025，中华书局，1960，第1482页。

③ [清]彭定求：《全唐诗》卷151—036，中华书局，1960，第1568页。

我家小阮贤，剖竹赤城边。诗人多见重，官烛未曾然。
兴引登山屐，情催泛海船。石桥如可度，携手弄云烟。①

详见第一章李白《送杨山人归天台》相关考证。

赠僧崖公

李白

昔在朗陵东，学禅白眉空。大地了镜彻，回旋寄轮风。
揽彼造化力，持为我神通。晚谒泰山君，亲见日没云。
中夜卧山月，拂衣逃人群。授余金仙道，旷劫未始闻。
冥机发天光，独朗谢垢氛。虚舟不系物，观化游江濆。
江濆遇同声，道崖乃僧英。说法动海岳，游方化公卿。
手秉玉麈尾，如登白楼亭。微言注百川，亹亹信可听。
一风鼓群有，万籁各自鸣。启闭八窗牖，托宿掣电霆。
自言历天台，搏壁蹑翠屏。凌兢石桥去，恍惚入青冥。
昔往今来归，绝景无不经。何日更携手，乘杯向蓬瀛。②

本诗不可作为李白到访石桥的证明。其余参见第一章李白《送杨山人归天台》
相关考证。

寄海峤丈人

徐凝

万丈只愁沧海浅，一身谁测岁华遥。
自言来此云边住，曾看秦王树石桥。③

---

① ［清］彭定求:《全唐诗》卷 175—009，中华书局，1960，第 1790 页。
② ［清］彭定求:《全唐诗》卷 169—017，中华书局，1960，第 1746 页。
③ ［清］彭定求:《全唐诗》卷 474—034，中华书局，1960，第 5378 页。

本诗具体时间不详。诗中之"石桥"乃指秦始皇命人在东海所架之桥，又名秦皇桥，而非天台石桥。

徐凝，生卒年不详，睦州（今浙江建德）人。宪宗元和年间有诗名，方干曾从之学诗。大和五年至七年（831—833），游历洛阳，与白居易等相唱和。其终生未仕，优游而终。徐凝曾到访过石桥，但本诗不可为证。

新楼诗二十首·琪树

李绅

石桥峰上栖玄鹤，碧阙岩边荫羽人。冰叶万条垂碧实，玉珠千日保青春。
月中泣露应同泡，洞底侵云尚有尘。徒使茯苓成琥珀，不为松老化龙鳞。①

本诗具体时间不详。由诗题可知，本诗乃组诗之一，该组诗与台州石桥无关。

李绅，字公垂，润州无锡（今江苏无锡）人，祖籍亳州谯县（今安徽亳州）。排行二十，时称"李二十"；又因身材短小精悍，朋辈间昵称"短李"。宪宗元和元年（806）登进士第，释褐授国子助教，弃而南归，润州观察使李锜辟为从事。次年锜谋反，迫令草檄，绅不从命，被囚，锜诛乃免。历校书郎、右拾遗、翰林学士、中书舍人、御史中丞、户部侍郎等职。敬宗初立，因李逢吉构陷，贬端州司马。宝历初，因赦徙江州长史。文宗大和二年（828）迁滁州刺史，四年转寿州刺。七年（833）以太子宾客分司东都，同年擢浙东观察使。大和九年（835）再除太子宾客，分司东都。开成元年（836）拜河南尹，同年转宣武军节度使。五年（840）出镇淮南。武宗会昌二年（842）入朝，同平章事，判度支，进尚书右仆射，封赵郡公。会昌四年（844）再次节度淮南。会昌六年（846）卒于任所，赠太尉，谥文肃。

李绅之《题北峰黄道士草堂》，作于贞元十六年（800），该诗可证其曾东游天台，并结交僧人修真。

---

① ［清］彭定求：《全唐诗》卷481—036，中华书局，1960，第5475页。

送端上人游天台

施肩吾

师今欲向天台去，来说天台意最真。溪过石桥为险处，路逢毛褐是真人。

云边望字钟声远，雪里寻僧脚迹新。只可且论经夏别，莫教琪树两回春。①

详见第一章施肩吾《送端上人游天台》相关考证。

山中玩白鹿

施肩吾

绕洞寻花日易销，人间无路得相招。

呦呦白鹿毛如雪，踏我桃花过石桥。②

本诗具体时间不详。诗中之"石桥"，并非特指天台石桥。其余参见第一章施肩吾《送端上人游天台》相关考证。

送僧贞实归杭州天竺

姚合

石桥寺里最清凉，闻说茆庵寄上方。林外猿声连院磬，月中潮色到禅床。

他生念我身何在，此世唯师性亦忘。九陌相逢千里别，青山重叠树苍苍。③

本诗具体时间不详。由诗题可知，本诗系姚合赠别僧人贞实之作，不可作为姚合到访石桥的证明。

姚合之生平，参见第一章姚合《游天台上方》。

① [清] 彭定求:《全唐诗》卷 494—011，中华书局，1960，第 5587 页。
② [清] 彭定求:《全唐诗》卷 494—116，中华书局，1960，第 5601 页。
③ [清] 彭定求:《全唐诗》卷 496—066，中华书局，1960，第 5628 页。

题杭州天竺寺

张祜

西南山最胜，一界是诸天。上路穿岩竹，分流入寺泉。

蹑云丹井畔，望月石桥边。洞壑江声远，楼台海气连。

塔明春岭雪，钟散暮松烟。何处去犹恨，更看峰顶莲。[①]

本诗具体具体时间不详。张祜到访过石桥，但本诗不能为证。

张祜，字承吉，清河（今邢台清河）人。初寓姑苏，后至长安。长庆中令狐楚表荐之，为内臣所抑（一说为元稹所抑），遂至淮南。累举进士不第，漫游各地。晚年爱丹阳曲阿池，筑室卜隐以终。张祜在江东多有题咏，除本诗外，张祜另有《游天台山》，可以直接证明其到访过天台。

寄石桥僧

项斯

逢师入山日，道在石桥边。别后何人见，秋来几处禅。

溪中云隔寺，夜半雪添泉。生有天台约，知无却出缘。[②]

本诗具体时间不详。本诗乃寄赠之作，不可作为项斯到访石桥之证明。

项斯之生平，参见第一章项斯《病中怀王展先辈在天台》。

早发洛中

许棠

半夜发清洛，不知过石桥。云增中岳大，树隐上阳遥。

堑黑初沉月，河明欲认潮。孤村人尚梦，无处暂停桡。[③]

---

① [清]彭定求：《全唐诗》卷511—023，中华书局，1960，第5830页。

② [清]彭定求：《全唐诗》卷554—001，中华书局，1960，第6407页。

③ [清]彭定求：《全唐诗》卷603—006，中华书局，1960，第6963页。

本诗具体时间不详。作诗时，许棠在洛阳。

许棠之生平，参见第一章许棠《赠天台僧》。许棠曾至石桥，但本诗不可为证。

春日行

陈陶

鹖鸠初鸣洲渚满，龙蛇洗鳞春水暖。

病多欲问山寺僧，湖上人传石桥断。①

本诗具体时间不详，背景亦不详。

陈陶之生平，参见第一章陈陶《夏日怀天台》。

送邢台州济（一作送独孤使君赴岳州）

皎然

海上仙山属使君，石桥琪树古来闻。

他时画出白团扇，乞取天台一片云。②

皎然曾至石桥，但本诗不可为证。

皎然之生平，参见第一章皎然《重钧上人游天台》。皎然另有《宿道士观》《忆天台》等诗作，均可证明其曾游览过石桥。

七　夕

吕岩

四海孤游一野人，两壶霜雪足精神。坎离二物君收得，龙虎丹行运水银。

---

① ［清］彭定求：《全唐诗》卷746—039，中华书局，1960，第8488页。
② ［清］彭定求：《全唐诗》卷818—042，中华书局，1960，第9220页。

野人本是天台客，石桥南畔有旧宅。父子生来有两口，多好歌笙不好拍。①

本诗具体时间不详。吕岩曾至石桥，但本诗尚有争议，故不可为证。

吕岩之生平，参见第四章吕岩《题桐柏山黄先生庵门》。

二、未到访天台之诗人作品

杂曲歌辞·独不见

王训

日晚宜春暮，风软上林朝。对酒近初节，开楼荡夜娇。

石桥通小涧，竹路上青霄。持底谁见许，长愁成细腰。②

本诗具体时间不详。

王训，南朝梁琅邪临沂人，字怀范。幼聪警，有识量。年十六，召见文德殿，应对爽彻。补国子生，射策高第，除秘书郎。累迁秘书丞、侍中。文章为后进领袖，年二十六卒。《全唐诗》仅存诗一首。其生平未曾到访石桥，亦无其他诗作涉及石桥。

灵隐寺

宋之问

鹫岭郁岧峣，龙宫锁寂寥。楼观沧海日，门对浙江潮。

桂子月中落，天香云外飘。扪萝登塔远，刳木取泉遥。

霜薄花更发，冰轻叶未凋。夙龄尚遐异，搜对涤烦嚣。

待入天台路，看余度石桥。③

---

① ［清］彭定求：《全唐诗》卷 858—004，中华书局，1960，第 9697 页。

② ［清］彭定求：《全唐诗》卷 026—070，中华书局，1960，第 365 页。

③ ［清］彭定求：《全唐诗》卷 053—030，中华书局，1960，第 653 页。

本诗具体时间不详。作诗时，宋之问当在杭州。

宋之问，一名少连，字延清，排行五，汾州西河（今山西汾阳）人，一说虢州弘农（今河南灵宝）人。疑西河为郡望，弘农为实籍。因曾官考功员外郎，世称宋考功。高宗上元二年（675）登进士第。武周天授元年（690），与杨炯并以学士分直习艺馆，历洛州参军，复与修《三教珠英》，迁左奉宸内供奉。神龙元年（705），以谄事张易之，坐贬泷州参军。景龙中以户部员外郎兼修文馆直学士，再转考功员外郎，三年（707）知贡举时贪贿，贬越州长史。睿宗立，流于钦州。玄宗先天中被赐死。工五律，律诗之格至沈、宋始备。宋之问被贬为越州长史期间，曾到越州、绍兴一带登山涉险。其《游法华寺》《游云门寺》《宿云门寺》《游称心寺》等诗，皆为游览绍兴时所作。其《冬宵引赠司马承祯》《寄天台司马道士》《送司马道士游天台》等诗虽涉及"天台"之名，但皆为赠诗，不可作为其到访天台的证据。

睢阳酬别畅大判官

高适

吾友遇知己，策名逢圣朝。高才擅白雪，逸翰怀青霄。

承诏选嘉宾，慨然即驰轺。清昼下公馆，尺书忽相邀。

留欢惜别离，毕景驻行镳。言及沙漠事，益令胡马骄。

丈夫拔东蕃，声冠霍嫖姚。兜鍪冲矢石，铁甲生风飙。

诸将出冷陉，连营济石桥。酋豪尽俘馘，子弟输征徭。

边庭绝刁斗，战地成渔樵。榆关夜不扃，塞口长萧萧。

降胡满蓟门，一一能射雕。军中多宴乐，马上何轻趫。

戎狄本无厌，羁縻非一朝。饥附诚足用，饱飞安可招。

李牧制儋蓝，遗风岂寂寥。君还谢幕府，慎勿轻刍荛。[①]

---

① ［清］彭定求：《全唐诗》卷 212—005，中华书局，1960，第 2203 页。

本诗作于乾元元年（758），^①时高适在睢阳。

高适，字达夫，郡望渤海蓨县（今河北景县）。晚年曾任左散骑常侍，后人因称"高常侍"。玄宗天宝八载（749）有道科及第，授封丘尉。天宝十二载（753）入陇右节度使哥舒翰幕府充掌书记。广德二年（764）召还长安，为刑部侍郎，转左散骑常侍，进封渤海县侯。广德三年（765）正月卒于长安，赠礼部尚书，谥忠。以写边塞诗著称，与岑参齐名，世称"高岑"。其生平未曾到访石桥，亦无其他诗作涉及石桥。

鲁西至东平

高适

沙岸拍不定，石桥水横流。

问津见鲁俗，怀古伤家丘。

寥落千载后，空传褒圣侯。^②

本诗作于天宝四载（745）。高适之生平，参见本章高适《睢阳酬别畅大判官》。

观 海

独孤及

北登渤澥岛，回首秦东门。谁尸造物功，凿此天池源。

濆洞吞百谷，周流无四垠。廓然混茫际，望见天地根。

白日自中吐，扶桑如可扪。超遥蓬莱峰，想像金台存。

秦帝昔经此，登临冀飞翻。扬旌百神会，望日群山奔。

徐福竟何成，羡门徒空言。唯见石桥足，千年潮水痕。^③

① 谭优学认为，此诗作于天宝七载（748）。参见谭优学：《唐诗人行年考》四川人民出版社，1981。
② ［清］彭定求：《全唐诗》卷212—037，中华书局，1960，第2214页。
③ ［清］彭定求：《全唐诗》卷246—016，中华书局，1960，第2765页。

本诗作于天宝十四载（755）秋，与《海上怀华中旧游寄郑县刘少府造渭南王少府釜》《海上寄萧立》等诗属于同一时期的作品。

独孤及，字至之，排行十四，洛阳（今属河南）人。玄宗天宝十三载（754）举洞晓玄经科，授华阴尉。代宗广德元年（763）征为左拾遗，累迁太常博士、礼部员外郎、吏部员外郎。大历三年（768）出为濠州刺史，五年（770）改舒州刺史，八年（773）迁常州刺史，十二年（777）四月卒于任所，谥宪。其生平未曾到访石桥，亦无其他诗作涉及石桥。

题念济寺晕上人院

卢纶

泉响竹潇潇，潜公居处遥。虚空闻偈夜，清净雨花朝。

放鹤临山阁，降龙步石桥。世尘徒委积，劫火定焚烧。

苔壁云难聚，风篁露易摇。浮生亦无著，况乃是芭蕉。①

本诗具体时间不详。本诗"石桥"乃对偶之用，而非特指台州石桥。

卢纶，字允言，郡望范阳（今河北涿州），籍贯蒲州（今山西永济西），"大历十才子"之一。安史乱起，避地江西鄱阳，与吉中孚为林泉之友。代宗大历六年（771），经宰相元载举荐，授阌乡尉；后由宰相王缙荐为集贤学士，秘书省校书郎，升监察御史。出为陕州户曹、河南密县令。贞元十三年至十四年间（797—798），拜户部郎中。未几，卒于河中。卢纶工于叙事，兼擅众体，古诗歌行不乏气势，律诗亦洗练明快，《晚次鄂州》《长安春望》《送李端》等均为大历名篇。其生平未曾到访石桥。

烂柯山四首·石桥

刘迥

石桥架绝壑，苍翠横鸟道。

---

① [清]彭定求：《全唐诗》卷279—002，中华书局，1960，第3165页。

凭槛云脚下，颓阳日犹蚤。

霓裳倘一遇，千载长不老。①

本诗具体时间不详。由诗题可知，本诗乃组诗之一，该组诗与台州石桥无关。

刘迥，字阳卿，彭城（今江苏徐州）人，刘知几第六子。玄宗天宝中，进士及第，释褐授江都尉，历大理评事、监察御史，入为殿中侍御史，改户部员外郎。寻佐江淮转运使幕，授著作郎，加检校户部郎中，国子司业，三领侍御史。代宗大历初，授吉州刺史，三载绩成，征拜谏议大夫，迁给事中。德宗建中元年（780）病卒。其生平未曾到访石桥。

送吴侍御司马赴台州

武元衡

卢耽佐郡遥，川陆共迢迢。风景轻吴会，文章变越谣。

烟林繁橘柚，云海浩波潮。余有灵山梦，前君到石桥。②

本诗具体时间不详。

武元衡，字伯苍，缑氏（今河南偃师东南）人，武则天曾侄孙，德宗建中四年（783）登进士第。历任监察御史、华原县令、比部员外郎、右司郎中、御史中丞。宪宗元和二年（807），拜门下侍郎平章事，寻出为剑南节度使。八年（813）被召还，二度拜相。十年（815），被李师道遣刺客暗杀，追赠司徒，谥号忠愍。著有《临淮集》十卷。其生平未曾到访石桥。

本诗"余有灵山梦，前君到石桥"句，直接点明景色乃梦中所见。安祖朝在《天台山唐诗总集》中指出，此诗可证明武元衡到访过台州。笔者认为，"灵山梦"代表向往之情，"前君"则是写实，表明武元衡在吴侍御赴台州任司马前就曾游览过天台山。疑似安祖朝理解有误。

① ［清］彭定求：《全唐诗》卷312—001，中华书局，1960，第3517页。
② ［清］彭定求：《全唐诗》卷316—066，中华书局，1960，第3557页。

送霄韵上人游天台（一作宝韵上人）

刘禹锡

曲江僧向松江见，又到天台看石桥。

鹤恋故巢云恋岫，比君犹自不逍遥。[1]

详见第一章刘禹锡《送霄韵上人游天台（一作宝韵上人）》相关考证。

送元简上人适越

刘禹锡

孤云出岫本无依，胜境名山即是归。久向吴门游好寺，还思越水洗尘机。

浙江涛惊狮子吼，稽岭峰疑灵鹫飞。更入天台石桥去，垂珠璀璨拂三衣。[2]

刘禹锡之生平，参见第二章刘禹锡《和令狐相公送赵常盈炼师与中贵人同拜岳……及天台投龙毕却赴京》。

烂柯石

孟郊

仙界一日内，人间千载穷。双棋未遍局，万物皆为空。

樵客返归路，斧柯烂从风。唯馀石桥在，犹自凌丹虹。[3]

本诗具体时间不详。作诗时，孟郊不在石桥。

孟郊，字东野，湖州武康（今浙江德清）人。早年隐居嵩山，与韩愈交厚。德宗贞元十二年（796）登进士第。十六年（800）任溧阳尉，抑郁不得志，遂辞官。宪宗元和元年（806），郑馀庆为河南尹，奏为水陆转运从事、试协律郎。宪宗元和九年（814），郑馀庆出镇兴元，又召为参谋。孟郊应邀前往，行至阌乡，

---

① ［清］彭定求：《全唐诗》卷365—020，中华书局，1960，第4115页。
② ［清］彭定求：《全唐诗》卷359—062，中华书局，1960，第4058页。
③ ［清］彭定求：《全唐诗》卷380—024，中华书局，1960，第4262页。

病累而卒。友人张籍等私谥贞曜先生。孟郊长于五古而不作律诗，其诗风与韩愈相近，故后人合称韩、孟，并有"孟诗韩笔"之誉。其生平未曾到访石桥，亦无其他诗作涉及石桥。

和友封题开善寺十韵（依次重用本韵）

元稹

梁王开佛庙，云构岁时遥。珠缀飞闲鸽，红泥落碎椒。

灯笼青焰短，香印白灰销。古匣收遗施，行廊画本朝。

藏经沾雨烂，魔女捧花娇。亚树牵藤阁，横查压石桥。

竹荒新笋细，池浅小鱼跳。匠正琉璃瓦，僧锄芍药苗。

旋蒸茶嫩叶，偏把柳长条。便欲忘归路，方知隐易招。[①]

本诗作于元和六年（811）寒食之后，与《答友封见赠》《酬窦校书二十韵》《酬友封话旧叙怀十二韵》《送友封二首》作于同时。这些诗作中的"友封"，俱指窦巩，其乃窦群之弟。据《旧唐书·窦群传》载，元和三年（808），窦群被贬出京，任黔州观察使。元和六年（811），窦群又被贬为开州刺史。窦巩于元和六年（811）春末或夏初前往黔州看望其兄窦群的途中，路过江陵时拜访友人元稹。由此推断，本诗作于元稹贬官江陵府士曹参军时。

元稹，字微之，别字威明，洛阳（今属河南）人，北魏宗室鲜卑族拓跋部后裔。贞元九年（793）以明经擢第。十九年（803）登书判拔萃科。元和元年（806），登才识兼茂明于体用科。元和四年（809）为监察御史。因触犯宦官权贵，次年贬江陵府士曹参军。后历通州（今四川达州市）司马、虢州长史。元和十四年（819），任膳部员外郎。次年，得崔潭峻援引，擢祠部郎中、知制诰，迁中书舍人，充翰林学士承旨。长庆二年（822），以工部侍郎同平章事。居相位三月，为李逢吉所倾，出为同州刺史，历浙东观察使、尚书左丞、武昌军节度使。大和五年（831），卒于武昌军节度使任上。其与白居易为至交，同倡新乐府，唱和极

---

① ［清］彭定求：《全唐诗》卷408—011，中华书局，1960，第4541页。

多，世称"元白"，诗称"元白体"。其生平未曾到访石桥，亦无其他诗作涉及石桥。

醉后走笔酬刘五主簿长句之赠兼简张大贾二十四先辈昆季

白居易

刘兄文高行孤立，十五年前名翕习。是时相遇在符离，我年二十君三十。
得意忘年心迹亲，寓居同县日知闻。衡门寂寞朝寻我，古寺萧条暮访君。
朝来暮去多携手，穷巷贫居何所有。秋灯夜写联句诗，春雪朝倾暖寒酒。
陂湖绿爱白鸥飞，滩水清怜红鲤肥。偶语闲攀芳树立，相扶醉蹋落花归。
张贾弟兄同里巷，乘闲数数来相访。雨天连宿草堂中，月夜徐行石桥上。
我年渐长忽自惊，镜中冉冉髭须生。心畏后时同励志，身牵前事各求名。
问我栖栖何所适，乡人荐为鹿鸣客。二千里别谢交游，三十韵诗慰行役。
出门可怜唯一身，敝裘瘦马入咸秦。冬冬街鼓红尘暗，晚到长安无主人。
二贾二张与余弟，驱车逦迤来相继。操词握赋为干戈，锋锐森然胜气多。
齐入文场同苦战，五人十载九登科。二张得隽名居甲，美退争雄重告捷。
棠棣辉荣并桂枝，芝兰芳馥和荆叶。唯有沉犀屈未伸，握中自谓骇鸡珍。
三年不鸣鸣必大，岂独骇鸡当骇人。元和运启千年圣，同遇明时余最幸。
始辞秘阁吏王畿，遽列谏垣升禁闱。寒步何堪鸣珮玉，衰容不称著朝衣。
阊阖晨开朝百辟，冕旒不动香烟碧。步登龙尾上虚空，立去天颜无咫尺。
宫花似雪从乘舆，禁月如霜坐直庐。身贱每惊随内宴，才微常愧草天书。
晚松寒竹新昌第，职居密近门多闭。日暮银台下直回，故人到门门暂开。
回头下马一相顾，尘土满衣何处来。敛手炎凉叙未毕，先说旧山今悔出。
岐阳旅宦少欢娱，江左羁游费时日。赠我一篇行路吟，吟之句句披沙金。
岁月徒催白发貌，泥涂不屈青云心。谁会茫茫天地意，短才获用长才弃。
我随鹓鹭入烟云，谬上丹墀为近臣。君同鸾凤栖荆棘，犹著青袍作选人。
惆怅知贤不能荐，徒为出入蓬莱殿。月惭谏纸二百张，岁愧俸钱三十万。
大底浮荣何足道，几度相逢即身老。且倾斗酒慰羁愁，重话符离问旧游。

北巷邻居几家去，东林旧院何人住。武里村花落复开，流沟山色应如故。

感此酬君千字诗，醉中分手又何之。须知通塞寻常事，莫叹浮沉先后时。

慷慨临歧重相勉，殷勤别后加餐饭。君不见买臣衣锦还故乡，五十身荣未为晚。[①]

本诗具体时间不详。诗中之"石桥"乃对偶之用，而非特指台州石桥。

白居易，字乐天，号香山居士，又号醉吟先生，下邽（今陕西渭南）人，郡望太原（今属山西）。先世本龟兹人，汉时赐姓白氏。卒谥文，后人又称白文公。德宗贞元十六年（800）登进士第。贞元十九年（803）中书判拔萃科，授秘书省校书郎。宪宗元和元年（806）中才识兼茂明于体用科，授盩厔（今陕西周至）尉。二年（807）自集贤校理充翰林学士。五年（810）改官京兆府户曹参军、翰林学士。六年（811）丁母忧去官。十年（815）六月，因上书论奏宰相武元衡被刺身死，主张捕贼雪耻，引起宦官及旧官僚集团不满，以越职言事之罪，自太子左赞善大夫贬为江州（今江西九江）司马。后转任忠州（今重庆忠县）刺史。十五年（820）夏，被召回长安，任尚书司门员外郎，旋改授主客郎中、知制诰及中书舍人。穆宗长庆二年（822）七月，自中书舍人出为杭州（今属浙江）刺史。敬宗宝历元年（825），自太子左庶子分司东都。宝历中，复出为苏州（今属江苏）刺史。后返长安，相继出任秘书监及刑部侍郎，愈感宦途险恶，乃于文宗大和三年（829）春辞刑部侍郎，以太子宾客分司东都归洛阳（今属河南），自此未再返回长安。武宗会昌二年（842）以刑部尚书致仕。卒于会昌六年（846）八月，葬于洛阳龙门山。其生平见李商隐《唐刑部尚书致仕赠尚书右仆射太原白公墓碑铭》及新、旧《唐书》本传。

赠朱庆馀校书

周贺

风泉尽结冰，寒梦彻西陵。越信楚城得，远怀中夜兴。

---

① ［清］彭定求：《全唐诗》卷435—007，中华书局，1960，第4812页。

树停沙岛鹤，茶会石桥僧。寺阁边官舍，行吟过几层。①

本诗具体时间不详。

周贺，生卒年不详，字南卿，东洛（今四川广元西北）人。初为僧，法名清塞，居庐山，后客居润州。大和末，谒杭州刺史姚合，合爱赏其诗，延待甚异。遂命还俗。晚年曾出仕，诗有"一官成白首"（《秋宿洞庭》）句，然仕履未详。周贺与好友曾在浙江一带活动，但无到访石桥的明确记载。

除本诗外，周贺另有《寄宁海李明府》诗。刘静在《周贺及其诗歌研究》一文中指出，该诗详细描写了宁海风光的奇美，应是周贺拜谒宁海县令李明府时所作。但由诗题中的"寄"字推断，其乃寄赠之作，且诗中的景物描写多为夸张赞美，无法作为周贺游历台州的证明。

送虚上人游天台

朱庆馀

青冥通去路，谁见独随缘。此地春前别，何山夜后禅。
石桥隐深树，朱阙见晴天。好是修行处，师当住几年。②

详见第一章朱庆馀《送虚上人游天台》相关考证。

送元处士游天台

朱庆馀

青冥路口绝人行，独与僧期上赤城。树列烟岚春更好，溪藏冰雪夜偏明。
空山雉雏禾苗短，野馆风来竹气清。若过石桥看瀑布，不妨高处便题名。③

---

① [清]彭定求：《全唐诗》卷503—041，中华书局，1960，第5723页。
② [清]彭定求：《全唐诗》卷515—020，中华书局，1960，第5882页。
③ [清]彭定求：《全唐诗》卷515—025，中华书局，1960，第5883页。

详见第一章朱庆馀《送元处士游天台》相关考证。

海 上

李商隐

石桥东望海连天，徐福空来不得仙。

直遣麻姑与搔背，可能留命待桑田。[①]

本诗具体时间不详。由"徐福空来不得仙"句可知，本诗"石桥"乃指秦始皇命人在东海所架之桥，又称秦皇桥。唐宪宗和唐武宗因求仙服金丹中毒，"暴疾"而死，李商隐创作了几首专讽皇帝求仙的诗，《海上》便是其中一首。

李商隐之生平，参见第二章李商隐《送从翁从东川弘农尚书幕》。其未曾到访过石桥。

赠张濆处士

喻凫

露白覆棋宵，林青读易朝。道高天子问，名重四方招。

许鹤归华顶，期僧过石桥。虽然在京国，心迹自逍遥。[②]

本诗具体时间不详。作诗时，喻凫未至石桥。

喻凫，生卒年不详，常州（今属江苏）人。文宗开成五年（840）登进士第，官终乌程令。

寻僧二首

赵嘏

台殿参差日堕尘，坞西归去一庵云。寒泉何处夜深落，声隔半岩疏叶闻。

---

① [清]彭定求：《全唐诗》卷540—098，中华书局，1960，第6199页。
② [清]彭定求：《全唐诗》卷543—047，中华书局，1960，第6276页。

溪户无人谷鸟飞，石桥横木挂禅衣。看云日暮倚松立，野水乱鸣僧未归。①

本诗具体时间不详。

赵嘏，字承祐，排行二十二，楚州山阳（今江苏淮安）人。弱冠前后，曾北至塞上，继游浙东观察使元稹幕，盘桓数年后，又往客宣城，为宣歙观察使沈传师之幕宾，与沈子询、从事杜牧友善。武宗会昌四年（844）登进士第，其间曾南至岭南循州。嘏家于浙西（今江苏镇江），往来浙西、长安间。宣宗大中六年（852）左右，入仕为渭南（今陕西渭南）尉，世称"赵渭南"。赵嘏早年曾客游浙东观察使元稹幕下，其间应游览过台州。但因史籍中没有明确记载，故这里暂以未至台州为论。

送僧归闽中旧寺

马戴

寺隔海山遥，帆前落叶飘。断猿通楚塞，惊鹭出兰桡。
星月浮波岛，烟萝渡石桥。钟声催野饭，秋色落寒潮。
旧社人多老，闲房树半凋。空林容病士，岁晚待相招。②

本诗具体时间不详。

马戴，生卒年不详，字虞臣，曲阳（今江苏东海西南）人。早年困顿，屡试落第，困于场屋垂30年，客游所至，南极潇湘，北抵幽燕，西至汧陇，久滞长安及关中一带，并隐居于华山，遨游边关。武宗会昌四年（844）登进士第。宣宗大中初，在太原幕府任掌书记。因直言被斥，贬龙阳（今湖南汉寿）尉。官终太学博士。其生平未至石桥。

---

① [清]彭定求：《全唐诗》卷550—053，中华书局，1960，第6372页。
② [清]彭定求：《全唐诗》卷555—052，中华书局，1960，第6436页。

山中寄姚合员外

马戴

朝与城阙别，暮同麋鹿归。乌鸣松观静，人过石桥稀。

木叶摇山翠，泉痕入涧扉。敢招仙署客，暂此拂朝衣。[①]

马戴之生平，参见本章马戴《送僧归闽中旧寺》。

送道友入天台山作

马戴

却忆天台去，移居海岛空。观寒琪树碧，雪浅石桥通。

漱齿飞泉外，餐霞旱境中。终期赤城里，披氅与君同。[②]

详见第一章马戴《送道友入天台山作》相关考证。

题缑山王子晋庙

郑畋

有昔灵王子，吹笙溯沇寥。六宫攀不住，三岛去相招。

亡国原陵古，宾天岁月遥。无蹊窥海曲，有庙访山椒。

石帐龙蛇拱，云栊彩翠销。露坛装琬琰，真像写松乔。

珠馆青童宴，琳宫阿母朝。气舆仙女侍，天马吏兵调。

湘妓红丝瑟，秦郎白管箫。西城要绰约，南岳命娇娆。

句曲觞金洞，天台啸石桥。晚花珠弄蕊，春茹玉生苗。

二景神光秘，三元宝箓饶。雾垂鸦翅发，冰束虎章腰。

鹤驭争衔箭，龙妃合献绡。衣从星渚浣，丹就日宫烧。

物外花尝满，人间叶自凋。望台悲汉庆，阅水笑梁昭。

---

① ［清］彭定求：《全唐诗》卷 556—009，中华书局，1960，第 6442 页。

② ［清］彭定求：《全唐诗》卷 556—088，中华书局，1960，第 6457 页。

古殿香残炷，荒阶柳长条。几曾期七日，无复降重霄。

嵩岭连天汉，伊澜入海潮。何由得真诀，使我佩环飘。①

本诗具体时间不详。诗题中之"缑山"，在今河南偃师县。

郑畋，字台文，排行大，荥阳（今属河南）人。武宗会昌二年（842）中进士，会昌六年（846）以书判拔萃登科，历任校书郎、渭南尉、万年令、知制诰、中书舍人、梧州刺史等职。僖宗朝、昭宗朝两次入相。中和三年（883），卒于陇州，赠太尉，谥文昭。其生平未至石桥。《全唐诗》存诗十六首，均不涉及天台。

寄孟协律

贾岛

我有吊古泣，不泣向路岐。挥泪洒暮天，滴著桂树枝。

别后冬节至，离心北风吹。坐孤雪扉夕，泉落石桥时。

不惊猛虎啸，难辱君子词。欲酬空觉老，无以堪远持。

岧峣倚角窗，王屋悬清思。②

本诗具体时间不详。

贾岛，字浪仙，一作阆仙，自称碣石山人，河北道幽州范阳（今河北涿州）人。早年曾为僧，法名无本。宪宗元和年间，在洛阳以诗文投谒韩愈，后随愈入长安，返俗应举，然终生未第。文宗开成二年（837），坐飞谤贬授遂州长江（今四川蓬溪西）主簿，世称"贾长江"。秩满，迁普州司仓参军。武宗会昌三年（843），改司户参军，未受命而卒。贾岛有《赠僧》《送天台僧》等诗，但皆为赠诗，不可作为诗人到访天台的证明。

---

① ［清］彭定求：《全唐诗》卷557—027，中华书局，1960，第6463页。
② ［清］彭定求：《全唐诗》卷571—030，中华书局，1960，第6623页。

寄龙池寺贞空二上人

贾岛

受请终南住，俱妨去石桥。林中秋信绝，峰顶夜禅遥。

寒草烟藏虎，高松月照雕。霜天期到寺，寺置即前朝。[①]

贾岛之生平，参见本章贾岛《寄孟协律》。

赠　僧

贾岛

乱山秋木穴，里有灵蛇藏。铁锡挂临海，石楼闻异香。

出尘头未白，入定衲凝霜。莫话五湖事，令人心欲狂。[②]

贾岛之生平，参见本章贾岛《寄孟协律》。

宿一公精舍

温庭筠

夜阑黄叶寺，瓶锡两俱能。松下石桥路，雨中山殿灯。

茶炉天姥客，棋席剡溪僧。还笑长门赋，高秋卧茂陵。[③]

本诗具体时间不详。诗题中之"一公"，乃指越僧灵一，其精舍在余杭宜丰。

温庭筠，本名岐，字飞卿，太原祁（今山西祁县）人。据宋孙光宪《北梦琐言》载："才思艳丽，工于小赋，每入试，押官韵作赋，凡八叉手而八韵成。"故有"温八叉"或"温八吟"之称。然生性傲岸，好讥讽权贵，多犯忌讳，仅任方城尉、隋县尉、国子监助教等微职。其生平未曾到访石桥。

---

① ［清］彭定求：《全唐诗》卷572—025，中华书局，1960，第6634页。
② ［清］彭定求：《全唐诗》卷574—056，中华书局，1960，第6686页。
③ ［清］彭定求：《全唐诗》卷583—031，中华书局，1960，第6759页。

越中行

李频

越国临沧海，芳洲复暮晴。湖通诸浦白，日隐乱峰明。

野宿多无定，闲游免有情。天台闻不远，终到石桥行。[①]

本诗具体时间不详。作诗时，李频不在石桥。

李频之生平，参见第一章李频《送僧入天台》。李频在浙东活动的时间不短，在建州任职时间较长，史籍中没有其到访石桥的直接记载。其《送僧入天台》诗，乃是通过想象描写僧人入天台后的行动。其《送台州唐兴陈明府》诗中虽有"瀑布当公署，天台是县图"一句，但全诗多为赞美之词，不可作为其到访石桥的证明。

宿玉箫宫

储嗣宗

尘飞不到空，露湿翠微宫。鹤影石桥月，箫声松殿风。

绿毛辞世女，白发入壶翁。借问烧丹处，桃花几遍红。[②]

本诗具体时间不详。作诗时，诗人在钟南山玉箫宫。

储嗣宗，生卒年不详，字公柔，润州延陵（今江苏丹阳）人，储光羲曾孙。宣宗大中十三年（859）登进士第，曾任校书郎。其生平未曾到访石桥。

和茅山高拾遗忆山中杂题五首·山邻

储嗣宗

石桥春涧已归迟，梦入仙山山不知。

---

① [清]彭定求:《全唐诗》卷588—023，中华书局，1960，第6824页。
② [清]彭定求:《全唐诗》卷594—005，中华书局，1960，第6882页。

柱史从来非俗吏，青牛道士莫相疑。①

储嗣宗之生平，参见本章储嗣宗《宿玉箫宫》。

送人入新罗使

李昌符

鸡林君欲去，立册付星轺。越海程难计，征帆影自飘。

望乡当落日，怀阙羡回潮。宿雾蒙青嶂，惊波荡碧霄。

春生阳气早，天接祖州遥。愁约三年外，相迎上石桥。②

本诗具体时间不详。

李昌符，字岩梦。咸通四年（863）登进士第，累官至膳部员外郎。与许棠、张乔、郑谷等合称"咸通十哲"。五律颇有佳句。有《李昌符诗集》。其生平未至石桥，亦无诗作涉及石桥。

金山寺空上人院

张乔

已老金山顶，无心上石桥。讲移三楚遍，梵译五天遥。

板阁禅秋月，铜瓶汲夜潮。自惭昏醉客，来坐亦通宵。③

本诗具体时间不详。作诗时，张乔在江苏金山寺。

张乔，字伯迁，池州（今安徽贵池）人。懿宗咸通中，与许棠、喻坦之、郑谷等合称"咸通十哲"。咸通末，李频主京兆府试，张乔及许棠、张蠙、周繇皆九华人，时号"九华四俊"。《唐才子传》云："隐居九华山，有高致，十年不窥园，

---

① [清]彭定求：《全唐诗》卷594—012，中华书局，1960，第6883页。
② [清]彭定求：《全唐诗》卷601—023，中华书局，1960，第6951页。
③ [清]彭定求：《全唐诗》卷638—098，中华书局，1960，第7323页。

以苦学。"除本诗外，张乔《游歙州兴唐寺》诗中有"山桥通绝境，到此忆天台"一句，或可证明其曾到访过天台。

赠头陀僧

张乔

自说年深别石桥，遍游灵迹熟南朝。已知世路皆虚幻，不觉空门是寂寥。
沧海附船浮浪久，碧山寻塔上云遥。如今竹院藏衰老，一点寒灯弟子烧。[①]

张乔之生平，参见本章张乔《金山寺空上人院》。

题玄同先生草堂三首

罗隐

杳杳诸天路，苍苍大涤山。景舆留不得，毛节去应闲。
相府旧知己，教门新启关。太平匡济术，流落在人间。
先生诀行日，曾奉数行书。意密寻难会，情深恨有馀。
石桥春暖后，句漏药成初。珍重云兼鹤，从来不定居。
常时忆讨论，历历事犹存。酒向馀杭尽，云从大涤昏。
往来无道侣，归去有台恩。自此玄言绝，长应闭洞门。[②]

本诗具体时间不详。作诗时，罗隐在馀杭。诗题中之"玄同先生"，乃指闾丘方达（《杭州府志》作"闾丘方远"）。景福中，始居馀杭大涤洞。吴越王钱镠厚加礼遇，奏请赐紫，又敕赐号玄同先生。诗中"杳杳诸天路，苍苍大涤山"一句，点名玄同先生草堂所在之位置。

罗隐之生平，参见第二章罗隐《寄杨秘书》。其未曾到访过石桥。

---

① ［清］彭定求：《全唐诗》卷639—044，中华书局，1960，第7330页。
② ［清］彭定求：《全唐诗》卷660—014，中华书局，1960，第7575页。

寄天台叶尊师

王贞白

师住天台久，长闻过石桥。晴峰见沧海，深洞彻丹霄。
采药霞衣湿，煎芝古鼎焦。念予无俗骨，频与鹤书招。①

详见第一章王贞白《寄天台叶尊师》相关考证。

送董卿赴台州

张蠙

九陌除书出，寻僧问海城。家从中路挈，吏隔数州迎。
夜蚌侵灯影，春禽杂橹声。开图见异迹，思上石桥行。②

本诗作于咸通七年（866）。

由诗题可知，董卿乃赴台州任刺史者。《全唐诗》卷 626 陆龟蒙《送董少卿游茅山》诗"曾佩鱼符管赤城"句下有小注："董尝刺台州。"赤城乃台州别称，因南朝梁在此置赤城郡，故名。《嘉定赤城志》亦云："董赜，咸通七年授。"由此推测，张蠙、陆龟蒙两诗中的"董卿"，当为"董赜"。

张蠙，生卒年不详，字象文，清河（今属河北）人。成通中，屡举进士不第，与许裳、张乔等合称"咸通十哲"。乾宁二年（895），登进士第，授校书郎。历栎阳尉、犀浦令。王建称帝，拜膳部员外郎，为金堂令。张蠙《钱塘夜宴留别郡守》《观江南牡丹》《经范蠡旧居》等诗，可证其曾游历江浙、江西一带，但史籍中没有其到访石桥的明确记载。

---

① ［清］彭定求：《全唐诗》卷 701—053，中华书局，1960，第 8066 页。
② ［清］彭定求：《全唐诗》卷 702—012，中华书局，1960，第 6070 页。

苔

徐夤

印留麋鹿野禽踪，岩壁渔矶几处逢。金谷晓凝花影重，章华春映柳阴浓。
石桥羽客遗前迹，陈阁才人没旧容。归去扫除阶砌下，藓痕残绿一重重。①

本诗具体时间不详。

徐夤之生平，参见第一章徐夤《寄天台陈希畋》。其未曾到访过石桥。

出山睹春榜

李洞

未老鬓毛焦，心归向石桥。指霞辞二纪，吟雪遇三朝。
连席频登相，分廊尚祝尧。回眸旧行侣，免使负嵩樵。②

本诗具体时间不详。由诗题可知，本诗作于李洞居京之时。春榜，礼部科试
后所公布及第人名之榜。李洞本京兆人，早年隐居终南山圭峰，苦读几十年，以
求能够科举中第。然而由于宦官专权，朝中要职皆被朋党及有背景的人占据，李
洞三举进士不第，后游蜀，客死他乡。其生平未曾到访过石桥，亦无其他诗作涉
及天台。

哭栖白供奉

李洞

闻说孤窗坐化时，白莎萝雨滴空池。吟诗堂里秋关影，礼佛灯前夜照碑。
贺雪已成金殿梦，看涛终负石桥期。逢山对月还惆怅，争得无言似祖师。③

---

① [清] 彭定求：《全唐诗》卷 710—044，中华书局，1960，第 8177 页。
② [清] 彭定求：《全唐诗》卷 722—034，中华书局，1960，第 8287 页。
③ [清] 彭定求：《全唐诗》卷 723—005，中华书局，1960，第 8292 页。

李洞之生平，参见第一章李洞《送人之天台》。

怀张乔张霞

李洞

西风吹雨叶还飘，忆我同袍隔海涛。江塔眺山青入佛，边城履雪白连雕。

身离世界归天竺，影挂虚空度石桥。应念无成独流转，懒磨铜片鬓毛焦。[①]

李洞之生平，参见第一章李洞《送人之天台》。

登祝融峰

李徵古

欲上祝融峰，先登古石桥。

凿开巉崄处，取路到丹霄。[②]

本诗具体时间不详。由诗题可知，本诗当作于李徵古登湖南衡山祝融峰之时。

李徵古，生卒年不详，袁州宜春人。南唐升元末举进士第，官枢密副使，坐宋齐丘党赐死，留有诗一首。史籍中并无其到访石桥之记载。

大游仙诗

欧阳炯（一作欧阳炳）

赤城霞起武陵春，桐柏先生解守真。白石桥高曾纵步，朱阳馆静每存神。

囊中隐诀多仙术，肘后方书济俗人。自领蓬莱都水监，只忧沧海变成尘。[③]

详见第二章欧阳炯（一作欧阳炳）《大游仙诗》相关考证。

---

① [清]彭定求：《全唐诗》卷723—014，中华书局，1960，第8294页。
② [清]彭定求：《全唐诗》卷738—012，中华书局，1960，第8417页。
③ [清]彭定求：《全唐诗》卷761—006，中华书局，1960，第8640页。

幽居寄李秘书

谭用之

几年帝里阻烟波，敢向明时叩角歌。看尽好花春卧稳，醉残红日夜吟多。

印开夕照垂杨柳，画破寒潭老芰荷。昨夜前溪有龙斗，石桥风雨少人过。①

本诗具体时间不详。

谭用之，里居及生卒年均不详，约后唐明宗长兴中前后在世，著有诗集一卷。史籍中并无其到访石桥之记载。

七言滑语联句

颜真卿

雨里下山蹋榆皮。——颜真卿

莓苔石桥步难移。——皎然

芜荑酱醋吃煮葵。——刘全白

缝靴蜡线油涂锥。——李崿

急逢龙背须且骑。——李益②

联句具体时间不详。

颜真卿（709—784），字清臣，小名羡门子，别号应方，京兆万年（今陕西省西安市）人，祖籍琅玡临沂（今山东临沂）。唐玄宗开元二十二年（734）登进士第，历任监察御史、殿中侍御史。后因得罪权臣杨国忠，被贬为平原太守，世称"颜平原"。安史之乱时，颜真卿率义军对抗叛军，一度光复河北，后至凤翔，被授为宪部尚书。唐代宗时官至吏部尚书、太子太师，封鲁郡公，人称"颜鲁公"。兴元元年（784），被派遣晓谕叛将李希烈，凛然拒贼，终被缢杀。追赠司徒，谥号"文忠"。善诗文，有《韵海镜源》《礼乐集》《吴兴集》《庐陵集》《临

---

①　[清]彭定求：《全唐诗》卷764—017，中华书局，1960，第8670页。

②　[清]彭定求：《全唐诗》卷788—022，中华书局，1960，第8885页。

川集》，均佚。宋人辑有《颜鲁公集》。其生平未曾到访石桥。

画 松

景云

画松一似真松树，且待寻思记得无。

曾在天台山上见，石桥南畔第三株。[①]

本诗具体时间不详。

景云，生卒年不详，山阴（今浙江绍兴）人。幼通经论，性识超悟，善草书，又能诗。岑参有《偃师东与韩樽同诣景云晖上人即事》诗，《唐诗纪事》等书据此谓景云与岑参同时。然据今人考证，岑诗中的"景云"为寺名，与诗僧景云无涉。《全唐诗》存诗三首，皆与天台无关。

题醴陵玉仙观歌

护国（一作灵一诗）

王乔一去空仙观，白云至今凝不散。星垣松殿几千秋，往往笙歌下天半。

瀑布西行过石桥，黄精采根还采苗。路逢一人擎药碗，松花夜雨风吹满。

自言家住在东坡，白犬相随邀我过。南山石上有棋局，曾使樵夫烂斧柯。[②]

参见本章灵一《妙乐观（一作题王乔观传傅道士所居）》相关考辨。

护国，江南诗僧，与灵一同时而稍后。工词翰，诗名闻于世。约卒于代宗大历间，张谓有诗哭之。唐刘禹锡《澈上人文集纪》云："世之言诗僧多出江左，灵一导其源，护国袭之；清江扬其波，法振沿之。"《全唐诗》存诗十二首，除本诗外，护国没有其他诗作涉及天台。

---

① [清]彭定求：《全唐诗》卷808—029，中华书局，1960，第9121页。
② [清]彭定求：《全唐诗》卷811—002，中华书局，1960，第9138页。

和王季文题九华山

神颖

众岳雄分野，九华镇南朝。彩笔凝空远，崔嵬寄青霄。

龙潭古仙府，灵药今不凋。莹为沧海镜，烟霞作荒标。

造化心数奇，性状精气饶。玉树郁玲珑，天籁韵萧寥。

寂寂寻乳窦，兢兢行石桥。通泉漱云母，藉草萦香茗。

我住幽且深，君赏昏复朝。稀逢发清唱，片片霜凌飙。①

本诗具体时间不详。由诗题中的"题九华山"可知，本诗与台州石桥无关。

神颖，唐懿宗咸通年间诗僧。神颖与王季文相识，有诗唱和。又曾至池州九华山及睦州严子陵钓台。事迹见《唐诗纪事》卷74。神颖今存诗两首，除本诗外，另有《宿严陵钓台》。其生平未曾到访石桥。

自 吟

徐钓者

曾见秦皇架石桥，海神忙迫涨惊潮。

蓬莱隔海虽难到，直上三清却不遥。②

本诗之"石桥"，乃指秦始皇命人在东海所架之桥，又名秦皇桥，而非天台石桥。

徐钓者，名不详，自称东海蓬莱乡人。常泛舟于鄂渚上，上及三湘，下经五湖，每以鱼市酒，人以为水仙。事迹见《续仙传》卷中。《全唐诗》存诗一首。

女冠子

薛昭蕴

求仙去也，翠钿金篦尽舍。

---

① [清]彭定求：《全唐诗》卷623—035，中华书局，1960，第9283页。
② [清]彭定求：《全唐诗》卷861—044，中华书局，1960，第9737页。

入岩峦，雾卷黄罗帔，云雕白玉冠。

野烟溪洞冷，林月石桥寒。静夜松风下，礼天坛。

云罗雾縠，新授明威法箓。

降真函，鬟绾青丝发，冠抽碧玉簪。

往来云过五，去住岛经三。正遇刘郎使，启瑶缄。[1]

本诗具体时间不详。

薛昭蕴，字澄州，河中宝鼎（今山西荣河）人。王衍时，官至侍郎。擅诗词，今存词十九首，无一首涉及石桥。

---

① ［清］彭定求：《全唐诗》卷894—003，中华书局，1960，第 10095 页。

第六章　以"寒岩"为中心

寒岩（又名暗岩），在天台县西南七十里，因寒山子隐居山中而得名。宋代李昉《太平广记》卷55"寒山子"条中引唐代杜光庭《仙传拾遗》之言曰："寒山子者，不知其名氏。大历中隐居天台翠屏山，其山深邃，当暑有雪，亦名寒岩，因自号寒山子。"释传灯的《天台山方外志》称："寒岩山，在县西南七十里三十六都，因寒山子得名。前有磐石，曰'宴坐'。峰上有石室，旧名'拊石洞'，后米公芾题曰'潜真'。四山环峙如郛郭，上蠡云汉，其下嵌空，置佛屋不用瓦覆。洞左有小砖塔，是寒山子蝉蜕处。山灭后数日，有梵僧持锡杖于此寻觅，或问其故，对曰：'吾拾文殊舍利也。'故后人于此而建塔焉。由宴坐西有石如植笋，萝蔓萦缀。其西有石梁，可数尺，架两崖间，险峻不可陟。南有泉如屋霤，寺僧縻竹绠引之。前距山腹一里，有道人洞；转西二里，乱石洒流岩窦间，散若虬髯，因号龙须洞，台山绝胜处也。《临海记》云：'石室前有立石，参差五色，远望如绶带，旧传为绶带山。'产石髓石脂，绝抄有仙石棺。"

就唐代来说，寒岩（寒石山）之所以有名，乃是因为寒山子隐居于此。因其地远离县城，且交通亦不便，故到寒岩的诗人并不多。

一、诗人到访之作

（一）考证的基本结论

通过系统梳理《全唐诗》中与寒岩有关（诗题、诗句中含"寒岩"二字）的诗作，^①我们发现只有一位诗人到访寒岩，代表作仅一首诗，且不可为证。

诗人到访，但其作品不可为证者是：

徐凝：《送寒岩归士》

（二）具体诗篇考辨

送寒岩归士

徐凝

不挂丝纩衣，归向寒岩栖。

寒岩风雪夜，又过岩前溪。^②

本诗具体时间不详。徐凝之生平，参见第一章徐凝《天台独夜》。"岩前溪"是指在寒岩前的溪流，亦是当地溪名的俗称。从本诗的内容来看，诗人对寒岩的环境相当了解，应到过其地。

二、未到访天台之诗人作品

题龙泉寺绝顶

方干

未明先见海底日，良久远鸡方报晨。古树含风长带雨，寒岩四月始知春。

中天气爽星河近，下界时丰雷雨匀。前后登临思无尽，年年改换去来人。^③

本诗具体时间不详。作诗时，方干在长安龙泉寺。方干之生平，参见第一章方干《因话天台胜异仍送罗道士》。方干很有可能到访过台州，但无直接记载。

---

① 为行文简便以及突出考证的效果，我们以诗可证者列前，不可证者列后。

② [清]彭定求：《全唐诗》卷474—011，中华书局，1960，第5375页。

③ [清]彭定求：《全唐诗》卷652—007，中华书局，1960，第7484页。

第七章　以"玉霄峰"为中心

玉霄峰，天台山最高峰。据《读史方舆纪要》卷89记载："玉霄峰在天台县北三十五里。重崖叠嶂，凌云翳日。其相对之峰为白云。"登玉霄峰而瞰天台，奇峰怪石，河流瀑布，云海日出，道观禅院，尽收眼底。相传，唐代高道司马承祯曾隐居于此。《太平广记》卷21引《仙传拾遗·司马承祯》曰："吾自居玉霄峰，东望蓬莱，常有真灵降驾。"

玉霄峰作为仙人居住的地方，流传着许多关于神仙的传说，故对唐代诗人具有一定的吸引力。

一、诗人到访之作

（一）考证的基本结论

通过系统梳理《全唐诗》中与玉霄有关（诗题、诗句中含"玉霄"二字）的诗作，[①] 我们发现共有两位诗人到访玉霄峰，代表作3首诗。这3首诗皆可作为诗人到访玉霄峰的明证。

诗人及其可证之作分别是：

卢士衡：《寄天台道友》

贯休：《寒月送玄士入天台》《寄天台叶道士》

---

① 为行文简便以及突出考证的效果，我们以诗可证者列前，不可证者列后。

（二）具体诗篇考辨

寄天台道友

卢士衡

相思遥指玉霄峰，怅望江山阻万重。会隔晓窗闻法鼓，几同寒榻听疏钟。
别来知子长餐柏，吟处将谁对倚松。且住人间行圣教，莫思天路便登龙。①

详见第一章卢士衡《寄天台道友》相关考证。

寒月送玄士入天台

贯休

之子逍遥尘世薄，格淡于云语如鹤。相见唯谈海上山，碧侧青斜冷相沓。
芒鞋竹杖寒冻时，玉霄忽去非有期。僮担赤笈密雪里，世人无人留得之。
想入红霞路深邃，孤峰纵啸仙飙起。星精聚观泣海鬼，月涌薄烟花点水。
送君丁宁有深旨，好寻佛窟游银地。雪眉衲僧皆正气，伊昔贞白先生同此意。
若得神圣之药，即莫忘远相寄。②

详见第一章贯休《寒月送玄士入天台》相关考证。

寄天台叶道士

贯休

负局高风不可陪，玉霄峰北置楼台。注参同契未将出，寻榔栗僧多宿来。
飕槭松风山枣落，闲关溪鸟术花开。终须肘后相传好，莫便乘鸾去不回。③

详见第一章贯休《寄天台叶道士》相关考证。

---

① ［清］彭定求：《全唐诗》卷737—013，中华书局，1960，第9341页。
② ［清］彭定求：《全唐诗》卷828—006，中华书局，1960，第9327页。
③ ［清］彭定求：《全唐诗》卷837—050，中华书局，1960，第9438页。

第八章 以"华顶"为中心

华顶，即华顶山、华顶峰，亦称拜经台，相传智颛大师曾在此面朝西天竺，拜读《严楞经》，故名。明代释传灯的《天台山方外志》称："在县东北六十里十一都，天台第八重最高处。旧传高一万八千丈，周回一百里，少晴多晦，夏有积雪，可观日之出入。中有洞，石色光明。登绝顶降魔塔，东望沧海，弥漫无际，号望海尖。下瞰众山，如龙虎盘踞，旗鼓布列之状。草木薰郁，殆非人世。智颛与白云先生思修于此，有葛玄丹井、王羲之墨池、李太白书堂。台山九峰崒崒，犹如莲华，此为华心之顶，故名。"

由释传灯的描述可知，不仅王羲之、智颛大师、司马承祯等文化名人与华顶峰有着密切的关系，以李白为代表的唐代诗人们对华顶峰也怀有特殊的情感。

一、诗人到访之作

（一）考证的基本结论

通过系统梳理《全唐诗》中与华顶有关（诗题、诗句中含"华顶"二字）的诗作，[①]我们发现共有 10 位诗人到访华顶峰，代表作 14 首诗。[②] 其中，12 首诗可作为诗人到访华顶峰的证明。

诗人及其可证之作分别是：

孟浩然：《寄天台道士》《寻天台山》《越中逢天台太乙子》

---

① 为行文简便以及突出考证的效果，我们以诗可证者列前，不可证者列后。
② 寒山诗（含拾得、丰干）亦有提及石桥，详见本书第十五章。

李白：《天台晓望》《送王屋山人魏万还王屋·并序》

灵澈：《天姥岑望天台山》

齐己：《怀天台华顶僧》

郑巢：《泊灵溪馆》

寒山：《诗三百三首》

李郢：《送圆鉴上人游天台》

拾得：《诗》

无可：《禅林寺》

诗人到访，但其作品不可为证者分别是：

皎然：《送重钧上人游天台》《送旻上人游天台》

（二）具体诗篇考辨

寄天台道士

孟浩然

海上求仙客，三山望几时。焚香宿华顶，裛露采灵芝。

屡蹑莓苔滑，将寻汗漫期。倘因松子去，长与世人辞。[①]

详见第一章孟浩然《寄天台道士》相关考证。

寻天台山

孟浩然

吾友太乙子，餐霞卧赤城。欲寻华顶去，不惮恶溪名。

歇马凭云宿，扬帆截海行。高高翠微里，遥见石梁横。[②]

---

① [清]彭定求：《全唐诗》卷160—022，中华书局，1960，第1636页。
② [清]彭定求：《全唐诗》卷160—068，中华书局，1960，第1644页。

详见第一章孟浩然《寻天台山》相关考辨。

越中逢天台太乙子

孟浩然

仙穴逢羽人，停舻向前拜。问余涉风水，何处远行迈。

登陆寻天台，顺流下吴会。兹山凤所尚，安得问灵怪。

上逼青天高，俯临沧海大。鸡鸣见日出，常觌仙人旂。

往来赤城中，逍遥白云外。莓苔异人间，瀑布当空界。

福庭长自然，华顶旧称最。永此从之游，何当济所届。[①]

详见第一章孟浩然《越中逢天台太乙子》相关考辨。

天台晓望

李白

天台邻四明，华顶高百越。门标赤城霞，楼栖沧岛月。

凭高登远览，直下见溟渤。云垂大鹏翻，波动巨鳌没。

风潮争汹涌，神怪何翕忽。观奇迹无倪，好道心不歇。

攀条摘朱实，服药炼金骨。安得生羽毛，千春卧蓬阙？[②]

详见第一章李白《天台晓望》相关考辨。

送王屋山人魏万还王屋·并序

李白

仙人东方生，浩荡弄云海。沛然乘天游，独往失所在。

魏侯继大名，本家聊摄城。卷舒入元化，迹与古贤并。

---

① [清] 彭定求：《全唐诗》卷 159—043，中华书局，1960，第 1626 页。

② [清] 彭定求：《全唐诗》卷 180—005，中华书局，1960，第 1834 页。

十三弄文史，挥笔如振绮。辩折田巴生，心齐鲁连子。

西涉清洛源，颇惊人世喧。采秀卧王屋，因窥洞天门。

竭来游嵩峰，羽客何双双。朝携月光子，暮宿玉女窗。

鬼谷上窈窕，龙潭下奔潈。东浮汴河水，访我三千里。

逸兴满吴云，飘摇浙江汜。挥手杭越间，樟亭望潮还。

涛卷海门石，云横天际山。白马走素车，雷奔骇心颜。

遥闻会稽美，且渡耶溪水。万壑与千岩，峥嵘镜湖里。

秀色不可名，清辉满江城。人游月边去，舟在空中行。

此中久延伫，入剡寻王许。笑读曹娥碑，沉吟黄绢语。

天台连四明，日入向国清。五峰转月色，百里行松声。

灵溪咨沿越，华顶殊超忽。石梁横青天，侧足履半月。

忽然思永嘉，不惮海路赊。挂席历海峤，回瞻赤城霞。

赤城渐微没，孤屿前峣兀。水续万古流，亭空千霜月。

缙云川谷难，石门最可观。瀑布挂北斗，莫穷此水端。

喷壁洒素雪，空濛生昼寒。却思恶溪去，宁惧恶溪恶。

咆哮七十滩，水石相喷薄。路创李北海，岩开谢康乐。

松风和猿声，搜索连洞壑。径出梅花桥，双溪纳归潮。

落帆金华岸，赤松若可招。沈约八咏楼，城西孤岧峣。

岧峣四荒外，旷望群川会。云卷天地开，波连浙西大。

乱流新安口，北指严光濑。钓台碧云中，邈与苍岭对。

稍稍来吴都，裴回上姑苏。烟绵横九疑，漭荡见五湖。

目极心更远，悲歌但长吁。回桡楚江滨，挥策扬子津。

身著日本裘，昂藏出风尘。五月造我语，知非儓拟人。

相逢乐无限，水石日在眼。徒干五诸侯，不致百金产。

吾友扬子云，弦歌播清芬。虽为江宁宰，好与山公群。

乘兴但一行，且知我爱君。君来几何时，仙台应有期。

东窗绿玉树，定长三五枝。至今天坛人，当笑尔归迟。

我苦惜远别，茫然使心悲。黄河若不断，白首长相思。①

详见第二章李白《送王屋山人魏万还王屋·并序》相关考证。

天姥岑望天台山

灵澈

天台众峰外，华顶当寒空。

有时半不见，崔嵬在云中。②

详见第一章灵澈《天姥岑望天台山》相关考证。

怀天台华顶僧

齐己

华顶危临海，丹霞里石桥。曾从国清寺，上看月明潮。

好鸟亲香火，狂泉喷沉寥。欲归师智者，头白路迢迢。③

详见第一章齐己《怀天台华顶僧》相关考证。

泊灵溪馆

郑巢

孤吟疏雨绝，荒馆乱峰前。晓鹭栖危石，秋萍满败船。

溜从华顶落，树与赤城连。已有求闲意，相期在暮年。④

---

① ［清］彭定求：《全唐诗》卷 175—003，中华书局，1960，第 1788 页。
② ［清］彭定求：《全唐诗》卷 810—007，中华书局，1960，第 9132 页。
③ ［清］彭定求：《全唐诗》卷 842—025，中华书局，1960，第 9510 页。
④ ［清］彭定求：《全唐诗》卷 504—001，中华书局，1960，第 5734 页。

详见第二章郑巢《泊灵溪馆》相关考证。

送圆鉴上人游天台

李郢

西岭草堂留不住，独携瓶锡向天台。霜清海寺闻潮至，日宴江船乞食回。

华顶夜寒孤月落，石桥秋尽一僧来。灵溪道者相逢处，阴洞泠泠竹室开。[①]

李郢之生平，参见第一章李郢《宿怜上人房》。本诗可作为李郢曾至天台的证明。

禅林寺

无可

台山朝佛陇，胜地绝埃氛。冷色石桥月，素光华顶云。

远泉和雪溜，幽磬带松闻。终断游方念，炉香继此焚。[②]

无可之生平，参见第五章无可《行汉水晚次神滩阻风》。本诗可作为无可曾至石桥的证明。

送重钧上人游天台

皎然

渐看华顶出，幽赏意随生。十里行松色，千重过水声。

海容云正尽，山色雨初晴。事事将心证，知君道可成。[③]

本诗具体时间不详。作诗时，皎然不在天台。

① [清]彭定求：《全唐诗》卷590—035，中华书局，1960，第6853页。
② [清]彭定求：《全唐诗》卷813—055，中华书局，1960，第9159页。
③ [清]彭定求：《全唐诗》卷818—048，中华书局，1960，第9221页。

送旻上人游天台

皎然

真心不废别，试看越溪清。知汝机忘尽，春山自有情。

月思华顶宿，云爱石门行。海近应须泛，无令鸥鹭惊。[①]

详见第一章皎然《送旻上人游天台》相关考证。

二、未到访天台之诗人作品

送天台僧

贾岛

远梦归华顶，扁舟背岳阳。寒蔬修净食，夜浪动禅床。

雁过孤峰晓，猿啼一树霜。身心无别念，馀习在诗章。[②]

详见第一章贾岛《送天台僧》相关考证。

赠张濆处士

喻凫

露白覆棋宵，林青读易朝。道高天子问，名重四方招。

许鹤归华顶，期僧过石桥。虽然在京国，心迹自逍遥。[③]

详见第五章喻凫《赠张濆处士》相关考证。

---

① [清]彭定求：《全唐诗》卷821—044，中华书局，1960，第9268页。

② [清]彭定求：《全唐诗》卷572—041，中华书局，1960，第6637页。

③ [清]彭定求：《全唐诗》卷543—047，中华书局，1960，第6276页。

第九章 以"刘阮"为中心

　　刘、阮分别指刘晨与阮肇，剡县人氏。"刘阮传说"是流传于浙江嵊州、新昌、天台一带民间，关于刘晨、阮肇二人采药遇仙、得道、为民造福的传奇故事。从本质上来说，整个故事并没有什么怪异色彩，而是洋溢着浓厚的人情味，叙述细致动人、委婉入情。长期以来，这一故事广为流传，并成为许多文学作品中常用的典故。[1]刘阮遇仙的故事，最早见于干宝的《搜神记》。其文曰：

　　刘晨、阮肇，入天台采药，远不得返，经十三日饥。遥望山上有桃树子熟，遂跻险援葛至其下，啖数枚，饥止体充。欲下山，以杯取水，见芜菁叶流下，甚鲜妍。复有一杯流下，有胡麻饭焉。乃相谓曰："此近人矣。"遂渡山。出一大溪，溪边有二女子，色甚美，见二人持杯，便笑曰："刘、阮二郎捉向杯来。"刘、阮警。二女遂忻然如旧相识，曰："来何晚耶？"因邀还家。南东二璧各有绛罗帐，帐角悬铃，上有金银交错，各有数侍婢使令。其馔有胡麻饭、山羊脯、牛肉，甚美，食毕行酒。俄有群女持桃子，笑曰："贺汝婿来。"酒酣作乐。夜后各就一帐宿，婉态殊绝。至十日求还，苦留半年，气候草木，常是春时，百鸟啼鸣，更怀乡。归思甚苦。女遂相送，指示还路。乡邑零落，已十世矣。(《天台二女》)[2]

---

　　① 据说，刘阮遇仙的典故也流传到了越南。这大概跟越南的阮氏有关。在越南的版本中，刘阮先在杭州的玉泉遁入，然后到了越南。

　　② 此外，葛洪的《神仙记》、刘义庆的《幽明录》均载有这一故事，表明刘阮遇仙的神话自魏晋以来就定型了。

"刘阮传说"充分体现出天台山所具有的神秘性，其对于唐代的诗人们来说，是非常具有吸引力的。刘阮遇仙的地点位于天台山桃源洞，"桃源春晓"是天台山八大景之一，明代王思任在《天台山记》中把天台山诸景依次分为十五等，而将桃源排在第五位。关于桃源洞的具体位置，学界存在不少争议。[①] 明代释传灯的《天台山方外志》称："刘阮洞，又名桃源洞，在县西北二十里十四都护国寺东北。先是，汉永平中，有刘晨、阮肇入山采药失道，见桃实食之，觉身轻。行数里至溪浒，有二女方笄，笑迎以归。留半载谢去，至家，子孙已七世矣。宋景祐中，僧明照亦因采药，见金桥跨水，有二女戏水上，恍然如故事焉。乃疏凿为亭，植桃纷拥。元祐二年，邑令郑至道始凿山开道，夹岸植桃数百本，仍即景物之胜而命名之。攒峰叠嶂，左右回环；中有洞流，随山曲折，水穷道尽，则有洞潜通山底，深不可测。其林木瑰异，殆不类人间。乃即山石为址，结亭其上，榜曰'浮杯'，郑因为记。"清代张联元的《天台山志》称："刘阮洞，又名桃源洞，在护国寺东北。先是汉永平中，有刘晨阮肇入山采药失道，见桃实食之，觉身轻，行数里，有二女方笄，迎以归留半载谢去，至家，子孙已七世矣。元祐二年，天台县郑至道凿山开道，夹岸植桃数百本。随山曲折，水穷道尽，则有洞潜通山底，深不可测，其林木瑰异殆不类人间。"

千百年来，刘阮遇仙的故事在民间流传，吸引无数诗人来到天台寻访桃源仙境、刘阮遗迹。仅唐、五代时期，就有 74 位诗人创作了 122 首与天台桃源有关的诗作。

一、诗人到访之作

（一）考证的基本结论

通过系统梳理《全唐诗》中与桃源有关（诗题、诗句中含"桃源"二字）的诗作，[②] 我们发现共有 5 位诗人到访桃源，代表作 9 首诗。其中，3 首诗可作为诗人到访桃源的证明，6 首诗不可为证。

---

① 从本质上来说，把一个传说变成事实，总是存在各种不同的理解形式。
② 为行文简便以及突出考证的效果，我们以诗可证者列前，不可证者列后。

诗人及其可证之作分别是：

张祜：《忆游天台寄道流》

张佐：《忆游天台寄道流》

许浑：《早发天台中岩寺度关岭次天姥岑》

诗人及其不可证之作分别是：

曹唐：《刘阮洞中遇仙子》《仙子送刘阮出洞》《仙子洞中有怀刘阮》《刘阮再到天台不复见仙子》

顾况：《寻桃花岭潘三姑台》

吕岩：《七言》

（二）具体诗篇考辨

忆游天台寄道流

张祜（张佐）

忆昨天台到赤城，几朝仙籍耳中生。云龙出水风声急，海鹤鸣皋日色清。
石笋半山移步险，桂花当洞拂衣轻。今来尽是人间梦，刘阮茫茫何处行。[①]

详见第一章张祜（张佐）《忆游天台寄道流》相关考证。

忆游天台寄道流

张佐（张祜）

忆昨天台到赤城，几朝仙籍耳中生。云龙出水风声急，海鹤鸣皋日色清。
石笋半山移步险，桂花当洞拂衣轻。今来尽是人间梦，刘阮茫茫何处行。[②]

详见第一章张佐（张祜）《忆游天台寄道流》相关考证。

---

① ［清］彭定求：《全唐诗》卷511—010，中华书局，1960，第5828页。
② ［清］彭定求：《全唐诗》卷281—018，中华书局，1960，第6090页。

早发天台中岩寺度关岭次天姥岑

许浑

来往天台天姥间，欲求真诀驻衰颜。星河半落岩前寺，云雾初开岭上关。

丹壑树多风浩浩，碧溪苔浅水潺潺。可知刘阮逢人处，行尽深山又是山。[①]

详见第一章许浑《早发天台中岩寺度关岭次天姥岑》相关考证。

刘阮洞中遇仙子

曹唐

天和树色霭苍苍，霞重岚深路渺茫。云实满山无鸟雀，水声沿涧有笙簧。

碧沙洞里乾坤别，红树枝前日月长。愿得花间有人出，免令仙犬吠刘郎。[②]

本诗具体时间不详。作诗时，曹唐不知在何处。

曹唐之生平，参见第一章曹唐《刘阮再到天台不复见仙子》。

仙子送刘阮出洞

曹唐

殷勤相送出天台，仙境那能却再来。云液每归须强饮，玉书无事莫频开。

花当洞口应长在，水到人间定不回。惆怅溪头从此别，碧山明月闭苍苔。[③]

曹唐之生平，参见第一章曹唐《刘阮再到天台不复见仙子》。

---

① [清]彭定求：《全唐诗》卷533—036，中华书局，1960，第7337页。
② [清]彭定求：《全唐诗》卷640—007，中华书局，1960，第7338页。
③ [清]彭定求：《全唐诗》卷640—008，中华书局，1960，第7338页。

仙子洞中有怀刘阮

曹唐

不将清瑟理霓裳，尘梦那知鹤梦长。洞里有天春寂寂，人间无路月茫茫。
玉沙瑶草连溪碧，流水桃花满洞香。晓露风灯零落尽，此生无处访刘郎。①

曹唐之生平，参见第一章曹唐《刘阮再到天台不复见仙子》。

刘阮再到天台不复见仙子

曹唐

再到天台访玉真，青苔白石已成尘。笙歌冥寞闲深洞，云鹤萧条绝旧邻。
草树总非前度色，烟霞不似昔年春。桃花流水依然在，不见当时劝酒人。②

曹唐之生平，参见第一章曹唐《刘阮再到天台不复见仙子》。

寻桃花岭潘三姑台

顾况

桃花岭上觉天低，人上青山马隔溪。
行到三姑学仙处，还如刘阮二郎迷。③

本诗具体时间不详。作诗时，顾况不在天台。其余参见第二章顾况《临海所居三首》相关考辨。

---

① ［清］彭定求：《全唐诗》卷 640—009，中华书局，1960，第 7338 页。
② ［清］彭定求：《全唐诗》卷 640—010，中华书局，1960，第 7338 页。
③ ［清］彭定求：《全唐诗》卷 267—059，中华书局，1960，第 2967 页。

七　言

吕岩

金丹一粒定长生，须得真铅炼甲庚。火取南方赤凤髓，水求北海黑龟精。
鼎追四季中央合，药遣三元八卦行。斋戒兴功成九转，定应入口鬼神惊。
功满来来际会难，又闻东去上仙坛。杖头春色一壶酒，顶上云攒五岳冠。
饮酒龟儿人不识，烧山符子鬼难看。先生去后身须老，乞与贫儒换骨丹。
碧潭深处一真人，貌似桃花体似银。鬓发未斑缘有术，红颜不老为通神。
蓬莱要去如今去，架上黄衣化作云。任彼桑田变沧海，一丸丹药定千春。
炉养丹砂鬓不斑，假将名利住人间。已逢志士传神药，又喜同流动笑颜。
老子道经分付得，少微星许共相攀。幸蒙上士甘捞摝，处世输君一个闲。
谁解长生似我哉，炼成真气在三台。尽知白日升天去，刚逐红尘下世来。
黑虎行时倾雨露，赤龙耕处产琼瑰。只吞一粒金丹药，飞入青霄更不回。
乱云堆里表星都，认得深藏大丈夫。绿酒醉眠闲日月，白萍风定钓江湖。
长将气度随天道，不把言词问世徒。山水路遥人不到，茅君消息近知无。
鹤为车驾酒为粮，为恋长生不死乡。地脉尚能缩得短，人年岂不展教长。
星辰往往壶中见，日月时时衲里藏。若欲时流亲得见，朝朝不离水银行。
灵芝无种亦无根，解饮能餐自返魂。但得烟霞供岁月，任他乌兔走乾坤。
婴儿只恋阳中母，姹女须朝顶上尊。一得不回千古内，更无冢墓示儿孙。
世上何人会此言，休将名利挂心田。等闲倒尽十分酒，遇兴高吟一百篇。
物外烟霞为伴侣，壶中日月任婵娟。他时功满归何处，直驾云车入洞天。
玄门帝子坐中央，得算明长感玉皇。枕上山河和雨露，笛中日月混潇湘。
坎男会遇逢金女，离女交腾嫁木郎。真个夫妻齐守志，立教牵惹在阴阳。
遥指高峰笑一声，红霞紫雾面前生。每于廛市无人识，长到山中有鹤行。
时弄玉蟾驱鬼魅，夜煎金鼎煮琼英。他时若赴蓬莱洞，知我仙家有姓名。
堪笑时人问我家，杖担云物惹烟霞。眉藏火电非他说，手种金莲不自夸。
三尺焦桐为活计，一壶美酒是生涯。骑龙远出游三岛，夜久无人玩月华。
九曲江边坐卧看，一条长路入天端。庆云捧拥朝丹阙，瑞气裴回起白烟。

铅汞此时为至药，坎离今日结神丹。功能济命长无老，只在人心不是难。

玄门玄理又玄玄，不死根元在汞铅。知是一般真个术，调和六一也同天。

玉京山上羊儿闹，金水河中石虎眠。妙要能生觉本体，勤心到处自如然。

公卿虽贵不曾酬，说著仙乡便去游。为讨石肝逢蜃海，因寻甜雪过瀛洲。

山川醉后壶中放，神鬼闲来匣里收。据见目前无个识，不如杯酒混凡流。

曾邀相访到仙家，忽上昆仑宴月华。玉女控拢苍獬豸，山童提挈白虾蟆。

时斟海内千年酒，惯摘壶中四序花。今在人寰人不识，看看挥袖入烟霞。

火种丹田金自生，重重楼阁自分明。三千功行百旬见，万里蓬莱一日程。

羽化自应无鬼录，玉都长是有仙名。今朝得赴瑶池会，九节幢幡洞里迎。

因看崔公入药镜，令人心地转分明。阳龙言向离宫出，阴虎还于坎位生。

二物会时为道本，五方行尽得丹名。修真道士如知此，定跨赤龙归玉清。

浮生不实为轻忽，衲服深藏奇异骨。非是尘中不染尘，焉得物外通无物。

共语难分情兀兀，独自行时轻拂拂。一点刀圭五彩生，飞丹走入神仙窟。

莫怪爱吟天上诗，盖缘吟得世间稀。惯餐玉帝宫中饭，曾著蓬莱洞里衣。

马踏日轮红露卷，凤衔月角擘云飞。何时再控青丝辔，又掉金鞭入紫微。

黄芽白雪两飞金，行即高歌醉即吟。日月暗扶君甲子，乾坤自与我知音。

精灵灭迹三清剑，风雨腾空一弄琴。的当南游归甚处，莫交鹤去上天寻。

云鬓双明骨更轻，自言寻鹤到蓬瀛。日论药草皆知味，问著神仙自得名。

簪冷夜龙穿碧洞，枕寒晨虎卧银城。来春又拟携筇去，为忆轩辕海上行。

龙精龟眼两相和，丈六男儿不奈何。九盏水中煎赤子，一轮火内养黄婆。

月圆自觉离天网，功满方知出地罗。半醉好吞龙凤髓，劝君休更认弥陀。

强居此境绝知音，野景虽多不合吟。诗句若喧卿相口，姓名还动帝王心。

道袍薜带应慵挂，隐帽皮冠尚懒簪。除此更无馀个事，一壶村酒一张琴。

华阳山里多芝田，华阳山叟复延年。青松岩畔攀高干，白云堆里饮飞泉。

不寒不热神荡荡，东来西去气绵绵。三千功满好归去，休与时人说洞天。

天生不散自然心，成败从来古与今。得路应知能出世，迷途终是任埋沈。

身边至药堪攻炼，物外丹砂且细寻。咫尺洞房仙景在，莫随波浪没光阴。

自隐玄都不记春，几回沧海变成尘。玉京殿里朝元始，金阙宫中拜老君。

闷即驾乘千岁鹤，闲来高卧九重云。我今学得长生法，未肯轻传与世人。

北帝南辰掌内观，潜通造化暗相传。金槌袖里居元宅，玉户星宫降上玄。

举世尽皆寻此道，谁人空里得玄关。明明道在堪消息，日月滩头去又还。

日影元中合自然，奔雷走电入中原。长驱赤马居东殿，大启朱门泛碧泉。

怒拔昆吾歌圣化，喜陪孤月贺新年。方知此是生生物，得在仁人始受传。

六龙齐驾得升乾，须觉潜通造化权。真道每吟秋月澹，至言长运碧波寒。

昼乘白虎游三岛，夜顶金冠立古坛。一载已成千岁药，谁人将袖染尘寰。

五岳滩头景象新，仁人方达杳冥身。天纲运转三元净，地脉通来万物生。

自晓谷神通此道，谁将理性欲修真。明明说向中黄路，霹雳声中自得神。

欲陪仙侣得身轻，飞过蓬莱彻上清。朱顶鹤来云外接，紫鳞鱼向海中迎。

姮娥月桂花先吐，王母仙桃子渐成。下瞰日轮天欲晓，定知人世久长生。

四海皆忙几个闲，时人口内说尘缘。知君有道来山上，何似无名住世间。

十二楼台藏秘诀，五千言内隐玄关。方知鼎贮神仙药，乞取刀圭一粒看。

割断繁华掉却荣，便从初得是长生。曾于锦水为蝉蜕，又向蓬莱别姓名。

三住住来无否泰，一尘尘在世人情。不知功满归何处，直跨虬龙上玉京。

当年诗价满皇都，掉臂西归是丈夫。万顷白云独自有，一枝丹桂阿谁无。

闲寻渭曲渔翁引，醉上莲峰道士扶。他日与君重际会，竹溪茅舍夜相呼。

金锤灼灼舞天阶，独自骑龙去又来。高卧白云观日窟，闲眠秋月掣天开。

离花片片乾坤产，坎蕊翻翻造化栽。晚醉九岩回首望，北邙山下骨皑皑。

结交常与道情深，日日随他出又沈。若要自通云外鹤，直须勤炼水中金。

丹成只恐乾坤窄，饵了宁忧疾患侵。未去瑶台犹混世，不妨杯酒喜闲吟。

因携琴剑下烟萝，何幸今朝喜暂过。貌相本来犹自可，针医偏更效无多。

仙经已读三千卷，古法曾持十二科。些小道功如不信，金阶舍手试看么。

倾侧华阳醉再三，骑龙遇晚下南岩。眉因拍剑留星电，衣为眠云惹碧岚。

金液变来成雨露，玉都归去老松杉。曾将铁镜照神鬼，霹雳搜寻火满潭。

铁镜烹金火满空，碧潭龙卧夕阳中。麒麟意合乾坤地，獬豸机关日月东。

三尺剑横双水岸，五丁冠顶百神宫。　闲铺羽服居仙窟，自著金莲造化功。

随缘信业任浮沈，似水如云一片心。　两卷道经三尺剑，一条藜杖七弦琴。

壶中有药逢人施，腹内新诗遇客吟。　一嚼永添千载寿，一九丹点一斤金。

琴剑酒棋龙鹤虎，逍遥落托永无忧。　闲骑白鹿游三岛，闷驾青牛看十洲。

碧洞远观明月上，青山高隐彩云流。　时人若要还如此，名利浮华即便休。

紫极宫中我自知，亲磨神剑剑还飞。　先差玉子开南殿，后遣青龙入紫微。

九鼎黄芽栖瑞凤，一躯仙骨养灵芝。　蓬莱不是凡人处，只怕愚人泄世机。

向身方始出埃尘，造化功夫只在人。　早使亢龙抛地网，岂知白虎出天真。

绵绵有路谁留我，默默忘言自合神。　击剑夜深归甚处，披星带月折麒麟。

春尽闲闲过落花，一回舞剑一吁嗟。　常忧白日光阴促，每恨青天道路赊。

本志不求名与利，元心只慕水兼霞。　世间万种浮沉事，达理谁能似我家。

日为和解月呼丹，华夏诸侯肉眼看。　仁义异如胡越异，世情难似泰衡难。

八仙炼后钟神异，四海磨成照胆寒。　笑指不平千万万，骑龙抚剑九重关。

别来洛汭六东风，醉眼吟情慵不慵。　摆撼乾坤金剑吼，烹煎日月玉炉红。

杖摇楚甸三千里，鹤耸秦烟几万重。　为报晋成仙子道，再期春色会稽峰。

发头滴血眼如镮，吐气云生怒世间。　争耐不平千古事，须期一诀荡凶顽。

蛟龙斩处翻沧海，暴虎除时拔远山。　为灭世情兼负义，剑光腥染点痕斑。

雨雪霏霏天已暮。金钟满劝抚焦桐。　诗吟席上未移刻，剑舞筵前疾似风。

何事行杯当午夜，忽然怒目便腾空。　不知谁是亏忠孝，携个人头入坐中。

未炼还丹且炼心，丹成方觉道元深。　每留客有钱酤酒，谁信君无药点金。

洞里风雷归掌握，壶中日月在胸襟。　神仙事业人难会，养性长生自意吟。

铁牛耕地种金钱，刻石时童把贯穿。　一粒粟中藏世界，二升铛内煮山川。

白头老子眉垂地，碧眼胡儿手指天。　若向此中玄会得，此玄玄外更无玄。

箕星昴宿下长天，凡景宁教不愕然。　龙出水来鳞甲就，鹤冲天气羽毛全。

尘中教化千人眼，世上人知尔雅篇。　自是凡流福命薄，忍教微妙略轻传。

闲来掉臂入天门，拂袂徐徐撮彩云。　无语下窥黄谷子，破颜平揖紫霞君。

拟登瑶殿参金母，回访瀛洲看日轮。　恰值嫦娥排宴会，瑶浆新熟味氤氲。

曾随刘阮醉桃源，未省人间欠酒钱。一领布裘权且当，九天回日却归还。
凤茸袄子非为贵，狐白裘裳欲比难。只此世间无价宝，不凭火里试烧看。
因思往事却成惑，曾读仙经第十三。武氏死时应室女，陈王没后是童男。
两轮日月从他载，九个山河一担担。尽日无人话消息，一壶春酒且醺酣。
垂袖腾腾傲世尘，葫芦携却数游巡。利名身外终非道，龙虎门前辨取真。
一觉梦魂朝紫府，数年踪迹隐埃尘。华阴市内才相见，不是寻常卖药人。
万卷仙经三尺琴，刘安闻说是知音。杖头春色一壶酒，炉内丹砂万点金。
闷里醉眠三路口，闲来游钓洞庭心。相逢相遇人谁识，只恐冲天没处寻。
曾战蚩尤玉座前，六龙高驾振鸣銮。如来车后随金鼓，黄帝旌傍戴铁冠。
醉将黑须三岛黯，怒抽霜剑十洲寒。轩辕世代横行后，直隐深岩久觅难。
头角苍浪声似钟，貌如冰雪骨如松。匣中宝剑时频吼，袖里金锤逞露风。
会饮酒时为伴侣，能行诗句便参同。来年定赴蓬莱会，骑个生狞九色龙。
神仙暮入黄金阙，将相门关白玉京。可是洞中无好景，为怜天下有众生。
心琴际会闲随鹤，匣剑时磨待断鲸。进退两楹俱未应，凭君与我指前程。
九鼎烹煎一味砂，自然火候放童花。星辰照出青莲颗，日月能藏白马牙。
七返返成生碧雾，九还还就吐红霞。有人夺得玄珠饵，三岛途中路不赊。
天生一物变三才，交感阴阳结圣胎。龙虎顺行阴鬼去，龟蛇逆往火龙来。
婴儿日吃黄婆髓，姹女时餐白玉杯。功满自然居物外，人间寒暑任轮回。
星辰聚会入离乡，日月盈亏助药王。三候火烧金鼎宝，五符水炼玉壶浆。
乾坤反覆龙收雾，卯酉相吞虎放光。入室用机擒捉取，一九丹点体纯阳。[①]

本诗具体时间不详。

吕岩之生平，参见第四章吕岩《题桐柏山黄先生庵门》。其曾到访过天台，
但本诗不可为证。

---

①　[清]彭定求：《全唐诗》卷 857—001，中华书局，1960，第 9683 页。

二、未到访天台之诗人作品

桃源篇

权德舆

小年尝读桃源记，忽睹良工施绘事。岩径初欣缭绕通，溪风转觉芬芳异。

一路鲜云杂彩霞，渔舟远远逐桃花。渐入空濛迷鸟道，宁知掩映有人家。

庞眉秀骨争迎客，凿井耕田人世隔。不知汉代有衣冠，犹说秦家变阡陌。

石髓云英甘且香，仙翁留饭出青囊。相逢自是松乔侣，良会应殊刘阮郎。

内子闲吟倚瑶瑟，玩此沈沈销永日。忽闻丽曲金玉声，便使老夫思阁笔。[①]

本诗具体时间不详。由"小年尝读桃源记，忽睹良工施绘事"句可知，本诗乃诗人想象之作。权德舆之生平，参见第二章权德舆《寄临海郡崔稚璋》。

对 酒

白居易

未济卦中休卜命，参同契里莫劳心。

无如饮此销愁物，一饷愁消直万金。[②]

本诗具体时间不详。

白居易之生平，参见第五章白居易《醉后走笔酬刘五主簿长句之赠兼简张大贾二十四先辈昆季》。其生平未曾到访天台。

---

① [清]彭定求：《全唐诗》卷329—016，中华书局，1960，第3679页。

② [清]彭定求：《全唐诗》卷433—021，中华书局，1960，第4785页。

和梦游春诗一百韵

白居易

昔君梦游春，梦游仙山曲。恍若有所遇，似惬平生欲。

因寻菖蒲水，渐入桃花谷。到一红楼家，爱之看不足。

池流渡清泚，草嫩蹋绿蓐。门柳暗全低，檐樱红半熟。

转行深深院，过尽重重屋。乌龙卧不惊，青鸟飞相逐。

渐闻玉珮响，始辨珠履躅。遥见窗下人，娉婷十五六。

霞光抱明月，莲艳开初旭。缥缈云雨仙，氛氲兰麝馥。

风流薄梳洗，时世宽妆束。袖软异文绫，裙轻单丝縠。

裙腰银线压，梳掌金筐蹙。带襵紫蒲萄，袴花红石竹。

凝情都未语，付意微相瞩。眉敛远山青，鬟低片云绿。

帐牵翡翠带，被解鸳鸯襆。秀色似堪餐，秾华如可掬。

半卷锦头席，斜铺绣腰褥。朱唇素指匀，粉汗红绵扑。

心惊睡易觉，梦断魂难续。笼委独栖禽，剑分连理木。

存诚期有感，誓志贞无黩。京洛八九春，未曾花里宿。

壮年徒自弃，佳会应无复。鸾歌不重闻，凤兆从兹卜。

韦门女清贵，裴氏甥贤淑。罗扇夹花灯，金鞍攒绣毂。

既倾南国貌，遂坦东床腹。刘阮心渐忘，潘杨意方睦。

新修履信第，初食尚书禄。九酝备圣贤，八珍穷水陆。

秦家重萧史，彦辅怜卫叔。朝馔馈独盘，夜醹倾百斛。

亲宾盛辉赫，妓乐纷晔煜。宿醉才解酲，朝欢俄枕麴。

饮过君子争，令甚将军酷。酩酊歌鹧鸪，颠狂舞鸲鹆。

月流春夜短，日下秋天速。谢傅隙过驹，萧娘风过烛。

全凋蕣花折，半死梧桐秃。暗镜对孤鸾，哀弦留寡鹄。

凄凄隔幽显，冉冉移寒燠。万事此时休，百身何处赎。

提携小儿女，将领旧姻族。再入朱门行，一傍青楼哭。

枥空无厩马，水涸失池鹜。摇落废井梧，荒凉故篱菊。

莓苔上几阁，尘土生琴筑。舞榭缀蟏蛸，歌梁聚蝙蝠。

嫁分红粉妾，卖散苍头仆。门客思彷徨，家人泣咿噢。

心期正萧索，宦序仍拘踞。怀策入崤函，驱车辞郏鄏。

逢时念既济，聚学思大畜。端详笏仕著，磨拭穿杨镞。

始从雠校职，首中贤良目。一拔侍瑶墀，再升纤绣服。

誓酬君王宠，愿使朝廷肃。密勿奏封章，清明操宪牍。

鹰鞲中病下，豸角当邪触。纠谬静东周，申冤动南蜀。

危言诋阉寺，直气忤钧轴。不忍曲作钩，乍能折为玉。

扪心无愧畏，腾口有谤讟。只要明是非，何曾虞祸福。

车摧太行路，剑落酆城狱。襄汉问修途，荆蛮指殊俗。

谪为江府掾，遣事荆州牧。趋走谒麾幢，喧烦视鞭朴。

簿书常自领，缧囚每亲鞫。竟日坐官曹，经旬旷休沐。

宅荒渚宫草，马瘦畲田粟。薄俸等涓毫，微官同桎梏。

月中照形影，天际辞骨肉。鹤病翅羽垂，兽穷爪牙缩。

行看须间白，谁劝杯中绿。时伤大野麟，命问长沙鹏。

夏梅山雨渍，秋瘴江云毒。巴水白茫茫，楚山青簇簇。

吟君七十韵，是我心所蓄。既去诚莫追，将来幸前勖。

欲除忧恼病，当取禅经读。须悟事皆空，无令念将属。

请思游春梦，此梦何闪倏。艳色即空花，浮生乃焦谷。

良姻在嘉偶，顷克为单独。入仕欲荣身，须臾成黜辱。

合者离之始，乐兮忧所伏。愁恨僧祇长，欢荣刹那促。

觉悟因傍喻，迷执由当局。膏明诱暗蛾，阳焱奔痴鹿。

贪为苦聚落，爱是悲林麓。水荡无明波，轮回死生辐。

尘应甘露洒，垢待醍醐浴。障要智灯烧，魔须慧刀戮。

外熏性易染，内战心难衄。法句与心王，期君日三复。[①]

---

① ［清］彭定求：《全唐诗》卷437—094，中华书局，1960，第4856页。

　　白居易之生平，参见第五章白居易《醉后走笔酬刘五主簿长句之赠兼简张大贾二十四先辈昆季》。本诗不可作为诗人到访天台的证明。

渔塘十六韵（在朱阳县石岩下）

韦庄

洛水分馀脉，穿岩出石棱。碧经岚气重，清带露华澄。

莹澈通三岛，岩梧积万层。巢由应共到，刘阮想同登。

壁峻苔如画，山昏雾似蒸。撼松衣有雪，题石砚生冰。

路熟云中客，名留域外僧。饥猿寻落橡，斗鼠堕高藤。

嶮树临溪亚，残莎带岸崩。持竿聊藉草，待月好垂罾。

对景思任父，开图想不兴。晚风轻浪叠，暮雨湿烟凝。

似泛灵槎出，如迎羽客升。仙源终不测，胜概自相仍。

欲别诚堪恋，长归又未能。他时操史笔，为尔著良称。[①]

　　本诗具体时间不详。由诗注"在朱阳县石岩下，洛水一派，流出此山"可知，作诗时，韦庄在河南灵宝西南的朱阳县。

　　韦庄，字端己，谥文靖，后人因称"韦端己""韦文靖"，京兆杜陵（今陕西西安东南）人。黄巢攻陷长安，韦庄作长诗《秦妇吟》，人称"秦妇吟秀才"。后浪迹河南、吴越、江西、荆湖等地。乾宁元年（894），登进士第，任校书郎。天复元年（901），被西川节度使王建辟为书记后入蜀，遂终身仕蜀。武成三年（910）八月，卒于成都花林坊。其词与温庭筠齐名，世称"温韦"。韦庄词无专集，散见于《花间集》《尊前集》《全唐诗》等总集中，近人王国维、刘毓盘辑为《浣花词》一卷，凡五十四首，盖取其诗集为名者也。其生平未至天台。

---

　　① ［清］彭定求：《全唐诗》卷 695—035，中华书局，1960，第 8001 页。

天仙子

韦庄

怅望前回梦里期，看花不语苦寻思。

露桃宫里小腰枝，眉眼细，鬓云垂，惟有多情宋玉知。

深夜归来长酩酊，扶入流苏犹未醒。

醺醺酒气麝兰和，惊睡觉，笑呵呵，长笑人生能几何。

蟾彩霜华夜不分，天外鸿声枕上闻。

绣衾香冷懒重熏，人寂寂，叶纷纷，才睡依前梦见君。

梦觉云屏依旧空，杜鹃声咽隔帘栊。

玉郎薄幸去无踪，一日日，恨重重，泪界莲腮两线红。

金似衣裳玉似身，眼如秋水鬓如云。

霞裙月帔一群群，来洞口，望烟分，刘阮不归春日曛。①

韦庄之生平，参见本章韦庄《渔塘十六韵》。本诗不可作为诗人到访天台的证明。

送彭秀才南游

徐铉

问君孤棹去何之，玉笋春风楚水西。山上断云分翠霭，林间晴雪入澄溪。

琴心酒趣神相会，道士仙童手共携。他日时清更随计，莫如刘阮洞中迷。②

本诗具体时间不详。本诗乃赠诗，不可作为诗人到访天台的证明。"他日时清更随计，莫如刘阮洞中迷"句，乃引用刘阮典故。

徐铉（917—992），字鼎臣，广陵（今江苏扬州）人。早岁与韩熙载齐名，江东谓之"韩徐"。又与弟徐锴俱精通文字学，号"大小徐"。仕南唐，累官至

① ［清］彭定求：《全唐诗》卷892—002，中华书局，1960，第10072页。
② ［清］彭定求：《全唐诗》卷754—036，中华书局，1960，第8575页。

吏部尚书。入宋，为太子率更令。太宗太平兴国初，直学士院。太平兴国八年（983），出为右散骑常侍，迁左常侍。淳化二年（991），以庐州女僧道安诬陷事，贬静难军行军司马。三年（992），卒于邠州。除本诗外，徐铉还有一首涉及天台的诗作《中书相公谿亭闲宴依韵·李建勋》。但其"东山长许醉，何事忆天台"句实与天台无关，仅为抒发心愿。

赠葛氏小娘子

潘雍

曾闻仙子住天台，欲结灵姻愧短才。

若许随君洞中住，不同刘阮却归来。[①]

本诗具体时间不详。

潘雍，唐末五代人，生平无考。《全唐诗》仅存诗一首，且诗乃用典，不可作为诗人到访天台的证明。

蒙　求

李瀚

王戎简要，裴楷清通。孔明卧龙，吕望非熊。

杨震关西，丁宽易东。谢安高洁，王导公忠。

匡衡凿壁，孙敬闭户。郅都苍鹰，宁成乳虎。

周嵩狼抗，梁冀跋扈。郗超髯参，王珣短簿。

伏波标柱，博望寻河。李陵初诗，田横感歌。

武仲不休，士衡患多。桓谭非谶，王商止讹。

嵇吕命驾，程孔倾盖。剧孟一敌，周处三害。

胡广补阙，袁安倚赖。黄霸政殊，梁习治最。

墨子悲丝，杨朱泣岐。朱博乌集，萧芝雉随。

---

①　[清]彭定求：《全唐诗》卷 778—015，中华书局，1960，第 8808 页。

杜后生齿，灵王出髭。贾谊忌鹏，庄周畏牺。

燕昭筑台，郑庄置驿。瓘靖二妙，岳湛连璧。

郤诜一枝，戴冯重席。邹阳长裾，王符逢掖。

鸣鹤日下，士龙云间。晋宣狼顾，汉祖龙颜。

鲍靓记井，羊祜识环。仲容青云，叔夜玉山。

毛义捧檄，子路负米。江革忠孝，王览友弟。

萧何定律，叔孙制礼。葛丰刺举，息躬历诋。

管宁割席，和峤专车。时苗留犊，羊续悬鱼。

樊哙排闼，辛毗引裾。孙楚漱石，郝隆晒书。

枚皋诣阙，充国自赞。王衍风鉴，许劭月旦。

贺循儒宗，孙绰才冠。太叔辨洽，挚仲辞翰。

山涛识量，毛玠公方。袁盎却座，卫瓘抚床。

于公高门，曹参趣装。庶女振风，邹衍降霜。

范丹生尘，晏婴脱粟。诘汾兴魏，鳖灵王蜀。

不疑诬金，卞和泣玉。檀卿沐猴，谢尚鸲鹆。

泰初日月，季野阳秋。荀陈德星，李郭仙舟。

王忳绣被，张氏铜钩。丁公遽戮，雍齿先侯。

陈雷胶漆，范张鸡黍。周侯山嶷，会稽霞举。

季布一诺，阮瞻三语。郭文游山，袁宏泊渚。

黄琬对日，秦宓论天。孟轲养素，扬雄草玄。

向秀闻笛，伯牙绝弦。郭槐自屈，南郡犹怜。

鲁恭驯雉，宋均去兽。广客蛇影，殷师牛斗。

元礼模楷，季彦领袖。鲁褒钱神，崔烈铜臭。

梁竦庙食，赵温雄飞。枚乘蒲轮，郑均白衣。

陵母伏剑，轲亲断机。齐后破环，谢女解围。

凿齿尺牍，荀勖音律。胡威推缣，陆绩怀橘。

罗含吞鸟，江淹梦笔。李廞清贞，刘驎高率。

蒋诩三径，许由一瓢。杨仆移关，杜预建桥。

寿王议鼎，杜林骇尧。西施捧心，孙寿折腰。

灵辄扶轮，魏颗结草。逸少倾写，平子绝倒。

澹台毁璧，子罕辞宝。东平为善，司马称好。

公超雾市，鲁般云梯。田单火牛，江逌燕鸡。

蔡裔殒盗，张辽止啼。陈平多辙，李广成蹊。

陈遵投辖，山简倒载。渊客泣珠，交甫解佩。

龚胜不屈，孙宝自劾。吕安题凤，子猷访戴。

董宣彊项，翟璜直言。纪昌贯虱，养由号猿。

冯衍归里，张昭塞门。苏韶鬼灵，卢充幽婚。

震畏四知，秉去三惑。柳下直道，叔敖阴德。

张汤巧诋，杜周深刻。三王尹京，二鲍纠慝。

孙康映雪，车胤聚萤。李充四部，井春五经。

谷永笔札，顾恺丹青。戴逵破琴，谢敷应星。

阮宣杖头，毕卓瓮下。文伯羞鳖，孟宗寄鲊。

史丹青蒲，张湛白马。隐之感邻，王修辍社。

阮放八隽，江暨四凶。华歆忤旨，陈群蹙容。

王浚悬刀，丁固生松。姜维胆斗，卢植音钟。

桓温奇骨，邓艾大志。杨修捷对，罗友默记。

杜康造酒，苍颉制字。樗里智囊，边韶经笥。

滕公佳城，王果石崖。买妻耻醮，泽室犯斋。

马后大练，孟光荆钗。颜叔秉烛，宋弘不谐。

邓通铜山，郭况金穴。秦彭攀辕，侯霸卧辙。

淳于炙輠，彦国吐屑。太真玉台，武子金埒。

巫马戴星，宓贱弹琴。郝廉留钱，雷义送金。

逢萌挂冠，胡昭投簪。王乔双凫，华佗五禽。

程邈隶书，史籀大篆。王承鱼盗，丙吉牛喘。

贾琮褰帷，郭贺露冕。冯媛当熊，班女辞辇。

王充阅市，董生下帷。平叔傅粉，弘治凝脂。

杨生黄雀，毛子白龟。宿瘤采桑，漆室忧葵。

韦贤满籝，夏侯拾芥。阮简旷达，袁耽俊迈。

苏武持节，郑众不拜。郭巨将坑，董永自卖。

仲连蹈海，范蠡泛湖。文宝绯柳，温舒截蒲。

伯道无儿，嵇绍不孤。绿珠坠楼，文君当垆。

伊尹负鼎，宁戚叩角。赵壹坎壈，颜驷塞剥。

龚遂劝农，文翁兴学。晏御扬扬，五鹿岳岳。

萧珠结绶，王贡弹冠。庞统展骥，仇览栖鹰。

葛亮顾庐，韩信升坛。王褒柏惨，闵损衣单。

蒙恬制笔，蔡伦造纸。孔伋缊袍，祭遵布被。

周公握发，蔡邕倒屣。王敦倾室，纪瞻出妓。

暴胜持斧，张纲埋轮。灵运曲笠，林宗折巾。

屈原泽畔，渔父江滨。魏勃埽门，潘岳望尘。

京房推律，翼奉观性。甘宁奢侈，陆凯贵盛。

干木富义，于陵辞聘。元凯传癖，伯英草圣。

冯异大树，千秋小车。漂母进食，孙钟设瓜。

壶公谪天，蓟训历家。刘玄刮席，晋惠闻蟆。

伊籍一拜，郦生长揖。马安四至，应璩三入。

郭解借交，朱家脱急。虞延剋期，盛吉垂泣。

豫让吞炭，锄麑触槐。阮孚蜡屐，祖约好财。

初平起石，左慈掷杯。武陵桃源，刘阮天台。

王俭坠车，褚渊落水。季伦锦障，春申珠履。

甄后出拜，刘桢平视。胡嫔争樗，晋武伤指。

石庆数马，孔光温树。翟汤隐操，许询胜具。

优旃滑稽，落下历数。曼容自免，子平毕娶。

师旷清耳，离娄明目。仲文照镜，临江折轴。

栾巴噀酒，偃师舞木。德润佣书，君平卖卜。

叔宝玉润，彦辅冰清。卫后发鬒，飞燕体轻。

玄石沈湎，刘伶解酲。赵胜谢躄，楚庄绝缨。

恶来多力，飞廉善走。赵孟疵面，田骈天口。

张凭理窟，裴頠谈薮。仲宣独步，子建八斗。

广汉钩距，弘羊心计。卫青拜幕，去病辞第。

郦寄卖友，纪信诈帝。济叔不痴，周兄无慧。

虞卿担簦，苏章负笈。南风掷孕，商受斮涉。

广德从桥，君章拒猎。应奉五行，安世三箧。

相如题柱，终军弃繻。孙晨槁席，原宪桑枢。

端木辞金，钟离委珠。季札挂剑，徐稚致刍。

朱云折槛，申屠断鞅。卫玠羊车，王恭鹤氅。

管仲随马，苍舒称象。丁兰刻木，伯瑜泣杖。

陈遵豪爽，田方简傲。黄向访主，陈寔遗盗。

庞俭凿井，阴方祀灶。韩寿窃香，王濛市帽。

句践投醪，陆抗尝药。孔愉放龟，张颢堕鹊。

田豫俭素，李恂清约。义纵攻剽，周阳暴虐。

孟阳掷瓦，贾氏如皋。颜回箪瓢，仲蔚蓬蒿。

麋竺收资，桓景登高。雷焕送剑，吕虔佩刀。

老莱斑衣，黄香扇枕。王祥守柰，蔡顺分椹。

淮南食时，左思十稔。刘惔倾酿，孝伯痛饮。

女娲补天，长房缩地。季圭士首，长孺国器。

陆玩无人，贾诩非次。何晏神伏，郭奕心醉。

常林带经，高凤漂麦。孟嘉落帽，庾凯堕帻。

龙逢板出，张华台坼。董奉活燮，扁鹊起虢。

寇恂借一，何武去思。韩子孤愤，梁鸿五噫。

蔡琰辨琴，王粲覆棋。西门投巫，何谦焚祠。

孟尝还珠，刘昆反火。姜肱共被，孔融让果。

端康相代，亮陟隔坐。赵伦鹡鸰，梁孝牛祸。

桓典避马，王尊叱驭。鼌错峭直，赵禹廉倨。

亮遗巾帼，备失匕箸。张翰适意，陶潜归去。

魏储南馆，汉相东阁。楚元置醴，陈蕃下榻。

广利泉涌，王霸冰合。孔融坐满，郑崇门杂。

张堪折辕，周镇漏船。郭伋竹马，刘宽蒲鞭。

许史侯盛，韦平相延。雍伯种玉，黄寻飞钱。

王允千里，黄宪万顷。虞騑才望，戴渊锋颖。

史鱼黜殡，子囊城郢。戴封积薪，耿恭拜井。

汲黯开仓，冯骓折券。齐景驷千，何曾食万。

顾荣锡炙，田文比饭。稚圭蛙鸣，彦伦鹤怨。

廉颇负荆，须贾擢发。孔翊绝书，申嘉私谒。

渊明把菊，真长望月。子房取履，释之结袜。

郭丹约关，祖逖誓江。贾逵问事，许慎无双。

娄敬和亲，白起坑降。萧史凤台，宋宗鸡窗。

王阳囊衣，马援薏苡。刘整交质，五伦十起。

张敞画眉，谢鲲折齿。盛彦感螬，姜诗跃鲤。

宗资主诺，成瑨坐啸。伯成辞耕，严陵去钓。

董遇三馀，谯周独笑。将闾仰天，王凌呼庙。

二疏散金，陆贾分橐。慈明八龙，祢衡一鹗。

不占陨车，子云投阁。魏舒堂堂，周舍谔谔。

无盐如漆，姑射若冰。邴子投火，王思怒蝇。

符朗皂白，易牙淄渑。周勃织薄，灌婴贩缯。

马良白眉，阮籍青眼。黥布开关，张良烧栈。

陈遗饭感，陶侃酒限。楚昭萍实，束晳竹简。

曼倩三冬，陈思七步。刘宠一钱，廉范五裤。

泛毓字孤，郗鉴吐哺。苟弟转酷，严母埽墓。

洪乔掷水，陈泰挂壁。王述忿狷，荀粲惑溺。

宋女愈谨，敬姜犹绩。鲍照篇翰，陈琳书檄。

浩浩万古，不可备甄。芟繁摭华，尔曹勉旃。①

本诗具体时间不详。"武陵桃源，刘阮天台"乃引用典故，不可作为诗人到访天台的证明。

李瀚，籍贯、生平俱不详。唐昭宗龙纪元年（889）己酉科状元及第。其生平未至天台。

夜看樱桃花

皮日休

纤枝瑶月弄圆霜，半入邻家半入墙。

刘阮不知人独立，满衣清露到明香。②

本诗作诗地点不明。本诗乃借用刘阮典故，不可作为诗人到访天台的证明。

皮日休于咸通九年（868）东游至苏州。咸通十年（869）为苏州刺史从事，与陆龟蒙相识，并与之唱和。皮日休在苏州时与陆龟蒙唱和描写吴中山水之作，但无直接材料证明其游览过天台。

甘州子

顾夐

一炉龙麝锦帷傍，屏掩映，烛荧煌。

禁楼刁斗喜初长，罗荐绣鸳鸯。山枕上，私语口脂香。

---

① [清] 彭定求：《全唐诗》卷 881—001，中华书局，1960，第 9960 页。

② [清] 彭定求：《全唐诗》卷 885—002，中华书局，1960，第 9999 页。

每逢清夜与良晨，多怅望，足伤神。

云迷水隔意中人，寂寞绣罗茵。山枕上，几点泪痕新。

曾如刘阮访仙踪，深洞客，此时逢。

绮筵散后绣衾同，款曲见韶容。

款曲见韶容。山枕上，长是怯晨钟。

露桃花里小楼深，持玉盏，听瑶琴。

醉归青琐入鸳衾，月色照衣襟。山枕上，翠钿镇眉心。

红炉深夜醉调笙，敲拍处，玉纤轻。

小屏古画岸低平，烟月满闲庭。山枕上，灯背脸波横。[①]

本诗具体时间不详。"刘阮不归春日曛"乃借用刘阮典故，不可作为诗人到访天台的证明。

顾夐，生卒年、籍贯及字号皆不详。前蜀通正元年（916），曾以小臣给事内廷，后擢茂州刺史。后蜀时，累官至太尉，世称"顾太尉"。顾夐善作小词，清人王士禛谓其词"已为柳七一派滥觞"（《花草蒙拾》）。

女冠子

李珣

星高月午，丹桂青松深处。

醮坛开，金磬敲清露，珠幢立翠苔。

步虚声缥缈，想像思徘徊。晓天归去路，指蓬莱。

春山夜静，愁闻洞天疏磬。

玉堂虚，细雾垂珠佩，轻烟曳翠裾。

对花情脉脉，望月步徐徐。刘阮今何处，绝来书。[②]

本诗具体时间不详。本诗乃借刘阮典故写男女之情，不可作为诗人到访天台的

---

① [清]彭定求：《全唐诗》卷894—010，中华书局，1960，第10095页。
② [清]彭定求：《全唐诗》卷896—004，中华书局，1960，第10119页。

证明。

李珣，生卒年不详，字德润，梓州（今四川三台）人。其先为波斯（今伊朗）人，后入居蜀中。李珣有诗名，"所吟诗句，往往动人"，多感慨之音。《全唐诗》存诗五十四首，皆与天台无关。

浣溪沙

阎选

寂寞流苏冷绣茵，倚屏山枕惹香尘，小庭花露泣浓春。

刘阮信非仙洞客，嫦娥终是月中人，此生无路访东邻。①

本诗具体时间不详。乃借刘阮典故写男女之情，不可作为诗人到访天台的证明。

阎选，生卒年和字里皆不详，五代时期后蜀的布衣。工小词，与欧阳炯、鹿虔扆、毛文锡、韩琮被时人称为"五鬼"。阎选今存词十首，皆与天台无关。

---

① ［清］彭定求：《全唐诗》卷897—003，中华书局，1960，第10132页。

第十章　以"琼台"为中心

琼台，即琼台仙谷，位于天台县西北八公里，是一处比较典型的花岗岩地质地貌景观。沿灵溪北行，两旁山壁对峙，山势峥嵘峻峭，奇峰纷呈，怪石错列，且愈入愈奇。灵溪百丈坑有瀑如龙，下注成潭，潭水晶莹如黛，名"龙潭"。潭旁一峰拔地而起，迥然卓立，即为琼台峰。峰上有石形似椅，传说铁拐李每逢中秋节之夜来此赏明月，故名"仙人座"。琼台前一山，两峰对峙，顶部平坦，颇似皇宫前两侧的楼阁，故称"双阙"。此处风景秀异，传说是仙家修炼之所。明代释传灯的《天台山方外志》称："自桐柏西北行二里至元应真人祠，取道仙人迹，经龙潭侧，凡五里至琼台，转南三里至双阙，皆翠壁万仞，森依相向。宋祥符中，山人张无梦结庵于此。徐大受《山行摘句》云：'大壑之心，琼台突起，岚光破绿，状如削瓜，下俯百丈龙湫，心悸骨惊，不可近视。沿流五里至双阙，幽花凝岸，苔茵布石，仙家之奇观也。'"

这一带作为司马承祯的修炼之所，是唐代诗人们极为向往的游览胜地。李白的《求崔山人百丈崖瀑布图》[①]，就描绘了百丈崖瀑布的宏伟气势。其诗曰：

　　　　百丈素崖裂，四山丹壁开。龙潭中喷射，昼夜生风雷。

---

　　① 此诗确系李白描写天台的作品。本书第一章以"天台"为关键词检索《全唐诗》时，未检索到此诗，无疑从一个侧面反映出天台山唐诗之丰富性。除此诗外，天台还流传有李白的另一首诗《琼台》："龙楼凤阙不肯住，飞腾直欲天台去。碧玉连环八面山，山中亦有行人路。青衣约我游琼台，琪木花芳九叶开。天风飘香不点地，千片万片绝尘埃。我来正当重九后，笑把烟霞俱抖擞。明朝拂袖出紫微，壁上龙蛇空自走。"从诗题和诗句来说，《琼台》跟本章主题最为贴近。鉴于《全唐诗》《李太白全集》《天台山方外志》均未收录《琼台》，此诗盖为伪造，并非李白所作。

但见瀑泉落，如潈云汉来。闻君写真图，岛屿备萦回。

石黛刷幽草，曾青泽古苔。幽缄倘相传，何必向天台。

由李白的描述可知，琼台双阙对于唐代诗人们具有非常大的吸引力。

一、诗人到访之作

（一）考证的基本结论

通过系统梳理《全唐诗》中与琼台有关（诗题、诗句中含"琼台"二字）的诗作，[①] 我们发现仅有两位诗人到访琼台，代表作两首诗。其中，一首诗可作为诗人到访琼台的证明，一首诗不可为证。

诗人及其可证之作是：

张祜：《游天台山》

诗人及其不可为证之作是：

贯休：《山居诗二十四首》

（二）具体诗篇考辨

游天台山

张祜

崔嵬海西镇，灵迹传万古。群峰日来朝，累累孙侍祖。

三茅即拳石，二室犹块土。傍洞窟神仙，中岩宅龙虎。

名从乾取象，位与坤作辅。鸾鹤自相群，前人空若瞽。

巉巉割秋碧，娲女徒巧补。视听出尘埃，处高心渐苦。

才登招手石，肘底笑天姥。仰看华盖尖，赤日云上午。

奔雷撼深谷，下见山脚雨。回首望四明，蠢若城一堵。

昏晨邈千态，恐动非自主。控鹄大梦中，坐觉身栩栩。

东溟子时月，却孕元化母。彭蠡不盈杯，浙江微辨缕。

---

① 为行文简便以及突出考证的效果，我们以诗可证者列前，不可证者列后。

石梁屹横架，万仞青壁竖。却瞰赤城颠，势来如刀弩。

盘松国清道，九里天莫睹。穹崇上攒三，突兀傍耸五。

空崖绝凡路，痴立麋与麈。邈峻极天门，觑深窥地户。

金庭路非远，徒步将欲举。身乐道家流，惇儒若一矩。

行寻白云叟，礼象登峻宇。佛窟绕杉岚，仙坛半榛莽。

悬崖与飞瀑，险喷难足俯。海眼三井通，洞门双阙挂。

琼台下昏侧，手足前采乳。但造不死乡，前劳何足数。①

详见第一章张祜《游天台山》相关考证。

山居诗二十四首

贯休

休话喧哗事事难，山翁只合住深山。数声清磬是非外，一个闲人天地间。
绿圃空阶云冉冉，异禽灵草水潺潺。无人与向群儒说，岩桂枝高亦好扳。

难是言休即便休，清吟孤坐碧溪头。三间茆屋无人到，十里松阴独自游。
明月清风宗炳社，夕阳秋色庾公楼。修心未到无心地，万种千般逐水流。

好鸟声长睡眼开，好茶擎乳坐莓苔。不闻荣辱成番尽，只见熊罴作队来。
诗里从前欺白雪，道情终遣似婴孩。由来此事知音少，不是真风去不回。

万境忘机是道华，碧芙蓉里日空斜。幽深有径通仙窟，寂寞无人落异花。
掣电浮云真好喻，如龙似凤不须夸。君看江上英雄家，只有松根与柏槎。

鞭后从他素发兼，涌清奔碧冷侵帘。高奇章句无人爱，澹泊身心举世嫌。
白石桥高吟不足，红霞影暖卧无厌。居山别有非山意，莫错将予比宋纤。

---

① [清]彭定求：《全唐诗》卷510—001，中华书局，1960，第5794页。

鸟外尘中四十秋，亦曾高挹汉诸侯。如斯标致虽清拙，大丈夫儿合自由。
紫术黄菁苗葳蕤，锦囊香麝语啾啾。终须心到曹溪叟，千岁楮根雪满头。

慵甚嵇康竟不回，何妨方寸似寒灰。山精日作儿童出，仙者时将玉器来。
筠帚扫花惊睡鹿，地炉烧树带枯苔。不行朝市多时也，许史金张安在哉。

心心心不住希夷，石屋巉岩鬓发垂。养竹不除当路笋，爱松留得碍人枝。
焚香开卷霞生砌，卷箔冥心月在池。多少故人头尽白，不知今日又何之。

龙藏琅函遍九垓，霜钟金鼓振琼台。堪嗟一句无人得，遂使吾师特地来。
无角铁牛眠少室，生儿石女老黄梅。令人转忆庞居士，天上人间不可陪。

五岳烟霞连不断，三山洞穴去应通。石窗欹枕疏疏雨，水碓无人浩浩风。
童子念经深竹里，猕猴拾虱夕阳中。因思往事抛心力，六七年来楚水东。

尘埃中更有埃尘，时复双眉十为颦。赖有年光飞似箭，是何心地亦称人。
回贤参孝时时说，蜂虿狼贪日日新。天意刚容此徒在，不堪惆怅不堪陈。

翠窦烟岩画不成，桂华瀑沫杂芳馨。披霞扫雪和云母，掘石移松得茯苓。
好鸟傍花窥玉磬，嫩苔和水没金瓶。从他人说从他笑，地覆天翻也只宁。

腾腾兀兀步迟迟，兆朕消磨只自知。龙猛金膏虽未作，孙登土窟且相宜。
薜萝山帔偏能湄，橡栗年粮亦且支。已得真人好消息，人间天上更无疑。

岚嫩风轻似碧纱，雪楼金像隔烟霞。蓇葖玉粉生香垄，菌簇银钉满净楂。
举世只知嗟逝水，无人微解悟空花。可怜扰扰尘埃里，双鬓如银事似麻。

千岩万壑路倾欹，杉桧濛濛独掩扉。劚药童穿溪蹑去，采花蜂冒晓烟归。
闲行放意寻流水，静坐支颐到落晖。长忆南泉好言语，如斯痴钝者还稀。

一庵冥目在穹冥，菌枕松床藓阵青。乳鹿暗行桎径雪，瀑泉微溅石楼经。
闲行不觉过天井，长啸深能动岳灵。应恐无人知此意，非凡非圣独醒醒。

慵刻芙蓉传永漏，休夸丽藻鄙汤休。且为小囷盛红粟，别有珍禽胜白鸥。
拾果远寻深涧底，弄猿多在小峰头。不能更出尘中也，百炼刚为绕指柔。

业薪心火日烧煎，浪死虚生自古然。陆氏称龙终妄矣，汉家得鹿更空焉。
白衣居士深深说，青眼胡僧远远传。刚地无人知此意，不堪惆怅落花前。

露滴红兰玉满畦，闲拖象屣到峰西。但令心似莲花洁，何必身将槁木齐。
古堑细烟红树老，半岩残雪白猿啼。虽然不是桃源洞，春至桃花亦满蹊。

自休自已自安排，常愿居山事偶谐。僧采树衣临绝壑，狖争山果落空阶。
闲担茶器缘青嶂，静衲禅袍坐绿崖。虚作新诗反招隐，出来多与此心乖。

石垆金鼎红蕖嫩，香阁茶棚绿蠵齐。坞烧崩腾奔涧鼠，岩花狼藉斗山鸡。
蒙庄环外知音少，阮籍途穷旨趣低。应有世人来觅我，水重山叠几层迷。

自古浮华能几几，逝波终日去滔滔。汉王废苑生秋草，吴主荒宫入夜涛。
满屋黄金机不息，一头白发气犹高。岂知知足金仙子，霞外天香满毳袍。

如愚何止直如弦，只合深藏碧嶂前。但见山中常有雪，不知世上是何年。
野人爱向庵前笑，赤貜频来袖畔眠。只有逍遥好知己，何须更问洞中天。

支公放鹤情相似，范泰论交趣不同。有念尽为烦恼相，无私方称水晶宫。
香焚薝卜诸峰晓，珠掐金刚万境空。若买山资言不及，恒河沙劫用无穷。[①]

详见第五章贯休《山居诗二十四首》相关考证。

二、未到访天台之诗人作品

因话天台胜异仍送罗道士

方干

积翠千层一径开，遥盘山腹到琼台。藕花飘落前岩去，桂子流从别洞来。
石上丛林碍星斗，窗边瀑布走风雷。纵云孤鹤无留滞，定恐烟萝不放回。[②]

详见第一章方干《因话天台胜异仍送罗道士》相关考证。

---

①　[清]彭定求：《全唐诗》卷837—001，中华书局，1960，第9425页。
②　[清]彭定求：《全唐诗》卷650—048，中华书局，1960，第7470页。

第十一章 以"天姥"为中心

天姥，即天姥山，又称天姥峰、天姥岭、天姥岑等。天姥山不仅以天神叫"姆妈"知名，而且以高雅文化名山著称。近年来，因浙东唐诗之路的推出，围绕其地之归属产生了诸多争议。笔者之所以将天姥列入本研究之中，乃是基于历史地理的考量。正是基于天姥山属于天台山脉的认知，唐代诗人才形成了对此地的总体认同。

一、诗人到访之作

（一）考证的基本结论：

通过系统梳理《全唐诗》中与天姥有关（诗题、诗句中含"天姥"二字）的诗作，[①] 我们发现共有 5 位诗人到访天姥，代表作 5 首诗。其中，4 首诗可作为诗人到访天姥的证明，一首诗不可为证。[②]

诗人及其可证之作分别是：

张祜：《游天台山》

许浑：《早发天台中岩寺度关岭次天姥岑》

灵澈：《天姥岑望天台山》

拾得：《诗》

诗人及其不可为证之作是：

---

① 为行文简便以及突出考证的效果，我们以诗可证者列前，不可证者列后。

② 寒山诗（含拾得、丰干）亦提及石桥，详见本书第十五章。

李白:《梦游天姥吟留别（一作梦游天姥山别东鲁诸公)》

（二）具体诗篇考辨

游天台山

张祜

崔嵬海西镇，灵迹传万古。群峰日来朝，累累孙侍祖。

三茅即拳石，二室犹块土。傍洞窟神仙，中岩宅龙虎。

名从乾取象，位与坤作辅。鸾鹤自相群，前人空若瞽。

巉巉割秋碧，娲女徒巧补。视听出尘埃，处高心渐苦。

才登招手石，肘底笑天姥。仰看华盖尖，赤日云上午。

奔雷撼深谷，下见山脚雨。回首望四明，矗若城一堵。

昏晨邈千态，恐动非自主。控鹄大梦中，坐觉身栩栩。

东溟子时月，却孕元化母。彭蠡不盈杯，浙江微辨缕。

石梁屹横架，万仞青壁竖。却瞰赤城颠，势来如刀弩。

盘松国清道，九里天莫睹。穹崇上攒三，突兀傍耸五。

空崖绝凡路，痴立麋与麈。逦迤极天门，觑深窥地户。

金庭路非远，徒步将欲举。身乐道家流，悼儒若一矩。

行寻白云叟，礼象登峻宇。佛窟绕杉岚，仙坛半榛莽。

悬崖与飞瀑，险喷难足俯。海眼三井通，洞门双阙挂。

琼台下昏侧，手足前采乳。但造不死乡，前劳何足数。[①]

详见第一章张祜《游天台山》相关考证。

早发天台中岩寺度关岭次天姥岑

许浑

来往天台天姥间，欲求真诀驻衰颜。星河半落岩前寺，云雾初开岭上关。

---

① ［清］彭定求:《全唐诗》卷510—001，中华书局，1960，第5794页。

丹壑树多风浩浩，碧溪苔浅水潺潺。可知刘阮逢人处，行尽深山又是山。①

详见第一章许浑《早发天台中岩寺度关岭次天姥岑》相关考证。

天姥岑望天台山

灵澈

天台众峰外，华顶当寒空。

有时半不见，崔嵬在云中。②

详见第一章灵澈《天姥岑望天台山》相关考证。

梦游天姥吟留别（一作梦游天姥山别东鲁诸公）

李白

海客谈瀛洲，烟涛微茫信难求；

越人语天姥，云霞明灭或可睹。

天姥连天向天横，势拔五岳掩赤城。

天台四万八千丈，对此欲倒东南倾。

我欲因之梦吴越，一夜飞度镜湖月。

湖月照我影，送我至剡溪。

谢公宿处今尚在，渌水荡漾清猿啼。

脚著谢公屐，身登青云梯。

半壁见海日，空中闻天鸡。

千岩万转路不定，迷花倚石忽已暝。

熊咆龙吟殷岩泉，栗深林兮惊层巅。

云青青兮欲雨，水澹澹兮生烟。

---

① ［清］彭定求：《全唐诗》卷533—036，中华书局，1960，第6090页。
② ［清］彭定求：《全唐诗》卷810—007，中华书局，1960，第9132页。

列缺霹雳，丘峦崩摧。

洞天石扉，訇然中开。

青冥浩荡不见底，日月照耀金银台。

霓为衣兮风为马，云之君兮纷纷而来下。

虎鼓瑟兮鸾回车，仙之人兮列如麻。

忽魂悸以魄动，恍惊起而长嗟。

惟觉时之枕席，失向来之烟霞。

世间行乐亦如此，古来万事东流水。

别君去兮何时还？且放白鹿青崖间，须行即骑访名山。

安能摧眉折腰事权贵，使我不得开心颜？ [①]

详见第一章李白《梦游天姥吟留别（一作梦游天姥山别东鲁诸公）》相关考证。

二、未到访天台之诗人作品

宿一公精舍

温庭筠

夜阑黄叶寺，瓶锡两俱能。松下石桥路，雨中山殿灯。

茶炉天姥客，棋席剡溪僧。还笑长门赋，高秋卧茂陵。 [②]

详见第五章温庭筠《宿一公精舍》相关考证。

---

① [清]彭定求：《全唐诗》卷174—004，中华书局，1960，第1779页。
② [清]彭定求：《全唐诗》卷583—031，中华书局，1960，第6759页。

第十二章　以"临海"为中心

　　临海，即今临海市，东连东海、西接仙居县、南连黄岩区、北靠天台县。唐初设立台州，其府治即在临海。临海素有"小邹鲁"和"文化之邦"的美誉，被文天祥称赞曰："海山仙子国，邂逅寄孤蓬，万象图画里，千岩玉界中。"

　　唐代诗人行游浙东时，临海也是其重要目的地之一。临海的独特位置，[①]使其自唐以来，便成为中日文化交流的重要地区。

一、诗人到访之作

（一）考证的基本结论

　　通过系统梳理《全唐诗》中与临海有关（诗题、诗句中含"临海"二字）的诗作，[②]我们发现共有8位诗人到访临海，代表作9首诗。其中，4首诗可作为诗人到访临海的证明，5首诗不可为证。

　　诗人及其可证之作分别是：

　　齐己：《怀天台华顶僧》

　　骆宾王：《久客临海有怀》

　　顾况：《临海所居三首》

　　杜荀鹤：《寄临海姚中丞》

　　诗人及其不可为证之作分别是：

---

　　①　日本遣唐使最澄先从海路到达明州（宁波），再从明州至当时的台州府所在地临海，最后至天台山。唐代的诗人们从水路至天台山，亦沿此路径。

　　②　为行文简便以及突出考证的效果，我们以诗可证者列前，不可证者列后。

刘长卿：《旅次丹阳郡，遇康侍御宣慰召募，兼别岑单父》

孟浩然：《题终南翠微寺空上人房（一作题终南翠微寺）》

李白：《赠从弟南平太守之遥二首》《翰林读书言怀，呈集贤诸学士》

皎然：《酬邢端公济春日苏台有呈袁州李使君……辛阳王三侍御》

（二）具体诗篇考辨

怀天台华顶僧

齐己

华顶危临海，丹霞里石桥。曾从国清寺，上看月明潮。

好鸟亲香火，狂泉喷沕寥。欲归师智者，头白路迢迢。[①]

详见第一章齐己《怀天台华顶僧》相关考证。

久客临海有怀

骆宾王

天涯非日观，地屺望星楼。练光摇乱马，剑气上连牛。

草湿姑苏夕，叶下洞庭秋。欲知凄断意，江上涉安流。[②]

本诗是骆宾王在临海为官时所作。

骆宾王之生平，参见第四章骆宾王《早发淮口望盱眙》。

临海所居三首

顾况

此是昔年征战处，曾经永日绝人行。千家寂寂对流水，唯有汀洲春草生。

此去临溪不是遥，楼中望见赤城标。不知叠嶂重霞里，更有何人度石桥。

---

① ［清］彭定求：《全唐诗》卷842—025，中华书局，1960，第9510页。

② ［清］彭定求：《全唐诗》卷048—008，中华书局，1960，第841页。

家在双峰兰若边，一声秋磬发孤烟。山连极浦鸟飞尽，月上青林人未眠。[①]

详见第二章顾况《临海所居三首》相关考证。

寄临海姚中丞

杜荀鹤

夏辞旌旆已秋深，永夕思量泪满襟。风月易斑搜句鬓，星霜难改感恩心。
寻花洞里连春醉，望海楼中彻晓吟。虽有梦魂知处所，去来多被角声侵。[②]

本诗作于咸通十一年（870）之后。时杜荀鹤游越中，远至台州，作《寄临海姚中丞》《春日行次钱塘却寄台州姚中丞》等诗。

旅次丹阳郡，遇康侍御宣慰召募，兼别岑单父

刘长卿

客心暮千里，回首烟花繁。楚水渡归梦，春江连故园。
羁人怀上国，骄虏窥中原。胡马暂为害，汉臣多负恩。
羽书昼夜飞，海内风尘昏。双鬓日已白，孤舟心且论。
绣衣从此来，汗马宣王言。忧愤激忠勇，悲欢动黎元。
南徐争赴难，发卒如云屯。倚剑看太白，洗兵临海门。
故人亦沧洲，少别堪伤魂。积翠下京口，归潮落山根。
如何天外帆，又此波上尊。空使忆君处，莺声催泪痕。[③]

由诗题可知，本诗当作于诗人旅次丹阳郡（今扬州一带）之际。

除本诗外，刘长卿另有《送台州李使君，兼寄题国清寺》《送惠法师游天台，

---

① ［清］彭定求：《全唐诗》卷 267—052，中华书局，1960，第 2965 页。
② ［清］彭定求：《全唐诗》卷 692—025，中华书局，1960，第 7954 页。
③ ［清］彭定求：《全唐诗》卷 150—005，中华书局，1960，第 1549 页。

因怀智大师故居》《寻张逸人 ① 山居》等诗，可以证明其曾到访过台州天台。

题终南翠微寺空上人房（一作题终南翠微寺）

孟浩然

翠微终南里，雨后宜返照。闲关久沈冥，杖策一登眺。

遂造幽人室，始知静者妙。儒道虽异门，云林颇同调。

两心喜相得，毕景共谈笑。暝还高窗眠，时见远山烧。

缅怀赤城标，更忆临海峤。风泉有清音，何必苏门啸。②

详见第一章孟浩然《题终南翠微寺空上人房（一作题终南翠微寺）》相关考证。

赠从弟南平太守之遥二首

李白

少年不得意，落拓无安居。愿随任公子，欲钓吞舟鱼。

常时饮酒逐风景，壮心遂与功名疏。兰生谷底人不锄，云在高山空卷舒。

汉家天子驰驷马，赤军蜀道迎相如。天门九重谒圣人，龙颜一解四海春。

彤庭左右呼万岁，拜贺明主收沉沦。翰林秉笔回英眄，麟阁峥嵘谁可见？

承恩初入银台门，著书独在金銮殿。龙驹雕镫白玉鞍，象床绮食黄金盘。

当时笑我微贱者，却来请谒为交欢。一朝谢病游江海，畴昔相知几人在？

前门长揖后门关，今日结交明日改。爱君山岳心不移，随君云雾迷所为。

梦得池塘生春草，使我长价登楼诗。别后遥传临海作，可见羊何共和之。

东平与南平，今古两步兵。素心爱美酒，不是顾专城。

谪官桃源去，寻花几处行？秦人如旧识，出户笑相迎。③

---

① 张逸人，即张濆，天台隐士。

② [清]彭定求：《全唐诗》卷159—030，中华书局，1960，第1624页。

③ [清]彭定求：《全唐诗》卷170—019，中华书局，1960，第1755页。

这是一组赠别诗，当作于唐肃宗乾元二年（759）。李之遥时任南平太守，因饮酒过度，被贬至武陵，可能在江夏与李白相遇，别后李白作此诗相赠。作诗时，李白不在临海。

翰林读书言怀呈集贤诸学士

李白

晨趋紫禁中，夕待金门诏。观书散遗帙，探古穷至妙。

片言苟会心，掩卷忽而笑。青蝇易相点，白雪难同调。

本是疏散人，屡贻褊促诮。云天属清朗，林壑忆游眺。

或时清风来，闲倚栏下啸。严光桐庐溪，谢客临海峤。

功成谢人间，从此一投钓。[①]

本诗是李白在长安任供奉翰林时所作。李白曾到访石桥，但本诗不可为证。

城南隅山池春中田袁二公盛称其美夏首获赏果……故有此咏

张九龄

忆昨闻佳境，驾言寻昔蹊。非惟初物变，亦与旧游暌。

幽渚为君说，清晨即我携。途深独睥睨，历险共攀跻。

林笋苞青箨，津杨委绿荑。荷香初出浦，草色复缘堤。

乐处将鸥狎，谭端用马齐。且言临海郡，兼话武陵溪。

异壤风烟绝，空山岩径迷。如何际朝野，从此待金闺。[②]

本诗作于唐玄宗开元八年庚申（720）。作诗时，张九龄任礼部员外郎，居长安。

张九龄，字子寿，韶州曲江（今广东韶关）人。武后神功元年（697），登进

① [清]彭定求：《全唐诗》卷183—008，中华书局，1960，第1865页。
② [清]彭定求：《全唐诗》卷049—046，中华书局，1960，第605页。

士第，授校书郎。玄宗先天元年（712），中道侔伊吕科，授左拾遗。后历任司勋员外郎、中书舍人、桂州都督、集贤院学士、中书侍郎等职。开元二十一年（733）拜中书侍郎，同中书门下平章事，翌年迁中书令，兼修国史。二十四年（736），受李林甫排挤，罢相。次年贬为荆州长史，在州惟文史自娱，朝廷许其胜流。二十八年（740）病卒。其生平未至临海。

酬邢端公济春日苏台有呈袁州李使君……辛阳王三侍御

皎然

大贤当佐世，尧时难退身。如何丹霄侣，却在沧江滨。

柳色变又遍，莺声闻亦频。赖逢宜春守，共赏南湖春。

营道知止足，饰躬无缁磷。家将诗流近，迹与禅僧亲。

放旷临海门，翱翔望云津。虽高空王说，不久山中人。①

皎然曾至临海，但本诗不可为证。

皎然之生平，参见第一章皎然《送重钧上人游天台》。皎然另有《宿道士观》《忆天台》等诗作，能证明其曾游览过临海。

二、未到访台州之诗人作品

景龙四年春祠海

宋之问

肃事祠春溟，宵斋洗蒙虑。鸡鸣见日出，鹭下惊涛鹜。

地阔八荒近，天回百川澍。筵端接空曲，目外唯雾雾。

暖气物象来，周游晦明互。致牲匪玄享，禋涤期灵煦。

的的波际禽，沄沄岛间树。安期今何在，方丈蓦寻路。

仙事与世隔，冥搜徒已屡。四明背群山，遗老莫辨处。

---

① ［清］彭定求：《全唐诗》卷815—047，中华书局，1960，第9181页。

抚中良自慨，弱龄忝恩遇。三入文史林，两拜神仙署。

虽叹出关远，始知临海趣。赏来空自多，理胜孰能喻。

留楫竟何待，徒倚忽云暮。①

本诗具体时间不详。宋之问之生平，参见第五章宋之问《灵隐寺》。其生平
未至临海。

从军行

崔融

穹庐杂种乱金方，武将神兵下玉堂。天子旌旗过细柳，匈奴运数尽枯杨。

关头落月横西岭，塞下凝云断北荒。漠漠边尘飞众鸟，昏昏朔气聚群羊。

依稀蜀杖迷新竹，仿佛胡床识故桑。临海旧来闻骠骑，寻河本自有中郎。②

本诗作于垂拱四年（688）戊子。时崔融三十六岁，在安息道行军大总管韦
待价幕中为掌书记，从击吐蕃。

崔融之生平，可参见第二章崔融《嵩山石淙侍宴应制》。其生平未至临海。

从军行

李昂

汉家未得燕支山，征戍年年沙朔间。塞下长驱汗血马，云中恒闭玉门关。

阴山瀚海千万里，此日桑河冻流水。稽洛川边胡骑来，渔阳戍里烽烟起。

长途羽檄何相望，天子按剑思北方。羽林练士拭金甲，将军校战出玉堂。

幽陵异域风烟改，亭障连连古今在。夜闻鸿雁南渡河，晓望旌旗北临海。

塞沙飞渐沥，遥裔连穷碛。玄漠云平初合阵，西山月出闻鸣镝。

城南百战多苦辛，路傍死卧黄沙人。戎衣不脱随霜雪，汗马骖单长被铁。

---

① ［清］彭定求：《全唐诗》卷 051—014，中华书局，1960，第 621 页。
② ［清］彭定求：《全唐诗》卷 068—006，中华书局，1960，第 765 页。

杨叶楼中不寄书，莲花剑上空流血。匈奴未灭不言家，驱逐行行边徼赊。

归心海外见明月，别思天边梦落花。天边回望何悠悠，芳树无人渡陇头。

春云不变阳关雪，桑叶先知胡地秋。田畴不卖卢龙策，窦宪思勒燕然石。

麾兵静北垂，此日交河湄。欲令塞上无干戚，会待单于系颈时。[1]

本诗具体时间不详。

李昂，生卒年不详，郡望陇西成纪（今甘肃秦安东北）。开元二年（714）状元及第，九年（721）登拔萃科。历任考功员外郎。二十四年（736）知贡举，为举人所讼，后改任礼部侍郎知举、吏部郎中。以文辞著称于时。其生平未至临海。

送崔三往密州觐省

王维

南陌去悠悠，东郊不少留。同怀扇枕恋，独念倚门愁。

路绕天山雪，家临海树秋。鲁连功未报，且莫蹈沧洲。[2]

本诗作于王维在河西幕府任职期间。由"同怀扇枕恋，独念倚门愁"句可知，作诗时，诗人在凉州。

王维，字摩诘，太原祁（今山西祁县）人。后迁居蒲州（今山西永济西），称河东王氏。官终尚书右丞，称"王右丞"。维早慧，工诗善文，博学多艺。十五宦游两京，居嵩山东溪。玄宗开元九年（721）中进士。初为太乐丞，因伶人舞黄狮坐罪，贬济州司仓参军。开元十七年（729）前后回长安闲居，学佛于荐福寺道光禅师。张九龄为相，作《上张令公》诗。二十三年（735），擢右拾遗。二十五年（737），张九龄被李林甫排挤谪荆州长史，王维作《寄荆州张丞相》。同年秋，奉命出使凉州，以监察御史兼节度使判官。二十八年（740），迁殿中侍御史，以选补副使赴桂州，知南选。二十九年（741）春夏回长安，寻隐终南山。

---

① [清]彭定求：《全唐诗》卷120—009，中华书局，1960，第1208页。

② [清]彭定求：《全唐诗》卷126—042，中华书局，1960，第1273页。

天宝元年（742），复出为左补阙，天宝三载（744）始营蓝田辋川别业。天宝四载（745）暮春，以侍御史出使榆林、新秦二郡。曾经至南阳郡，遇神会和尚。天宝十四载（755），迁给事中。十五载（756）陷贼，安禄山委任给事中。王维服药取痢，伪疾将遁，被囚洛阳凝碧池，作诗曰："万户伤心生野烟，百官何日再朝天。"以明心迹。肃宗至德二载（757），王师收复两京，陷贼官司六等定罪，王维以曾作《凝碧池诗》思念王室，其弟缙又请削已宦为兄赎罪，获免。乾元元年（758）二月，授太子中允，加集贤学士，迁中书舍人，改给事中。上元元年（760），官尚书右丞。上元二年（761）七月卒，葬蓝田辋川别业之西。其生平未至临海。

观江淮名胜图

王昌龄

刻意吟云山，尤知隐沦妙。远公何为者，再诣临海峤。

而我高其风，披图得遗照。援毫无逃境，遂展千里眺。

淡扫荆门烟，明标赤城烧。青葱林间岭，隐见淮海徼。

但指香炉顶，无闻白猿啸。沙门既云灭，独往岂殊调。

感对怀拂衣，胡宁事渔钓。安期始遗舄，千古谢荣耀。

投迹庶可齐，沧浪有孤棹。[①]

详见第二章王昌龄《观江淮名胜图》相关考证。王昌龄生平未至临海。

赠房侍御（时房公在新安）

陶翰

志士固不羁，与道常周旋。进则天下仰，已之能晏然。

褐衣东府召，执简南台先。雄义每特立，犯颜岂图全。

谪居东南远，逸气吟芳荃。适会寥廓趣，清波更婵缘。

---

① ［清］彭定求：《全唐诗》卷141—012，中华书局，1960，第1432页。

扁舟入五湖，发缆洞庭前。浩荡临海曲，迢遥济江壖。

征奇忽忘返，遇兴将弥年。乃悟范生智，足明渔父贤。

郡临新安渚，佳赏此城偏。日夕对层岫，云霞映晴川。

闲居恋秋色，偃卧含贞坚。倚伏聊自化，行藏互推迁。

君其振羽翮，岁晏将冲天。[①]

本诗具体时间不详。

陶翰，生卒年、字号皆不详，润州丹阳（今江苏丹阳）人。玄宗开元十八年（730）进士及第，十九年（731）中博学宏词科。天宝元年（742）又中拔萃科。历仕太常博士、礼部员外郎。陶翰现存诗歌 17 首，《宿天竺寺》等诗可以证明其曾至杭州附近。《乘潮至渔浦作》中明确提到"樟台"（今温州文成县）之名。由此推断，陶翰可能造访过浙江境内，并有出海的经历。其生平未至临海。

题石桥

韦应物

远学临海峤，横此莓苔石。郡斋三四峰，如有灵仙迹。

方愁暮云滑，始照寒池碧。自与幽人期，逍遥竟朝夕。[②]

本诗当作于韦应物在苏州或滁州刺史任内。诗中之"郡斋"，可为明证。郡斋，指郡守起居之处。韦应物曾任滁州、江州、苏州三州刺史，在郡斋里造了三四座灵秀的假山。

韦应物，京兆万年（今陕西西安）人，排行十九。曾任左司郎中，人称韦左司；又曾任江州刺史、苏州刺史，人称韦江州、韦苏州。出身关中望族，玄宗天宝十载（751）以门资恩荫入宫为三卫郎，颇任侠负气。十五载（756）六月，安史叛军进长安，失职流落。代宗广德元年（763）为洛阳丞，刚直为政，鞭笞军

---

① ［清］彭定求：《全唐诗》卷 146—005，中华书局，1960，第 1474 页。
② ［清］彭定求：《全唐诗》卷 193—061，中华书局，1960，第 1995 页。

骑，见讼于居守，永泰二年（766）罢任。曾东游淮海，经淮阴、宝应等地，抵广陵。大历九年（774）为京兆府功曹。不久，摄高陵宰、转鄂县令。十四年（779）转栎阳令，即因疾辞归，居沣水北岸善福寺，编成《沣上西斋吟稿》数卷（见王钦臣《韦苏州集序》）。德宗建中二年（781）任尚书比部员外郎。四年（782）出为滁州刺史，旋即罢任，闲居滁州西涧。贞元元年（785）任江州刺史。三年（787）入朝为左司郎中，次年出为苏州刺史。六年（790）罢任，寓居苏州城外永定寺。约于贞元八年（792）卒于苏州。其生平未至临海。

送裴补阙入河南幕

郎士元

皎然青琐客，何事动行轩。苦节酬知己，清吟去掖垣。
秋城临海树，寒月上营门。邹鲁诗书国，应无鼙鼓喧。[①]

　　本诗具体时间不详。诗中之"临海"，并非特指台州临海，乃描写邹鲁景色。
　　郎士元，字君胄，中山（今河北定州）人。玄宗天宝十五载（756）登进士第。避安史之乱，羁滞江南。代宗宝应元年（762）九月授渭南尉，历任拾遗、补阙、校书等职，官至郢州刺史。郎士元与钱起齐名，世称"钱郎"。当时有"前有沈宋，后有钱郎"之说（高仲武《中兴间气集》）。其生平未至临海。

赠郑山人

皇甫冉

白首沧洲客，陶然得此生。庞公采药去，莱氏与妻行。
乍见还州里，全非隐姓名。枉帆临海峤，贳酒秣陵城。
伐木吴山晓，持竿越水清。家人恣贫贱，物外任衰荣。
忽尔辞林壑，高歌至上京。避喧心已惯，念远梦频成。

---

① ［清］彭定求：《全唐诗》卷248—014，中华书局，1960，第2782页。

石路寒花发，江田腊雪明。玄纁倘有命，何以遂躬耕。①

本诗具体时间不详。

皇甫冉，字茂政，润州丹阳（今江苏丹阳）人。十岁能属文，张九龄深器之。玄宗天宝十五载（756）登进士第，授无锡尉，历左金吾兵曹。代宗大历初，王缙为河南节度使，辟为掌书记，官至右补阙。生平见《新唐书》本传。皇甫冉生平未至临海。

寄临海郡崔稚璋

权德舆

美酒步兵厨，古人尝宦游。赤城临海峤，君子今督邮。
吏隐丰暇日，琴壶共冥搜。新诗寒玉韵，旷思孤云秋。
志士诚勇退，鄙夫自包羞。终当就知己，莫恋潺湲流。②

详见第二章权德舆《寄临海郡崔稚璋》相关考证。

送台州崔录事

权德舆

不嫌临海远，微禄代躬耕。古郡纪纲职，扁舟山水程。
诗因琪树丽，心与瀑泉清。盛府知音在，何时荐政成。③

权德舆之生平，参见第二章权德舆《寄临海郡崔稚璋》。

---

① [清] 彭定求：《全唐诗》卷249—045，中华书局，1960，第2801页。
② [清] 彭定求：《全唐诗》卷322—020，中华书局，1960，第3626页。
③ [清] 彭定求：《全唐诗》卷324—007，中华书局，1960，第2638页。

早秋过郭涯书堂（一作郭劲书斋）

周贺

暑消冈舍清，闲语有馀情。涧水生茶味，松风灭扇声。

远分临海雨，静觉掩山城。此地秋吟苦，时来绕菊行。①

本诗具体时间不详。周贺之生平，参见第五章周贺《赠朱庆馀校书》。其生平未至临海。

赠　僧

贾岛

乱山秋木穴，里有灵蛇藏。铁锡挂临海，石楼闻异香。

出尘头未白，入定衲凝霜。莫话五湖事，令人心欲狂。②

详见第五章贾岛《赠僧》相关考证。

新岭临眺寄连总进士

欧阳玭

关势遥临海，峰峦半入云。烟中独鸟下，潭上杂花熏。

寄远悲春草，登临忆使君。此时还极目，离思更纷纷。③

本诗具体时间不详。

欧阳玭，生卒年不详。福州闽县（今福建闽侯）人。懿宗咸通十年（869）登进士第，后终于幕府掌书记任。事迹见《淳熙三山志》卷26。《全唐诗》存诗五首，皆不涉及台州临海。

---

① [清]彭定求：《全唐诗》卷503—058，中华书局，1960，第5727页。
② [清]彭定求：《全唐诗》卷574—056，中华书局，1960，第6686页。
③ [清]彭定求：《全唐诗》卷600—013，中华书局，1960，第6936页。

投知己

秦韬玉

炉中九转炼虽成，教主看时亦自惊。群岳并天先减翠，大江临海恐无声。赋归已罢吴门钓，身老仍抛楚岸耕。唯有太平方寸血，今朝尽向隗台倾。①

本诗具体时间不详。

秦韬玉，生卒年不详，字中明，一作仲明，京兆（今陕西西安）人，或云郿阳（今陕西合阳）人，出身寒素，累举不第。因其父为左神策军将，遂出入宦官田令孜之门，交游中贵，为"芳林十哲"之一。中和二年（882）特赐进士及第，编入春榜。四年（884），官至工部侍郎、判度支，为田令孜十军司马。生平散见《唐摭言》卷9、《唐语林》卷7、《唐诗纪事》卷63、《唐才子传》卷9。其生平未至临海，故诗中的"临海"，为靠海之意。

送江为归岭南

孟贯

旧山临海色，归路到天涯。此别各多事，重逢是几时。江行晴望远，岭宿夜吟迟。珍重南方客，清风失所思。②

本诗具体时间不详。

孟贯，字一之，建安人（《唐才子传》作闽中人。笔者从《全唐诗》）。生卒年均不详，周世宗显德中前后在世。客居江南，性疏野，不以荣宦为意。其生平未至临海，故诗中的"临海"，乃"靠海"之意。

---

① ［清］彭定求：《全唐诗》卷670—026，中华书局，1960，第6936页。
② ［清］彭定求：《全唐诗》卷758—021，中华书局，1960，第8624页。

送人南游

温庭筠

送君游楚国，江浦树苍然。沙净有波迹，岸平多草烟。

角悲临海郡，月到渡淮船。唯以一杯酒，相思高楚天。[1]

　　本诗具体时间不详。作诗时，诗人不在临海。

　　温庭筠之生平，参见第五章温庭筠《宿一公精舍》。

　　除本诗外，温庭筠另有《清凉寺》《思帝乡》《宿一公精舍》等诗，均出现与天台有关的内容。《清凉寺》中之"清凉寺"的地点存疑。一说位于天台白鹤镇松关，隋开皇二年（582）建，今已废。一说其乃指清源寺，在蓝田辋川，本王维别业，后维舍为寺。唐耿湋有《题清源寺》诗。《思帝乡》"惟有阮郎春尽，不归家"一句，乃借用典故，实与天台无关。《宿一公精舍》虽然描绘天台景物，但一公乃越僧灵一，其精舍在余杭宜丰。

更漏子

温庭筠

柳丝长，春雨细，花外漏声迢递。惊塞雁，起城乌，画屏金鹧鸪。

香雾薄，透帘幕，惆怅谢家池阁。红烛背，绣帘垂，梦长君不知。

星斗稀，钟鼓歇，帘外晓莺残月。兰露重，柳风斜，满庭堆落花。

虚阁上，倚阑望，还似去年惆怅。春欲暮，思无穷，旧欢如梦中。

金雀钗，红粉面，花里暂时相见。知我意，感君怜，此情须问天。

香作穗，蜡成泪，还似两人心意。山枕腻，锦衾寒，觉来更漏残。

相见稀，相忆久，眉浅淡烟如柳。垂翠幕，结同心，待郎熏绣衾。

城上月，白如雪，蝉鬓美人愁绝。宫树暗，鹊桥横，玉签初报明。

背江楼，临海月，城上角声呜咽。堤柳动，岛烟昏，两行征雁分。

京口路，归帆渡，正是芳菲欲度。银烛尽，玉绳低，一声村落鸡。

---

① ［清］彭定求：《全唐诗》卷 581—011，中华书局，1960，第 6729 页。

玉炉香，红蜡泪，偏照画堂秋思。眉翠薄，鬓云残，夜长衾枕寒。

梧桐树，三更雨，不道离情正苦。一叶叶，一声声，空阶滴到明。[①]

温庭筠之生平，参见第五章温庭筠《宿一公精舍》。

临海太守惠予赤城石，报以是诗

李德裕

闻君采奇石，剪断赤城霞。潭上倒虹影，波中摇日华。

仙岩接绛气，谿路杂桃花。若值客星去，便应随海槎。[②]

参见第二章李德裕《临海太守惠予赤城石，报以是诗》相关考证。

---

① ［清］彭定求：《全唐诗》卷891—020，中华书局，1960，第10066页。
② ［清］彭定求：《全唐诗》卷475—128，中华书局，1960，第5415页。

第十三章 以"台州"为中心

今台州地域，秦属闽中郡。两汉三国时期，属会稽郡。三国吴少帝太平二年 (257)，分会稽郡东部置临海郡。唐武德五年（622 年）置台州，以境内有天台山而得名，台州之名自此始。此后虽有变化，但台州之名大体确立。

一、诗人到访之作

（一）考证的基本结论

通过系统梳理《全唐诗》中与台州有关（诗题、诗句中含"台州"二字）的诗作，[①] 我们发现共有 9 位诗人到访台州，代表作 9 首诗。其中，两首诗可作为诗人到访台州的证据，7 首诗不可为证。

诗人及其可证之作分别是：

王建：《题台州隐静寺》

李敬方：《天台晴望（时左迁台州刺史。题一作喜晴)》

诗人及其不可证之作分别是：

刘长卿：《送台州李使君，兼寄题国清寺》

施肩吾：《送人归台州》

李郢：《送僧之台州》

方干：《寄台州孙从事百篇（登第初授华亭尉)》

杜荀鹤：《春日行次钱塘却寄台州姚中丞》

---

① 为行文简便以及突出考证的效果，我们以诗可证者列前，不可证者列后。

皎然:《送邢台州济（一作送独孤使君赴岳州）》

贯休:《送友人及第后归台州》

（二）具体诗篇考辨

题台州隐静寺

王建

隐静灵仙寺天凿，杯度飞来建岩壑。五峰直上插银河，一涧当空泻寥廓。

崆峒黯淡碧琉璃，白云吞吐红莲阁。不知势压天几重，钟声常闻月中落。[①]

本诗具体时间不详，极有可能是贞元末（805—806），诗人在魏博幕奉命出使淮南，游台州隐静寺时有感而作。

天台晴望（时左迁台州刺史。题一作喜晴）

李敬方

天台十二旬，一片雨中春。林果黄梅尽，山苗半夏新。

阳乌晴展翅，阴魄夜飞轮。坐冀无云物，分明见北辰。[②]

详见第一章李敬方《天台晴望（时左迁台州刺史。题一作喜晴)》相关考辨。

送台州李使君，兼寄题国清寺

刘长卿

露冕新承明主恩，山城别是武陵源。花间五马时行县，山外千峰常在门。

晴江洲渚带春草，古寺杉松深暮猿。知到应真飞锡处，因君一想已忘言。[③]

详见第三章刘长卿《送台州李使君，兼寄题国清寺》相关考证。

---

① [清] 彭定求:《全唐诗》卷316—066，中华书局，1960，第3389页。
② [清] 彭定求:《全唐诗》卷508—030，中华书局，1960，第5774页。
③ [清] 彭定求:《全唐诗》卷151—042，中华书局，1960，第1570页。

送人归台州

施肩吾

莫驱归骑且徘徊，更遣离情四五杯。

醉后不忧迷客路，遥看瀑布识天台。[①]

本诗具体时间不详。施肩吾曾至台州，但本诗不可为证。

唐宪宗元和十五年（820），施肩吾考中进士后，选择归隐，往来于山阴（今绍兴）、天台、四明（今宁波余姚）的名山大川之间。其《瀑布》等诗，可证明其曾游览过台州。

送僧之台州

李郢

独寻台岭闲游去，岂觉灵溪道里赊。三井应潮通海浪，五峰攒寺落天花。

寒潭盥漱铜瓶洁，野店安禅锡杖斜。到日初寻石桥路，莫教云雨湿袈裟。[②]

详见第五章李郢《送僧之台州》相关考证。

寄台州孙从事百篇（登第初授华亭尉）

方干

圣世科名酬志业，仙州秀色助神机。梅真入仕提雄笔，阮瑀从军着彩衣。

昼寝不知山雪积，春游应趁夜潮归。相思莫讶音书晚，鸟去犹须叠日飞。[③]

本诗作于唐懿宗咸通十一年（870）。方干之生平，参见第一章方干《因话天

---

① ［清］彭定求：《全唐诗》卷494—161，中华书局，1960，第5606页。
② ［清］彭定求：《全唐诗》卷590—036，中华书局，1960，第6853页。
③ ［清］彭定求：《全唐诗》卷652—002，中华书局，1960，第7484页。

台胜异仍送罗道士》。

春日行次钱塘却寄台州姚中丞

杜荀鹤

岂为无心求上第，难安帝里为家贫。江南江北闲为客，潮去潮来老却人。

两岸雨收莺语柳，一楼风满角吹春。花前不独垂乡泪，曾是朱门寄食身。[①]

本诗时间颇有争议：一说作于咸通十二年（871）春，时杜荀鹤在台州（胡问涛《杜荀鹤年谱系诗》）；一说作于咸通十三年（872），时杜荀鹤在钱塘，而非台州（汤华泉《杜荀鹤生平事迹考证》）。

送邢台州济（一作送独孤使君赴岳州）

皎然

海上仙山属使君，石桥琪树古来闻。

他时画出白团扇，乞取天台一片云。[②]

详见第五章皎然《送邢台州济（一作送独孤使君赴岳州）》相关考证。

送友人及第后归台州

贯休

得桂为边辟，翩翩颇合宜。嫖姚留不住，昼锦已归迟。

岛侧花藏虎，湖心浪撼棋。终期华顶下，共礼渌身师。[③]

本诗具体时间不详。贯休曾至台州，但本诗不可为证。

---

① ［清］彭定求：《全唐诗》卷692—036，中华书局，1960，第7956页。
② ［清］彭定求：《全唐诗》卷818—042，中华书局，1960，第9220页。
③ ［清］彭定求：《全唐诗》卷831—042，中华书局，1960，第9377页。

贯休之生平，参见第一章贯休《寄天台道友》。

二、未到访台州之诗人作品

蜀城哭台州乐安少府

苏颋

远游跻剑阁，长想属天台。万里隔三载，此邦余重来。

音容旷不睹，梦寐殊悠哉。边郡饶藉藉，晚庭正回回。

喜传上都封，因促傍吏开。向悟海盐客，已而梁木摧。

变衣寝门外，挥涕少城隈。却记分明得，犹持委曲猜。

师儒昔训奖，仲季时童孩。服义题书箧，邀欢泛酒杯。

暂令风雨散，仍迫岁时回。其道惟正直，其人信美偲。

白头还作尉，黄绶固非才。可叹悬蛇疾，先贻问鹏灾。

故乡闭穷壤，宿草生寒菱。零落九原去，蹉跎四序催。

襄期冬赠橘，今哭夏成梅。执礼谁为赠，居常不徇财。

北登崀　坂，东望姑苏台。天路本悬绝，江波复溯洄。

念孤心易断，追往恨艰裁。不遂卿将伯，孰云陈与雷。

吾衰亦如此，夫子复何哀。[①]

本诗作于苏颋在蜀地任职期间。

苏颋，字廷硕，京兆武功（今陕西武功）人。弱冠登进士第，历任乌程尉、监察御史、给事中、修文馆学士，拜中书舍人。睿宗时，升任工部侍郎，袭父爵许国公，世称"苏许公"。玄宗开元四年（716）起为宰相，四年后转礼部尚书，又出为益州大都督府长史。其生平未至台州。

---

① ［清］彭定求：《全唐诗》卷073—035，中华书局，1960，第798页。

送周判官往台州

孙逖

吾宗长作赋，登陆访天台。星使行看入，云仙意转催。

饮冰攀璀璨，驱传历莓苔。日暮东郊别，真情去不回。①

本诗具体时间不详。孙逖之生平，参见第二章孙逖《立秋日题安昌寺北山亭》。其生平未至台州。

有怀台州郑十八司户（虔）

杜甫

天台隔三江，风浪无晨暮。郑公纵得归，老病不识路。

昔如水上鸥，今如置中兔。性命由他人，悲辛但狂顾。

山鬼独一脚，蝮蛇长如树。呼号傍孤城，岁月谁与度。

从来御魑魅，多为才名误。夫子嵇阮流，更被时俗恶。

海隅微小吏，眼暗发垂素。黄帽映青袍，非供折腰具。

平生一杯酒，见我故人遇。相望无所成，乾坤莽回互。②

《送郑十八虔贬台州司户伤其临老陷贼之故阙为面别情见于诗》《有怀台州郑十八司户（虔）》《所思（得台州郑司户虔消息)》《哭台州郑司户苏少监》《八哀诗·故著作郎贬台州司户荥阳郑公虔》五诗，皆是诗人为好友郑虔、苏源明被贬台州而作，故诗中均提及台州。此五首诗的时间线大致为：

1.《送郑十八虔贬台州司户伤其临老陷贼之故阙为面别情见于诗》作于至德二载（757）冬，时杜甫在长安任左拾遗。郑虔往赴台州贬所时，杜甫未及给他饯行，深以为憾，作此诗伤其远行。

2.《有怀台州郑十八司户（虔）》作于乾元二年（759）春，杜甫由洛阳返回

---

① [清]彭定求：《全唐诗》卷118—020，中华书局，1960，第1190页。

② [清]彭定求：《全唐诗》卷218—011，中华书局，1960，第2289页。

华州司功参军任所，不久便弃官客居秦州、同谷。本诗作于秦州，主要表达了对郑虔的怀念和同情。

3. 乾元二年（759）秋天，身在成都的杜甫"得台州郑司户虔消息"，有感而发作《所思》。

4. 广德二年（764），杜甫的至交好友郑虔与苏源明相继辞世。杜甫深感痛心，作《哭台州郑司户苏少监》以表达乱世失友的悲哀与寂寞。

5. 大历元年（766）秋，客居夔州的杜甫作《八哀诗·故著作郎贬台州司户荥阳郑公虔》，对郑虔的一生作出总结与评价。

历代注家和评论者都倾向于将五首诗中对于台州景色的描写解读成杜甫的想象。如《有怀台州郑十八司户（虔）》云："天台隔三江，风浪无晨暮。郑公纵得归，老病不识路。昔如水上鸥，今如置中兔。性命由他人，悲辛但狂顾。山鬼独一脚，蝮蛇长如树。呼号傍孤城，岁月谁与度。"王嗣奭评价道："想象郑公孤危之状，如亲见，亦如亲历，纯是一片交情。"

从杜甫的任职轨迹来看，杜甫没有机会游览台州。

天宝九载（750）冬，杜甫因献《三大礼赋》为玄宗所赏，命其待制集贤院，直至天宝十四载（755）方得授官。同年十月，杜甫在长安作《官定后戏赠》曰："不作河西尉，凄凉为折腰。老夫怕趋走，率府且逍遥。耽酒须微禄，狂歌托圣朝。故山归兴尽，回首向风飙。"题下原注："时免河西尉，为右卫率府兵曹。"可知，杜甫未接受河西尉一职，后任右卫率府兵曹参军。至德二载（757）五月十六日，杜甫被肃宗授为左拾遗，故世称"杜拾遗"。不料，杜甫很快因营救房琯，触怒肃宗，被贬到华州（今华县）。同年十一月杜甫回到长安，仍任左拾遗，虽忠于职守，但终因受房琯案牵连，于乾元元年（758）六月被贬为华州司功参军。

《唐诗鉴赏辞典》选录杜甫诗一百多首，大都与他的行踪有一定的联系。如大历三年（768）冬，杜甫漂泊至湖南岳阳，作《登岳阳楼》。广德元年（763）春，杜甫在阆州作《奉寄别马巴州》。该诗诗题下原注："时甫除京兆功曹，在东川。"现存的杜甫诗作中，并无诗句可证明其游览过台州。

八哀诗·故著作郎贬台州司户荥阳郑公虔

杜甫

鸑鷟至鲁门，不识钟鼓餐。孔翠望赤霄，愁思雕笼养。

荥阳冠众儒，早闻名公赏。地崇士大夫，况乃气精爽。

天然生知姿，学立游夏上。神农极阙漏，黄石愧师长。

药纂西极名，兵流指诸掌。贯穿无遗恨，荟蕞何技痒。

圭臬星经奥，虫篆丹青广。子云窥未遍，方朔谐太枉。

神翰顾不一，体变钟兼两。文传天下口，大字犹在榜。

昔献书画图，新诗亦俱往。沧洲动玉陛，宣鹤误一响。

三绝自御题，四方尤所仰。嗜酒益疏放，弹琴视天壤。

形骸实土木，亲近唯几杖。未曾寄官曹，突兀倚书幌。

晚就芸香阁，胡尘昏坱莽。反覆归圣朝，点染无涤荡。

老蒙台州掾，泛泛浙江桨。覆穿四明雪，饥拾楢溪橡。

空闻紫芝歌，不见杏坛丈。天长眺东南，秋色馀魍魉。

别离惨至今，斑白徒怀曩。春深秦山秀，叶坠清渭朗。

剧谈王侯门，野税林下鞅。操纸终夕酣，时物集遐想。

词场竟疏阔，平昔滥吹奖。百年见存殁，牢落吾安放。

萧条阮咸在，出处同世网。他日访江楼，含凄述飘荡。[①]

参见本章杜甫《有怀台州郑十八司户（虔）》相关考证。

送郑十八虔贬台州司户伤其临老陷贼之故阙为面别情见于诗

杜甫

郑公樗散鬓成丝，酒后常称老画师。万里伤心严谴日，百年垂死中兴时。

苍惶已就长途往，邂逅无端出饯迟。便与先生应永诀，九重泉路尽交期。[②]

---

① ［清］彭定求：《全唐诗》卷222—007，中华书局，1960，第2349页。
② ［清］彭定求：《全唐诗》卷225—028，中华书局，1960，第2412页。

参见本章杜甫《有怀台州郑十八司户（虔）》相关考证。

所思（得台州郑司户虔消息）

杜甫

郑老身仍窜，台州信所传。为农山涧曲，卧病海云边。

世已疏儒素，人犹乞酒钱。徒劳望牛斗，无计劚龙泉。[①]

参见本章杜甫《有怀台州郑十八司户（虔）》相关考证。

哭台州郑司户苏少监

杜甫

故旧谁怜我，平生郑与苏。存亡不重见，丧乱独前途。

豪俊何人在，文章扫地无。羁游万里阔，凶问一年俱。

白首中原上，清秋大海隅。夜台当北斗，泉路著东吴。

得罪台州去，时危弃硕儒。移官蓬阁后，谷贵没潜夫。

流恸嗟何及，衔冤有是夫。道消诗兴废，心息酒为徒。

许与才虽薄，追随迹未拘。班扬名甚盛，嵇阮逸相须。

会取君臣合，宁铨品命殊。贤良不必展，廊庙偶然趋。

胜决风尘际，功安造化炉。从容拘旧学，惨澹闷阴符。

摆落嫌疑久，哀伤志力输。俗依绵谷异，客对雪山孤。

童稚思诸子，交朋列友于。情乖清酒送，望绝抚坟呼。

疟病餐巴水，疮痍老蜀都。飘零迷哭处，天地日榛芜。[②]

参见本章杜甫《有怀台州郑十八司户（虔）》相关考证。

---

① [清]彭定求：《全唐诗》卷227—034，中华书局，1960，第2458页。

② [清]彭定求：《全唐诗》卷234—040，中华书局，1960，第2588页。

润州送师弟自江夏往台州

崔峒

远客乘流去，孤帆向夜开。春风江上使，前日汉阳来。

别路犹千里，离心重一杯。剡溪木未落，羡尔过天台。[①]

本诗作于崔峒居润州时。

崔峒，一作洞，生卒年、字号皆不详，博陵安平（今河北安平县）人。代宗时登进士第。大历十年（775），任左拾遗，奉使赴江淮搜求图书。后为集贤院学士，迁右补阙。建中中，因事谪潞府功曹参军，卒。崔峒与戴叔伦、韦应物、司空曙、卢纶、严维、皇甫冉、丘丹等唱和，为"大历十才子"之一。有《崔峒诗》一卷。《全唐诗》编诗一卷。

送吴侍御司马赴台州

武元衡

卢耽佐郡遥，川陆共迢迢。风景轻吴会，文章变越谣。

烟林繁橘柚，云海浩波潮。余有灵山梦，前君到石桥。[②]

详见第五章武元衡《送吴侍御司马赴台州》相关考证。

送台州崔录事

权德舆

不嫌临海远，微禄代躬耕。古郡纪纲职，扁舟山水程。

诗因琪树丽，心与瀑泉清。盛府知音在，何时荐政成。[③]

本诗具体时间不详。本诗乃寄赠诗，作诗时，权德舆不在台州。权德舆之生

---

① ［清］彭定求：《全唐诗》卷 294—029，中华书局，1960，第 3346 页。

② ［清］彭定求：《全唐诗》卷 324—007，中华书局，1960，第 3557 页。

③ ［清］彭定求：《全唐诗》卷 324—007，中华书局，1960，第 3638 页。

平,参见第二章权德舆《寄临海郡崔稚璋》。

闻韦驸马使君迁拜台州

长孙佐辅

溟藩轸帝忧,见说初鸣驺。德胜祸先戢,情闲思自流。

蚕殷桑柘空,廪实雀鼠稠。谏虎昔赐骏,安人将问牛。

曾陪后乘光,共逐平津游。旌旆拥追赏,歌钟催献酬。

音徽一寂寥,贵贱双沉浮。北郭乏中崖,东方称上头。

跻山望百城,目尽增遐愁。海逼日月近,天高星汉秋。

无阶异渐鸿,有志惭驯鸥。终期促孤棹,暂访天台幽。[①]

　　本诗具体时间不详。本诗乃赠别诗,不可作为诗人到访台州的证明。

　　长孙佐辅,生卒年不详,朔方(今陕西靖边)人。德宗贞元中,其弟长孙公辅为吉州刺史,遂往依之,后隐居以终。辛文房《唐才子传》卷5称其"诗格词情,繁缛不杂,卓然有英迈之气"。

台州郑员外郡斋双鹤

朱庆馀

丹顶分明音响别,况闻来处隔云涛。情悬碧落飞何晚,立近清池意自高。

向夜双栖惊玉漏,临轩对舞拂朱袍。仙郎为尔开笼早,莫虑回翔损羽毛。[②]

　　本诗具体时间不详。本诗乃描绘"郡斋双鹤"之作,不可作为诗人到访台州的证明。

　　朱庆馀之生平,参见第一章朱庆馀《送虚上人游天台》。其生平未至台州,亦无其他诗作与台州有关。

---

① [清]彭定求:《全唐诗》卷469—016,中华书局,1960,第5336页。
② [清]彭定求:《全唐诗》卷515—028,中华书局,1960,第5884页。

淮信贺滕迈台州

赵嘏

凋瘵民思太古风，上贤绥辑副宸衷。舟移清镜禹祠北，路转翠屏天姥东。

旌旆影前横竹马，咏歌声里乐樵童。遥知到郡沧波晏，三岛离离一望中。①

　　本诗具体时间不详。由诗题可知，本诗为庆贺滕迈任台州刺史而作，真正到达台州的是滕迈。

　　赵嘏之生平，参见第五章赵嘏《寻僧二首》。赵嘏早年曾客游浙东元稹门下，其应游览过台州。因无直接记载，这里暂以赵嘏未至台州为论。

送台州唐兴陈明府

李频

见说海西隅，山川与俗殊。宦游如不到，仙分即应无。

瀑布当公署，天台是县图。遥知为吏去，有术字惸孤。②

　　本诗具体时间不详。唐兴，即天台。武德四年（621），分临海复置始丰县，属海州。上元二年（761）改名唐兴，属台州。后梁开平二年（908），吴越钱镠改唐兴县为天台县。

　　李频之生平，参见第一章李频《送僧入天台》。该诗乃通过想象描写僧人入天台后的行动，不可作为李频到访天台的证明。

送董卿赴台州

张蠙

九陌除书出，寻僧问海城。家从中路挈，吏隔数州迎。

夜蚌侵灯影，春禽杂橹声。开图见异迹，思上石桥行。③

　　详见第五章张蠙《送董卿赴台州》相关考证。

---

①　[清]彭定求：《全唐诗》卷549—064，中华书局，1960，第6351页。

②　[清]彭定求：《全唐诗》卷588—062，中华书局，1960，第6831页。

③　[清]彭定求：《全唐诗》卷702—012，中华书局，1960，第8070页。

第十四章　以"括苍"为中心

　　括苍，即括苍山。括苍山脉地处浙东中南部，南呼雁荡，北应天台，西邻仙都，东瞰大海，是浙江名山之一。史书载，登之见苍海，以其色苍苍然接海，故名括苍。历史上，括苍山又名真隐山、天鼻山、苍山、风车山。数千年来，括苍山以其博大、险峻、奇秀，吸引了众多道者的驻足。

　　南朝齐梁年间，著名高道陶弘景曾隐居灯坛架，在大楼旗结炉炼丹，采药著书。"灯坛架"遗址至今仍存。在唐代诗人的诗篇中，亦有提及括苍山的。

一、诗人到访之作

　　（一）考证的基本结论

　　通过系统梳理《全唐诗》中与括苍有关（诗题、诗句中含"括苍"二字）的诗作，[①] 我们发现仅有一位诗人到访括苍山，代表作一首诗。该诗可作为诗人到访括苍山的证明。

　　诗人及可证之作是：

　　刘昭禹：《括苍山》

---

　　① 为行文简便以及突出考证的效果，我们以诗可证者列前，不可证者列后。

（二）具体诗篇考辨

括苍山

刘昭禹

尽日行方半，诸山直下看。白云随步起，危径极天盘。

瀑顶桥形小，溪边店影寒。往来空太息，玄鬓改非难。[①]

本诗具体时间不详。作诗时，刘昭禹在台州括苍山。

刘昭禹之生平，参见第一章刘昭禹《忆天台山》。除本诗之外，刘昭禹的《忆天台山》《灵溪观》等诗，都能证明其到访过台州。

二、未到访台州之诗人作品

宋中送族侄式颜

高适

大夫击东胡，胡尘不敢起。胡人山下哭，胡马海边死。

部曲尽公侯，舆台亦朱紫。当时有勋业，末路遭谗毁。

转旆燕赵间，剖符括苍里。弟兄莫相见，亲族远纷梓。

不改青云心，仍招布衣士。平生怀感激，本欲候知己。

去矣难重陈，飘然自兹始。游梁且未遇，适越今何以。

乡山西北愁，竹箭东南美。峥嵘缙云外，苍莽几千里。

旅雁悲啾啾，朝昏孰云已。登临多瘴疠，动息在风水。

虽有贤主人，终为客行子。我携一尊酒，满酌聊劝尔。

劝尔惟一言，家声勿沦滓。[②]

---

①　[清]彭定求:《全唐诗》卷762—003，中华书局，1960，第8646页。

②　[清]彭定求:《全唐诗》卷211—003，中华书局，1960，第2199页。

诗题下原注:"时张大夫贬括州,使人召式颜,遂有此作。"由此推断,作诗时,高适在河南商丘。

高适之生平,参见第五章高适《睢阳酬别畅大判官》。其生平未至台州。

第十五章　以"寒山"为中心

寒山，即寒石山。据清张联元《天台山全志》卷2《山》载，寒石山"前有磐石曰宴坐峰，上有石室，旧名枏石洞，米芾题曰'潜真'。四山环峙如郛郭，上蠹云汉，其下嵌空置佛屋，不用瓦覆。洞左有小砖塔，是寒山子蝉蜕处。由宴坐西有石如植笋，萝蔓萦缀，其西有石梁可数尺，架两崖间，险峻不可陟"。寒石山的影响力，主要来源于寒山子曾隐居此。就唐诗来说，寒山子、拾得、丰干所作之诗，大都与寒山相关。[①]

一、诗人到访之作

（一）考证的基本结论

通过系统梳理《全唐诗》中与寒山有关（诗题、诗句中含"寒山"二字）的诗作，[②] 我们发现仅有两位诗人到访寒山，代表作两首诗。其中，一首诗可作为诗人到访寒山的证据，一首诗不可为证。

诗人及其可证之作是：

寒山：《诗三百三首》（附拾得、丰干诗）[③]

诗人到访，但其作品不可为证者是：

徐凝：《送寒岩归士》

---

① 虽然拾得、丰干之诗并非均作于寒山，也并不一定都和天台相关，但是就寒山、拾得、丰干三人在寒山的遗迹以及传说来说，列在此处也是合适的。

② 为行文简便以及突出考证的效果，我们以诗可证者列前，不可证者列后。

③ 这里将寒山诗视为一个整体，并非只有一首。其后附拾得诗。

（二）具体诗篇考辨

诗三百三首

寒山

凡读我诗者，心中须护净。悭贪继日廉，谄曲登时正。
驱遣除恶业，归依受真性。今日得佛身，急急如律令。

重岩我卜居，鸟道绝人迹。庭际何所有，白云抱幽石。
住兹凡几年，屡见春冬易。寄语钟鼎家，虚名定无益。

可笑寒山道，而无车马踪。联谿难记曲，叠嶂不知重。
泣露千般草，吟风一样松。此时迷径处，形问影何从。

吾家好隐沦，居处绝嚣尘。践草成三径，瞻云作四邻。
助歌声有鸟，问法语无人。今日娑婆树，几年为一春。

琴书须自随，禄位用何为。投辇从贤妇，巾车有孝儿。
风吹曝麦地，水溢沃鱼池。常念鹪鹩鸟，安身在一枝。

弟兄同五郡，父子本三州。欲验飞凫集，须征白兔游。
灵瓜梦里受，神橘座中收。乡国何迢递，同鱼寄水流。

一为书剑客，二遇圣明君。东守文不赏，西征武不勋。
学文兼学武，学武兼学文。今日既老矣，馀生不足云。

庄子说送终，天地为棺椁。吾归此有时，唯须一番箔。
死将喂青蝇，吊不劳白鹤。饿著首阳山，生廉死亦乐。

人问寒山道，寒山路不通。夏天冰未释，日出雾朦胧。
似我何由届，与君心不同。君心若似我，还得到其中。

天生百尺树，剪作长条木。可惜栋梁材，抛之在幽谷。
年多心尚劲，日久皮渐秃。识者取将来，犹堪柱马屋。

驱马度荒城，荒城动客情。高低旧雉堞，大小古坟茔。
自振孤蓬影，长凝拱木声。所嗟皆俗骨，仙史更无名。

鹦鹉宅西国，虞罗捕得归。美人朝夕弄，出入在庭帏。
赐以金笼贮，扃哉损羽衣。不如鸿与鹤，飘飏入云飞。

玉堂挂珠帘，中有婵娟子。其貌胜神仙，容华若桃李。
东家春雾合，西舍秋风起。更过三十年，还成苷蔗滓。

城中娥眉女，珠佩珂珊珊。鹦鹉花前弄，琵琶月下弹。
长歌三月响，短舞万人看。未必长如此，芙蓉不耐寒。

父母续经多，田园不美他。妇摇机轧轧，儿弄口喝喝。
拍手摧花舞，支颐听鸟歌。谁当来叹赏，樵客屡经过。

家住绿岩下，庭芜更不芟。新藤垂缭绕，古石竖巉岩。
山果猕猴摘，池鱼白鹭衔。仙书一两卷，树下读喃喃。

四时无止息，年去又年来。万物有代谢，九天无朽摧。
东明又西暗，花落复花开。唯有黄泉客，冥冥去不回。

岁去换愁年，春来物色鲜。山花笑渌水，岩岫舞青烟。
蜂蝶自云乐，禽鱼更可怜。朋游情未已，彻晓不能眠。

手笔太纵横，身材极瑰玮。生为有限身，死作无名鬼。
自古如此多，君今争奈何。可来白云里，教尔紫芝歌。

欲得安身处，寒山可长保。微风吹幽松，近听声逾好。
下有斑白人，喃喃读黄老。十年归不得，忘却来时道。

俊杰马上郎，挥鞭指绿杨。谓言无死日，终不作梯航。
四运花自好，一朝成萎黄。醍醐与石蜜，至死不能尝。

有一餐霞子，其居讳俗游。论时实萧爽，在夏亦如秋。
幽涧常沥沥，高松风飕飕。其中半日坐，忘却百年愁。

妾在邯郸住，歌声亦抑扬。赖我安居处，此曲旧来长。
既醉莫言归，留连日未央。儿家寝宿处，绣被满银床。

快搒三翼舟，善乘千里马。莫能造我家，谓言最幽野。
岩岫深嶂中，云雷竟日下。自非孔丘公，无能相救者。

智者君抛我，愚者我抛君。非愚亦非智，从此断相闻。
入夜歌明月，侵晨舞白云。焉能拱口手，端坐鬓纷纷。

有鸟五色迟，栖桐食竹实。徐动合礼仪，和鸣中音律。
昨来何以至，为吾暂时出。傥闻弦歌声，作舞欣今日。

茅栋野人居，门前车马疏。林幽偏聚鸟，溪阔本藏鱼。
山果携儿摘，皋田共妇锄。家中何所有，唯有一床书。

登陟寒山道，寒山路不穷。谿长石磊磊，涧阔草濛濛。
苔滑非关雨，松鸣不假风。谁能超世累，共坐白云中。

六极常婴困，九维徒自论。有才遗草泽，无艺闭蓬门。
日上岩犹暗，烟消谷尚昏。其中长者子，个个总无裈。

白云高嵯峨，渌水荡潭波。此处闻渔父，时时鼓棹歌。
声声不可听，令我愁思多。谁谓雀无角，其如穿屋何。

杳杳寒山道，落落冷涧滨。啾啾常有鸟，寂寂更无人。
碛碛风吹面，纷纷雪积身。朝朝不见日，岁岁不知春。

少年何所愁，愁见鬓毛白。白更何所愁，愁见日逼迫。
移向东岱居，配守北邙宅。何忍出此言，此言伤老客。

闻道愁难遣，斯言谓不真。昨朝曾趁却，今日又缠身。
月尽愁难尽，年新愁更新。谁知席帽下，元是昔愁人。

两龟乘犊车，蓦出路头戏。一蠱从傍来，苦死欲求寄。
不载爽人情，始载被沈累。弹指不可论，行恩却遭刺。

三月蚕犹小，女人来采花。隈墙弄蝴蝶，临水掷虾蟆。
罗袖盛梅子，金鎞挑笋芽。斗论多物色，此地胜余家。

东家一老婆，富来三五年。昔日贫于我，今笑我无钱。

渠笑我在后，我笑渠在前。相笑傥不止，东边复西边。

富儿多鞅掌，触事难祇承。仓米已赫赤，不贷人斗升。

转怀钩距意，买绢先拣绫。若至临终日，吊客有苍蝇。

余曾昔睹聪明士，博达英灵无比伦。一选嘉名喧宇宙，五言诗句越诸人。

为官治化超先辈，直为无能继后尘。忽然富贵贪财色，瓦解冰消不可陈。

白鹤衔苦桃，千里作一息。欲往蓬莱山，将此充粮食。

未达毛摧落，离群心惨恻。却归旧来巢，妻子不相识。

惯居幽隐处，乍向国清中。时访丰干道，仍来看拾公。

独回上寒岩，无人话合同。寻究无源水，源穷水不穷。

生前大愚痴，不为今日悟。今日如许贫，总是前生作。

今生又不修，来生还如故。两岸各无船，渺渺难济渡。

璨璨卢家女，旧来名莫愁。贪乘摘花马，乐榜采莲舟。

膝坐绿熊席，身披青凤裘。哀伤百年内，不免归山丘。

低眼邹公妻，邯郸杜生母。二人同老少，一种好面首。

昨日会客场，恶衣排在后。只为著破裙，吃他残蓓麦娄。

独卧重岩下，蒸云昼不消。室中虽瞹暧，心里绝喧嚣。

梦去游金阙，魂归度石桥。抛除闹我者，历历树间瓢。

夫物有所用，用之各有宜。用之若失所，一缺复一亏。
圆凿而方枘，悲哉空尔为。骅骝将捕鼠，不及跛猫儿。

谁家长不死，死事旧来均。始忆八尺汉，俄成一聚尘。
黄泉无晓日，青草有时春。行到伤心处，松风愁杀人。

骊马珊瑚鞭，驱驰洛阳道。自矜美少年，不信有衰老。
白发会应生，红颜岂长保。但看北邙山，个是蓬莱岛。

竟日常如醉，流年不暂停。埋著蓬蒿下，晓月何冥冥。
骨肉消散尽，魂魄几凋零。遮莫咬铁口，无因读老经。

一向寒山坐，淹留三十年。昨来访亲友，太半入黄泉。
渐减如残烛，长流似逝川。今朝对孤影，不觉泪双悬。

相唤采芙蓉，可怜清江里。游戏不觉暮，屡见狂风起。
浪捧鸳鸯儿，波摇鸂鶒子。此时居舟楫，浩荡情无已。

吾心似秋月，碧潭清皎洁。无物堪比伦，教我如何说。

垂柳暗如烟，飞花飘似霰。夫居离妇州，妇住思夫县。
各在天一涯，何时得相见。寄语明月楼，莫贮双飞燕。

有酒相招饮，有肉相呼吃。黄泉前后人，少壮须努力。
玉带暂时华，金钗非久饰。张翁与郑婆，一去无消息。

可怜好丈夫，身体极棱棱。春秋未三十，才艺百般能。

金羁逐侠客，玉馔集良朋。唯有一般恶，不传无尽灯。

桃花欲经夏，风月催不待。访觅汉时人，能无一个在。
朝朝花迁落，岁岁人移改。今日扬尘处，昔时为大海。

我见东家女，年可有十八。西舍竟来问，愿姻夫妻活。
烹羊煮众命，聚头作淫杀。含笑乐呵呵，啼哭受殃抉。

田舍多桑园，牛犊满厩辙。肯信有因果，顽皮早晚裂。
眼看消磨尽，当头各自活。纸袴瓦作裈，到头冻饿杀。

我见百十狗，个个毛狰狞。卧者渠自卧，行者渠自行。
投之一块骨，相与啀喍争。良由为骨少，狗多分不平。

极目兮长望，白云四茫茫。鸱鸦饱腥腰，鸾凤饥彷徨。
骏马放石碛，蹇驴能至堂。天高不可问，鹡鸰在沧浪。

洛阳多女儿，春日逞华丽。共折路边花，各持插高髻。
髻高花匼匝，人见皆睥睨。别求醲醹怜，将归见夫婿。

春女衒容仪，相将南陌陲。看花愁日晚，隐树怕风吹。
年少从傍来，白马黄金羁。何须久相弄，儿家夫婿知。

群女戏夕阳，风来满路香。缀裙金蛱蝶，插髻玉鸳鸯。
角婢红罗缜，阉奴紫锦裳。为观失道者，鬓白心惶惶。

若人逢鬼魅，第一莫惊懅。捺硬莫采渠，呼名自当去。

烧香请佛力，礼拜求僧助。蚊子叮铁牛，无渠下觜处。

浩浩黄河水，东流长不息。悠悠不见清，人人寿有极。
苟欲乘白云，曷由生羽翼。唯当冀发时，行住须努力。

乘兹朽木船，采彼纴婆子。行至大海中，波涛复不止。
唯赍一宿粮，去岸三千里。烦恼从何生，愁哉缘苦起。

默默永无言，后生何所述。隐居在林薮，智日何由出。
枯槁非坚卫，风霜成夭疾。土牛耕石田，未有得稻日。

山中何太冷，自古非今年。沓嶂恒凝雪，幽林每吐烟。
草生芒种后，叶落立秋前。此有沈迷客，窥窥不见天。

山客心悄悄，常嗟岁序迁。辛勤采芝朮，搜斥讵成仙。
庭廓云初卷，林明月正圆。不归何所为，桂树相留连。

有人兮山楹，云卷兮霞缨。秉芳兮欲寄，路漫漫兮难征。
心惆怅兮狐疑，年老已无成。众喔咿斯，謇独立兮忠贞。

猪吃死人肉，人吃死猪肠。猪不嫌人臭，人反道猪香。
猪死抛水内，人死掘土藏。彼此莫相啖，莲花生沸汤。

快哉混沌身，不饭复不尿。遭得谁钻凿，因兹立九窍。
朝朝为衣食，岁岁愁租调。千个争一钱，聚头亡命叫。

啼哭缘何事，泪如珠子颗。应当有别离，复是遭丧祸。

所为在贫穷，未能了因果。冢间瞻死尸，六道不干我。

妇女慵经织，男夫懒耨田。轻浮耽挟弹，跕躧拈抹弦。
冻骨衣应急，充肠食在先。今谁念于汝，苦痛哭苍天。

不行真正道，随邪号行婆。口惭神佛少，心怀嫉妒多。
背后嚼鱼肉，人前念佛陀。如此修身处，难应避奈何。

世有一等愚，茫茫恰似驴。还解人言语，贪淫状若猪。
险巇难可测，实语却成虚。谁能共伊语，令教莫此居。

有汉姓傲慢，名贪字不廉。一身无所解，百事被他嫌。
死恶黄连苦，生怜白蜜甜。吃鱼犹未止，食肉更无厌。

纵你居犀角，饶君带虎睛。桃枝将辟秽，蒜壳取为璎。
暖腹茱萸酒，空心枸杞羹。终归不免死，浪自觅长生。

卜择幽居地，天台更莫言。猿啼谿雾冷，岳色草门连。
折叶覆松室，开池引涧泉。已甘休万事，采蕨度残年。

益者益其精，可名为有益。易者易其形，是名之有易。
能益复能易，当得上仙籍。无益复无易，终不免死厄。

徒劳说三史，浪自看五经。泊老检黄籍，依前住白丁。
筮遭连蹇卦，生主虚危星。不及河边树，年年一度青。

碧涧泉水清，寒山月华白。默知神自明，观空境逾寂。

我今有一襦，非罗复非绮。借问作何色，不红亦不紫。
夏天将作衫，冬天将作被。冬夏递互用，长年只这是。

白拂栴檀柄，馨香竟日闻。柔和如卷雾，摇拽似行云。
礼奉宜当暑，高提复去尘。时时方丈内，将用指迷人。

贪爱有人求快活，不知祸在百年身。但看阳焰浮沤水，便觉无常败坏人。
丈夫志气直如铁，无曲心中道自真。行密节高霜下竹，方知不枉用心神。

多少般数人，百计求名利。心贪觅荣华，经营图富贵。
心未片时歇，奔突如烟气。家眷实团圆，一呼百诺至。
不过七十年，冰消瓦解置。死了万事休，谁人承后嗣。
水浸泥弹丸，方知无意智。

贪人好聚财，恰如枭爱子。子大而食母，财多还害己。
散之即福生，聚之即祸起。无财亦无祸，鼓翼青云里。

去家一万里，提剑击匈奴。得利渠即死，失利汝即殂。
渠命既不惜，汝命亦何辜。教汝百胜术，不贪为上谟。

瞋是心中火，能烧功德林。欲行菩萨道，忍辱护真心。

汝为埋头痴兀兀，爱向无明罗刹窟。再三劝你早修行，是你顽痴心恍惚。
不肯信受寒山语，转转倍加业汩汩。直待斩首作两段，方知自身奴贼物。

恶趣甚茫茫，冥冥无日光。人间八百岁，未抵半宵长。
此等诸痴子，论情甚可伤。劝君求出离，认取法中王。

世有多解人，愚痴徒苦辛。不求当来善，唯知造恶因。
五逆十恶辈，三毒以为亲。一死入地狱，长如镇库银。

天高高不穷，地厚厚无极。动物在其中，凭兹造化力。
争头觅饱暖，作计相啖食。因果都未详，盲儿问乳色。

天下几种人，论时色数有。贾婆如许夫，黄老元无妇。
卫氏儿可怜，钟家女极丑。渠若向西行，我便东边走。

贤士不贪婪，痴人好炉冶。麦地占他家，竹园皆我者。
努膊觅钱财，切齿驱奴马。须看郭门外，垒垒松柏下。

喷喷买鱼肉，担归喂妻子。何须杀他命，将来活汝己。
此非天堂缘，纯是地狱滓。徐六语破堆，始知没道理。

有人把椿树，唤作白栴檀。学道多沙数，几个得泥丸。
弃金却担草，谩他亦自谩。似聚砂一处，成团也大难。

蒸砂拟作饭，临渴始掘井。用力磨碌砖，那堪将作镜。
佛说元平等，总有真如性。但自审思量，不用闲争竞。

推寻世间事，子细总皆知。凡事莫容易，尽爱讨便宜。
护即弊成好，毁即是成非。故知杂滥口，背面总由伊。
冷暖我自量，不信奴唇皮。

蹭蹬诸贫士，饥寒成至极。闲居好作诗，札札用心力。
贱他言疏采，劝君休叹息。题安糊饼上，乞狗也不吃。

欲识生死譬，且将冰水比。水结即成冰，冰消返成水。
已死必应生，出生还复死。冰水不相伤，生死还双美。

寻思少年日，游猎向平陵。国使职非愿，神仙未足称。
联翩骑白马，喝兔放苍鹰。不觉大流落，皤皤谁见矜。

偃息深林下，从生是农夫。立身既质直，出语无谄谀。
保我不鉴璧，信君方得珠。焉能同泛滟，极目波上凫。

不须攻人恶，何用伐己善。行之则可行，卷之则可卷。
禄厚忧积大，言深虑交浅。闻兹若念兹，小子当自见。

富儿会高堂，华灯何炜煌。此时无烛者，心愿处其傍。
不意遭排遣，还归暗处藏。益人明讵损，顿诃惜馀光。

世有聪明士，勤苦探幽文。三端自孤立，六艺越诸君。
神气卓然异，精彩超众群。不识个中意，逐境乱纷纷。

层层山水秀，烟霞锁翠微。岚拂纱巾湿，露沾蓑草衣。
足蹑游方履，手执古藤枝。更观尘世外，梦境复何为。

满卷才子诗，溢壶圣人酒。行爱观牛犊，坐不离左右。
霜露入茅檐，月华明瓮牖。此时吸两瓯，吟诗五百首。

施家有两儿，以艺干齐楚。文武各自备，托身为得所。
孟公问其术，我子亲教汝。秦卫两不成，失时成龃龉。

止宿鸳鸯鸟，一雄兼一雌。衔花相共食，刷羽每相随。
戏入烟霄里，宿归沙岸湄。自怜生处乐，不夺凤凰池。

或有衔行人，才艺过周孔。见罢头兀兀，看时身侗侗。
绳牵未肯行，锥刺犹不动。恰似羊公鹤，可怜生氄氃。

少小带经锄，本将兄共居。缘遭他辈责，剩被自妻疏。
抛绝红尘境，常游好阅书。谁能借斗水，活取辙中鱼。

变化计无穷，生死竟不止。三途鸟雀身，五岳龙鱼已。
世浊作羊兒羺。前回是富儿，今度成贫士。

书判全非弱，嫌身不得官。铨曹被拗折，洗垢觅疮瘢。
必也关天命，今冬更试看。盲儿射雀目，偶中亦非难。

贫驴欠一尺，富狗剩三寸。若分贫不平，中半富与困。
始取驴饱足，却令狗饥顿。为汝熟思量，令我也愁闷。

柳郎八十二，蓝嫂一十八。夫妻共百年，相怜情狡猾。
弄璋字乌虎兔，掷瓦名婠妠。屡见枯杨荑，常遭青女杀。

大有饥寒客，生将兽鱼殊。长存磨石下，时哭路边隅。
累日空思饭，经冬不识襦。唯赍一束草，并带五升麸。

赫赫谁垆肆，其酒甚浓厚。可怜高幡帜，极目平升斗。
何意讦不售，其家多猛狗。童子欲来沽，狗咬便是走。

吁嗟浊滥处，罗刹共贤人。谓是等流类，焉知道不亲。
狐假师子势，诈妄却称珍。铅矿入炉冶，方知金不知。

田家避暑月，斗酒共谁欢。杂杂排山果，疏疏围酒樽。
芦莦将代席，蕉叶且充盘。醉后支颐坐，须弥小弹丸。

个是何措大，时来省南院。年可三十馀，曾经四五选。
囊里无青蚨，箧中有黄绢。行到食店前，不敢暂回面。

为人常吃用，爱意须悭惜。老去不自由，渐被他推斥。
送向荒山头，一生愿虚掷。亡羊罢补牢，失意终无极。

浪造凌霄阁，虚登百尺楼。养生仍天命，诱读诓封侯。
不用从黄口，何须厌白头。未能端似箭，且莫曲如钩。

云山叠叠连天碧，路僻林深无客游。远望孤蟾明皎皎，近闻群鸟语啾啾。
老夫独坐栖青嶂，少室闲居任白头。可叹往年与今日，无心还似水东流。

富贵疏亲聚，只为多钱米。贫贱骨肉离，非关少兄弟。
急须归去来，招贤阁未启。浪行朱雀街，踏破皮鞋底。

我见一痴汉，仍居三两妇。养得八九儿，总是随宜手。
丁防是新差，资财非旧有。黄蘗作驴鞦，始知苦在后。

新谷尚未熟，旧谷今已无。就贷一斗许，门外立踟蹰。
夫出教问妇，妇出遣问夫。悭惜不救乏，财多为累愚。

大有好笑事，略陈三五个。张公富奢华，孟子贫轗轲。
只取侏儒饱，不怜方朔饿。巴歌唱者多，白雪无人和。

老翁娶少妇，发白妇不耐。老婆嫁少夫，面黄夫不爱。
老翁娶老婆，一一无弃背。少妇嫁少夫，两两相怜态。

雍容美少年，博览诸经史。尽号曰先生，皆称为学士。
未能得官职，不解秉未耜。冬披破布衫，盖是书误己。

鸟语情不堪，其时卧草庵。樱桃红烁烁，杨柳正毵毵。
旭日衔青嶂，晴云洗绿潭。谁知出尘俗，驭上寒山南。

昨日何悠悠，场中可怜许。上为桃李径，下作兰荪渚。
复有绮罗人，舍中翠毛羽。相逢欲相唤，脉脉不能语。

丈夫莫守困，无钱须经纪。养得一牸牛，生得五犊子。
犊子又生儿，积数无穷已。寄语陶朱公，富与君相似。

之子何惶惶，卜居须自审。南方瘴疠多，北地风霜甚。
荒陬不可居，毒川难可饮。魂兮归去来，食我家园葚。

昨夜梦还家，见妇机中织。驻梭如有思，擎梭似无力。
呼之回面视，况复不相识。应是别多年，鬓毛非旧色。

人生不满百，常怀千载忧。自身病始可，又为子孙愁。
下视禾根土，上看桑树头。秤锤落东海，到底始知休。

世有一等流，悠悠似木头。出语无知解，云我百不忧。
问道道不会，问佛佛不求。子细推寻著，茫然一场愁。

董郎年少时，出入帝京里。衫作嫩鹅黄，容仪画相似。
常骑踏雪马，拂拂红尘起。观者满路傍，个是谁家子。

个是谁家子，为人大被憎。痴心常愤愤，肉眼醉瞢瞢。
见佛不礼佛，逢僧不施僧。唯知打大脔，除此百无能。

人以身为本，本以心为柄。本在心莫邪，心邪丧本命。
未能免此殃，何言懒照镜。不念金刚经，却令菩萨病。

城北仲家翁，渠家多酒肉。仲翁妇死时，吊客满堂屋。
仲翁自身亡，能无一人哭。吃他杯脔者，何太冷心腹。

下愚读我诗，不解却嗤诮。中庸读我诗，思量云甚要。
上贤读我诗，把著满面笑。杨修见幼妇，一览便知妙。

自有悭惜人，我非悭惜辈。衣单为舞穿，酒尽缘歌啐。
当取一腹饱，莫令两脚儽。蓬蒿钻髑髅，此日君应悔。

我行经古坟，泪尽嗟存没。冢破压黄肠，棺穿露白骨。
欹斜有瓷瓶，振拨无簪笏。风至揽其中，灰尘乱土字土字。

夕阳赫西山，草木光晔晔。复有朦胧处，松萝相连接。
此中多伏虎，见我奋迅鬣。手中无寸刃，争不惧慑慑。

出身既扰扰，世事非一状。未能舍流俗，所以相追访。
昨吊徐五死，今送刘三葬。终日不得闲，为此心凄怆。

有乐且须乐，时哉不可失。虽云一百年，岂满三万日。
寄世是须臾，论钱莫唧唧。孝经末后章，委曲陈情毕。

独坐常忽忽，情怀何悠悠。山腰云缦缦，谷口风飕飕。
猿来树袅袅，鸟入林啾啾。时催鬓飒飒，岁尽老惆惆。

一人好头肚，六艺尽皆通。南见驱归北，西风趁向东。
长漂如泛萍，不息似飞蓬。问是何等色，姓贫名曰穷。

他贤君即受，不贤君莫与。君贤他见容，不贤他亦拒。
嘉善矜不能，仁徒方得所。劝逐子张言，抛却卜商语。

俗薄真成薄，人心个不同。殷翁笑柳老，柳老笑殷翁。
何故两相笑，俱行谄诐中。装车竞嵽嵲，翻载各泷涷。

是我有钱日，恒为汝贷将。汝今既饱暖，见我不分张。
须忆汝欲得，似我今承望。有无更代事，劝汝熟思量。

人生一百年，佛说十二部。慈悲如野鹿，瞋忿似家狗。
家狗趁不去，野鹿常好走。欲伏猕猴心，须听狮子吼。

教汝数般事，思量知我贤。极贫忍卖屋，才富须买田。
空腹不得走，枕头须莫眠。此言期众见，挂在日东边。

寒山多幽奇，登者皆恒慑。月照水澄澄，风吹草猎猎。
凋梅雪作花，杌木云充叶。触雨转鲜灵，非晴不可涉。

有树先林生，计年逾一倍。根遭陵谷变，叶被风霜改。
咸笑外凋零，不怜内文采。皮肤脱落尽，唯有贞实在。

寒山有裸虫，身白而头黑。手把两卷书，一道将一德。
住不安釜灶，行不赍衣裓。常持智慧剑，拟破烦恼贼。

有人畏白首，不肯舍朱绂。采药空求仙，根苗乱挑掘。
数年无效验，痴意瞋怫郁。猎师披袈裟，元非汝使物。

昔时可可贫，今朝最贫冻。作事不谐和，触途成侘傺。
行泥屡脚屈，坐社频腹痛。失却斑猫儿，老鼠围饭瓮。

我见世间人，堂堂好仪相。不报父母恩，方寸底模样。
欠负他人钱，蹄穿始惆怅。个个惜妻儿，爷娘不供养。
兄弟似冤家，心中长怅怏，忆昔少年时，求神愿成长。
今为不孝子，世间多此样。买肉自家噇，抹嘴道我畅。
自逞说喽罗，聪明无益当。牛头努目瞋，出去始时晌。

择佛烧好香，拣僧归供养。罗汉门前乞，趁却闲和尚。
不悟无为人，从来无相状。封疏请名僧，懒钱两三样。
云光好法师，安角在头上。汝无平等心，圣贤俱不降。
凡圣皆混然，劝君休取相。我法妙难思，天龙尽回向。
我今稽首礼，无上法中王。慈悲大喜舍，名称满十方。
众生作依怙，智慧身金刚。顶礼无所著，我师大法王。

可贵天然物，独一无伴侣。觅他不可见，出入无门户。
促之在方寸，延之一切处。你若不信爱，相逢不相遇。

余家有一窟，窟中无一物。净洁空堂堂，光华明日日。
蔬食养微躯，布裘遮幻质。任你千圣现，我有天真佛。

男儿大丈夫，作事莫莽卤。劲挺铁石心，直取菩提路。
邪路不用行，行之枉辛苦。不要求佛果，识取心王主。

粤自居寒山，曾经几万载。任运遁林泉，栖迟观自在。
寒岩人不到，白云常叆叇。细草作卧褥，青天为被盖。
快活枕石头，天地任变改。

可重是寒山，白云常自闲。猿啼畅道内，虎啸出人间。
独步石可履，孤吟藤好攀。松风清飒飒，鸟语声喧喧。

闲自访高僧，烟山万万层。师亲指归路，月挂一轮灯。
闲游华顶上，日朗昼光辉。四顾晴空里，白云同鹤飞。

世有多事人，广学诸知见。不识本真性，与道转悬远。
若能明实相，岂用陈虚愿。一念了自心，开佛之知见。

寒山有一宅，宅中无阑隔。六门左右通，堂中见天碧。
房房虚索索，东壁打西壁。其中一物无，免被人来惜。

寒到烧软火，饥来煮菜吃。不学田舍翁，广置牛庄宅。
尽作地狱业，一入何曾极。好好善思量，思量知轨则。

侬家暂下山，入到城隍里。逢见一群女，端正容貌美。
头戴蜀样花，燕脂涂粉腻。金钏镂银朵，罗衣绯红紫。
朱颜类神仙，香带氛氲气。时人皆顾盼，痴爱染心意。
谓言世无双，魂影随他去。狗咬枯骨头，虚自舐唇齿。
不解返思量，与畜何曾异。今成白发婆，老陋若精魅。
无始由狗心，不超解脱地。

一自遁寒山，养命餐山果。平生何所忧，此世随缘过。
日月如逝川，光阴石中火。任你天地移，我畅岩中坐。

我见世间人，茫茫走路尘。不知此中事，将何为去津。
荣华能几日，眷属片时亲。纵有千斤金，不如林下贫。

自闻梁朝日，四依诸贤士。宝志万回师，四仙傅大士。
显扬一代教，作时如来使。造建僧伽蓝，信心归佛理。

虽乃得如斯，有为多患累。与道殊悬远，折西补东尔。
不达无为功，损多益少利。有声而无形，至今何处去。

吁嗟贫复病，为人绝友亲。瓮里长无饭，甑中屡生尘。
蓬庵不免雨，漏榻劣容身。莫怪今憔悴，多愁定损人。

养女畏太多，已生须训诱。捺头遣小心，鞭背令缄口。
未解乘机杼，那堪事箕帚。张婆语驴驹，汝大不如母。

秉志不可卷，须知我匪席。浪造山林中，独卧盘陀石。
辩士来劝余，速令受金璧。凿墙植蓬蒿，若此非有益。

以我栖迟处，幽深难可论。无风萝自动，不雾竹长昏。
涧水缘谁咽，山云忽自屯。午时庵内坐，始觉日头暾。

忆昔遇逢处，人间逐胜游。乐山登万仞，爱水泛千舟。
送客琵琶谷，携琴鹦鹉洲。焉知松树下，抱膝冷飕飕。

报汝修道者，进求虚劳神。人有精灵物，无字复无文。
呼时历历应，隐处不居存。叮咛善保护，勿令有点痕。

去年春鸟鸣，此时思弟兄。今年秋菊烂，此时思发生。
绿水千肠咽，黄云四面平。哀哉百年内，肠断忆咸京。

多少天台人，不识寒山子。莫知真意度，唤作闲言语。

一住寒山万事休，更无杂念挂心头。
闲于石壁题诗句，任运还同不系舟。

可惜百年屋，左倒右复倾。墙壁分散尽，木植乱差横。
砖瓦片片落，朽烂不堪停。狂风吹蓦榻，再竖卒难成。

精神殊爽爽，形貌极堂堂。能射穿七札，读书览五行。
经眠虎头枕，昔坐象牙床。若无一堵物，不盲冷如霜。

笑我田舍儿，头颊底蒙涩。巾子未曾高，腰带长时急。
非是不及时，无钱趁不及。一日有钱财，浮图顶上立。

买肉血湉湉，买鱼跳鲹鲹。君身招罪累，妻子成快活。

才死渠便嫁，他人谁敢遏。一朝如破床，两个当头脱。

客难寒山子，君诗无道理。吾观乎古人，贫贱不为耻。
应之笑此言，谈何疏阔矣。愿君似今日，钱是急事尔。

从生不往来，至死无仁义。言既有枝叶，心怀便险诐。
若其开小道，缘此生大伪。诈说造云梯，削之成棘刺。

一瓶铸金成，一瓶埏泥出。二瓶任君看，那个瓶牢实。
欲知瓶有二，须知业非一。将此验生因，修行在今日。

摧残荒草庐，其中烟火蔚。借问群小儿，生来凡几日。
门外有三车，迎之不肯出。饱食腹膨脝，个是痴顽物。

有身与无身，是我复非我。如此审思量，迁延倚岩坐。
足间青草生，顶上红尘堕。已见俗中人，灵床施酒果。

昨见河边树，摧残不可论。二三馀干在，千万斧刀痕。
霜凋萎疏叶，波冲枯朽根。生处当如此，何用怨乾坤。

余见僧繇性希奇，巧妙间生梁朝时。道子飘然为殊特，二公善绘手毫挥。
逞画图真意气异，龙行鬼走神巍巍。饶邈虚空写尘迹，无因画得志公师。

久住寒山凡几秋，独吟歌曲绝无忧。蓬扉不掩常幽寂，泉涌甘浆长自流。
石室地炉砂鼎沸，松黄柏茗乳香瓯。饥餐一粒伽陀药，心地调和倚石头。

丹丘迥聳与云齐，空里五峰遥望低。雁塔高排出青嶂，禅林古殿入虹蜺。

风摇松叶赤城秀，雾吐中岩仙路迷。碧落千山万仞现，藤萝相接次连豁。

千生万死凡几生，生死来去转迷情。不识心中无价宝，犹似盲驴信脚行。

老病残年百有馀，面黄头白好山居。布裘拥质随缘过，岂羡人间巧样模。
心神用尽为名利，百种贪婪进己躯。浮生幻化如灯烬，冢内埋身是有无。

世间何事最堪嗟，尽是三途造罪楂。不学白云岩下客，一条寒衲是生涯。
秋到任他林落叶，春来从你树开花。三界横眠闲无事，明月清风是我家。

昔年曾到大海游，为采摩尼誓恳求。直到龙宫深密处，金关锁断主神愁。
龙王守护安耳里，剑客星挥无处搜。贾客却归门内去，明珠元在我心头。

众星罗列夜明深，岩点孤灯月未沉。圆满光华不磨莹，挂在青天是我心。

千年石上古人踪，万丈岩前一点空。明月照时常皎洁，不劳寻讨问西东。

寒山顶上月轮孤，照见晴空一物无。可贵天然无价宝，埋在五阴溺身躯。

我向前溪照碧流，或向岩边坐盘石。心似孤云无所依，悠悠世事何须觅。

我家本住在寒山，石岩栖息离烦缘。泯时万象无痕迹，舒处周流遍大千。
光影腾辉照心地，无有一法当现前。方知摩尼一颗珠，解用无方处处圆。

世人何事可吁嗟，苦乐交煎勿底涯。生死往来多少劫，东西南北是谁家。
张王李赵权时姓，六道三途事似麻。只为主人不了绝，遂招迁谢逐迷邪。

余家本住在天台，云路烟深绝客来。千仞岩峦深可遁，万重黝涧石楼台。
桦巾木屐沿流步，布裘藜杖绕山回。自觉浮生幻化事，逍遥快乐实善哉。

怜底众生病，餐尝略不厌。蒸豚揾蒜酱，炙鸭点椒盐。
去骨鲜鱼脍，兼皮熟肉脸。不知他命苦，只取自家甜。

读书岂免死，读书岂免贫。何以好识字，识字胜他人。
丈夫不识字，无处可安身。黄连揾蒜酱，忘计是苦辛。

我见瞒人汉，如篮盛水走。一气将归家，篮里何曾有。
我见被人瞒，一似园中韭。日日被刀伤，天生还自有。

不见朝垂露，日烁自消除。人身亦如此，阎浮是寄居。
切莫因循过，且令三毒祛。菩提即烦恼，尽令无有馀。

水清澄澄莹，彻底自然见。心中无一事，水清众兽现。
心若不妄起，永劫无改变。若能如是知，是知无背面。

自从到此天台境，经今早度几冬春。
山水不移人自老，见却多少后生人。

说食终不饱，说衣不免寒。饱吃须是饭，著衣方免寒。
不解审思量，只道求佛难。回心即是佛，莫向外头看。

可畏轮回苦，往复似翻尘。蚁巡环未息，六道乱纷纷。
改头换面孔，不离旧时人。速了黑暗狱，无令心性昏。

可畏三界轮，念念未曾息。才始似出头，又却遭沈溺。
假使非非想，盖缘多福力。争似识真源，一得即永得。

昨日游峰顶，下窥千尺崖。临危一株树，风摆两枝开。
雨漂即零落，日晒作尘埃。嗟见此茂秀，今为一聚灰。

自古多少圣，叮咛教自信。人根性不等，高下有利钝。
真佛不肯认，置功枉受困。不知清净心，便是法王印。

我闻天台山，山中有琪树。永言欲攀之，莫晓石桥路。
缘此生悲叹，幸居将已慕。今日观镜中，飒飒鬓垂素。

养子不经师，不及都亭鼠。何曾见好人，岂闻长者语。
为染在薰莸，应须择朋侣。五月贩鲜鱼，莫教人笑汝。

徒闭蓬门坐，频经石火迁。唯闻人作鬼，不见鹤成仙。
念此那堪说，随缘须自怜。回瞻郊郭外，古墓犁为田。

时人见寒山，各谓是风颠。貌不起人目，身唯布裘缠。
我语他不会，他语我不言。为报往来者，可来向寒山。

自在白云间，从来非买山。下危须策杖，上险捉藤攀。
涧底松常翠，豀边石自斑。友朋虽阻绝，春至鸟口宫。

我在村中住，众推无比方。昨日到城下，却被狗形相。
或嫌袴太窄，或说衫少长。拗却鹞子眼，雀儿舞堂堂。

死生元有命，富贵本由天。此是古人语，吾今非谬传。
聪明好短命，痴騃却长年。钝物丰财宝，醒醒汉无钱。

国以人为本，犹如树因地。地厚树扶疏，地薄树憔悴。
不得露其根，枝枯子先坠。决陂以取鱼，是取一期利。

众生不可说，何意许颠邪。面上两恶鸟，心中三毒蛇。
是渠作障碍，使你事烦挐。举手高弹指，南无佛陀耶。

自乐平生道，烟萝石洞间。野情多放旷，长伴白云间。
有路不通世，无心孰可攀。石床孤夜坐，圆月上寒山。

大海水无边，鱼龙万万千。递互相食啖，冗冗痴肉团。
为心不了绝，妄想起如烟。性月澄澄朗，廓尔照无边。

自见天台顶，孤高出众群。风摇松竹韵，月现海潮频。
下望青山际，谈玄有白云。野情便山水，本志慕道伦。

三五痴后生，作事不真实。未读十卷书，强把雌黄笔。
将他儒行篇，唤作贼盗律。脱体似蟫虫，咬破他书帙。

心高如山岳，人我不伏人。解讲围陀典，能谈三教文。
心中无惭愧，破戒违律文。自言上人法，称为第一人。
愚者皆赞叹，智者抚掌笑。阳焰虚空花，岂得免生老。
不如百不解，静坐绝忧恼。

如许多宝贝，海中乘坏舸。前头失却桅，后头又无柁。

宛转任风吹，高低随浪簸。如何得到岸，努力莫端坐。

我见凡愚人，多畜资财谷。饮酒食生命，谓言我富足。
莫知地狱深，唯求上天福。罪业如毗富，岂得免灾毒。
财主忽然死，争共当头哭。供僧读文疏，空是鬼神禄。
福田一个无，虚设一群秃。不如早觉悟，莫作黑暗狱。
狂风不动树，心真无罪福。寄语冗冗人，叮咛再三读。

劝你三界子，莫作勿道理。理短被他欺，理长不奈你。
世间浊滥人，恰似黍粘子。不见无事人，独脱无能比。
早须返本源，三界任缘起。清净入如流，莫饮无明水。

三界人蠢蠢，六道人茫茫。贪财爱淫欲，心恶若豺狼。
地狱如箭射，极苦若为当。兀兀过朝夕，都不别贤良。
好恶总不识，犹如猪及羊。共语如木石，嫉妒似颠狂。
不自见己过，如猪在圈卧。不知自偿债，却笑牛牵磨。

人生在尘蒙，恰似盆中虫。终日行绕绕，不离其盆中。
神仙不可得，烦恼计无穷。岁月如流水，须臾作老翁。

寒山出此语，复似颠狂汉。有事对面说，所以足人怨。
心真出语直，直心无背面。临死度奈河，谁是喽罗汉。
冥冥泉台路，被业相拘绊。

我见多知汉，终日用心神。岐路逞喽罗，欺谩一切人。
唯作地狱滓，不修正直因。忽然无常至，定知乱纷纷。

寄语诸仁者，复以何为怀。达道见自性，自性即如来。
天真元具足，修证转差回。弃本却逐末，只守一场呆。

世有一般人，不恶又不善。不识主人公，随客处处转。
因循过时光，浑是痴肉脔。虽有一灵台，如同客作汉。

常闻释迦佛，先受然灯记。然灯与释迦，只论前后智。
前后体非殊，异中无有异。一佛一切佛，心是如来地。

常闻国大臣，朱紫簪缨禄。富贵百千般，贪荣不知辱。
奴马满宅舍，金银盈帑屋。痴福暂时扶，埋头作地狱。
忽死万事休，男女当头哭。不知有祸殃，前路何疾速。
家破冷飕飕，食无一粒粟。冻饿苦凄凄，良由不觉触。

上人心猛利，一闻便知妙。中流心清净，审思云甚要。
下士钝暗痴，顽皮最难裂。直待血淋头，始知自摧灭。
看取开眼贼，闹市集人决。死尸弃如尘，此时向谁说。
男儿大丈夫，一刀两段截。人面禽兽心，造作何时歇。

我有六兄弟，就中一个恶。打伊又不得，骂伊又不著。
处处无奈何，耽财好淫杀。见好埋头爱，贪心过罗刹。
阿爷恶见伊，阿娘嫌不悦。昨被我捉得，恶骂恣情掣。
趁向无人处，一一向伊说。汝今须改行，覆车须改辙。
若也不信受，共汝恶合杀。汝受我调伏，我共汝觅活。
从此尽和同，如今过菩萨。学业攻炉冶，炼尽三山铁。
至今静恬恬，众人皆赞说。

昔日极贫苦，夜夜数他宝。今日审思量，自家须营造。
掘得一宝藏，纯是水精珠。大有碧眼胡，密拟买将去。
余即报渠言，此珠无价数。

一生慵懒作，憎重只便轻。他家学事业，余持一卷经。
无心装褾轴，来去省人擎。应病则说药，方便度众生。
但自心无事，何处不惺惺。

我见出家人，不入出家学。欲知真出家，心净无绳索。
澄澄孤玄妙，如如无倚托。三界任纵横，四生不可泊。
无为无事人，逍遥实快乐。

昨到云霞观，忽见仙尊士。星冠月帔横，尽云居山水。
余问神仙术，云道若为比。谓言灵无上，妙药心神秘。
守死待鹤来，皆道乘鱼去。余乃返穷之，推寻勿道理。
但看箭射空，须臾还坠地。饶你得仙人，恰似守尸鬼。
心月自精明，万象何能比。欲知仙丹术，身内元神是。
莫学黄巾公，握愚自守拟。

余家有一宅，其宅无正主。地生一寸草，水垂一滴露。
火烧六个贼，风吹黑云雨。子细寻本人，布裹真珠尔。

传语诸公子，听说石齐奴。僮仆八百人，水碓三十区。
舍下养鱼鸟，楼上吹笙竽。伸头临白刃，痴心为绿珠。

何以长惆怅，人生似朝菌。那堪数十年，亲旧凋落尽。
以此思自哀，哀情不可忍。奈何当奈何，托体归山隐。

褴缕关前业，莫诃今日身。若言由冢墓，个是极痴人
到头君作鬼，岂令男女贫。皎然易解事，作么无精神。

我见黄河水，凡经几度清。水流如急箭，人世若浮萍。
痴属根本业，无明烦恼坑。轮回几许劫，只为造迷盲。

二仪既开辟，人乃居其中。迷汝即吐雾，醒汝即吹风。
惜汝即富贵，夺汝即贫穷。碌碌群汉子，万事由天公。

余劝诸稚子，急离火宅中。三车在门外，载你免飘蓬。
露地四衢坐，当天万事空。十方无上下，来去任西东。
若得个中意，纵横处处通。

可叹浮生人，悠悠何日了。朝朝无闲时，年年不觉老。
总为求衣食，令心生烦恼。扰扰百千年，去来三恶道。

时人寻云路，云路杳无踪。山高多险峻，涧阔少玲珑。
碧嶂前兼后，白云西复东。欲知云路处，云路在虚空。

寒山栖隐处，绝得杂人过。时逢林内鸟，相共唱山歌。
瑞草联谿谷，老松枕嵯峨。可观无事客，憩歇在岩阿。

五岳俱成粉，须弥一寸山。大海一滴水，吸入在心田。
生长菩提子，遍盖天中天。语汝慕道者，慎莫绕十缠。

无衣自访觅，莫共狐谋裘。无食自采取，莫共羊谋羞。
借皮兼借肉，怀叹复怀愁。皆缘义失所，衣食常不周。

自美山间乐，逍遥无倚托。逐日养残躯，闲思无所作。
时披古佛书，往往登石阁。下窥千尺崖，上有云盘泊。
寒月冷飕飕，身似孤飞鹤。

我见转轮王，千子常围绕。十善化四天，庄严多七宝。
七宝镇随身，庄严甚妙好。一朝福报尽，犹若栖芦鸟。

还作牛领虫，六趣受业道。况复诸凡夫，无常岂长保。
生死如旋火，轮回似麻稻。不解早觉悟，为人枉虚老。

平野水宽阔，丹丘连四明。仙都最高秀，群峰耸翠屏。
远远望何极，矶矶势相迎。独标海隅外，处处播嘉名。

可贵一名山，七宝何能比。松月飕飕冷，云霞片片起。
匼匝几重山，回还多少里。谿涧静澄澄，快活无穷已。

我见世间人，生而还复死。昨朝犹二八，壮气胸襟士。
如今七十过，力困形憔悴。恰似春日花，朝开夜落尔。

迥耸霄汉外，云里路岧峣。瀑布千丈流，如铺练一条。
下有栖心窟，横安定命桥。雄雄镇世界，天台名独超。

盘陀石上坐，谿涧冷凄凄。静玩偏嘉丽，虚岩蒙雾迷。
怡然憩歇处，日斜树影低。我自观心地，莲花出淤泥。

隐士遁人间，多向山中眠。青萝疏麓麓，碧涧响联联。
腾腾且安乐，悠悠自清闲。免有染世事，心静如白莲。

寄语食肉汉，食时无逗遛。今生过去种，未来今日修。
只取今日美，不畏来生忧。老鼠入饭瓮，虽饱难出头。

自从出家后，渐得养生趣。伸缩四肢全，勤听六根具。
褐衣随春冬，粝食供朝暮。今日恳恳修，愿与佛相遇。

五言五百篇，七字七十九。三字二十一，都来六百首。
一例书岩石，自夸云好手。若能会我诗，真是如来母。

世事绕悠悠，贪生早晚休。研尽大地石，何时得歇头。
四时周变易，八节急如流。为报火宅主，露地骑白牛。

可笑五阴窟，四蛇共同居。黑暗无明烛，三毒递相驱。
伴党六个贼，劫掠法财珠。斩却魔军辈，安泰湛如苏。

常闻汉武帝，爱及秦始皇。俱好神仙术，延年竟不长。
金台既摧折，沙丘遂灭亡。茂陵与骊岳，今日草茫茫。

忆得二十年，徐步国清归。国清寺中人，尽道寒山痴。
痴人何用疑，疑不解寻思。我尚自不识，是伊争得知。
低头不用问，问得复何为。有人来骂我，分明了了知。
虽然不应对，却是得便宜。

语你出家辈，何名为出家。奢华求养活，继缀族姓家。
美舌甜唇觜，谄曲心钩加。终日礼道场，持经置功课。
炉烧神佛香，打钟高声和。六时学客春，昼夜不得卧。
只为爱钱财，心中不脱洒。见他高道人，却嫌诽谤骂。

驴屎比麝香，苦哉佛陀耶。又见出家儿，有力及无力。
上上高节者，鬼神钦道德。君王分辇坐，诸侯拜迎逆。
堪为世福田，世人须保惜。下下低愚者，诈现多求觅。
浊滥即可知，愚痴爱财色。著却福田衣，种田讨衣食。
作债税牛犁，为事不忠直。朝朝行弊恶，往往痛臀脊。
不解善思量，地狱苦无极。一朝著病缠，三年卧床席。
亦有真佛性，翻作无明贼。南无佛陀耶，远远求弥勒。

寒岩深更好，无人行此道。白云高岫闲，青嶂孤猿啸。
我更何所亲，畅志自宜老。形容寒暑迁，心珠甚可保。

岩前独静坐，圆月当天耀。万象影现中，一轮本无照。
廓然神自清，含虚洞玄妙。因指见其月，月是心枢要。

本志慕道伦，道伦常获亲。时逢杜源客，每接话禅宾。
谈玄月明夜，探理日临晨。万机俱泯迹，方识本来人。

元非隐逸士，自号山林人。仕鲁蒙帻帛，且爱裹疏巾。
道有巢许操，耻为尧舜臣。猕猴罩帽子，学人避风尘。

自古诸哲人，不见有长存。生而还复死，尽变作灰尘。
积骨如毗富，别泪成海津。唯有空名在，岂免生死轮。

今日岩前坐，坐久烟云收。一道清溪冷，千寻碧嶂头。
白云朝影静，明月夜光浮。身上无尘垢，心中那更忧。

千云万水间，中有一闲士。白日游青山，夜归岩下睡。

倏尔过春秋，寂然无尘累。快哉何所依，静若秋江水。

劝你休去来，莫恼他阎老。失脚入三途，粉骨遭千捣。
长为地狱人，永隔今生道。勉你信余言，识取衣中宝。

世间一等流，诚堪与人笑。出家弊己身，诳俗将为道。
虽著离尘衣，衣中多养蚤。不如归去来，识取心王好。

高高峰顶上，四顾极无边。独坐无人知，孤月照寒泉。
泉中且无月，月自在青天。吟此一曲歌，歌终不是禅。

有个王秀才，笑我诗多失。云不识蜂腰，仍不会鹤膝。
平侧不解压，凡言取次出。我笑你作诗，如盲徒咏日。

我住在村乡，无爷亦无娘。无名无姓第，人唤作张王。
并无人教我，贫贱也寻常。自怜心的实，坚固等金刚。

寒山出此语，此语无人信。蜜甜足人尝，黄蘗苦难近。
顺情生喜悦，逆意多瞋恨。但看木傀儡，弄了一场困。

我见人转经，依他言语会。口转心不转，心口相违背。
心真无委曲，不作诸缠盖。但且自省躬，莫觅他替代。
可中作得主，是知无内外。

寒山唯白云，寂寂绝埃尘。草座山家有，孤灯明月轮。
石床临碧沼，虎鹿每为邻。自美幽居乐，长为象外人。

鹿生深林中，饮水而食草。伸脚树下眠，可怜无烦恼。
系之在华堂，肴膳极肥好。终日不肯尝，形容转枯槁。

花上黄莺子，喈喈声可怜。美人颜似玉，对此弄鸣弦。
玩之能不足，眷恋在龆年。花飞鸟亦散，洒泪秋风前。

栖迟寒岩下，偏讶最幽奇。携篮采山茹，挈笼摘果归。
蔬斋敷茅坐，啜啄食紫芝。清沼濯瓢钵，杂和煮稠稀。
当阳拥裘坐，闲读古人诗。

昔日经行处，今复七十年。故人无来往，埋在古冢间。
余今头已白，犹守片云山。为报后来子，何不读古言。

欲向东岩去，于今无量年。昨来攀葛上，半路困风烟。
径窄衣难进，苔粘履不全。住兹丹桂下，且枕白云眠。

我见利智人，观者便知意。不假寻文字，直入如来地。
心不逐诸缘，意根不妄起。心意不生时，内外无余事。

身著空花衣，足蹑龟毛履。手把兔角弓，拟射无明鬼。

君看叶里花，能得几时好。今日畏人攀，明朝待谁扫。
可怜娇艳情，年多转成老。将世比于花，红颜岂长保。

画栋非吾宅，松林是我家。一生俄尔过，万事莫言赊。
济渡不造筏，漂沦为采花。善根今未种，何日见生芽。

出生三十年，当游千万里。行江青草合，入塞红尘起。
炼药空求仙，读书兼咏史。今日归寒山，枕流兼洗耳。

寒山无漏岩，其岩甚济要。八风吹不动，万古人传妙。
寂寂好安居，空空离讥诮。孤月夜长明，圆日常来照。
虎丘兼虎谿，不用相呼召。世间有王傅，莫把同周邵。
我自遁寒岩，快活长歌笑。

沙门不持戒，道士不服药。自古多少贤，尽在青山脚。

有人笑我诗，我诗合典雅。不烦郑氏笺，岂用毛公解。
不恨会人稀，只为知音寡。若遣趁宫商，余病莫能罢。
忽遇明眼人，即自流天下。[①]

　　寒山，名氏无考，于唐玄宗开元十四年（726）出生于京都长安之郊咸阳（今陕西省咸阳市）的一个地主家庭。由于家境富裕，青少年时期的寒山过着优游的生活，骑射书数无所不学，接受了系统的儒家传统教育，为入仕做准备。寒山虽然"书判全非弱"，三次科考，终得登第，可是，唐代通过科举者要想步入仕途，还得通过吏部的选官考试。吏部选官有四条标准："一曰身，体貌丰伟；二曰言，言辞辩证；三曰书，楷法遒美；四曰判，文理优长。"寒山四次参加吏部铨选，都因长相问题而失败。"个是何措大，时来省南院。年可三十余，曾经四五选。囊里无青蚨，箧中有黄绢。行到食店前，不敢暂回面"。寒山在仕途潦倒无望之际，其家庭也突遭变故，兄长的败家、父母的相继谢世、妻儿的离去，都对寒山造成了沉痛的打击。玄宗天宝十四年（755），安史之乱爆发，洛阳陷落，叛军直逼长安。寒山逃离咸阳后，先后去过湖北的荆州和山东。为了追求仕途，他曾经

―――――――――

　　① 此是《全唐诗》卷 806—001 对于寒山诗的整理。寒山诗在流传的过程中出现了多种版本，笔者在《寒山诗汇校笺注》中对寒山诗有详细阐述，包括篇目的重新考订等。

在山东某地做过一段时间的胥吏。但是，因为不堪忍受官场的黑暗，"仕鲁蒙帻帛，且爱裹疏巾。道有巢许操，耻为尧舜臣。猕猴罩帽子，学人避风尘"，而选择致仕归隐。经过深思熟虑后，他选择了以隐逸和佛道文化闻名于世的天台山，并于肃宗上元元年（760）到达天台。此时寒山三十五岁。位于天台西北部的寒石山（今浙江省天台县街头镇寒岩、明岩）是寒山的最后归宿，寒山即是因寒石山而得名的。

德宗贞元十七年（801），出于对修道的失望，寒山返回了故乡咸阳，在目睹了故乡的沧桑变化之后，长期困扰着寒山的生死问题终获解决。返回天台之后，在丰干禅师的建议之下，寒山开始接触佛经。徜徉在青山白云之间，悠然自得地阅读着经书，成为寒山晚年生活的一种情致。宪宗元和五年（810），丰干、拾得相继去世，寒山回寒石山长住。文宗大和四年（830）九月十七日去世后，葬于明岩洞右洞侧象鼻峰顶。①

诗

拾得

诸佛留藏经，只为人难化。不唯贤与愚，个个心构架。
造业大如山，岂解怀忧怕。那肯细寻思，日夜怀奸诈。

嗟见世间人，个个爱吃肉。碗碟不曾干，长时道不足。
昨日设个斋，今朝宰六畜。都缘业使牵，非干情所欲。
一度造天堂，百度造地狱。阎罗使来追，合家尽啼哭。
炉子边向火，镬子里澡浴。更得出头时，换却汝衣服。

出家要清闲，清闲即为贵。如何尘外人，却入尘埃里。
一向迷本心，终朝役名利。名利得到身，形容已憔悴。
况复不遂者，虚用平生志。可怜无事人，未能笑得尔。

---

① 参见拙作：《寒山子考证》，《文学遗产》2007 年第 2 期，第 121—123 页。

养儿与娶妻，养女求媒娉。重重皆是业，更杀众生命。
聚集会亲情，总来看盘钉。目下虽称心，罪簿先注定。
得此分段身，可笑好形质。面貌似银盘，心中黑如漆。
烹猪又宰羊，夸道甜如蜜。死后受波吒，更莫称冤屈。

佛哀三界子，总是亲男女。恐沈黑暗坑，示仪垂化度。
尽登无上道，俱证菩提路。教汝痴众生，慧心勤觉悟。

佛舍尊荣乐，为愍诸痴子。早愿悟无生，办集无上事。
后来出家者，多缘无业次。不能得衣食，头钻入于寺。

嗟见世间人，永劫在迷津。不省这个意，修行徒苦辛。

我诗也是诗，有人唤作偈。诗偈总一般，读时须子细。
缓缓细披寻，不得生容易。依此学修行，大有可笑事。

有偈有千万，卒急述应难。若要相知者，但入天台山。
岩中深处坐，说理及谈玄。共我不相见，对面似千山。

世间亿万人，面孔不相似。借问何因缘，致令遣如此。
各执一般见，互说非兼是。但自修己身，不要言他已。

男女为婚嫁，俗务是常仪。自量其事力，何用广张施。
取债夸人我，论情入骨痴。杀他鸡犬命，身死堕阿鼻。

世上一种人，出性常多事。终日傍街衢，不离诸酒肆。
为他作保见，替他说道理。一朝有乖张，过咎全归你。

我劝出家辈，须知教法深。专心求出离，辄莫染贪淫。
大有俗中士，知非不爱金。故知君子志，任运听浮沈。

寒山住寒山，拾得自拾得。凡愚岂见知，丰干却相识。
见时不可见，觅时何处觅。借问有何缘，却道无为力。

从来是拾得，不是偶然称。别无亲眷属，寒山是我兄。
两人心相似，谁能徇俗情。若问年多少，黄河几度清。

若解捉老鼠，不在五白猫。若能悟理性，那由锦绣包。
真珠入席袋，佛性止蓬茅。一群取相汉，用意总无交。

运心常宽广，此则名为布。辍已惠于人，方可名为施。
后来人不知，焉能会此义。未设一庸僧，早拟望富贵。

猕猴尚教得，人何不愤发。前车既落坑，后车须改辙。
若也不知此，恐君恶合杀。此来是夜叉，变即成菩萨。

　　自从到此天台寺，经今早已几冬春。
　　山水不移人自老，见却多少后生人。

　君不见，三界之中纷扰扰，只为无明不了绝。
　一念不生心澄然，无去无来不生灭。

故林又斩新，剡源溪上人。天姥峡关岭，通同次海津。
湾深曲岛间，森森水云云。借问松禅客，日轮何处瞰。

自笑老夫筋力败，偏恋松岩爱独游。

可叹往年至今日，任运还同不系舟。

一入双溪不计春，炼暴黄精几许斤。炉灶石锅频煮沸，土甑久蒸气味珍。

谁来幽谷餐仙食，独向云泉更勿人。延龄寿尽招手石，此栖终不出山门。

踯躅一群羊，沿山又入谷。看人贪竹塞，且遭豺狼逐。

元不出孽生，便将充口腹。从头吃至尾，钠钠无余肉。

银星钉称衡，绿丝作称纽。买人推向前，卖人推向后。

不愿他心怨，唯言我好手。死去见阎王，背后插扫帚。

闭门私造罪，准拟免灾殃。被他恶部童，抄得报阎王。

纵不入镬汤，亦须卧铁床。不许雇人替，自作自身当。

悠悠尘里人，常道尘中乐。我见尘中人，心生多愍顾。

何哉愍此流，念彼尘中苦。

无去无来本湛然，不居内外及中间。

一颗水精绝瑕翳，光明透满出人天。

少年学书剑，叱驭到荆州。闻伐匈奴尽，婆娑无处游。

归来翠岩下，席草玩清流。壮士志未骋，猕猴骑土牛。

三界如转轮，浮生若流水。蠢蠢诸品类，贪生不觉死。

汝看朝垂露，能得几时子。

闲入天台洞，访人人不知。寒山为伴侣，松下啖灵芝。
每谈今古事，嗟见世愚痴。个个入地狱，早晚出头时。

古佛路凄凄，愚人到却迷。只缘前业重，所以不能知。
欲识无为理，心中不挂丝。生生勤苦学，必定睹天师。

各有天真佛，号之为宝王。珠光日夜照，玄妙卒难量。
盲人常兀兀，那肯怕灾殃。唯贪淫泆业，此辈实堪伤。

出家求出离，哀念苦众生。助佛为扬化，令教选路行。
何曾解救苦，恣意乱纵横。一时同受溺，俱落大深坑。

常饮三毒酒，昏昏都不知。将钱作梦事，梦事成铁围。
以苦欲舍苦，舍苦无出期。应须早觉悟，觉悟自归依。

　　　　云山叠叠几千重，幽谷路深绝人踪。
　　　　碧涧清流多胜境，时来鸟语合人心。

后来出家子，论情入骨痴。本来求解脱，却见受驱驰。
终朝游俗舍，礼念作威仪。博钱沽酒吃，翻成客作儿。

若论常快活，唯有隐居人。林花长似锦，四季色常新。
或向岩间坐，旋瞻见桂轮。虽然身畅逸，却念世间人。

我见出家人，总爱吃酒肉。此合上天堂，却沈归地狱。
念得两卷经，欺他道郎俗。岂知郎俗士，大有根性熟。

我见顽钝人，灯心柱须弥。蚁子啮大树，焉知气力微。
学咬两茎菜，言与祖师齐。火急求忏悔，从今辄莫迷。

若见月光明，照烛四天下。圆晖挂太虚，莹净能萧洒。
人道有亏盈，我见无衰谢。状似摩尼珠，光明无昼夜。

余住无方所，盘泊无为理。时陟涅盘山，或玩香林寺。
寻常只是闲，言不干名利。东海变桑田，我心谁管你。

左手握骊珠，右手执慧剑。先破无明贼，神珠自吐焰。
伤嗟愚痴人，贪爱那生厌。一堕三途间，始觉前程险。

般若酒泠泠，饮多人易醒。余住天台山，凡愚那见形。
常游深谷洞，终不逐时情。无思亦无虑，无辱也无荣。

平生何所忧，此世随缘过。日月如逝波，光阴石中火。
任他天地移，我畅岩中坐。

嗟见多知汉，终日枉用心。岐路逞喽罗，欺谩一切人。
唯作地狱滓，不修来世因。忽尔无常到，定知乱纷纷。

迢迢山径峻，万仞险隘危。石桥莓苔绿，时见白云飞。
瀑布悬如练，月影落潭晖。更登华顶上，犹待孤鹤期。

松月冷飕飕，片片云霞起。匼匝几重山，纵目千万里。
谿潭水澄澄，彻底镜相似。可贵灵台物，七宝莫能比。

世有多解人，愚痴学闲文。不忧当来果，唯知造恶因。
见佛不解礼，睹僧倍生瞋。五逆十恶辈，三毒以为邻。
死去入地狱，未有出头辰。

人生浮世中，个个愿富贵。高堂车马多，一呼百诺至。
吞并田地宅，准拟承后嗣。未逾七十秋，冰消瓦解去。

水浸泥弹丸，思量无道理。浮沤梦幻身，百年能几几。
不解细思惟，将言长不死。诛剥垒千金，留将与妻子。

云林最幽栖，傍涧枕月谿。松拂盘陀石，甘泉涌凄凄。
静坐偏佳丽，虚岩朦雾迷。怡然居憩地，日（以下缺）。

可笑是林泉，数里少人烟。云从岩嶂起，瀑布水潺潺。
猿啼唱道曲，虎啸出人间。松风清飒飒，鸟语声关关。
独步绕石涧，孤陟上峰峦。时坐盘陀石，偃仰攀萝沿。
遥望城隍处，惟闻闹喧喧。①

　　拾得，名氏无考。贞观中，与丰干、寒山相次垂迹于国清寺。初丰干禅师游松径，徐步赤城道上，闻儿啼哭声，见一子，年可十岁，遂引至寺，付库院。拾得在国清寺长住下来，后出家。及闾丘太守礼拜后，同寒山子出寺，沉迹无所。后僧于南峰采薪，见一僧入岩，挑锁子骨，云取拾得舍利，方知在此岩入灭，因号为拾得岩。又据《国清寺志》载，拾得"贞元间尚在世"。

　　明成祖永乐三年（1405），深谷旭禅师募建殿室，设寒山、拾得、丰干之像，以兹纪念。清雍正帝正式封寒山为"和圣"、拾得为"合圣"，"和合二仙"从此名扬天下。本诗"自从到此天台寺，经今早已几冬春。山水不移人自老，见却多

① ［清］彭定求：《全唐诗》卷807—001，中华书局，1960，第9103页。

少后生人"句，可直接证明拾得曾在天台长住。

壁上诗二首

丰干

余自来天台，凡经几万回。一身如云水，悠悠任去来。

逍遥绝无闹，忘机隆佛道。世途歧路心，众生多烦恼。

兀兀沈浪海，漂漂轮三界。可惜一灵物，无始被境埋。

电光瞥然起，生死纷尘埃。寒山特相访，拾得常往来。

论心话明月，太虚廓无碍。法界即无边，一法普遍该。

本来无一物，亦无尘可拂。若能了达此，不用坐兀兀。①

由"余自来天台，凡经几万回"句可知，丰干曾至天台。

送寒岩归士

徐凝

不挂丝纩衣，归向寒岩栖。

寒岩风雪夜，又过岩前溪。②

详见第六章徐凝《送寒岩归士》相关考辨。

二、未到访天台之诗人作品

奉和圣制早发三乡山行

张九龄

羽卫森森西向秦，山川历历在清晨。晴云稍卷寒岩树，宿雨能销御路尘。

---

①　[清]彭定求:《全唐诗》卷807—002，中华书局，1960，第9109页。

②　[清]彭定求:《全唐诗》卷474—011，中华书局，1960，第5375页。

圣德由来合天道，灵符即此应时巡。遗贤一一皆羁致，犹欲高深访隐沦。①

本诗作于开元十一年（723）春，张九龄扈驾自东都返西京途中。

按："三乡"为唐代长安与洛阳间的著名驿站，位于连昌河与洛河交汇处附近。《元丰九域志》卷 4 载："次畿太谷，府南一百里三乡。"本诗云："圣德由来合天道，灵符即此应时巡。"据《唐会要》卷 10"开元十一年"条下载："初有司奏修坛，掘地获古铜鼎二。其大者容四升，小者容一升，色皆青。又获古砖，长九寸，有篆书千秋万岁字，及长乐未央字，又有赤兔见于坛侧。"于是改汾阴为宝鼎，以示吉庆。另，张九龄作于同时的还有《奉和圣制早登太行山率尔言志》等诗。②

张九龄之生平，参见第十二章张九龄《城南隅山池春中田袁二公盛称其美夏首获赏果……故有此咏》。其生平未至寒山。此诗中的"寒岩"，并非指寒石山的寒岩。

深渡驿

张说

旅泊青山夜，荒庭白露秋。洞房悬月影，高枕听江流。
猿响寒岩树，萤飞古驿楼。他乡对摇落，并觉起离忧。③

本诗具体时间不详。"深渡驿"乃驿站名，属唐代江南东道歙州，在新安江歙浦（今安徽歙县东南新安江与练溪会合之处）。

张说，字道济（一字说之），原籍范阳（今河北涿县），世居河东（今山西永济），徙家洛阳。武后时官至凤阁舍人。忤旨，配流钦州。中宗召还，累迁工部、兵部侍郎，修文馆学士。开元初，进中书令，封燕国公。后为集贤院学士，尚书左仆射，卒谥文贞。其生平未至寒山。

除本诗外，张说另有《金庭观》诗。有学者根据该诗诗题下小注"在嵊县东

① [清]彭定求：《全唐诗》卷 048—078，中华书局，1960，第 594 页。
② 顾建国：《张九龄年谱》，中国社会科学出版社，2005。
③ [清]彭定求：《全唐诗》卷 087—074，中华书局，1960，第 957 页。

南七十二里"推断，金庭观疑为桐柏观。笔者不赞成此说。究其原因，在于剡县作为县名，从汉开始一直沿用至唐五代，宋朝始改剡县为嵊县，故唐代不可能有"嵊县"之称，疑此注为后人所加。因此，金庭观不当为桐柏观。

题龙泉寺绝顶

方干

未明先见海底日，良久远鸡方报晨。古树含风长带雨，寒岩四月始知春。
中天气爽星河近，下界时丰雷雨匀。前后登临思无尽，年年改换去来人。①

详见第六章方干《题龙泉寺绝顶》相关考证。

句

廖融

圭灶先知晓，盆池别见天，
古寺寻僧饭，寒岩衣鹿裘。
云穿捣药屋，雪压钓鱼舟。②

本诗具体时间不详。

廖融之生平，参见第一章廖融《赠天台逸人》。其未曾到访过寒山。

雪夜听猿吟

顾伟

寒岩飞暮雪，绝壁夜猿吟。历历和群雁，寥寥思客心。
绕枝犹避箭，过岭却投林。风冷声偏苦，山寒响更深。

---

① ［清］彭定求：《全唐诗》卷 652—007，中华书局，1960，第 7484 页。
② ［清］彭定求：《全唐诗》卷 762—038，中华书局，1960，第 8655 页。

听时无有定，静里固难寻。一宿扶桑月，聊看怀好音。[1]

本诗具体时间不详。

顾伟，生平不详，其未曾到访过寒山。今仅存诗一首。

---

[1] ［清］彭定求：《全唐诗》卷 782—020，中华书局，1960，第 8839 页。

第十六章 以"项斯"为中心

项斯（约 836 年前后在世），字子迁，晚唐著名诗人，台州府乐安县（今浙江仙居）人。其诗清妙奇绝，为张籍所知赏。敬宗宝历至文宗开成之际，声价藉甚。斯性疏旷，初筑庐于杭州径山朝阳峰前，交结净者，如此三十余年。武宗会昌三年（843），以诗卷谒杨敬之，敬之赠诗云："几度见诗诗总好，及观标格过于诗。平生不解藏人善，到处逢人说项斯。"次年，擢进士第，官终丹徒尉，卒于任所。

项斯是台州第一位进士，也是台州第一位走向全国的诗人。《全唐诗》卷 554 收录了项斯的 98 首诗。

寄石桥僧

项斯

逢师入山日，道在石桥边。别后何人见，秋来几处禅。
溪中云隔寺，夜半雪添泉。生有天台约，知无却出缘。[1]

送欧阳衮归闽中

项斯

秦城几年住，犹着故乡衣。失意时相识，成名后独归。

---

[1] ［清］彭定求：《全唐诗》卷 554—001，中华书局，1960，第 6407 页。

海秋蛮树黑，岭夜瘴禽飞。为学心难满，知君更掩扉。①

古观

项斯

置观碑已折，看松年不分。洞中谁识药，门外日添坟。
放去龟随水，呼来鹿怕薰。坛边见灰火，几烧祭星文。②

题令狐处士溪居

项斯

白发已过半，无心离此溪。病尝山药遍，贫起草堂低。
为月窗从破，因诗壁重泥。近来常夜坐，寂寞与僧齐。③

送僧归南岳

项斯

心知衡岳路，不怕去人稀。船里谁鸣磬，沙头自曝衣。
有家从小别，是寺即言归。料得逢春住，当禅云满扉。④

宁州春思

项斯

失意离城早，边城任见花。初为断酒客，旧识卖书家。
寒寺稀无雪，春风亦有沙。思归频入梦，即路不言赊。⑤

① [清]彭定求:《全唐诗》卷554—002，中华书局，1960，第6407页。
② [清]彭定求:《全唐诗》卷554—003，中华书局，1960，第6407页。
③ [清]彭定求:《全唐诗》卷554—004，中华书局，1960，第6407页。
④ [清]彭定求:《全唐诗》卷554—005，中华书局，1960，第6408页。
⑤ [清]彭定求:《全唐诗》卷554—006，中华书局，1960，第6408页。

山友赠藓花冠

项斯

尘污出华发，惭君青藓冠。此身闲未得，终日戴应难。

好就松阴挂，宜当枕石看。会须寻道士，簪去绕霜坛。①

蛮　家

项斯

领得卖珠钱，还归铜柱边。看儿调小象，打鼓试新船。

醉后眠神树，耕时语瘴烟。不逢寒便老，相问莫知年。②

早春题湖上顾氏新居二首

项斯

近得水云看，门长侵早开。到时微有雪，行处又无苔。

劝酒客初醉，留茶僧未来。每逢晴暖日，唯见乞花栽。

门不当官道，行人到亦稀。故从餐后出，方至夜深归。

开箧拣书卷，扫床移褐衣。几时同买宅，相近有柴扉。③

苍梧云气

项斯

何年化作愁，漠漠便难收。数点山能远，平铺水不流。

湿连湘竹暮，浓盖舜坟秋。亦有思归客，看来尽白头。④

---

①　[清]彭定求：《全唐诗》卷554—007，中华书局，1960，第6408页。

②　[清]彭定求：《全唐诗》卷554—008，中华书局，1960，第6408页。

③　[清]彭定求：《全唐诗》卷554—009，中华书局，1960，第6408页。

④　[清]彭定求：《全唐诗》卷554—010，中华书局，1960，第6409页。

晚春花

项斯

阴洞日光薄，花开不及时。当春无半树，经烧足空枝。

疏与香风会，细将泉影移。此中人到少，开尽几人知。①

宿胡氏溪亭

项斯

独住水声里，有亭无热时。客来因月宿，床势向山移。

鹤睡松枝定，萤归葛叶垂。寂寥犹欠伴，谁为报僧知。②

送华阴隐者

项斯

往往到城市，得非征药钱。世人空识面，弟子莫知年。

自说能医死，相期更学仙。近来移住处，毛女旧峰前。③

落第后寄江南亲友

项斯

古巷槐阴合，愁多昼掩扉。独存过江马，强拂看花衣。

送客心先醉，寻僧夜不归。龙钟易惆怅，莫遣寄书稀。④

欲　别

项斯

花时人欲别，每日醉樱桃。买酒金钱尽，弹筝玉指劳。

---

① [清]彭定求：《全唐诗》卷554—011，中华书局，1960，第6409页。
② [清]彭定求：《全唐诗》卷554—012，中华书局，1960，第6409页。
③ [清]彭定求：《全唐诗》卷554—013，中华书局，1960，第6409页。
④ [清]彭定求：《全唐诗》卷554—014，中华书局，1960，第6409页。

归期无岁月，客路有风涛。锦缎裁衣赠，麒麟落剪刀。①

留别张水部籍

项斯

省中重拜别，兼领寄人书。已念此行远，不应相问疏。
子城西并宅，御水北同渠。要取春前到，乘闲候起居。②

小古镜

项斯

字已无人识，唯应记铸年。见来深似水，携去重于钱。
鸾翅巢空月，菱花遍小天。宫中照黄帝，曾得化为仙。③

题太白山隐者

项斯

高居在幽岭，人得见时稀。写篆扃虚白，寻僧到翠微。
扫坛星下宿，收药雨中归。从服小还后，自疑身解飞。④

病中怀王展先辈在天台

项斯

枕上用心静，唯应改旧诗。强行休去早，暂卧起还迟。
因说来归处，却愁初病时。赤城山下寺，无计得相随。⑤

---

① [清]彭定求：《全唐诗》卷554—015，中华书局，1960，第6410页。
② [清]彭定求：《全唐诗》卷554—016，中华书局，1960，第6410页。
③ [清]彭定求：《全唐诗》卷554—017，中华书局，1960，第6410页。
④ [清]彭定求：《全唐诗》卷554—018，中华书局，1960，第6410页。
⑤ [清]彭定求：《全唐诗》卷554—019，中华书局，1960，第6410页。

鲤 鱼

项斯

似龙鳞又足，只是欠登门。月里腮犹湿，泥中目未昏。

乞锄防蚁穴，望水写金盆。他日能为雨，公田报此恩。[①]

子 规

项斯（一作贾岛诗）

游魂自相叫，宁复记前身。飞过人家月，声连客路春。

梦边催晓急，愁外送风频。自有沾花血，相和泪滴新。[②]

边州客舍

项斯

开门不成出，麦色遍前坡。自小诗名在，如今白发多。

经年无越信，终日厌蕃歌。近寺居僧少，春来亦懒过。[③]

赠道者

项斯

晏来知养气，度日语时稀。到处留丹井，终寒不絮衣。

病乡多惠药，鬼俗有符威。自说身轻健，今年数梦飞。[④]

边 游

项斯

古镇门前去，长安路在东。天寒明堠火，日晚裂旗风。

① ［清］彭定求：《全唐诗》卷554—020，中华书局，1960，第6411页。
② ［清］彭定求：《全唐诗》卷554—021，中华书局，1960，第6411页。
③ ［清］彭定求：《全唐诗》卷554—022，中华书局，1960，第6411页。
④ ［清］彭定求：《全唐诗》卷554—023，中华书局，1960，第6411页。

塞馆皆无事，儒装亦有弓。防秋故乡卒，暂喜语音同。①

夜泊淮阴

项斯

夜入楚家烟，烟中人未眠。望来淮岸尽，坐到酒楼前。
灯影半临水，筝声多在船。乘流向东去，别此易经年。②

远　水

项斯

渺渺浸天色，一边生晚光。阔浮萍思远，寒入雁愁长。
北极连平地，东流即故乡。扁舟来宿处，仿佛似潇湘。③

黄州暮愁

项斯

凌澌冲泪眼，重叠自西来。即夜寒应合，非春暖不开。
岂无登陆计，宜弃济川材。愿寄浮天外，高风万里回。④

晚发昭应

项斯

行人见雪愁，初作帝乡游。旅店开偏早，乡帆去未收。
灯残催卷席，手冷怕梳头。是物寒无色，汤泉正自流。⑤

---

①　[清]彭定求：《全唐诗》卷554—024，中华书局，1960，第6411页。
②　[清]彭定求：《全唐诗》卷554—025，中华书局，1960，第6411页。
③　[清]彭定求：《全唐诗》卷554—026，中华书局，1960，第6412页。
④　[清]彭定求：《全唐诗》卷554—027，中华书局，1960，第6412页。
⑤　[清]彭定求：《全唐诗》卷554—028，中华书局，1960，第6412页。

赠金州姚合使君

项斯

为郎名更重，领郡是蹉跎。官壁题诗尽，衙庭看鹤多。
城池连草堑，篱落带椒坡。未觉旗幡贵，闲行触处过。[①]

送殷中丞游边

项斯

话别无长夜，灯前闻曙鸦。已行难避雪，何处合逢花。
野寺门多闭，羌楼酒不赊。还须见边将，谁拟静尘沙。[②]

寄坐夏僧

项斯

坐夏日偏长，知师在律堂。多因束带热，更忆剃头凉。
苔色侵经架，松阴到簟床。还应炼诗句，借卧石池傍。[③]

寄卢式

项斯

到处久南望，未知何日回。寄书频到海，得梦忽闻雷。
岭日当秋暗，蛮花近腊开。白身居瘴疠，谁不惜君才。[④]

日东病僧

项斯

云水绝归路，来时风送船。不言身后事，犹坐病中禅。

---

① [清]彭定求:《全唐诗》卷554—029，中华书局，1960，第6412页。
② [清]彭定求:《全唐诗》卷554—030，中华书局，1960，第6412页。
③ [清]彭定求:《全唐诗》卷554—031，中华书局，1960，第6413页。
④ [清]彭定求:《全唐诗》卷554—032，中华书局，1960，第6413页。

深壁藏灯影，空窗出艾烟。已无乡土信，起塔寺门前。①

泛　溪

项斯

溪船泛渺瀰，渐觉灭炎辉。动水花连影，逢人鸟背飞。
深犹见白石，凉好换生衣。未得多诗句，终须隔宿归。②

送顾少府（一作送顾逢尉永康）

项斯

作尉年犹少，无辞去路赊。渔舟县前泊，山吏日高衙。
幽景临溪寺，秋蝉织杼家。行程须过越，先醉镜湖花。③

咸阳别李处士

项斯

古道自迢迢，咸阳离别桥。越人闻水处，秦树带霜朝。
驻马言难尽，分程望易遥。秋前未相见，此意转萧条。④

寄流人

项斯

毒草不曾枯，长添客健无。雾开蛮市合，船散海城孤。
象迹频藏齿，龙涎远蔽珠。家人秦地老，泣对日南图。⑤

---

① ［清］彭定求：《全唐诗》卷 554—033，中华书局，1960，第 6413 页。
② ［清］彭定求：《全唐诗》卷 554—034，中华书局，1960，第 6413 页。
③ ［清］彭定求：《全唐诗》卷 554—035，中华书局，1960，第 6413 页。
④ ［清］彭定求：《全唐诗》卷 554—036，中华书局，1960，第 6414 页。
⑤ ［清］彭定求：《全唐诗》卷 554—037，中华书局，1960，第 6414 页。

华顶道者

项斯

仙人掌中住，生有上天期。已废烧丹处，犹多种杏时。
养龙于浅水，寄鹤在高枝。得道复无事，相逢尽日棋。①

酬从叔听夜泉见寄

项斯

梦罢更开户，寒泉声隔云。共谁寻最远，独自坐偏闻。
岩际和风滴，溪中泛月分。岂知当此夜，流念到江濆。②

和李用夫栽小松

项斯

移来未换叶，已胜在空山。静对心标直，遥吟境助闲。
影侵残雪际，声透小窗间。即笋凌空干，翛翛岂易攀。③

哭南流人

项斯

遥见南来使，江头哭问君。临终时有雪，旅葬处无云。
官库空收剑，蛮僧共起坟。知名人尚少，谁为录遗文。④

经李白墓

项斯

夜郎归未老，醉死此江边。葬阙官家礼，诗残乐府篇。

---

① [清]彭定求:《全唐诗》卷554—038，中华书局，1960，第6414页。
② [清]彭定求:《全唐诗》卷554—039，中华书局，1960，第6414页。
③ [清]彭定求:《全唐诗》卷554—040，中华书局，1960，第6414页。
④ [清]彭定求:《全唐诗》卷554—041，中华书局，1960，第6414页。

游魂应到蜀，小碣岂旌贤。身没犹何罪，遗坟野火燃。①

春夜樊川竹亭陪诸同年宴

项斯

相知皆是旧，每恨独游频。幸此同芳夕，宁辞倒醉身。
灯光遥映烛，荨粉暗飘茵。明月分归骑，重来更几春。②

送 僧

项斯

灵山巡未遍，不作住持心。逢寺暂投宿，是山皆独寻。
有时过静界，在处想空林。从小即行脚，出家来至今。③

送苏处士归西山

项斯

南游何所为，一箧又空归。守道安清世，无心换白衣。
深林蝉噪暮，绝顶客来稀。早晚重相见，论诗更及微。④

游烂柯山

项斯

步步出尘氛，溪山别是春。坛边时过鹤，棋处寂无人。
访古碑多缺，探幽路不真。翻疑归去晚，清世累移晨。⑤

---

① ［清］彭定求：《全唐诗》卷 554—042，中华书局，1960，第 6415 页。
② ［清］彭定求：《全唐诗》卷 554—043，中华书局，1960，第 6415 页。
③ ［清］彭定求：《全唐诗》卷 554—044，中华书局，1960，第 6415 页。
④ ［清］彭定求：《全唐诗》卷 554—045，中华书局，1960，第 6415 页。
⑤ ［清］彭定求：《全唐诗》卷 554—046，中华书局，1960，第 6415 页。

送友人之永嘉

项斯

长贫知不易，去计拟何逃。相对人愁别，经过几处劳。

城连沙岫远，山断夏云高。犹想成诗处，秋灯半照涛。①

巴中逢故人

项斯

劳思空积岁，偶会更无由。以分难相舍，将行且暂留。

路岐何处极，江峡半猿愁。到此分南北，离怀岂易收。②

送归江州友人初下第（一作送友人下第归）

项斯

名高不俟召，收采献君门。偶屈应缘数，他人尽为冤。

新春城外路，旧隐水边村。归去无劳久，知君更待论。③

舜城怀古

项斯

禅禹逊尧聪，巍巍盛此中。四隅咸启圣，万古赖成功。

道德去弥远，山河势不穷。停车一再拜，帝业即今同。④

送刘道士之成都严真观

项斯

严君名不朽，道出二经中。归去精诚恳，还应梦寐通。

---

① [清] 彭定求：《全唐诗》卷554—047，中华书局，1960，第6416页。
② [清] 彭定求：《全唐诗》卷554—048，中华书局，1960，第6416页。
③ [清] 彭定求：《全唐诗》卷554—049，中华书局，1960，第6416页。
④ [清] 彭定求：《全唐诗》卷554—050，中华书局，1960，第6416页。

池台镜定月，松桧雨馀风。想对灵玄忆，人间恋若空。①

汉南遇友人

项斯

此身西复东，何计此相逢。梦尽吴越水，恨深襄汉钟。
积云开去路，曙雪叠前峰。谁即知非旧，怜君忽见容。②

游头陀寺上方

项斯

高步陟崔嵬，吟闲路惜回。寺知何代有，僧见梵天来。
暮霭连沙积，馀霞遍槛开。更期招静者，长啸上南台。③

送友人游河东

项斯

停车晓烛前，一语几潸然。路去干戈日，乡遥饥馑年。
湖波晴见雁，槐驿晚无蝉。莫纵经时住，东南书信偏。④

中秋夜怀

项斯

趋驰早晚休，一岁又残秋。若只如今日，何难至白头。
沧波归处远，旅食尚边愁。赖见前贤说，穷通不自由。⑤

①　[清]彭定求：《全唐诗》卷554—051，中华书局，1960，第6416页。
②　[清]彭定求：《全唐诗》卷554—052，中华书局，1960，第6417页。
③　[清]彭定求：《全唐诗》卷554—053，中华书局，1960，第6417页。
④　[清]彭定求：《全唐诗》卷554—054，中华书局，1960，第6417页。
⑤　[清]彭定求：《全唐诗》卷554—055，中华书局，1960，第6417页。

寄富春孙路处士

项斯

平生醉与吟，谁是见君心。上国一归去，沧江闲至今。

钟繁秋寺近，峰阔晚涛深。疏放长如此，何人长得寻。[1]

送客归新罗

项斯

君家沧海外，一别见何因。风土虽知教，程途自致贫。

浸天波色晚，横笛鸟行春。明发千樯下，应无更远人。[2]

杭州江亭留题登眺

项斯

处处日驰销，凭轩夕似朝。渔翁闲鼓棹，沙鸟戏迎潮。

树间津亭密，城连坞寺遥。因谁报隐者，向此得耕樵。[3]

荆州夜与友亲相遇

项斯

山海两分岐，停舟偶似期。别来何限意，相见却无辞。

坐永神凝梦，愁繁鬓欲丝。趋名易迟晚，此去莫经时。[4]

送友人游边

项斯

方春到帝京，有恋有愁并。万里江海思，半年沙塞程。

---

① [清]彭定求：《全唐诗》卷554—056，中华书局，1960，第6417页。
② [清]彭定求：《全唐诗》卷554—057，中华书局，1960，第6417页。
③ [清]彭定求：《全唐诗》卷554—058，中华书局，1960，第6418页。
④ [清]彭定求：《全唐诗》卷554—059，中华书局，1960，第6418页。

绿阴斜向驿，残照远侵城。自可资新课，还期振盛名。[①]

题赠宣州亢拾遗

项斯

传骑一何催，山门昼未开。高人终避世，圣主不遗才。
坐次歆临水，门中独举杯。谁为旦夕侣，深寺数僧来。[②]

姚氏池亭

项斯

池馆饶嘉致，幽人惬所闲。筱风能动浪，岸树不遮山。
啸槛鱼惊后，眠窗鹤语间。何须说庐阜，深处更跻攀。[③]

送友人之江南

项斯

东南路苦辛，去路见无因。万里此相送，故交谁更亲。
日浮汀草绿，烟霁海山春。握手无别赠，为予书札频。[④]

彭蠡湖春望

项斯

湖亭东极望，远棹不须回。遍草新湖落，连天众雁来。
芦洲残照尽，云障积烟开。更想鸱夷子，扁舟安在哉。[⑤]

---

① [清] 彭定求:《全唐诗》卷 554—060，中华书局，1960，第 6418 页。
② [清] 彭定求:《全唐诗》卷 554—061，中华书局，1960，第 6418 页。
③ [清] 彭定求:《全唐诗》卷 554—062，中华书局，1960，第 6418 页。
④ [清] 彭定求:《全唐诗》卷 554—063，中华书局，1960，第 6419 页。
⑤ [清] 彭定求:《全唐诗》卷 554—064，中华书局，1960，第 6419 页。

闻友人会裴明府县楼

项斯

闲阁雨吹尘,陶家揖上宾。湖山万叠翠,门树一行春。
景遍归檐燕,歌喧已醉身。登临兴不足,喜有数来因。[1]

归家山行

项斯

献赋才何拙,经时不耻归。能知此意是,甘取众人非。
遍陇耕无圃,缘溪钓有矶。此怀难自遣,期在振儒衣。[2]

长安书怀呈知己

项斯

江湖归不易,京邑计长贫。独夜有知己,论心无故人。
一灯愁里梦,九陌病中春。为问清平日,无门致出身。[3]

闻 蝉

项斯

动叶复惊神,声声断续匀。坐来同听者,俱是未归人。
一棹三湘浪,单车二蜀尘。伤秋各有日,千可念因循。[4]

李处士道院南楼

项斯

霜晚复秋残,楼明近远山。满壶邀我醉,一榻为僧闲。

---

① [清]彭定求:《全唐诗》卷554—065,中华书局,1960,第6419页。
② [清]彭定求:《全唐诗》卷554—066,中华书局,1960,第6419页。
③ [清]彭定求:《全唐诗》卷554—067,中华书局,1960,第6419页。
④ [清]彭定求:《全唐诗》卷554—068,中华书局,1960,第6420页。

树簇孤汀眇，帆欹积浪间。从容更南望，殊欲外人寰。[①]

送顾非熊及第归茅山

项斯

吟诗三十载，成此一名难。自有恩门入，全无帝里欢。
湖光愁里碧，岩景梦中寒。到后松杉月，何人共晓看。[②]

春日题李中丞樊川别墅

项斯

心知受恩地，到此亦裴回。上路移时立，中轩隔宿来。
川光通沼沚，寺影带楼台。无限成蹊树，花多向客开。[③]

龙州与韩将军夜会

项斯

庭绿草纤纤，边州白露沾。别歌缘剑起，客泪是愁添。
见月鹊啼树，避风云满帘。将军尽尊酒，楼上赋星占。[④]

途中逢友人

项斯

长大有南北，山川各所之。相逢孤馆夜，共忆少年时。
烂醉百花酒，狂题几首诗。来朝又分袂，后会夐应丝。[⑤]

---

① [清]彭定求：《全唐诗》卷554—069，中华书局，1960，第6420页。
② [清]彭定求：《全唐诗》卷554—070，中华书局，1960，第6420页。
③ [清]彭定求：《全唐诗》卷554—071，中华书局，1960，第6420页。
④ [清]彭定求：《全唐诗》卷554—072，中华书局，1960，第6420页。
⑤ [清]彭定求：《全唐诗》卷554—073，中华书局，1960，第6420页。

送友人下第归襄阳

项斯

失意已春残，归愁与别难。山分关路细，江绕夜城寒。

草色连晴坂，鼍声离晓滩。差池是秋赋，何以暂怀安。①

宿山寺

项斯

栗叶重重复翠微，黄昏溪上语人稀。月明古寺客初到，风度闲门僧未归。

山果经霜多自落，水萤穿竹不停飞。中宵能得几时睡，又被钟声催著衣。②

病　鹤

项斯

青云有意力犹微，岂料低回得所依。辛念翅因风雨困，岂教身陷稻粱肥。

曾游碧落宁无侣，见有清池不忍飞。纵使他年引仙驾，主人恩在亦应归。③

梦　仙

项斯

昨宵魂梦到仙津，得见蓬山不死人。云叶许裁成野服，玉浆教吃润愁身。

红楼近月宜寒水，绿杏摇风占古春。次第引看行未遍，浮光牵入世间尘。④

古　扇

项斯

昨日裁成夺夏威，忽逢秋节便相违。寒尘妒尽秦王女，凉殿恩随汉主妃。

①　[清]彭定求：《全唐诗》卷554—074，中华书局，1960，第6421页。
②　[清]彭定求：《全唐诗》卷554—075，中华书局，1960，第6421页。
③　[清]彭定求：《全唐诗》卷554—076，中华书局，1960，第6421页。
④　[清]彭定求：《全唐诗》卷554—077，中华书局，1960，第6421页。

似月旧临红粉面，有风休动麝香衣。千年萧瑟关人事，莫语当时掩泪归。①

泾州听张处士弹琴

项斯

边州独夜正思乡，君又弹琴在客堂。

仿佛不离灯影外，似闻流水到潇湘。②

赠　别

项斯

鱼在深泉鸟在云，从来只得影相亲。

他时纵有逢君处，应作人间白发身。③

对　鲙

项斯

行到鲈鱼乡里时，鲙盘如雪怕风吹。

犹怜醉里江南路，马上垂鞭学钓时。④

忆朝阳峰前居

项斯

每忆闲眠处，朝阳最上峰。溪僧来自远，林路出无踪。

败褐黏苔遍，新题出石重。霞光侵曙发，岚翠近秋浓。

健羡机能破，安危道不逢。雪残猿到阁，庭午鹤离松。

此地虚为别，人间久未容。何时无一事，却去养疏慵。⑤

---

① [清] 彭定求:《全唐诗》卷 554—078，中华书局，1960，第 6421 页。
② [清] 彭定求:《全唐诗》卷 554—079，中华书局，1960，第 6422 页。
③ [清] 彭定求:《全唐诗》卷 554—080，中华书局，1960，第 6422 页。
④ [清] 彭定求:《全唐诗》卷 554—081，中华书局，1960，第 6422 页。
⑤ [清] 彭定求:《全唐诗》卷 554—082，中华书局，1960，第 6422 页。

暮上瞿唐峡

项斯

自古艰难地,孤舟旦暮程。独愁空托命,省已是轻生。

有树皆相倚,无岩不倒倾。蛟螭波数怒,鬼怪火潜明。

履道知无负,离心自要惊。何年面骨肉,细话苦辛行。①

和李中丞醉中期王征君月夜同游浐水旧居

项斯

醉后情俱远,难忘素浐间。照花深处月,当户旧时山。

事想同清话,欢期一破颜。风流还爱竹,此夜尚思闲。②

浊水求珠

项斯

灵魄自沉浮,从来任浊流。愿从深处得,不向暗中投。

圆月时堪惜,沧波路可求。沙寻龙窟远,泥访蚌津幽。

是宝终知贵,唯恩且用酬。如能在公掌,的不负明眸。③

江村夜泊

项斯

日落江路黑,前村人语稀。

几家深树里,一火夜渔归。④

---

① [清]彭定求:《全唐诗》卷554—083,中华书局,1960,第6422页。

② [清]彭定求:《全唐诗》卷554—084,中华书局,1960,第6422页。

③ [清]彭定求:《全唐诗》卷554—085,中华书局,1960,第6423页。

④ [清]彭定求:《全唐诗》卷554—086,中华书局,1960,第6423页。

落第后归觐喜逢僧再阳

项斯

相逢须强笑，人世别离频。去晓长侵月，归乡动隔春。

见僧心暂静，从俗事多屯。宇宙诗名小，山河客路新。

翠桐犹入爨，青镜未辞尘。逸足常思骥，随群且退鳞。

宴乖红杏寺，愁在绿杨津。羞病难为药，开眉懒顾人。①

送越僧元瑞

项斯

静中无伴侣，今亦独随缘。

昨夜离空室，焚香净去船。②

旧宫人

项斯

自出先皇玉殿中，衣裳不更染深红。宫钗折尽垂空鬓，内扇穿多减半风。

桃熟亦曾君手赐，酒阑犹候妾歌终。如今还向城边住，御水东流意不通。③

梦游仙

项斯

梦游飞上天家楼，珠箔当风挂玉钩。鹦鹉隔帘呼再拜，水仙移镜懒梳头。

丹霞不是人间晓，碧树仍逢岫外秋。将谓便长于此地，鸡声入耳所堪愁。④

---

① ［清］彭定求：《全唐诗》卷 554—087，中华书局，1960，第 6423 页。
② ［清］彭定求：《全唐诗》卷 554—088，中华书局，1960，第 6423 页。
③ ［清］彭定求：《全唐诗》卷 554—089，中华书局，1960，第 6423 页。
④ ［清］彭定求：《全唐诗》卷 554—090，中华书局，1960，第 6423 页。

送宫人入道

项斯

愿随仙女董双成，王母前头作伴行。初戴玉冠多误拜，欲辞金殿别称名。

将敲碧落新斋磬，却进昭阳旧赐筝。旦暮焚香绕坛上，步虚犹作按歌声。[①]

长安退将

项斯

塞晚冲沙损眼明，归来养病住秦京。上高楼阁看星坐，著白衣裳把剑行。

常说老身思斗将，最悲无力制蕃营。翠眉红脸和回鹘，惆怅中原不用兵。[②]

遥装夜

项斯

卷席贫抛壁下床，且铺他处对灯光。欲行千里从今夜，犹惜残春发故乡。

蚊蚋已生团扇急，衣裳未了剪刀忙。谁知更有芙蓉浦，南去令人愁思长。[③]

送苗七求职

项斯

相逢未得三回笑，风送离情入剪刀。客路最能销日月，梦魂空自畏波涛。

独眠秋夜琴声急，未拜军城剑色高。去去缘多山与海，鹤身宁肯为飞劳。[④]

山行（一作山中作）

项斯

青枥林深亦有人，一渠流水数家分。山当日午回峰影，草带泥痕过鹿群。

---

① [清]彭定求：《全唐诗》卷 554—091，中华书局，1960，第 6424 页。

② [清]彭定求：《全唐诗》卷 554—092，中华书局，1960，第 6424 页。

③ [清]彭定求：《全唐诗》卷 554—093，中华书局，1960，第 6424 页。

④ [清]彭定求：《全唐诗》卷 554—094，中华书局，1960，第 6424 页。

蒸茗气从茅舍出，缲丝声隔竹篱闻。行逢卖药归来客，不惜相随入岛云。①

题永忻寺影堂

项斯

不遇修寺日，无钱入影堂。故来空礼拜，临去重添香。

僧得名难近，灯传火已长。发心依止后，借住有邻房。②

献令狐相公，时相公郊坛行事回

项斯（一作赵嘏诗）

鹗在卿云冰在壶，代天才业本訏谟。荣同伊陟传朱户，秀比王商入画图。

昨夜星辰回剑履，前年风月满江湖。不知机务时多暇，还许诗家属和无。③

句

项斯

佳人背江坐，眉际列烟树。（《庾楼燕》）

马蹄没青莎，船迹成空波。春风吹两意，何意更相值。（《古意》

以上并见张为《主客图》）

更望会稽何处是，沙连竹箭白鹇群。（《吟窗杂录》）④

① ［清］彭定求：《全唐诗》卷554—095，中华书局，1960，第6424页。
② ［清］彭定求：《全唐诗》卷554—096，中华书局，1960，第6425页。
③ ［清］彭定求：《全唐诗》卷554—097，中华书局，1960，第6425页。
④ ［清］彭定求：《全唐诗》卷554—098，中华书局，1960，第6425页。

《全唐诗》所见台州区域诗歌分地区汇总表 ①

天台 99 首

序号	卷	号	诗题	作者	是否到过
1	3	38	《王屋山送道士司马承祯还天台》	李隆基	否
2	48	38	《送杨道士往天台》	张九龄	否
3	52	28	《寄天台司马道士》	宋之问	否
4	53	44	《送司马道士游天台》	宋之问	否
5	54	17	《寄天台司马先生》	崔湜	否
6	80	21	《送道士入天台》	薛曜	否
7	87	65	《寄天台司马道士》	张说	否
8	114	48	《寄天台司马道士》	沈如筠	否
9	116	4	《送苏倩游天台》	张子容	否
10	144	25	《白龙窟泛舟寄天台学道者》	常建	否
11	147	25	《送少微上人游天台》	刘长卿	否
12	149	55	《入白沙渚，夤缘二十五里至石窟山下，怀天台陆山人》	刘长卿	否
13	150	15	《夜宴洛阳程九主簿宅送杨三山人往天台寻智者禅师隐居》	刘长卿	否

---

① 本表所涉及的《全唐诗》诗文，均引自 [清] 彭定求的《全唐诗》，(中华书局，1960)。

14	151	36	《送惠法师游天台，因怀智大师故居》	刘长卿	否
15	159	15	《将适天台，留别临安李主簿》	孟浩然	是
16	159	28	《宿天台桐柏观》	孟浩然	是
17	159	43	《越中逢天台太乙子》	孟浩然	是 ※①
18	160	22	《寄天台道士》	孟浩然	是
19	160	68	《寻天台山》	孟浩然	是
20	175	9	《送杨山人归天台》	李白	是 ※
21	180	5	《天台晓望》	李白	是 ※
22	281	9	《天台道中示同行》	章八元	是
23	281	18	《忆游天台寄道流》	张佐	是 ※
24	292	42	《寄天台秀师》	司空曙	否
25	365	20	《送霄韵上人游天台（一作宝韵上人）》	刘禹锡	否
26	379	16	《送超上人归天台（一作送天台道士）》	孟郊	否
27	426	11	《司天台·引古以儆今也》	白居易	否
28	445	2	《和微之诗二十三首·和送刘道士游天台》	白居易	否
29	467	36	《天台》	牟融	是
30	474	10	《天台独夜》	徐凝	是
31	475	82	《春暮思平泉杂咏二十首·金松（出天台山，叶带金色）》	李德裕	否
32	485	48	《寄天台准公》	鲍溶	否
33	487	14	《送僧择栖游天台二首》	鲍溶	否
34	493	8	《送文颖上人游天台》	沈亚之	否
35	494	11	《送端上人游天台》	施肩吾	是 ※
36	496	64	《送陟遐上人游天台》	姚合	是 ※
37	500	16	《游天台上方（一作游天长寺上方）》	姚合	是

---

① ※ 表示诗人到访过，但本诗不可为证。

38	508	30	《天台晴望（时左迁台州刺史。题一作喜晴)》	李敬方	是
39	510	1	《游天台山》	张祜	是
40	511	10	《忆游天台寄道流》	张祜	是
41	515	20	《送虚上人游天台》	朱庆馀	否
42	515	25	《送元处士游天台》	朱庆馀	否
43	533	36	《早发天台中岩寺度关岭次天姥岑》	许浑	是
44	533	41	《送郭秀才游天台》	许浑	是 ※
45	538	3	《思天台》	许浑	是
46	554	19	《病中怀王展先辈在天台》	项斯	是 ※
47	556	88	《送道友入天台山作》	马戴	否
48	572	41	《送天台僧》	贾岛	否
49	573	11	《送僧归天台》	贾岛	否
50	585	25	《筑台词（汉武筑通天台，役者苦之)》	刘驾	否
51	586	41	《赠天台隐者》	刘沧	否
52	588	51	《送僧入天台》	李频	否
53	590	35	《送圆鉴上人游天台》	李郢	是
54	590	43	《重游天台》	李郢	是
55	604	16	《赠天台僧》	许棠	是
56	613	55	《孙发百篇将游天台请诗赠行，因以送之》	皮日休	否
57	614	36	《腊后送内大德从勖游天台》	皮日休	否
58	615	46	《寄题天台国清寺齐梁体》	皮日休	否
59	625	7	《和袭美送孙发百篇游天台》	陆龟蒙	否
60	626	18	《和袭美腊后送内大德从勖游天台》	陆龟蒙	否
61	628	39	《寄题天台国清寺齐梁体》	陆龟蒙	否
62	640	6	《刘晨阮肇游天台》	曹唐	是
63	640	10	《刘阮再到天台不复见仙子》	曹唐	是

64	643	20	《司天台》	李山甫	否
65	650	48	《因话天台胜异仍送罗道士》	方干	否
66	652	1	《赠天台叶尊师》	方干	否
67	652	18	《送孙百篇游天台》	方干	否
68	652	50	《送钱特卿赴职天台》	方干	否
69	653	31	《送水墨项处士归天台》	方干	否
70	679	37	《送僧归江东（一作岐下送蒙上人归天台）》	崔涂	否
71	690	27	《赠天台王处士》	林嵩	否
72	691	10	《登天台寺》	杜荀鹤	是
73	692	93	《送项山人归天台》	杜荀鹤	是※
74	701	53	《寄天台叶尊师》	王贞白	否
75	709	60	《寄天台陈希畋》	徐夤	否
76	714	41	《天台陈逸人》	崔道融	否
77	717	37	《天台瀑布》	曹松	是
78	721	18	《送人之天台》	李洞	否
79	737	13	《寄天台道友》	卢士衡	是
80	746	37	《夏日怀天台（一作夏日有怀）》	陈陶	是
81	762	2	《忆天台山》	刘昭禹	是
82	762	33	《赠天台逸人》	廖融	否
83	763	5	《送日东僧游天台》	杨夔	否
84	793	9	《天台禅院联句》	安守范	否
85	810	7	《天姥岑望天台山》	灵澈	是
86	818	48	《送重钧上人游天台》	皎然	是※
87	820	44	《忆天台》	皎然	是
88	821	44	《送旻上人游天台》	皎然	是※
89	828	6	《寒月送玄士入天台》	贯休	是

90	829	10	《天台老僧》	贯休	是
91	829	17	《寄天台道友》	贯休	是
92	829	45	《送僧游天台》	贯休	是
93	830	9	《送道士归天台》	贯休	是※
94	832	47	《秋夜作因怀天台道者》	贯休	是※
95	832	55	《送僧归天台寺》	贯休	是※
96	837	50	《寄天台叶道士》	贯休	是※
97	837	51	《送道友归天台》	贯休	是※
98	842	25	《怀天台华顶僧》	齐己	是
99	875	49	《天台观石简记》	佚名	否

赤城 85 首

序号	卷	号	诗题	作者	是否到过
1	17	39	《乐府杂曲·鼓吹曲辞·临高台》	王勃	否
2	29	41	《杂歌谣辞·步虚引》	陈陶	是※
3	55	11	《临高台》	王勃	否
4	57	12	《宝剑篇》	李峤	否
5	68	16	《嵩山石淙侍宴应制》	崔融	否
6	83	5	《与东方左史虬修竹篇》	陈子昂	否
7	92	13	《幸白鹿观应制》	李乂	否
8	118	52	《立秋日题安昌寺北山亭》	孙逖	否
9	141	12	《观江淮名胜图》	王昌龄	否
10	148	121	《和袁郎中破贼后军行过剡中山水谨上太尉（即李光弼）》	刘长卿	是※
11	150	15	《夜宴洛阳程九主簿宅送杨三山人往天台寻智者禅师隐居》	刘长卿	是※
12	159	28	《宿天台桐柏观》	孟浩然	是

13	159	30	《题终南翠微寺空上人房（一作题终南翠微寺）》	孟浩然	是
14	159	43	《越中逢天台太乙子》	孟浩然	是 ※
15	160	68	《寻天台山》	孟浩然	是
16	160	109	《舟中晓望》	孟浩然	是
17	166	10	《同族弟金城尉叔卿烛照山水壁画歌》	李白	是 ※
18	167	2	《当涂赵炎少府粉图山水歌》	李白	是 ※
19	174	4	《梦游天姥吟留别（一作梦游天姥山别东鲁诸公）》	李白	是 ※
20	174	10	《留别西河刘少府》	李白	是 ※
21	175	3	《送王屋山人魏万还王屋》	李白	是 ※
22	175	9	《送杨山人归天台》	李白	是 ※
23	176	28	《金陵送张十一再游东吴》	李白	是 ※
24	180	5	《天台晓望》	李白	是
25	180	6	《早望海霞边》	李白	是
26	183	11	《秋夕书怀（一作秋日南游书怀）》	李白	是 ※
27	183	33	《莹禅师房观山海图》	李白	是 ※
28	236	44	《雨中望海上，怀郁林观中道侣》	钱起	否
29	249	42	《酬包评事壁画山水见寄》	皇甫冉	否
30	267	52	《临海所居三首》	顾况	是
31	267	84	《从剡溪至赤城》	顾况	是
32	281	18	《忆游天台寄道流》	张佐	存疑
33	282	39	《登天坛夜见海》	李益	否
34	283	13	《同萧炼师宿太乙庙》	李益	否
35	322	20	《寄临海郡崔稚璋》	权德舆	否
36	360	45	《和令狐相公送赵常盈炼师与中贵人同拜岳……投龙毕却赴京》	刘禹锡	否
37	379	16	《送超上人归天台（一作送天台道士）》	孟郊	否
38	428	35	《题赠郑秘书征君石沟溪隐居》	白居易	否

39	465	24	《赠罗浮易炼师》	杨衡	否
40	475	128	《临海太守惠予赤城石，报以是诗》	李德裕	否
41	477	14	《寄河阳从事杨潜》	李涉	是
42	485	48	《寄天台准公》	鲍溶	否
43	493	8	《送文颖上人游天台》	沈亚之	否
44	496	64	《送陟遐上人游天台》	姚合	是※
45	504	1	《泊灵溪馆》	郑巢	是
46	510	1	《游天台山》	张祜	是
47	511	10	《忆游天台寄道流》	张祜	是※
48	515	25	《送元处士游天台》	朱庆馀	否
49	533	41	《送郭秀才游天台》	许浑	是※
50	534	7	《乘月棹舟送大历寺灵聪上人不及》	许浑	是※
51	538	3	《思天台》	许浑	是
52	541	79	《送从翁从东川弘农尚书幕》	李商隐	否
53	541	97	《朱槿花二首》	李商隐	否
54	541	101	《病中闻河东公乐营置酒口占寄上》	李商隐	否
55	554	19	《病中怀王展先辈在天台》	项斯	是※
56	556	29	《赠禅僧》	马戴	否
57	556	84	《中秋夜坐有怀》	马戴	否
58	556	88	《送道友入天台山作》	马戴	否
59	573	11	《送僧归天台》	贾岛	否
60	574	21	《酬慈恩寺文郁上人》	贾岛	否
61	590	9	《宿怜上人房》	李郢	是
62	604	16	《赠天台僧》	许棠	是
63	613	55	《孙发百篇将游天台请诗赠行，因以送之》	皮日休	否
64	614	35	《寒日书斋即事三首》	皮日休	否

65	625	19	《奉和袭美怀华阳润卿博士三首》	陆龟蒙	否
66	626	22	《送董少卿游茅山》	陆龟蒙	否
67	652	18	《送孙百篇游天台》	方干	是 ※
68	655	14	《寄杨秘书》	罗隐	否
69	663	22	《送程尊师东游有寄》	罗隐	否
70	665	47	《寄剡县主簿》	罗隐	否
71	685	31	《绵竹山四十韵》	吴融	否
72	690	27	《赠天台王处士》	林嵩	否
73	708	8	《赠董先生》	徐夤	否
74	708	68	《画松》	徐夤	否
75	711	7	《和尚书咏泉山瀑布十二韵》	徐夤	否
76	737	16	《僧房听雨》	卢士衡	是
77	745	25	《步虚引（一作仙人词)》	陈陶	是 ※
78	746	52	《泉州刺桐花咏兼呈赵使君》	陈陶	是 ※
79	761	6	《大游仙诗》	欧阳炯（一作欧阳炳）	否
80	762	33	《赠天台逸人》	廖融	否
81	763	5	《送日东僧游天台》	杨夔	否
82	779	25	《登云梯》	殷琮	否
83	803	48	《金灯花》	薛涛	否
84	805	20	《句》	元淳	否
85	806	1	《诗三百三首》	寒山	是

国清寺 10 首

序号	卷	号	诗题	作者	是否到过
1	150	15	《夜宴洛阳程九主簿宅送杨三山人往天台寻智者禅师隐居》	刘长卿	是 ※

2	151	42	《送台州李使君，兼寄题国清寺》	刘长卿	是
3	573	11	《送僧归天台》	贾岛	否
4	615	46	《寄题天台国清寺齐梁体》	皮日休	否
5	628	39	《寄题天台国清寺齐梁体》	陆龟蒙	否
6	692	104	《送僧归国清寺》	杜荀鹤	是 ※
7	721	48	《颜上人房（一作题西明自觉上人房）》	李洞	否
8	762	3	《冬日暮国清寺留题》	刘昭禹	是
9	819	20	《送德守二叔侄上人还国清寺觐师》	皎然	是 ※
10	820	22	《咏小瀑布》	皎然	是

桐柏 20 首

序号	卷	号	诗题	作者	是否到过
1	53	44	《送司马道士游天台》	宋之问	存疑
2	69	16	《钱唐州高使君赴任》	韦元旦	否
3	76	9	《淮亭吟》	徐彦伯	否
4	79	24	《早发淮口望盱眙》	骆宾王	是 ※
5	93	4	《钱唐州高使君赴任》	卢藏用	否
6	138	36	《登戏马台作》	储光羲	否
7	145	12	《小山歌》	万楚	否
8	159	28	《宿天台桐柏观》	孟浩然	是
9	236	36	《过桐柏山》	钱起	否
10	292	2	《送永阳崔明府》	司空曙	无
11	298	54	《东征行》	王建	是 ※
12	337	24	《嗟哉董生行》	韩愈	否
13	673	17	《送梁道士》	周朴	是
14	673	37	《桐柏观》	周朴	是

15	727	33	《桐柏观》	任翻	是
16	761	6	《大游仙诗》	欧阳炯（一作欧阳炳）	否
17	787	4	《月映清淮流》	无名氏	—
18	829	17	《寄天台道友》	贯休	是※
19	854	8	《题北平沼》	杜光庭	是
20	857	4	《题桐柏山黄先生庵门》	吕岩	是※

石桥 91 首

序号	卷	号	诗题	作者	是否到过
1	26	70	《杂曲歌辞·独不见》	王训	否
2	53	30	《灵隐寺》	宋之问	否
3	147	25	《送少微上人游天台》	刘长卿	是※
4	151	36	《送惠法师游天台，因怀智大师故居》	刘长卿	是※
5	160	109	《舟中晓望》	孟浩然	是
6	169	17	《赠僧崖公》	李白	是※
7	175	9	《送杨山人归天台》	李白	是※
8	212	5	《睢阳酬别畅大判官》	高适	否
9	212	37	《鲁西至东平》	高适	否
10	246	16	《观海》	独孤及	否
11	266	22	《经徐侍郎墓作》	顾况	是
12	267	52	《临海所居三首》	顾况	是
13	279	2	《题念济寺晕上人院》	卢纶	否
14	312	1	《烂柯山四首·石桥》	刘迥	否
15	316	66	《送吴侍御司马赴台州》	武元衡	否
16	359	62	《送元简上人适越》	刘禹锡	否

17	365	20	《送霄韵上人游天台（一作宝韵上人）》	刘禹锡	否
18	380	24	《烂柯石》	孟郊	否
19	408	11	《和友封题开善寺十韵（依次重用本韵）》	元稹	否
20	435	7	《醉后走笔酬刘五主簿长句之赠兼简张大贾二十四先辈昆季》	白居易	否
21	474	34	《寄海峤丈人》	徐凝	是※
22	481	36	《新楼诗二十首·琪树》	李绅	是※
23	494	11	《送端上人游天台》	施肩吾	是※
24	494	116	《山中玩白鹿》	施肩吾	是※
25	496	66	《送僧贞实归杭州天竺》	姚合	是※
26	503	41	《赠朱庆馀校书》	周贺	否
27	511	23	《题杭州天竺寺》	张祜	是※
28	515	20	《送虚上人游天台》	朱庆馀	否
29	515	25	《送元处士游天台》	朱庆馀	否
30	540	98	《海上》	李商隐	否
31	543	47	《赠张濆处士》	喻凫	否
32	550	53	《寻僧二首》	赵嘏	否
33	554	1	《寄石桥僧》	项斯	是※
34	555	52	《送僧归闽中旧寺》	马戴	否
35	556	9	《山中寄姚合员外》	马戴	否
36	556	88	《送道友入天台山作》	马戴	否
37	557	27	《题缑山王子晋庙》	郑畋	否
38	571	30	《寄孟协律》	贾岛	否
39	572	25	《寄龙池寺贞空二上人》	贾岛	否
40	574	56	《赠僧》	贾岛	否
41	583	31	《宿一公精舍》	温庭筠	否
42	588	23	《越中行》	李频	否

43	590	35	《送圆鉴上人游天台》	李郢	是 ※
44	590	36	《送僧之台州》	李郢	是 ※
45	590	43	《重游天台》	李郢	是
46	594	5	《宿玉箫宫》	储嗣宗	否
47	594	12	《和茅山高拾遗忆山中杂题五首·山邻》	储嗣宗	否
48	601	23	《送人入新罗使》	李昌符	否
49	603	6	《早发洛中》	许棠	是 ※
50	638	98	《金山寺空上人院》	张乔	存疑
51	639	44	《赠头陀僧》	张乔	存疑
52	660	14	《题玄同先生草堂三首》	罗隐	否
53	701	53	《寄天台叶尊师》	王贞白	否
54	702	12	《送董卿赴台州》	张蠙	否
55	710	44	《苔》	徐夤	否
56	722	34	《出山睹春榜》	李洞	否
57	723	5	《哭栖白供奉》	李洞	否
58	723	14	《怀张乔张霞》	李洞	否
59	738	12	《登祝融峰》	李徵古	否
60	746	39	《春日行》	陈陶	是
61	761	6	《大游仙诗》	欧阳炯（一作欧阳炳）	否
62	764	17	《幽居寄李秘书》	谭用之	否
63	774	29	《独不见》	王训	重出
64	788	22	《七言滑语联句》	颜真卿	否
65	806	1	《诗三百三首》	寒山	是
66	807	1	《诗》	拾得	是
67	808	30	《画松》	景云	否

68	809	40	《妙乐观（一作题王乔观传傅道士所居）》	灵一	是※
69	811	2	《题醴陵玉仙观歌》	护国（一作灵一诗）	否
70	813	42	《行汉水晚次神滩阻风》	无可	是※
71	813	49	《送喻凫及第归阳羡》	无可	是※
72	813	55	《禅林寺》	无可	是
73	818	42	《送邢台州济（一作送独孤使君赴岳州）》	皎然	是※
74	823	35	《和王季文题九华山》	神颖	否
75	828	18	《送杨秀才》	贯休	是※
76	828	32	《观怀素草书歌》	贯休	是※
77	829	1	《春山行》	贯休	是※
78	832	24	《避地毗陵上王恺使君（时黄贼陷东阳公避地于浙右）》	贯休	是※
79	836	19	《题兰江言上人院二首》	贯休	是※
80	837	1	《山居诗二十四首》	贯休	是※
81	839	35	《送刘秀才南游》	齐己	是※
82	840	55	《怀华顶道人》	齐己	是※
83	840	58	《送人游衡岳》	齐己	是※
84	842	25	《怀天台华顶僧》	齐己	是※
85	842	50	《欲游龙山鹿苑有作》	齐己	是※
86	845	18	《寄益上人》	齐己	是※
87	846	34	《寄南岳诸道友》	齐己	是※
88	858	4	《七夕》	吕岩	是※
89	861	44	《自吟》	徐钓者	否
90	883	2	《曲龙山歌》	顾况	是※
91	894	3	《女冠子》	薛昭蕴	否

寒岩 2 首

序号	卷	号	诗题	作者	是否到过
1	474	11	《送寒岩归士》	徐凝	是 ※
2	652	7	《题龙泉寺绝顶》	方干	否

玉霄 3 首

序号	卷	号	诗题	作者	是否到过
1	828	6	《寒月送玄士入天台》	贯休	是
2	829	17	《寄天台道友》	贯休	是
3	837	50	《寄天台叶道士》	贯休	是 ※

华顶 16 首

序号	卷	号	诗题	作者	是否到过
1	159	43	《越中逢天台太乙子》	孟浩然	是 ※
2	160	22	《寄天台道士》	孟浩然	是
3	160	68	《寻天台山》	孟浩然	是
4	175	3	《送王屋山人魏万还王屋》	李白	是 ※
5	180	5	《天台晓望》	李白	是
6	504	1	《泊灵溪馆》	郑巢	是
7	543	47	《赠张濆处士》	喻凫	否
8	572	41	《送天台僧》	贾岛	否
9	590	35	《送圆鉴上人游天台》	李郢	是
10	806	1	《诗三百三首》	寒山	是
11	807	1	《诗》	拾得	是
12	810	7	《天姥岑望天台山》	灵澈	是

13	813	55	《禅林寺》	无可	是
14	818	48	《送重钧上人游天台》	皎然	是※
15	821	44	《送旻上人游天台》	皎然	是※
16	842	25	《怀天台华顶僧》	齐己	是

刘阮 21 首

序号	卷	号	诗题	作者	是否到过
1	267	59	《寻桃花岭潘三姑台》	顾况	是※
2	281	18	《忆游天台寄道流》	张祜	是
3	329	16	《桃源篇》	权德舆	否
4	433	21	《对酒》	白居易	否
5	437	94	《和梦游春诗一百韵》	白居易	否
6	511	10	《忆游天台寄道流》	张佐	是
7	533	36	《早发天台中岩寺度关岭次天姥岑》	许浑	是
8	640	7	《刘阮洞中遇仙子》	曹唐	是※
9	640	8	《仙子送刘阮出洞》	曹唐	是※
10	640	9	《仙子洞中有怀刘阮》	曹唐	是※
11	640	10	《刘阮再到天台不复见仙子》	曹唐	是※
12	695	35	《渔塘十六韵（在朱阳县石岩下）》	韦庄	否
13	754	36	《送彭秀才南游》	徐铉	否
14	778	15	《赠葛氏小娘子》	潘雍	否
15	857	1	《七言》	吕岩	是※
16	881	1	《蒙求》	李瀚	否
17	885	2	《夜看樱桃花》	皮日休	否
18	892	2	《天仙子》	韦庄	否
19	894	10	《甘州子》	顾夐	否

| 20 | 896 | 4 | 《女冠子》 | 李珣 | 否 |
| 21 | 897 | 3 | 《浣溪沙》 | 阎选 | 否 |

琼台 3 首

序号	卷	号	诗题	作者	是否到过
1	510	1	《游天台山》	张祜	是
2	650	48	《因话天台胜异仍送罗道士》	方干	否
3	837	1	《山居诗二十四首》	贯休	是 ※

天姥 6 首

序号	卷	号	诗题	作者	是否到过
1	174	4	《梦游天姥吟留别（一作梦游天姥山别东鲁诸公）》	李白	是 ※
2	510	1	《游天台山》	张祜	是
3	533	36	《早发天台中岩寺度关岭次天姥岑》	许浑	是
4	583	31	《宿一公精舍》	温庭筠	否
5	807	1	《诗》	拾得	是
6	810	7	《天姥岑望天台山》	灵澈	是

临海 29 首

序号	卷	号	诗题	作者	是否到过
1	49	46	《城南隅山池春中田袁二公盛称其美夏首获赏果……故有此咏》	张九龄	否
2	51	14	《景龙四年春祠海》	宋之问	否
3	68	6	《从军行》	崔融	否
4	78	8	《久客临海有怀》	骆宾王	是

5	120	9	《从军行》	李昂	否
6	126	42	《送崔三往密州觐省》	王维	否
7	141	12	《观江淮名胜图》	王昌龄	否
8	146	5	《赠房侍御（时房公在新安）》	陶翰	否
9	150	5	《旅次丹阳郡，遇康侍御宣慰召募，兼别岑单父》	刘长卿	是※
10	159	30	《题终南翠微寺空上人房（一作题终南翠微寺）》	孟浩然	是※
11	170	19	《赠从弟南平太守之遥二首》	李白	是※
12	183	8	《翰林读书言怀，呈集贤诸学士》	李白	是※
13	193	61	《题石桥》	韦应物	否
14	248	14	《送裴补阙入河南幕》	郎士元	否
15	249	45	《赠郑山人》	皇甫冉	否
16	267	52	《临海所居三首》	顾况	是
17	322	20	《寄临海郡崔稚璋》	权德舆	否
18	324	7	《送台州崔录事》	权德舆	否
19	475	128	《临海太守惠予赤城石，报以是诗》	李德裕	否
20	503	58	《早秋过郭涯书堂（一作郭劲书斋）》	周贺	否
21	573	44	《赠僧》	贾岛	否
22	581	11	《送人南游》	温庭筠	否
23	600	13	《新岭临眺寄连总进士》	欧阳玭	否
24	670	26	《投知己》	秦韬玉	否
25	692	25	《寄临海姚中丞》	杜荀鹤	是
26	758	21	《送江为归岭南》	孟贯	否
27	815	47	《酬邢端公济春日苏台有呈袁州李使君……辛阳王三侍御》	皎然	是※
28	842	25	《怀天台华顶僧》	齐己	是
29	891	20	《更漏子》	温庭筠	否

台州 24 首

序号	卷	号	诗题	作者	是否到过
1	73	15	《蜀城哭台州乐安少府》	苏颋	否
2	118	20	《送周判官往台州》	孙逖	否
3	151	42	《送台州李使君，兼寄题国清寺》	刘长卿	是 ※
4	218	11	《有怀台州郑十八司户（虔）》	杜甫	是 ※
5	222	7	《八哀诗。故著作郎贬台州司户荥阳郑公虔》	杜甫	是 ※
6	225	28	《送郑十八虔贬台州司户伤其临老陷贼之故阙……别情见于诗》	杜甫	是 ※
7	227	34	《所思（得台州郑司户虔消息）》	杜甫	是 ※
8	234	40	《哭台州郑司户苏少监》	杜甫	是 ※
9	294	29	《润州送师弟自江夏往台州》	崔峒	否
10	298	69	《题台州隐静寺》	王建	是
11	316	66	《送吴侍御司马赴台州》	武元衡	否
12	324	7	《送台州崔录事》	权德舆	否
13	469	16	《闻韦驸马使君迁拜台州》	长孙佐辅	否
14	494	161	《送人归台州》	施肩吾	是 ※
15	508	30	《天台晴望（时左迁台州刺史。题一作喜晴）》	李敬方	是
16	515	28	《台州郑员外郡斋双鹤》	朱庆馀	否
17	549	64	《淮信贺滕迈台州》	赵嘏	否
18	588	62	《送台州唐兴陈明府》	李频	否
19	590	36	《送僧之台州》	李郢	是 ※
20	652	2	《寄台州孙从事百篇（登第初授华亭尉）》	方干	是 ※
21	692	36	《春日行次钱塘却寄台州姚中丞》	杜荀鹤	是 ※
22	702	12	《送董卿赴台州》	张蠙	否
23	818	42	《送邢台州济（一作送独孤使君赴岳州）》	皎然	是 ※

| 24 | 831 | 42 | 《送友人及第后归台州》 | 贯休 | 是 ※ |

括苍 2 首

序号	卷	号	诗题	作者	是否到过
1	211	3	《宋中送族侄式颜》	高适	否
2	761	2	《括苍山》	刘昭禹	是

寒山 7 首

序号	卷	号	诗题	作者	是否到过
1	48	78	《奉和圣制早发三乡山行》	张九龄	否
2	87	74	《深渡驿》	张说	否
3	474	11	《送寒岩归士》	徐凝	是 ※
4	652	7	《题龙泉寺绝顶》	方干	是 ※
5	762	38	《句》	廖融	否
6	782	20	《雪夜听猿吟》	顾伟	否
7	806	1	《诗三百三首》	寒山	是
8	807	2	《壁上诗二首》	丰干	是

附录二

安祖朝《天台山唐诗总集》的考辨

安祖朝先生作为天台文化研究者，也是一位令人敬重的学者，纯粹出于研究的兴趣，他花费了 20 余年的时间，痴迷于古籍、志书、谱牒中，潜心钻研天台与唐诗的渊源，撰写了《唐诗风雅颂天台》以及《天台山唐诗总集》[①]，呈现出他对于天台山唐诗的总体考证。不管如何，这样的工作确实不易，值得我们敬重。当然，所有的考辨并非是没有瑕疵的，本文的考辩是试图在安先生考证的基础上，以图表的形式，直接地呈现出唐代诗人与天台山的关系（主要关注是否到过天台山，以及其行游天台山的代表作等），试图为相关的研究提供一个比较直观的基础，相关考证如下：

《天台山唐诗总集》（上册）诗人诗篇考证

作者（作品数目）共计 158 人	考证是否到访以及时间（共计到访 33 人）	到访代表作	其他补充（任职或猜测时间）
李旦（1）	否		
李隆基（5）	否		
上官昭容（1）	否		
宋之问（7）	否		
陈陶（6）	是。具体时间不可考	《夏日怀天台》	
刘孝孙（1）	否		

---

① 安祖朝：《天台山唐诗总集》上下册，浙江古籍出版社，2018。

许敬宗（1）	否		
王绩（5）	否		
卢照邻（2）	否		
张九龄（2）	是 ※	《登南岳事毕谒司马道士》	开元十四年（726），张九龄登天台山所作（刘斯翰考）。又有此诗作于衡山一说（顾建国考）
杨炯（2）	否		
崔湜（2）	否		
李峤（2）	否		
崔融（1）	否		
苏颋（1）	否		
徐彦伯（1）	否		
薛曜（2）	否		
刘希夷（1）	否		
陈子昂（1）	否		
张说（3）	否		
李乂（2）	否		
沈佺期（1）	是	《同工部李侍郎适访司马子微》	唐中宗时期曾迁台州录事参军。直至唐中宗神龙三年、景龙元末丁未（707）十二月，从台州入京上计，得召见，后拜起居郎
郑愔（1）	否		
蔡隐丘（1）	否		
沈如筠（1）	否		
张子容（1）	否		
张旭（2）	否		

孙逖（4）	是。开元二年（714）赴任山阴县途中曾路过天台境内	《夜宿浙江》	
王维（1）	否		
綦母潜（2）	否		
储光羲（1）	否		
王昌龄（2）	否		
常建（3）	否		
陶翰（1）	否		
刘长卿（17）	是，刘长卿当为761年左右至国清寺	《送台州李使君，兼寄题国清寺》	
孟浩然（13）	是，具体时间有争议：开元十三年（725）、开元十五年（727）和开元十八年（730）	《宿天台桐柏观》《舟中晓望》	
李白（33）	是。李白曾于开元十五年（727）、天宝六年（747）两游天台山	《天台晓望》	
韦应物（1）	否		
岑参（1）	否		
李嘉祐（3）	是，唐肃宗上元二年（761）到台州	《和袁郎中破贼后经剡县山水上李太尉》	唐肃宗上元二年（761）出为台州刺史。其任上发生袁晁农民起义
皇甫曾（4）	否		
杜甫（10）	是，具体时间不可考	《壮游》《观李固请司马弟山水图三首》	根据陈贻焮《杜甫评传》，杜甫青年时的吴越之行曾经登过天台山
钱起（7）	是※其具体时间不可考	《过桐柏山》《雨中望海上，怀郁林观中道侣》	《过桐柏山》一说是指湖南桐柏山
张继（3）	是，具体时间不可考	《剡县法台寺灌顶坛诗》	

韩翃（1）	否		
皇甫冉（4）	否		
秦系（2）	否		
任华（1）	否		
李阳冰（1）	否		
顾况（9）	是。寓居时间大约在至德二年（757）至贞元三载左右（787）	《临海所居三首》《从剡溪至赤城》	曾长时间寓居临海，临海有《顾氏宗谱》
耿湋（1）	是。其到访天台境内大致在大历八年（773）至十一年（776）左右	《登沃洲山》	
戎昱（1）	否		
窦庠（1）	否		
戴叔伦（3）	否		
卢纶（2）	否		
章八元（1）	是，具体时间不可考	《天台道中示同行》	
张佐（1）	是※	《忆游天台寄道流》	该诗存在争议，或为张祜所作
李益（4）	否		
李端（4）	否		
司空曙（1）	否		
崔峒（1）	否		
王建（1）	是。王建游览台州的时间极有可能在贞元末（805—806），任职于魏博幕府第一次奉命出使淮南（治所在今扬州）的时候	《题台州隐静寺》	
刘商（3）	否		

朱湾（1）	否		
于鹄（4）	否		
武元衡（2）	否		
柳公绰（1）	否		
权德舆（4）	否		
杨於陵（1）	否		
士谔（1）	否		
杨巨源（1）	否		曾任浙东观察使
令狐楚（2）	否		
韩愈（2）	否		
范传正（1）	否		
刘禹锡（15）	否		
胡证（1）	否		
张仲素（1）	否		
郑瀚（1）	否		
李程（1）	否		
李翱（1）	否		
卢储（1）	否		
孟郊（2）	否		
张籍（7）	否		
李贺（1）	否		
元稹（4）	否		曾任浙东观察使
白居易（13）	否		曾任杭州刺史（822）
王起（1）	否		
杨嗣复（1）	否		
杨衡（3）	否		

李君何（1）	否		
张仲方（1）	否		
沈传师（1）	否		
牟融（1）	是，具体时间不可考	《天台》	其人存疑，经学者陶敏考证，唐代没有牟融其人，明代人把伪造的诗集归到牟融的名下
刘言史（6）	否		
长孙佐辅（1）	否		
李宗闵（1）	否		
徐凝（2）	是，具体时间不可考	《送寒岩归士》《天台独夜》	其曾长居江浙一带
李德裕（4）			
李涉（3）	是，具体时间不可考	《寄河阳从事杨潜》	
杨敬之（1）			
李绅（9）	是。贞元十六年（800），可知当时李绅东游天台，并结交僧人修真	《新楼诗二十首·琪树》《题北峰黄道士草堂》	
鲍溶（4）	否		
沈亚之（1）	否		
施肩吾（12）	是，具体时间不可考	《送人归台州》	其科举及第（唐宪宗元和十五年）之后往来于山阴（绍兴）、天台、四明（宁波、余姚）之间，另张籍有诗《送施肩吾东归》相赠
姚合（3）	是。姚合游历天台之时，当为大和十年（836）	《送陟遐上人游天台》《游天台上方》	曾任杭州刺史
周贺（3）	否		

郑巢（7）	是，具体时间不可考	《泊灵溪馆》《瀑布寺贞上人院》	大中年间，曾长期寓居天台
柳泌（2）	是	《琼台》	柳泌于元和二年（807）任台州刺史
章孝标（3）	是，唐敬宗宝历元年（825）至大和二年（828）左右，入浙东元稹幕时，曾至天台	《瀑布》《僧院小松》	
崔郾（1）	否		曾任浙西观察使
李敬方（3）	是，会昌中（841—846）曾至台州	《天台晴望（时左迁台州刺史。题一作喜晴）》	李敬方于会昌中（841—846）被贬台州司马（一言刺史）
顾非熊（1）	否		
张祜（5）	是，具体时间不可考	《游天台山》	其游历天台当在长庆年间
欧阳衮（1）	否		
朱庆馀（6）	否		
钟辂（1）	否		
杨发（1）	否		
雍陶（1）	否		
杜牧（2）	否		其诗《宿东横山濑》当为许浑之作
许浑（20）	是，具体时间不可考	《思天台》《早发中岩寺别契直上人》《宿东横山》	
李商隐（8）	是。大中二年（848）曾至台州	《过郑广文旧居》	李商隐于大中二年（848）冬桂幕罢归，过郑虔旧居
许瀍（1）	否		
潘咸（1）	否		
崔元略（1）	否		

喻凫（2）	否		
刘得仁（1）	否		
薛逢（4）	否		
赵嘏（12）	否		唐文宗大和元年丁未（827年）在浙东元稹幕下，其居六年左右
项斯（4）	是，具体时间不可考	《病中怀王展先辈在天台》	项斯于唐宪宗元和十年（815年）赴京进士考试，落第后，流落他乡，曾至天台
马戴（10）	否		
郑畋（1）	否		
薛能（3）	否		
南卓（1）	否		
李群玉（2）	否		
贾岛（15）	否		
温庭筠（4）	否		
段成式（1）	否		
刘驾（1）	否		
刘沧（4）	否		
李频（3）	否		
李郢（8）	是，具体时间不可考	《重游天台》	李郢游天台大概在寓居杭州（856年左右）期间，曾辟浙东从事
曹邺（1）	否		
储嗣宗（2）	否		
于武陵（1）	否		
司马扎（1）	否		

高骈（1）	否		
李昌符（1）	否		
许棠（2）	是，具体时间不可考	《赠天台僧》	许棠多次下第东归，某次东归途中曾至天台，疑似在咸通年间
皮日休（23）	否		
陆龟蒙（14）	否		
张贲（2）	否		
李毅（1）	否		
魏朴（1）	否		
郑璧（1）	否		
司空图（4）	否		
张乔（4）	否		
曹唐（14）	是，疑在武宗会昌五年至会昌六年（845—846）	《刘阮洞中遇仙子》	曹唐因向往浙江天台桃源仙女，曾长期客居天台山
李山甫（2）	否		

《天台山唐诗总集》（下册）诗人诗篇考证

作者（作品数目）共计146人	考证是否到访以及时间（共计到访56人）	到访代表作	其他补充（任职或猜测时间）
方干（27）	是，具体时间不可考	《送孙百篇游天台》	
罗隐（9）	否		曾任钱塘令
罗虬（1）	是	《比红儿诗》	乾符六年（879）为台州刺史
章碣（1）	否		
周朴（5）	是，具体时间不可考	《桐柏观》《题赤城中岩寺》	曾寓居天台

崔涂（1）	否		
韩偓（3）	否		
吴融（1）	否		
陆宸（1）	否		
李昭象（1）	否		
王涣（1）	否		
林嵩（1）	否		
杜荀鹤（7）	是。杜荀鹤曾在咸通十二年（871）或十三年（872）前往台州拜访台州中丞姚鹄	《春日行次钱塘却寄台州姚中丞》	
褚载（2）	否		
韦庄（6）	否		
王贞白（3）	否		
张蠙（1）	否		
黄滔（6）	是。其具体到访时间或在中和二年（882）左右	《游山》《题陈山人居》	
徐夤（4）	否		
崔道融（1）	否		曾任永嘉令（温州）
曹松（3）	是。具体时间不可考	《天台瀑布》	
李洞（6）	否		
于邺（1）	否		
孙棨（1）	否		
张为（2）	否		
任翻（3）	是，具体时间不可考	《桐柏观》《赋台州早春》	任翻曾多次到达台州。任翻曾登台州府巾山且写有三首巾山诗，但三首诗作时间不可考，只知道第一首和第二首间隔近三十年

陈光（1）	否		
卢士衡（4）	是，具体时间不可考	《僧房听雨》	
熊皎（2）	否		
张泌（2）	否		
李中（2）	否		
徐铉（3）	否		
许坚（2）	否		
王感化（1）	否		
张令问（1）	否		唐末唐兴人（非浙江天台县，当为四川蓬溪县）
欧阳炯（10）	否		
刘昭禹（4）	是，具体时间不可考	《冬日暮国清寺留题》《忆天台山》《灵溪观》	
廖融（2）	否		
杨夔（1）	否		
谭用之（1）	否		
刘兼（3）	否		
赵湘（1）	是，具体时间不可考	《题天台石桥》	仅存诗一首
安守范（1）	否		曾至天台禅院，该禅院在四川彭县
潘雍（1）	否		
葛氏女（1）	是，具体时间不可考	《和潘雍》	潘雍有诗《赠葛氏小娘子》，其中有句"曾闻仙子住天台"一句
殷琼（1）	否		
景龙文馆学士（1）	否		
无名氏（1）	否		

颜真卿（2）	否		大历七年（772），颜真卿除湖州刺史
步非烟（1）	否		
薛涛（1）	否		
李冶（1）	否		
元淳（1）	否		
寒山子（320）	是，742年左右开始隐居浙江天台（唐兴县）翠屏山，长达70余年	《诗三百三首》	
拾得（58）	是，具体时间不可考	《诗》	贞观中，与丰干、寒山相次垂迹于国清寺，与寒山为同章人，曾长居天台
丰干（2）	是	《壁上诗》	贞观年间天台国清寺高僧
景云（1）	否		
灵一（2）	是，具体时间不可考	《妙乐观（一作题王乔观传傅道士所居）》《宿天柱观》	
灵澈（1）	是，具体时间不可考	《天姥岑望天台山》	
法照（2）	是，具体时间不可考	《寄钱郎中》	天宝长庆年间，久居天台大慈寺
护国（1）	否		江南诗僧
无可（3）	是，具体时间不可考	《禅林寺》	
皎然（13）	是。疑似在天宝七载（748）至天宝八载（749）之间曾到过天台山	《咏小瀑布》《忆天台》	
广宣（1）	否		
栖白（1）	否		
僧鸾（1）	否		

贯休（25）	是，具体时间不可考	《寄天台道友》《避寇入银山》	从江东流亡到荆湘的途中经过天台县银山
齐　（18）	是，大约在唐昭宗龙纪元年前后	《怀天台华顶僧》	游览台州的时间大致在唐昭宗龙纪元年前后，在此期间，游览江东一带，留下诗作十余首
修睦（2）	是，具体时间不可考	《岳上作》	
隐求（1）	是，具体时间不可考	《石桥琪树》	其人是否真实存在存疑
文鉴（1）	否		
延寿（8）	是	《金鸡峰》《武宿王有旨石桥设斋会进一诗共六首》	延寿曾前往天台山学佛，被法眼宗第二祖德韶大师收为门徒
司马承祯（40）	是。司马承祯约于680年至天台山，长居天台桐柏观	《山居洗心》	
司马退之（1）	否		有诗《洗心》，《浙东唐诗之路》诗集将此诗景物描写对象归为天台桐柏玉霄峰。但此诗与司马承祯《山居洗心》极为相似，当为司马承祯之作
陈寡言（2）	是，于元和中住天台桐柏山	《山居》	
徐灵府（3）	是	《天台山记》《三洞要略》	常年隐居天台桐柏山云盖峰，又居天台虎头岩长达十余年，约在大和开成年间
吴筠（2）	是	《游仙》《步虚词》	大历年间曾至天台山
杜光庭（8）	是，具体时间不可考	《题北平沼》《题仙居观》	唐懿宗时，考进士未中，后到天台山入道

吕岩（8）	是，具体时间不可考	《题桐柏山黄先生庵门》	其为传说中的吕洞宾，诗句多为后人附会
叶法善（1）	是	《留诗》	开元初奉命修《黄箓》，斋于天台山桐柏观
裴航（1）	否		
许碏（1）	是，具体时间不可考	《醉吟》	晚年由荆湘至天台山，曾在天台山修道
嵩岳诸仙（2）	否		
湘妃庙（2）	否		
怪（无名氏）（1）	否		
卢绛（1）	否		
无名氏（1）	是	《天台观石简记》	
萧颖士（1）	否		
李存勖（1）	否		
李煜（5）	否		
皇甫松（2）	否		
牛峤（4）	否		
毛文锡（2）	否		
和凝（2）	否		
薛昭蕴（13）	否		
顾夐（5）	否		
鹿虔扆（2）	否		
李珣（3）	否		
阎选（1）	否		
冯延巳（3）	否		
耿玉真（1）	否		

周元范（1）	否		
张萧远（1）	否		
台州国清寺僧清观（1）	是，具体时间不可考	《句》	天台山国清寺僧
庄翱（1）	否		
李适（1）	否		
李翔（1）	否		
王蕴（1）	是，具体时间不可考	《奉和元孚大德》	大中时人，曾为台州司马
元孚（1）	是，具体时间不可考	《元孚五十年前游天台宿建公院登华顶攀琪树观石桥之险绝缅怀昔游因为绝句寄知建长老兼呈台州王司马》	
郑薰（1）	是	《桐柏观》《冬暮挈眷宿桐柏观》	郑薰于武宗会昌六年（846）任台州刺史
姚鹄（1）	是	《送陟遐上人游天台》《游天台上方》	咸通十一年（870）任江南东道台州刺史
小白（1）	是	《宿金庭观》	小白长居天台山
嗜酒道人（1）	否		
魏征（1）	否		
严向（1）	否		
元结（1）	否		
李华（1）	否		
崔子向（1）	否		
陆质（1）	是	《送最澄阇梨还日本诗》	陆质曾于唐宪宗时任台州刺史
澄观（1）	是。大历十年（775）从天台宗九祖荆溪大师学天台止观	《答复礼禅师真妄偈》	

吴凯（1）	是	《台州送诗一首·送最澄上人还日本国并叙》	贞元二十一年（805）任台州司马
孟光（1）	是	《送最澄上人还日本国》	贞元二十一年（805）任台州录事参军
毛涣（1）	是	《送最澄上人还日本国》	贞元二十一年（805）任台州临海县令
崔谟（1）	是	《送最澄上人还日本国》	贞元二十一年（805）在台州
全济时（1）	是	《送最澄上人还日本国》	贞元二十一年（805）在台州
行满（1）	是	《送最澄上人还日本国》	天台山高僧，大历后期至天台修行，栖华顶峰下二十余年
许兰（1）	是	《送最澄上人还日本国》	贞元二十一年（805）在台州，自称"天台归真弟子"
幻梦（1）	是	《送最澄上人还日本国》	贞元末天台僧，贞元二十一年（805）在台州
林晕（1）	是	《送最澄上人还日本国》	贞元二十一年（805）在台州
日本嵯峨天皇（3）	否		
李达（1）	否		
黄璞（1）	否		
秀登（3）	否		
陶毅（1）	是，具体时间不可考	《石桥》	
江为（1）	否		
泰钦（10）	否		
德韶（1）	是，后唐清泰三年（935），德韶来曾至天台通玄峰	《颂》	天台山高僧
永安（1）	否		

义存（1）	否		
孟昶（1）	否		
孙逋（1）	否		
陈端（1）	否		
逸人不顾（1）	否		
葛玄（无名氏托）（1）	否		
蔡辅（2）	是，具体时间不可考	《大德唐归伏承苦忆天台敢奉诗二首》	
高奉（1）	否		
道玄（1）	否		
钱昱（1）	是	《留题巾山明庆塔院》	钱昱于唐末曾任台州刺史
方干（27）	是，具体时间不可考	《送孙百篇游天台》	
罗隐（9）	否		曾任钱塘令
罗虬（1）	是	《比红儿诗》	乾符六年（879）为台州刺史
章碣（1）	否		
周朴（5）	是，具体时间不可考	《桐柏观》《题赤城中岩寺》	曾寓居天台
崔涂（1）	否		
韩偓（3）	否		
吴融（1）	否		
陆宸（1）	否		
李昭象（1）	否		
王涣（1）	否		
林嵩（1）	否		

杜荀鹤（7）	是，杜荀鹤曾在咸通十二年或十三年872）前往台州拜访台州中丞姚鹄	《春日行次钱塘却寄台州姚中丞》	
褚载（2）	否		
韦庄（6）	否		
王贞白（3）	否		
张蠙（1）	否		
黄滔（6）	是，其具体到访时间或在中和二年（882）左右	《游山》《题陈山人居》	
徐夤（4）	否		
崔道融（1）	否		曾任永嘉令（温州）
曹松（3）	是，具体时间不可考	《天台瀑布》	
李洞（6）	否		
于邺（1）	否		
孙棨（1）	否		
张为（2）	否		
任翻（3）	是，具体时间不可考	《桐柏观》《赋台州早春》	任翻曾多次到达台州。任翻曾登台州府巾山且写有三首巾山诗，但三首诗作时间不可考，只知道第一首和第二首间隔近三十年
陈光（1）	否		
卢士衡（4）	是，具体时间不可考	《僧房听雨》	
熊皎（2）	否		
张泌（2）	否		
李中（2）	否		
徐铉（3）	否		

许坚（2）	否		
王感化（1）	否		
张令问（1）	否		唐末唐兴人（非浙江天台县，当为四川蓬溪县）
欧阳炯（10）	否		
刘昭禹（4）	是，具体时间不可考	《冬日暮国清寺留题》《忆天台山》《灵溪观》	
廖融（2）	否		
杨夔（1）	否		
谭用之（1）	否		
刘兼（3）	否		
赵湘（1）	是，具体时间不可考	《题天台石桥》	仅存诗一首
安守范（1）	否		曾至天台禅院，该禅院在四川彭县
潘雍（1）	否		
葛氏女（1）	是，具体时间不可考	《和潘雍》	潘雍有诗《赠葛氏小娘子》，其中有句"曾闻仙子住天台"一句
殷琼（1）	否		
景龙文馆学士（1）	否		
无名氏（1）	否		
颜真卿（2）	否		大历七年，颜真卿除湖州刺史
步非烟（1）	否		
薛涛（1）	否		
李冶（1）	否		
元淳（1）	否		

寒山子（320）	是。742 年左右，开始隐居浙江天台（唐兴县）翠屏山，长达七十余年	《诗三百三首》	
拾得（58）	是，具体时间不可考	《诗》	贞观中，与丰干、寒山相次垂迹于国清寺，与寒山为同章人，曾长居天台
丰干（2）	是	《壁上诗》	贞观年间天台国清寺高僧
景云（1）	否		
灵一（2）	是，具体时间不可考	《妙乐观（一作题王乔观传傅道士所居）》《宿天柱观》	
灵澈（1）	是，具体时间不可考	《天姥岑望天台山》	
法照（2）	是，具体时间不可考	《寄钱郎中》	天宝长庆年间，久居天台大慈寺
护国（1）	否		江南诗僧
无可（3）	是，具体时间不可考	《禅林寺》	
皎然（13）	是。疑似在天宝七载（748）至天宝八载（749）之间曾到过天台山	《咏小瀑布》《忆天台》	
广宣（1）	否		
栖白（1）	否		
僧鸾（1）	否		
贯休（25）	是，具体时间不可考	《寄天台道友》《避寇入银山》	从江东流亡到荆湘的途中经过天台县银山
齐　（18）	是，大约在唐昭宗龙纪元年前后	《怀天台华顶僧》	游览台州的时间大致在唐昭宗龙纪元年前后，在此期间，游览江东一带，留下诗作十余首

修睦（2）	是，具体时间不可考	《岳上作》	
隐求（1）	是，具体时间不可考	《石桥琪树》	其人是否真实存在存疑
文鉴（1）	否		
延寿（8）	是	《金鸡峰》《武宿王有旨石桥设斋会进一诗共六首》	延寿曾前往天台山学佛，被法眼宗第二祖德韶大师收为门徒
司马承祯（40）	是。司马承祯约于680年至天台山，长居天台桐柏观	《山居洗心》	
司马退之（1）	否		有诗《洗心》，《浙东唐诗之路》诗集将此诗景物描写对象归为天台桐柏玉霄峰。但此诗与司马承祯《山居洗心》极为相似，当为司马承祯之作
陈寡言（2）	是，于元和中住天台桐柏山	《山居》	
徐灵府（3）	是	《天台山记》《三洞要略》	常年隐居天台桐柏山云盖峰，又居天台虎头岩长达十余年，约在大和开成年间
吴筠（2）	是	《游仙》《步虚词》	大历年间曾至天台山
杜光庭（8）	是，具体时间不可考	《题北平沼》《题仙居观》	唐懿宗时，考进士未中，后到天台山入道
吕岩（8）	是，具体时间不可考	《题桐柏山黄先生庵门》	其为传说中的吕洞宾，诗句多为后人附会
叶法善（1）	是	《留诗》	开元初奉命修《黄箓》，斋于天台山桐柏观
裴航（1）	否		

许碏（1）	是，具体时间不可考	《醉吟》	晚年由荆湘至天台山，曾在天台山修道
嵩岳诸仙（2）	否		
湘妃庙（2）	否		
怪（无名氏）（1）	否		
卢绛（1）	否		
无名氏（1）	是	《天台观石简记》	
萧颖士（1）	否		
李存勖（1）	否		
李煜（5）	否		
皇甫松（2）	否		
牛峤（4）	否		
毛文锡（2）	否		
和凝（2）	否		
薛昭蕴（13）	否		
顾夐（5）	否		
鹿虔扆（2）	否		
李珣（3）	否		
阎选（1）	否		
冯延巳（3）	否		
耿玉真（1）	否		
周元范（1）	否		
张萧远（1）	否		
台州国清寺僧清观(1)	是，具体时间不可考	《句》	天台山国清寺僧
庄翱（1）	否		
李适（1）	否		

李翔（1）	否		
王蕓（1）	是，具体时间不可考	《奉和元孚大德》	大中时人，曾为台州司马
元孚（1）	是，具体时间不可考	《元孚五十年前游天台宿建公院登华顶攀琪树观石桥之险绵怀昔游因为绝句寄知建长老兼呈台州王司马》	
郑薰（1）	是	《桐柏观》《冬暮挈眷宿桐柏观》	郑薰于武宗会昌六年（846 年）任台州刺史
姚鹄（1）	是	《送陟遐上人游天台》《游天台上方》	咸通十一年（870 年）任江南东道台州刺史
小白（1）	是	《宿金庭观》	小白长居天台山
嗜酒道人（1）	否		
魏征（1）	否		
严向（1）	否		
元结（1）	否		
李华（1）	否		
崔子向（1）	否		
陆质（1）	是	《送最澄阇梨还日本诗》	陆质曾于唐宪宗时任台州刺史
澄观（1）	是。大历十年（775）从天台宗九祖荆溪大师学天台止观	《答复礼禅师真妄偈》	
吴觊（1）	是	《台州送诗一首·送最澄上人还日本国并叙》	贞元二十一年（805）任台州司马
孟光（1）	是	《送最澄上人还日本国》	贞元二十一年（805）任台州录事参军

毛涣（1）	是	《送最澄上人还日本国》	贞元二十一年（805）任台州临海县令
崔谟（1）	是	《送最澄上人还日本国》	贞元二十一年（805）在台州
全济时（1）	是	《送最澄上人还日本国》	贞元二十一年（805）在台州
行满（1）	是	《送最澄上人还日本国》	天台山高僧，大历后期至天台修行，栖华顶峰下二十余年
许兰（1）	是	《送最澄上人还日本国》	贞元二十一年（805）在台州，自称"天台归真弟子"
幻梦（1）	是	《送最澄上人还日本国》	贞元末天台僧，贞元二十一年（805）在台州
林晕（1）	是	《送最澄上人还日本国》	贞元二十一年（805）在台州
日本嵯峨天皇（3）	否		
李达（1）	否		
黄璞（1）	否		
秀登（3）	否		
陶毅（1）	是，具体时间不可考	《石桥》	
江为（1）	否		
泰钦（10）	否		
德韶（1）	是，后唐清泰三年（935），德韶来曾至天台通玄峰	《颂》	天台山高僧
永安（1）	否		
义存（1）	否		
孟昶（1）	否		
孙浦（1）	否		

陈端（1）	否		
逸人不顾（1）	否		
葛玄（无名氏托）（1）	否		
蔡辅（2）	是，具体时间不可考	《大德唐归伏承苦忆天台敢奉诗二首》	
高奉（1）	否		
道玄（1）	否		
钱昱（1）	是	《留题巾山明庆塔院》	钱昱于唐末曾任台州刺史
骆宾王（1）	是	《久客临海有怀》	永隆二年辛巳（681），骆宾王被贬临海丞，七月便道过义乌，葬母，约于八月到临海上任
郑虔（2）	是，至德二年（757）至台州	无	无直接代表作可证明。但杜甫有《有怀台州郑十八司户（虔）》，即记叙郑虔于至德二年（757）被贬为台州司户参军之事